ADRIANA POPESCU

Wie ein Schatten im Sommer

ADRIANA POPESCU

Wie ein Schatten im Sommer

cbt

Bei diesem Buch wurden die durch das verwendete Material und die Produktion entstandenen CO_2-Emissionen ausgeglichen, indem der cbj Verlag ein Projekt zur Aufforstung in Brasilien unterstützt.
Weitere Informationen zu dem Projekt unter:
www.ClimatePartner.com/14044-1912-1001

MIX
Papier aus verantwortungsvollen Quellen
FSC® C083411

Wir produzieren Klimaneutral
ClimatePartner.com/14044-1912-1001
Druckprodukt

Penguin Random House Verlagsgruppe
FSC® N001967

Unterrichtsmaterialien zu diesem Buch sind erhältlich unter
www.schullektuere.de.

1. Auflage 2021
erstmals als cbt Taschenbuch Oktober 2021

Umschlagkonzeption: Katrin Schüler, Berlin
unter Verwendung eines Fotos von © Shutterstock
(Vitaliy Kaplin; Kochneva Tetyana)
MP · Herstellung: BB
Satz: KompetenzCenter, Mönchengladbach
Druck und Bindung: CPI books GmbH, Leck
ISBN 978-3-570-31439-5
Printed in Germany

www.cbj-verlag.de
Dieses Buch ist auch als E-Book erhältlich.

KAPITEL 1

Vio

3.331 Einwohner.

Und ab heute sind es drei mehr.

»Du wirst dich hier sicher schnell einleben.«

Vermutlich werde ich in der ersten Woche direkt *alle* Einwohner Walddorfs persönlich kennenlernen, was bei dieser überschaubaren Menge kein Problem sein dürfte.

»Ist ja auch nur für ein Jahr.«

Mama sieht immer ein bisschen traurig aus, wenn ich das sage, aber die Vorstellung, zu lange in der Enge dieses Dorfs leben zu müssen, schnürt mir die Luft zum Atmen ab. Papa drückt mir einen der leichteren Umzugskartons in die Hand und lächelt mich verschwörerisch an.

»Gute Luft, viel Grün, jede Menge Platz und ein riesiges Zimmer nur für dich allein.«

Sie sprechen immer von viel Platz, nie von Enge, sehen diesen Umzug als Chance, als Neuanfang und nicht als Endstation Dorf.

Eine Eisdiele, die wie alle Eisdielen dieser Welt *Eiscafé Venezia* heißt, ein Döner-Laden, drei Kneipen, ein Tennisklub und zwei Italiener, wobei nur einer von denen liefert.

Das ist alles.

Mehr gibt es hier nicht.

»Ich lasse mich überraschen.«

Sie haben versucht, den Umzug und das alles in die Zeit nach meinem Schulabschluss zu legen, weil sie mich nicht aus dem letzten Jahr rausreißen wollten. Aber wie so oft kommt im Leben alles anders, als man es plant, nicht wahr? Und jetzt stehe ich mit einem Umzugskarton – vollgestopft mit Dingen aus meinem alten Leben in München – mitten in Walddorf mit seinen 3.331 Einwohnern und frage mich, wie ich das schaffen soll. Mit fast achtzehn in der Schule noch mal von vorne anfangen. Freunde finden, einen Platz in bereits bestehenden Gruppen, in einer Schulklasse, mit der ich im Idealfall nächstes Jahr mein Abi feiere, in der mich dann aber trotzdem niemand länger als ein Schuljahr kennt. Und doch verbirgt sich zwischen all diesen Zweifeln eine Spur von Hoffnung. Wie heißt es doch so schön in dem Gedicht von Hermann Hesse?

Und jedem Anfang wohnt ein Zauber inne.

»Wir zahlen für das ganze Haus mit Garten weniger Miete als für die Wohnung in München.«

Das ist eine Tatsache, die Papa immer wieder ganz begeistert wiederholt und ich nur mit Kopfschütteln kommentieren kann. Hier ist einiges günstiger, schon klar, aber hier ist eben auch weniger los.

Mein Zimmer, ganz oben im Haus, ist eigentlich eine eigene Wohnung, wenn man so will. Ich habe das Dachgeschoss für mich alleine, ein eigenes Badezimmer, sogar eine Kochnische und viel Platz für mich und meine Gedanken.

Besonderes Plus ist der Balkon, auf dem ich mir meinen kleinen Outdoor-Bereich schaffen kann. All das soll ablenken. Von München, dem Vermissen, den Narben und der Tatsache, dass es sich wie eine Flucht anfühlt.

»Gar nicht so übel, hm?«

Papa bemerkt mein Lächeln, als ich den Blick vom Balkon über die Nachbarschaft wandern lasse. An unseren Garten grenzt ein Waldstück, dahinter irgendwo liegt der Badesee, an dem sich jetzt im Sommer gewiss alle Leute aus der Gegend treffen. Die sich alle schon ewig kennen und ihr ganzes Leben hier verbracht haben. Eine eingeschworene Clique, in der ich jetzt aus dem Stand meinen Platz finden soll. Vielleicht ist es gar nicht so blöd, dass jetzt Ferien sind und ich die Chance habe, zumindest ein paar Namen und Gesichter schon mal kennenzulernen, bevor es dann in mein letztes Schuljahr geht.

»Gefällt es dir?«

Gute Frage. Noch hat es was von einem Urlaubsort. Auf dem Weg in unser neues Zuhause sind wir an einem voll besetzten Biergarten vorbeigekommen, Menschen auf Fahrrädern, Kindern, die barfuß in der Hofeinfahrt gespielt haben, Kreidemalereien auf dem Gehweg, Fahrrädern, die unabgeschlossen einfach vor der Tür stehen.

»Es ist sehr ruhig.«

Der Lärm der Reichenbachbrücke, den ich durch mein Zimmerfenster in München zu jeder Tages- und Nachtzeit gehört habe, ist so weit weg, dass ich mich frage, ob es überhaupt noch Autos gibt oder hier alle schon klimafreundlich aufs Fahrrad umgestiegen sind.

Papa legt seine Hand sanft auf meine Schulter und reißt mich aus meinen Gedanken.

»Vio, der Abstand wird dir sicher auch guttun, meinst du nicht?«

Ein sensibles Thema, über das wir nicht sprechen und wenn, dann nur mit Samthandschuhen an der Oberfläche abtasten. Alleine bei dem Gedanken daran spüre ich die Gänsehaut auf meinen Armen.

»Doch. Klar.«

»Wir wissen, dass es viel verlangt ist, mein Schatz. So ein großer Umbruch.«

Das schlechte Gewissen meiner Eltern wiegt mehr als all die Umzugskartons zusammen und ich werfe ihm ein versöhnliches Lächeln zu.

»Ich krieg das schon hin, Papa.«

Ist ja nur für ein Jahr. Dann gehe ich weg, studiere oder mache eine Ausbildung, vielleicht sogar wieder in München, wenn Gras über die Sache gewachsen ist oder neue Dramen die Runde machen. Noch fühlt sich alles so an, als würde ich gerade ein Auslandsjahr irgendwo absolvieren. Nur eben nicht in Frankreich, England oder den USA.

Sondern in Walddorf.

Vielleicht nicht unbedingt der Arsch der Welt, aber ich wette, wenn ich mich auf die Zehenspitzen stelle, kann ich ihn von hier aus sehen.

KAPITEL 2

Konstantin

Den letzten Aufschlag habe ich etwas verzogen, aber der Arm ist müde. Mein Vater grinst mich über das Netz hinweg an, und ich wundere mich einmal mehr, wie er in seinem Alter noch so jung aussehen kann. Gut, die grauen Schläfen verraten es vielleicht, aber wenn er mir einen Aufschlag bis an die Grundlinie serviert, frage ich mich, woher er die Kraft nimmt.

»Das war eine gute Session, Konny.«

Ich hebe den Tennisball mit dem Schläger auf, indem ich ihn zwischen Schlägerrand und Turnschuh klemme.

»Du musst an deiner Vorhand arbeiten, aber das predige ich dir seit Jahren.«

»Ich bevorzuge eben Rückhand.« Aber noch mehr würde ich jetzt eine Pause bevorzugen. Wir treffen uns, wie es sich für echte Sportsmänner gehört, am Netz und schütteln uns die Hände, auch wenn das nur eine Trainingseinheit war. Mein Vater hat einen kräftigen Händedruck, ohne dabei Finger zu brechen.

»Weißt du, wo Robin ist?«

»Am See. Wo sonst?«

Papa nickt Richtung der Trainingstasche, die er vor dem Match neben der Bank abgestellt hat und aus der Robins Tennisschläger ragt.

»Ich hatte gehofft, er leistet uns Gesellschaft.«

Weil Papa immer hofft, dass mein zwei Jahre älterer Bruder Robin noch mal an seine alten Erfolge anknüpfen wird und somit Ruhm und Ehre zurück in diesen Tennisverein – und unsere Familie – bringt.

»Papa, es sind knapp dreißig Grad. Nur Irre spielen da freiwillig Tennis.«

Mein Vater lächelt breit. Die kleinen Fältchen um seine Augen werden von Jahr zu Jahr mehr, irgendwie beruhigend, finde ich.

»Du nennst *uns* also Irre?«

»Nicht doch. *Ich* bin ja nicht freiwillig hier.«

Er verpasst mir einen leichten Schlag mit dem Schläger auf den Kopf, und wir verlassen lachend den Tennisplatz, den Papa immer donnerstags für uns reserviert, weil das Tradition hat und er wohl noch immer hofft, ich würde schlagartig genug Talent für eine Profikarriere entwickeln. Aber es reicht nur für einen soliden sechsten Platz in der Landesliga. Das ist nicht schlecht, aber eben auch nicht Robin.

»Solltest du deinen Bruder heute noch sehen, frag ihn, ob er nun am Turnier teilnehmen will oder nicht. Ich muss euch mal langsam anmelden.«

»Papa …«

Er hebt abwehrend die Hände.

»Ich weiß, ich weiß. Aber einen Versuch ist es doch wohl wert.«

Er gibt nicht auf, dabei wissen wir beide, dass Robin nicht mitmachen wird. Seit der letzten Bewerbungsabsage ist er irgendwie immer komischer geworden.

Kaum haben wir unsere Taschen geschultert, machen wir uns auf den Weg zum Vereinsheim, wo auch die Umkleideräume und Duschen liegen. Das Restaurant ist seit fast vier Monaten geschlossen, weil die letzten Pächter jetzt eine Pizzeria in Ottersfeld eröffnet haben. Aber heute sind die Rollläden oben und die Tür steht offen, auch wenn noch immer alle Tische und Stühle im Außenbereich mit einer Kette zusammengebunden auf ihren erneuten Einsatz warten.

»Weißt du, was da los ist?«

Papa, der jede freie Minute hier verbringt, nickt, als wir unsere Schritte verlangsamen.

»Ein neuer Pächter, wird wohl bald wieder was zu essen geben.«

»Das klingt doch gut.«

»Find ich auch, dann können wir uns demnächst mal zusammen nach dem Match stärken.« Papa legt mir den Arm um die Schulter, als ein Mädchen aus dem Restaurant kommt und uns bemerkt.

»Hallo.«

»Hi.«

Das Erste, was mir auffällt, sind ihre Augen, groß, vielleicht ein bisschen zu groß für ihr Gesicht, dann ihr Lächeln, als sie uns zunickt und weitergeht. Ihre langen braunen Locken wippen dabei wie im Takt eines Songs, den nur sie hört.

»Mit Essen kann ich meinen Sohnemann offenbar in den Tennisklub locken.«

Aber ich höre ihm kaum noch zu, sehe dem Mädchen mit den Locken hinterher, wie sie einen Karton aus dem Kofferraum eines roten Autos hebt. Sie trägt kurze Jeans und weiße Turnschuhe.

»Erde an Konny.«

»Hm?«

»Ich sagte gerade, sie ist hübsch.« Papa folgt meinem Blick, zieht mich aber gleichzeitig in Richtung Umkleideraum. »Und falls du Eindruck machen willst, solltest du vorher duschen.«

»Wer sagt denn, dass ich Eindruck machen will?«

»Deine Augen.«

KAPITEL 3

Vio

Mama und ich werden noch mal ins Restaurant fahren.« Papa, mit deutlichen Schweißspuren am T-Shirt, nennt das kleine Vereinsheim, das zum Tennisklub *TC Unitas* gehört, noch immer liebevoll *Restaurant*. Ich kriege es nicht übers Herz, ihm zu widersprechen, auch wenn die Küche im Vergleich zu der unseres alten Restaurants in München winzig ist, und der Gastraum nicht mal die Hälfte unserer alten Stammgäste aufnehmen könnte. »Wir wollen die Küche etwas umarrangieren, ein bisschen aufräumen.«

»Ich kann mitkommen.«

»Musst du nicht.« Er drückt mir einen Kuss auf die Stirn, und ich frage mich, was ich sonst machen soll. Ich kenne hier niemanden, das Internet ist noch nicht installiert und meine Bücher sind in irgendwelchen der zahlreichen Kartons, die teilweise noch im Wohnzimmer stehen.

Papa reicht mir einen länglichen Zettel und ein bisschen Geld.

»Bestell dir was zu essen, wir wissen nicht, wann wir heimkommen.«

Der Kühlschrank, der immerhin schon läuft, ist nämlich

noch so leer wie mein Blick, als Papa zurück zum Auto geht und einsteigt. Sie sind so voller Vorfreude und Tatendrang, doch mir bricht es fast das Herz, ihn in der kleinen Küche der Vereinsgaststätte zu sehen. In München hatten wir ein Restaurant, eines, das immer voll war. Außer dienstags, da war Ruhetag und Papa immer ganz hibbelig, konnte den Mittwoch kaum erwarten und hat mich mit zum Großmarkt genommen. Abends herrschte Papa über den Grill in der Küche, mit einem Team aus vier Leuten. Mama und zwei Kellner haben bedient, Getränke gezapft und die Gäste bei Laune gehalten. Kaum war ich sechzehn, stand ich offiziell hinter der Theke und durfte helfen.

Das Restaurant war ihr ganzer Stolz. Als dann die Pacht nicht verlängert wurde und mein Drama dazukam, wollten sie raus aus München, irgendwo was Neues aufziehen, aber die Preise waren absurd hoch. Sie fingen an, sich auch im weiteren Umland umzusehen, und aus dem Umland wurde dann ein anderes Bundesland, aus der Großstadt ein Dorf und aus dem Restaurant ein Vereinsheim. Noch immer verstehe ich nicht, wieso sie das hier angenommen und nicht nach etwas Besserem gesucht haben. Wenn nicht in München, dann vielleicht in Nürnberg oder Augsburg.

Mein Blick fällt wieder auf den Bestellzettel in meiner Hand.

Pizza Panda.

Hier gibt es offenbar alles. Pizza, Pasta, Döner, Tacos, Chicken Wings, vegane Falafel, Burger, Hotdogs und Salate, nur keine Pandas. Ich halte Pizza für die sicherste Wahl und entscheide mich für eine mit frischen Tomaten, Basilikum und

Mozzarella, dazu noch eine Flasche Cola und Pizzabrot. Dabei fällt mir auf, dass ich gar keinen Mindestbestellwert erfüllen muss. Kein Wunder, Walddorf ist nicht besonders groß, offenbar lohnt da jede Lieferung, selbst wenn es nur eine Pizza ist.

Nachdem ich bei der Nennung meiner Adresse erst noch mal die Hausnummer checken muss, heißt es, meine Bestellung wäre in knapp zwanzig Minuten bei mir, bevor mir ein schöner Abend gewünscht wird. Die Stimme am anderen Ende klingt gut gelaunt und wenig gestresst, das wiederum freut mich.

Die Wartezeit verkürze ich mir mit ein bisschen Recherche. Bei Instagram gebe ich den Hashtag *#Walddorf* ein und sehe mir die neuesten Suchergebnisse an. Wie nicht anders zu erwarten, finde ich zahlreiche Sommerschnappschüsse, Fotos von jungen Menschen auf bunten Badehandtüchern, mit fruchtigen Cocktails auf irgendwelchen Partys, auf die ich nicht eingeladen war, und von Jungs, die von einem Steg ins Wasser springen, alle bemüht, besonders lässig zu wirken. Alles schreit nach entspannten Sonnentagen weit abseits des Großstadtstresses, nach die Seele baumeln lassen.

Aus purem Heimweh gebe ich auch noch *#München* ins Suchfeld und werde von Fotos bekannter Ecken meiner Heimatstadt empfangen. München ist mit Abstand die schönste Stadt Deutschlands – oder Italiens, je nachdem, wie man es sieht. Denn an manchen Tagen kam mir das Flair in den Straßen meiner Stadt sehr südländisch vor. Am Ufer der Isar sitzen sie, grillen, stoßen mit ihrem mitgebrachten Aperol Spritz an und lächeln in die Kameras. Letzten Sommer war ich noch eine von ihnen, irgendwo mittendrin, bevor es die Runde gemacht hat und das Getuschel hinter meinem Rücken immer lauter wurde.

Seufzend lege ich das Handy zur Seite und setze mich auf die Stufen vor unserem Hauseingang, behalte die Straße genau im Auge und zähle vier Radfahrer, ein Auto und eine Gruppe Fußgänger, nicht gerade das, was ich um diese Uhrzeit Hochbetrieb nennen würde.

Dann ertönt das Geräusch eines Rollers, der offenbar näher kommt, und tatsächlich sehe ich ihn in unsere Auffahrt einbiegen. Eine knallgelbe Vespa, ein Typ mit einem mattschwarzen Jethelm, auf dem zwei schwarze Plüschohren kleben, taucht auf. Der Fahrer verbirgt seine Augen hinter einer dunklen Sonnenbrille.

Wie eine Szene aus diesem einen Film, den Mama so gerne schaut.

Wenn man von den Bärenohren mal absieht.

»Hast du Pizza bestellt?« Er lächelt zu mir rüber und ich nicke. Sobald er den Motor ausgeschaltet hat, nimmt er den Helm ab, was seine Frisur ihm nicht verzeiht, und steigt ab. Obwohl ich hier niemanden kenne, kommt er mir irgendwie bekannt vor. »Dann bin ich dein Panda.« Er tippt schnell gegen den Helm. »Wegen der Ohren.«

Das ringt mir ebenfalls ein Lächeln ab. Vermutlich ist er in meinem Alter und verdient sich im Sommer als Pizzalieferant etwas dazu. Aus dem großen eckigen Kofferfach des Rollers fischt er eine Pizzaschachtel und die Tüte mit dem bestellten Pizzabrot heraus.

»Cola war auch für dich?«

»Korrekt.«

Mit allem beladen kommt er zu mir, und ich stehe auf, mustere ihn eindringlich. Hellbraune, wilde Haare, ein verschmitztes Lächeln und der Duft von Basilikum, aber ich habe keine Ahnung, woher ich ihn kennen könnte. Doch sein Gesicht werde ich ganz sicher nicht so schnell vergessen.

»Sag mal, du warst doch vorhin im Tennisklub, oder?«

Ah! Natürlich! Dort habe ich ihn mit seinem Vater gesehen.

»War ich.«

Er reicht mir im Austausch gegen das Geld meine Bestellung und nimmt die Sonnenbrille ab, wodurch sanfte braune Augen sein Gesicht endlich komplettieren.

»Ich bin Konstantin. Konstantin Wagenfeld.«

Umständlich reicht er mir die Hand, die ich – bedacht darauf, nichts von meiner Bestellung fallen zu lassen – auch annehme.

»Vio.«

»Du bist neu hier?«

»Ziemlich frisch, ja.«

»Cool. Willkommen in Walddorf.«

»Danke.«

Vermutlich hat die Gemeinde ihn als Begrüßungsbeauftragten ausgewählt, weil sein Lächeln schön und seine Augen klar sind.

»Übernehmt ihr die Vereinsgaststätte?«

Nachdem ich den Pizzakarton und die Cola auf der Stufe neben mir abgestellt habe, macht Konstantin noch immer keine Anstalten zu gehen.

»Meine Eltern, ja.«

»Sehr gut, da hat echt Essen gefehlt, Tennis macht nämlich sauhungrig.«

»Du spielst Tennis?«

»Ich versuche es.«

»Und was macht man hier so, wenn man nicht Tennis spielt? Oder es versucht?«

»Wir haben auch einen Kegelklub.«

»Wow.«

»Ich weiß, damit kann man Neuankömmlinge so richtig beeindrucken.«

»Wer sagt denn, dass ich nicht beeindruck bin?«

Kurz schleicht sich Unsicherheit in seinen Blick, er kaut auf der linken Seite seiner Unterlippe, aber ich erlöse ihn schnell und wechsele das Thema.

»Schicke Vespa.«

»Die gehört meinem Bruder, aber ich darf sie fahren, wenn er sie nicht braucht.«

»Nur im Dienst?«

Dabei deute ich auf sein T-Shirt, auf dem ein großer Panda eine noch größere Pizza über seinem Kopf balanciert. Als müsse er sich noch mal vom Motiv überzeugen, sieht er auf sein Shirt und zuckt dann fast entschuldigend die Schultern.

»Ist nur ein Sommerjob. Und nein, ich fahre damit auch privat rum.«

»Geht das denn?«

»Hier schon.«

»Gibt es hier viel zu erkunden?«

»Wenn man weiß, wo es sich lohnt, dann schon.«

Die Pizza wird langsam kalt, mein Magen knurrt leise, aber bestimmt, und trotzdem beende ich das Gespräch nicht.

»Und du weißt das, nehme ich an?«

»Ich bin hier geboren und aufgewachsen. Und du?«

»In München.«

»Wow.«

Ja, klar, München beeindruckt immer. Vollkommen egal, welche Geschichte man dort zurückgelassen hat.

»Da können wir hier natürlich nicht mithalten.«

»Ihr habt immerhin einen Kegelklub.«

Konstantin sieht auf seine Schuhe – weiße Chucks – und schließlich wieder zu mir.

»Wenn du mal 'ne Dorfführung brauchst ...«

Er zieht einen Kugelschreiber aus der Gesäßtasche seiner Jeans, beugt sich runter und schreibt mir seine Nummer auf den Pizzakarton.

»Lass mich raten, dann bist du mein Panda?«

»Ganz richtig.«

Wieder klopft er auf den Helm, an dem die beiden Ohren kleben.

»Gerüchte besagen, ich kenn mich hier gut aus.«

»Danke für das Angebot.«

Und dann muss er weiter, die nächste Bestellung ausliefern. Ich beobachte ihn dabei, wie er sich den Helm aufsetzt, dessen Bärenohren ihm offensichtlich nicht im Ansatz peinlich sind. Bevor er die Sonnenbrille aufsetzt, sieht er noch mal zu mir und salutiert, startet dann die Vespa und wendet geschickt in der Auffahrt. Zweimal hupt er kurz, dann rollt er zurück auf die Straße und braust davon.

Mein Blick wandert zurück zu dem Pizzakarton, der nicht nur mein Abendessen beherbergt, sondern nun auch die Nummer meines Fremdenführers trägt.

Kein schlechter erster Tag in Walddorf.

KAPITEL 4

Konstantin

»Hast du mir 'ne Pizza mitgebracht?«

Robin sitzt auf einer unserer Gartenliegen, was ich nur deswegen weiß, weil das Glimmen seiner Zigarette mir seinen genauen Standort verrät. Sonst brennt nur eine riesige Citronella-Kerze in einem Tongefäß, die Mama letzten Sommer zur Mückenabwehr gekauft hat. Keiner von uns bringt es übers Herz, ihr zu sagen, dass der grässliche Gestank zwar die Nachbarn, nicht aber die Mücken fernhält.

»Klar. Es gab aber nur noch eine mit Schinken.«

Mit der Pizzaschachtel im Arm und dem Helm in der Ellenbogenkuhle komme ich auf meinen Bruder zu, dessen Umriss mit jedem Schritt klarer zu erkennen ist.

»Nehm ich.«

»Wo sind Mama und Papa?«

»Bei den Werbers, Spieleabend mit Wine-Tasting.«

Er nimmt mir den Karton ab, und ich lasse mich auf die Liege neben ihn fallen, strecke die Beine von mir und sehe nach oben, wo eine weitere wolkenlose Sommernacht schwüle Hitze bis in die Morgenstunden verspricht.

»Du warst gar nicht beim Tennis heute.«

Robin zuckt lässig die Schultern und angelt sich ein erstes Stück, das lange Käsefäden zum Rest der Pizza bildet, aus der Schachtel.

»Es ist Sommer, wer hat da Bock auf Tennis?«

»Papa.«

Wir lachen beide kurz, weil unser Vater tatsächlich täglich den Schläger schwingt und das seit seiner Jugend. Ich wette, manchmal sieht er sich im Finale von Wimbledon und kommentiert seine Aufschläge und Schmetterbälle für sich im Kopf mit.

»Ich habe am Montag ein Vorstellungsgespräch.«

Das sagt er kauend und mit vollem Mund, als wäre es nur so eine Nebensache, die man zwischen Citronella-Kerze und Pizzastücken erzählen kann. Aber bei Robins Odyssee auf der Suche nach einer Ausbildungsstelle verdient es eine Schlagzeile auf der Titelseite der Tageszeitung.

»Echt jetzt?«

Er wischt sich mit dem Handrücken über den Mund und grinst fettig.

Robin sieht aus wie eine fertige Version meiner selbst. Seine Haare wissen auch ohne Pflegeprodukte, was sie tun müssen, sein Lächeln hängt nicht schief in den Mundwinkeln und seine Augen sind fest auf die Zukunft gerichtet. Obwohl sie in den letzten Monaten immer dunkler wurden.

»Sie waren von meiner Bewerbung angetan und haben mich zu einem persönlichen Gespräch eingeladen.«

»Das ist saugut!«

»Na ja, mal sehen, wie das dann läuft, aber es ist ein Anfang.«

Die meisten seiner Bewerbungen sind unkommentiert irgendwo im Stellenangebotsnirwana versickert, was bei ihm zu ordentlich Frust und beim Rest der Familie zu Hilflosigkeit geführt hat. Zwei Mal konnte er in einem Betrieb zur Probe arbeiten, bekam dann die Absage per WhatsApp und die Enttäuschung frei Haus direkt zugestellt.

»Hab diesmal echt ein gutes Gefühl. Die klangen am Telefon auch supernett.«

»Welche Stelle ist es?«

Ich habe aufgehört mitzuschreiben, auf was für verschiedene Stellen er sich beworben hat. Eigentlich war so ziemlich alles dabei, was seiner Verzweiflung geschuldet war.

»Sport- und Fitnesskaufmann.«

Niemand ist sportlicher als mein Bruder. Okay, maximal Papa.

»Ist ja wie auf dich zugeschnitten. Das wird was.«

Robin war dabei, als ich mein erstes Ass geschlagen habe. Er hat mir seine Technik verraten und stundenlang mit mir auf dem Tennisplatz geübt. Er war es auch, der mich mit zum Surfklub am Silbersee und mir dann die Angst vor dem Wasser genommen hat. Die erste Zigarette habe ich damals aus seinem Zimmer geklaut und bei meiner ersten Party mit Alkohol hat er ein Auge auf mich gehabt, damit ich keinen Unsinn anstelle. Obwohl es mir vor dem Tag graut, an dem er irgendwo einen Job antritt, weit weg von Walddorf, wünsche ich es ihm doch so sehr. Weil er mit jedem Tag, den er hier feststeckt, frustrierter wird.

»Jetzt guck nicht so. Der Job wäre in Mannheim. Da bist du in anderthalb Stunden mit dem Zug.«

Dafür müsste ich allerdings erst mal mit dem Bus nach Speyer, weil es hier weit und breit keinen Bahnhof gibt. Und alleine die Busfahrt würde vierzig Minuten dauern. Mannheim klingt gerade so weit weg wie Berlin oder New York.

»Du bleibst doch auch nicht ewig hier, Konny.«

Konny. Alle nennen mich noch ab und zu so, dabei mochte ich den Spitznamen nicht mal, als ich klein war.

»Was ist denn an Walddorf so irre schlimm?«

»Hier ist nichts los. Was willst du hier denn mal machen?«

»Hier ist jede Menge los!« Jetzt klinge ich trotzig, als wäre ich wirklich wieder elf und hätte den Name Konny verdient.

»Du wirst hier doch nie ein Mädchen kennenlernen.«

Sofort denke ich an Vio mit den großen Augen, und meine Mundwinkel machen sich selbstständig.

»Sag bloß, ich hab da was verpasst ...?«

Große Brüder checken immer alles, weil sie Vorsprung haben und uns unser Leben lang kennen.

»Nee. Eigentlich nicht.«

»Eigentlich ist ein Unsicherheitswort, Bruderherz.« Jetzt stellt er den Pizzakarton auf den Boden zwischen unsere Liegen und lehnt sich zu mir rüber. »Wer ist es? Sag jetzt nicht, Isabell hat dich rumgekriegt! Die baggert schon den ganzen Sommer an dir rum.«

»Nein, nicht Isabell. Du kennst sie nicht.«

»Ich kenn hier jeden.«

Nicht Vio. Und genau genommen kenne ich sie ja auch nicht.

»Ist sie hübsch?«

Wieder muss ich lächeln, einfach so.

»Sehr.« Zumindest habe ich bei meiner Auslieferungstour immer wieder an sie denken müssen. Und unter Umständen habe ich vielleicht auch öfter als nötig mein Handy gecheckt. Nicht, dass ich damit gerechnet hätte, dass sie mir heute Abend noch schreibt.

Oder überhaupt schreibt.

»Sie ist neu hier.«

»Ach.«

»Ja. Na ja. Mal sehen.«

»Wer kommt denn freiwillig nach Walddorf?«

»Nicht alle finden es hier so irre ätzend, Robin.«

»Ich weiß, ich weiß.«

Er hebt sofort entschuldigend die Hände und verpasst mir einen leichten Schlag gegen die Schulter.

»Ich wünsche dir auf jeden Fall viel Erfolg bei der Neuen. Vielleicht wird dieser Sommer gar nicht so beschissen, wie ich vermutet habe.« Seine Augen leuchten wieder so wie früher, wenn wir zusammen heimlich über den Zaun zum Kieswerk geklettert sind, weil es an dem Baggersee dort den besten Badeplatz überhaupt gibt. Damals, als ich noch nicht zu uncool für ihn war. »Ich finde 'nen Job und du die erste Liebe.«

Das wäre allerdings eine Geschichte nach meinem Geschmack.

KAPITEL 5

Vio

Es gibt genau einen Supermarkt im Dorf und der hat gefühlt die Größe einer Telefonzelle. Umso überraschter bin ich, dass ich hier tatsächlich alles finde, was auf dem Einkaufszettel steht. Die Metzgerei ist direkt mit einer Fleischtheke vertreten, der Bäcker vorne verkauft frisches Brot und der Getränkemarkt liegt auf der anderen Straßenseite. Ich habe wohl das Epizentrum des Ortes gefunden. Nur zwei Kassen, die Einkaufswagen passen nicht so recht zusammen und das obligatorische 1-Euro-Stück kann man sich auch sparen, weil es die Sicherheitsvorrichtung hier nicht gibt. Kurz fühle ich mich wie durch eine Zeitspalte gerutscht und in den 80ern angekommen. So stelle ich sie mir zumindest vor, denn sogar manche Uralt-Werbeplakate hängen so hartnäckig an der Wand, dass man gar nicht weiß, ob man sie jemals wieder abkriegen wird.

Im Gang mit der Sonnenmilch steht eine Gruppe Mädels in meinem Alter und berät sich, wie hoch der Sonnenschutzfaktor für einen Tag am See sein muss, als eine mich entdeckt und sofort die Augenbrauen zusammenzieht.

Zu spät für Flucht?

Tapfer schiebe ich meinen Einkaufswagen mit dem lahmen Vorderrad quietschend an ihnen vorbei, worauf sofort die Gespräche verebben und ich ihre Blicke in meinem Rücken spüre. Bloß noch an den Duschgels vorbei, dann links abbiegen und ab zu den Kassen, von denen nur eine besetzt ist. Kein Wunder, außer den Mädels und mir ist nur eine ältere Dame im Markt unterwegs und die lässt sich ordentlich Zeit.

»Du musst Vio sein.«

Ertappt, als hätte ich das Duschgel heimlich in meinen Rucksack und nicht in den Einkaufswagen gelegt, verharre ich in meiner Position mitten im Gang, bis die aus vier Mädchen bestehende Gruppe mich einholt.

»Ganz richtig.«

»Hier spricht sich alles ziemlich schnell rum, weißt du? Ich bin Mone.«

Mone, deren zartes Gesicht von unordentlichen blonden Haaren eingerahmt wird, lächelt mich offen an, stellt mir direkt auch noch die anderen Mädels vor und einen kurzen Moment lang bin ich total überfordert.

»Das sind Caro, Tanja und Sabrina.«

Sie winken mir alle zu, obwohl ich keinen Meter von ihnen entfernt stehe.

»Konstantin hat erzählt, dass es eine Neue im Dorf gibt. Und weil wir dich noch nie hier gesehen haben …« Sie tippt sich an die Stirn und sieht mich verschwörerisch an. »… haben wir kombiniert, als wir dich entdeckt haben.«

Mir entgeht nicht, dass alle mich und meinen Einkauf mustern, sich womöglich bereits ein Bild von mir machen und ich den Augenblick für den guten ersten Eindruck schon verpasst habe. Was sagen Duschgel, 500 Gramm gemischtes Hackfleisch, eine Tüte Tiefkühl-Brokkoli, Butter, Knoblauch und Kochsahne über mich aus?

»Wir treffen uns nachher alle am See. Kommst du auch?«

Mone dreht die knallgelbe Sonnencremeflasche in ihrer Hand, und ich sehe, dass sie sich für Schutzfaktor 15 entschieden haben. Offensichtlich haben sie den Sommer bereits oft draußen genossen, was mir die Bräunungsstreifen an ihren Schultern verraten. Neben ihnen sehe ich fast blass aus, weil wir die meiste Zeit drinnen beim Auflösen des Restaurants und der Wohnung verbracht haben und der Sommer mehr oder weniger an mir vorbeigerauscht ist.

Mones Lächeln ist einnehmend, und ich nicke schließlich, fast ein bisschen erleichtert, weil ich mir das Kennenlernen von Gleichaltrigen schwerer vorgestellt habe.

»Sehr gerne.«

»Cool. Weißt du, wie du hinkommst?«

»Ich denke schon.«

Zumindest weiß ich, bei welchem Fremdenführer ich mich melden kann. Noch bevor Mama und Papa nach Hause gekommen sind, hatte ich die Pizza und den dazugehörigen Karton vernichtet, allerdings nicht, ohne die Telefonnummer in mein Handy gespeichert zu haben. Sein Profilfoto bei WhatsApp zeigt ihn auf einem Surfbrett, die Sonnenbrille auf der Nase, das Lächeln strahlend. Eigentlich wollte ich mich schon bei ihm gemeldet haben, mich für die schnelle Lieferung der Pizza bedanken, aber alles, was ich formuliert habe, kam mir dumm und albern vor.

Jetzt habe ich endlich einen triftigen Grund, ihn anzuschreiben.

»Gehst du noch in die Schule? Also, nach den Ferien?«

Die Mädels begleiten mich durch den Laden bis zur Kasse.

»Ja, ich mach hier noch mein Abi. Allerdings in Speyer.«

»Welche Schule?«

»Hans-Purrmann-Gymnasium.«

»Ach, cool, da sind wir auch. Dann kommst du sicher zu uns in den Jahrgang.«

Sie kennt mich keine fünf Minuten und doch kaufe ich ihr die Freude darüber ab, dass wir uns auch nach den Ferien noch öfter sehen werden. Ich muss an meine Freunde in München denken, die sich von den Mädels hier nicht wirklich unterscheiden.

Die bisher allerdings nicht einmal gefragt haben, wie es mir geht, ob ich angekommen bin und wie Walldorf so ist.

»Ist alles noch ziemlich viel gerade.«

»Verstehe ich. Wo kommst du her?«

»München.«

Ihre Augen werden größer, fast wirkt es so, als würden sie vor Ehrfurcht erstarren.

Tanja verdreht die Augen und murmelt: »Jetzt geht es los …«

Und tatsächlich hat Mone fast Herzchen im Blick.

»Geilste Stadt Deutschlands.«

Ich bin geneigt ihr zuzustimmen, schaffe es aber, nur zu grinsen, und beginne endlich damit, meine Einkäufe aufs Band zu legen.

»Irgendwann ziehe ich nach München. Einfach, weil es so eine tolle Stadt ist!«

Sabrina, die sich an der Kasse noch für eine Packung Kaugummis entscheidet, verzieht kurz das Gesicht.

»Du warst doch noch nie dort, Mone.«

»Na und? Alleine die Fotos.« Verträumt richtet sie den Blick zum Ausgang des Supermarkts und darüber hinaus, vielleicht bis nach München. »München ist eine Stadt mit Leben! Und dann die Isar, die Uni, die ganzen Museen, Restaurants, die Klubs!«

Plötzlich findet ihr Blick zurück zu uns, genau genommen zu mir.

»Du kannst mir bestimmt Tipps geben, oder?«

Ich nicke etwas perplex.

»Ähm. Klar.« Ich habe nur in naher Zukunft nicht vor, dahin zurückzukehren. Alles noch zu frisch.

»Wann kommst du denn schon mal nach München?« Tanja oder doch Sabrina sieht Mone amüsiert an, aber diese hat offensichtlich nicht vor, ihr einen genauen Zeitplan für ihr München-Abenteuer zu nennen.

Die Kassiererin zieht all meine Artikel über den Scanner, nickt den Mädels zu und nennt mir meinen zu zahlenden Betrag.

Ich komme günstig davon und verzichte auf die Tüte, weil alles in meinen Rucksack passt. Dann warte ich, bis die anderen ihre Sonnenmilch und Kaugummis bezahlt haben, und trete mit ihnen zusammen wieder in die Hitze des Tages.

»Also, wir sind so ab zwei am See. Komm einfach vorbei, wir liegen beim bunten Schirm, du kannst uns gar nicht übersehen.«

»Bunter Schirm, den finde ich.«

Sie verabschieden sich von mir, schwingen sich auf ihre Räder – die sie unabgeschlossen einfach vor dem Laden geparkt hatten – und radeln nebeneinander über die Hauptstraße des Dorfs. Ich warte, bis sie nicht mehr zu sehen sind, dann erst fische ich mein Handy hervor und suche Konstantins Nummer, die ich vorsichtshalber unter *Pizza Panda* gespeichert habe.

> Sehr geehrter Fremdenführer,
> wie gut stehen meine Chancen, heute so gegen 14 Uhr eine kleine Rundführung mit Endziel See zu bekommen?
> LG, Vio

Ich warte im Schatten der gelb-roten Markise, die sich über dem Ladeneingang wölbt, und sehe, wie das Wörtchen *online* unter seinem Profilfoto auftaucht. Er schreibt und schreibt und schreibt, dann ist er wieder offline, ohne mir eine Antwort zukommen zu lassen. Also heißt es warten. Und vorsichtshalber mal in dem Umzugschaos den Karton mit meinen Badeanzügen finden.

KAPITEL 6

Konstantin

Der Ball trifft mich an der Schulter, begleitet vom lauten Lachen meines Bruders, der auf der anderen Seite des Netzes steht und mich ansieht.

»Seit wann sind Handys eigentlich auf dem Center Court erlaubt?«

Seit Vio. Dabei lasse ich es sonst immer in meiner Sporttasche, aber seitdem ich Vio todesmutig meine Nummer gegeben habe, bestand theoretisch die Möglichkeit, dass sie mich anschreibt. Darauf musste ich vorbereitet sein. Körperlich und mental. Doch als die Nachricht gerade kam, hab ich mich erst mal in Antwortversionen verloren.

»Sorry.« Ohne Vio auf ihre Frage geantwortet zu haben, lasse ich das Handy zurück in meine Hosentasche rutschen.

»War es wenigstens wichtig?«

Robin dribbelt den Ball auf der Stelle, den Schläger lässig in der Hand. Es grenzt an ein Wunder, dass ich ihn wirklich dazu überreden konnte, mitzukommen und dann auch noch ein Match gegen mich zu starten.

»Schon. Aber jetzt spielen wir erst den Satz zu Ende.«

Bevor ich mir dann einen ganz anderen Satz überlegen

muss, der Vio nicht sofort verrät, wie sehr ich mich freue, dass wir heute ein bisschen Zeit miteinander verbringen werden.

»Du hast Aufschlag, Schnarchnase.«

Robins Grinsen lässt mich wissen, dass er mich sowieso durchschaut hat. Er weiß, wieso ich das Handy diesmal nicht in der Umkleide gelassen habe, wieso ich es alle paar Minuten gecheckt und bei jeder eingehenden Nachricht so nervös reagiert habe.

»Hat sie sich also endlich gemeldet?«

Er stellt die Frage mitten in meinen Aufschlag, was diesen total verzogen bei ihm aufkommen lässt.

»Ja.«

Seine Rückhand ist besser als meine und schickt mich erst mal quer über den rötlichen Sandplatz, wo ich den Ball nur mit Müh und Not erwische und wieder zu ihm schmettere.

Tennis ist nicht zwingend das perfekte Spiel für ein bisschen Konversation, aber bei Robin wirkt selbst das völlig mühelos. Schon immer fand ich, dass er das Zeug hat, um für den *TC Unitas Walldorf* in einer deutlich höheren Liga zu spielen. Gut, vielleicht nicht die French Open, aber eine Profikarriere innerhalb Deutschlands hielten hier einige für realistisch. Vor allem Papa. Robin sieht Tennis aber bloß als Hobby, das er nur dann ausübt, wenn er Bock darauf hat.

Und heute hat er das, so wie er mich von Ecke zu Ecke rennen lässt, mich dann an die Grundlinie tackert, nur um mit einem fiesen Schmetterball all meine Hoffnungen auf den nächsten Punkt zu zerstören. Wenn man bedenkt, dass ich regelmäßig spiele und er nicht, ist es echt peinlich, wie sehr ich jetzt aus der Puste bin.

»Die spukt dir ja ganz schön im Kopf rum.«

Er hat recht. Die Wahrheit, wieso ich ihn unbedingt zu einem Spiel hier überredet habe, ist Vio. Die Arbeiten an der Gaststätte sind fast abgeschlossen, und ich hatte gehofft, sie hier vielleicht zu treffen. Damit wir noch mal reden können.

»Jetzt schreib ihr halt zurück, ohne Gegenwehr macht es keinen Spaß zu gewinnen.«

Wir entscheiden uns für eine Pause mitten im Spiel und nehmen auf der Bank an der Seitenlinie Platz, über die wir den blütenweißen Sonnenschirm aufgespannt haben. Robin schnappt sich seine Wasserflasche, ich mir mein Handy.

»Sie will sich mit mir treffen.«

»Cool.«

»Was antworte ich denn da?«

»Mensch, Konny. Sie ist ja nicht das erste Mädel, mit dem du dich triffst. Was stellst du dich denn so an?«

»München. Da hat sie bestimmt voll die Quality-Dates gehabt mit den ganzen Typen dort.«

»Ach, verstehe.«

Er nimmt seelenruhig noch einen Schluck Wasser und lässt sich beim Zuschrauben der Flasche im Anschluss viel Zeit. Dabei könnte ich hier tatsächlich ein paar Große-Bruder-Tipps gebrauchen.

»Robin?«

»Du kriegst das schon alleine hin.«

»Bitte!«

»Hör mal, wenn ihr jemand Walddorf schmackhaft machen kann, dann bist du das. Ich kenne niemanden, der so gerne hier ist wie du.«

Und irgendwie bilde ich mir ein, eine Portion Vorwurf zwischen den Worten herauszuhören, auch wenn sein Lächeln echt ist.

»Fahr sie ein bisschen rum, geh an den See, zeig ihr die Felder und den Wald.«

»Nicht gerade das P1 und die Isar.«

»Ist ja auch Walddorf und nicht München. Ich dachte, genau das gefällt dir so sehr.« Er greift in das Seitenfach seiner Sporttasche und zieht den Rollerschlüssel hervor, wirft ihn mir zu, und ich fange ihn knapp, bevor er meine Brust trifft. »Wer kann dem Vespa-Charme schon widerstehen?«

»Ich dachte, du brauchst sie heute.«

»Ich klaue mir dafür dein Rad. Treffe mich nur mit den Jungs, kein Date.« Dabei zeigt er mit dem Schläger auf mich, worauf ich schnell den Kopf schüttele.

»Das ist kein Date.«

Er deutet auf das Smartphone in meiner Hand.

»Dann mach es zu einem.«

Meine Antwort an Vio ist sicher keinen Pulitzer-Preis wert, aber ich hoffe, sie liest sie trotzdem gerne. Im Jackpot-Fall lächelt sie sogar dabei.

> Sehr geehrte Frau Neu-Walddorferin,
> ich musste im Terminkalender nachsehen. Ihr Glück, eine Reisegruppe hat abgesagt und ich habe spontan ab halb zwei einen Slot frei. Hole Sie daheim ab! :-)
> K.
> PS: Bringe einen Helm mit.

KAPITEL 7

Vio

Er ist pünktlich.

Und nervös – was mir gefällt. Wieder tut der Helm seiner Frisur nicht gut, wieder ist es mir egal. Er trägt ein schlichtes T-Shirt, ganz ohne gut sichtbar platziertem Markennamen oder auffälligem Motiv. Die kurzen Jeans scheint er selber abgeschnitten zu haben, da sein linkes Hosenbein etwas schräg und damit kürzer geraten ist als das rechte. Es passt zu seinem Lächeln, das ebenfalls etwas schief ist.

»Hi.«

Diesmal steigt er nicht vom Roller, greift nur nach dem kirschroten Helm, den er zwischen die Beine geklemmt hält, und reicht ihn mir.

»Hoffe, der passt.«

Meine Strandsachen – sie waren natürlich im untersten Karton des Stapels – habe ich in meinen sandfarbenen Rucksack gepackt, den ich jetzt schultere, als ich auf ihn zugehe.

»Wie schön, dass die Reisegruppe abgesagt hat.«

»Ja, wirklich ein Glück.«

Der Helm wiegt schwer in meiner Hand, als ich ihn entgegennehme.

»Bist du denn für gewöhnlich total ausgebucht?«

»To-tal.«

»Mein Glück.«

Bevor er etwas erwidern kann, setze ich mir den Retrohelm auf und stelle überrascht fest, dass er mir passt.

»Woher kennst du meine Kopfgröße so genau?«

»Geraten.«

»Erzähl mir nichts, du hast doch diesen Helm für all die Mädels, die du im Sommer durch die Gegend chauffierst.«

Den Riemen korrekt unter dem Kinn einzufädeln ist gar nicht so einfach, da er nicht über einen dieser typischen Steckverschlüsse verfügt.

»Du wärst überrascht, wie wenig Mädchen ich erst durch die Gegend chauffiert habe.«

Er greift nach dem Riemen, mit dem ich nicht so recht etwas anfangen kann, und führt ihn konzentriert durch die Schnalle unter meinem Kinn. Dabei entsteht eine kleine Falte zwischen seinen Augenbrauen und sein Blick wird ganz ernst.

»Ach ja?«

Vorsichtig zieht er den Riemen enger, bis der Helm perfekt sitzt und er mich zufrieden betrachtet.

»Passt, sitzt, wackelt und hat Luft?«

Wie zum Beweis schüttele ich ein bisschen den Kopf und nicke dann, was die Antwort auf seine Frage ist.

»Perfekt. Und jetzt sei ehrlich: Woher hast du den Helm?«

Obwohl er keine Miene verzieht, sehe ich, wie seine Augen frech funkeln.

»Von meiner Ex-Freundin geliehen.«

»Ha. Ha.«

»Er gehört meiner Mutter.«

Damit klopft er auf den Sitz, und ich folge seiner Aufforderung, klettere hinter ihn und schlinge vorsichtig meine Arme um seine Taille.

»Ich habe die perfekte Route für dich rausgesucht, so kriegst du einen Querschnitt durch den ganzen Ort, wir lassen keine Attraktion aus und enden ganz wie gewünscht am See. Passt das für dich?«

»Das klingt genau nach dem, was ich gebucht habe. Wie lange dauert das so?«

»Ich denke, so fünfzehn Minuten.«

»Na, dann hoffe ich, du bist ein sicherer Fahrer.«

Er grinst, das kann ich im rechten Rückspiegel sehen.

»Ich bin der einzige unfallfreie Lieferant von *Pizza Panda*. Und der schnellste.«

»Wenn das mal nichts bedeutet.«

»Willst du auch noch mein polizeiliches Führungszeugnis sehen?«

Er dreht den Kopf zu mir, und unsere Helme stoßen kurz gegeneinander, was mir bewusst macht, wie eng wir zusammensitzen. Was mir normalerweise vielleicht unangenehm wäre, aber gerade nicht ist, obwohl ich Konstantin ja noch gar nicht kenne. Ich empfinde Erleichterung darüber, jemanden wie ihn hier gefunden zu haben, auch wenn ich noch keine Ahnung habe, wer er für mich ist.

»Noch nicht. Aber vielleicht, wenn es ernst wird.«

KAPITEL 8

Konstantin

Sie hat sich für Erdbeere, Zitrone und Himmelblau entschieden und scheint mit ihrer Auswahl gänzlich zufrieden. Noch weiß ich nicht, wie ich ihr sagen soll, dass sie sich fast das ganze Kinn mit blauem Eis verschmiert hat, vor allem, weil sie es wirklich tragen kann.

»Okay, du hast nicht gelogen. Es schmeckt hervorragend.«

»Wir haben vielleicht keine schillernd bunten Klubs, aber wir haben das beste Eis.«

»Und das bunteste.«

Sie betrachtet ihre ineinanderschmelzenden Eiskugeln und lächelt verträumt. Nebeneinander, aber so, dass wir uns nicht zufällig berühren können, sitzen wir auf den Stufen des Brunnens nahe der Eisdiele, wo an besonders heißen Tage Kinder gerne eine Abkühlung suchen. Mir ist natürlich bewusst, dass die Möglichkeiten, Vio hier mit unseren Highlights zu beeindrucken, begrenzt sind, aber man kann mir zumindest nicht mangelnden Einsatz vorwerfen.

»Erzähl mir etwas über dich, das mich überrascht, Konstantin.«

Vios Sonnenbrille ist ebenso groß wie ihr normale Brille,

sie versteckt fast ihr ganzes Gesicht dahinter, was ich schade finde. Sobald sie den Helm abgenommen hatte, wurden wenigstens ihre Locken aus dem Haargummi befreit, und jetzt sieht sie einfach nach Sommer aus.

»Gute Frage.« Und ich brauche dringend Bedenkzeit, denn beim Durchscrollen meiner Hobbys und besonderen Fähigkeiten springt mir nichts ins Auge, womit ich sie überraschen könnte. Es wird sie kaum interessieren, dass ich mit meiner Rückhand den Ball mit einer Geschwindigkeit von 171 km/h übers Netz zum Gegner dreschen kann, und die Tatsache, dass ich die Netflix-Serie *Haus des Geldes* auf Spanisch mitsprechen kann, obwohl ich kein Spanisch kann, ist auch nicht gerade eine Fähigkeit für die Supertalent-Bühne. »Ich bin bei der Feuerwehr.«

Zu gerne würde ich ihren Blick sehen, aber den versteckt sie, wie vermutlich auch ihre Gefühle, hinter der Brille, durch die sie mich jetzt mustert.

»Echt jetzt?«

»Ja. Wir haben hier eine freiwillige Feuerwehr.«

Sie lässt das Eis sinken, der Sonnenbrillenblick bleibt unverändert auf mir festgetackert.

»Wie alt bist du?«

»Siebzehn.«

»Und da bist du schon bei der Feuerwehr?«

»Freiwillige Feuerwehr, ja. Ich war auch schon bei der Jugendfeuerwehr.«

»Wow. Ein echter Grisu.« Ihre Stimme verrät mir nicht, ob sie ehrlich begeistert ist oder sich gerade über mich lustig macht. Ihr Lächeln wäre auch ganz ohne Sonnenbrille undurchschaubar. »Du weißt schon, Grisu der Drache, der Feuerwehrmann werden wollte?«

»Es mag dich überraschen, aber ich weiß, wer Grisu ist. Auch wenn es genau genommen nicht meine Zeit war.«

»Meine doch auch nicht. Aber manche Klassiker werden an die folgenden Generationen weitergegeben.«

Darauf fällt mir nichts ein, und ich hoffe, sie sieht mich jetzt nicht an, als wäre ich ein knuffiger kleiner Drache. Gefriendzoned im 70er-Style, das fehlt mir noch.

»Spannendster Einsatz?«

»Katze im Baum.«

Je mehr ich rede, desto bescheuerter komme ich mir vor. Es macht mich nervös, dass sie mich so geschützt ansehen und ich nur hektisch gegen die Sonne blinzeln kann.

»Hast du sie gerettet?«

»Nein, ich habe nur abgesichert. Robin, mein Bruder, hat sie vom Baum geholt.«

»Verstehe.«

»Ich weiß schon, ist alles wenig spannend hier für dich, Walddorf ist nicht gerade der Nabel der Welt, wo ständig irgendwas passiert, aber wir sind eigentlich ganz zufrieden mit der Ruhe und …«

Bevor ich mich weiter um Kopf und Kragen reden kann, legt sie ihre Hand auf meinen Unterarm und bringt mich durch diese Berührung zum Schweigen – und zum Schwitzen.

»Könntest du mir einen Gefallen tun, Konstantin?«

»Hm?«

»Pack mich bitte nicht in irgendeine Schublade und glaub zu wissen, was ich denke, okay?« Sie verpackt ihre Worte mit einem Lächeln und ich nicke stumm. »Ich bin jetzt hier, egal ob und wie sehr ich München vermisse. Also mache ich das Beste aus der ganzen Situation.« Sie hebt das Eis ein bisschen höher. »Und gerade könnte es echt viel schlimmer sein.«

»Ja?«

»Schon. Ich meine, nicht nur, dass du der schnellste, unfallfreie Lieferpanda bist, du rettest auch noch Katzen aus Bäumen und spendierst mir Eis.«

»Ich habe nur abgesichert.«

»Konstantin, du bist vielleicht der netteste Kerl, den ich seit Monaten getroffen habe. Das ist zur Abwechslung wirklich toll. Red das bitte nicht kaputt, okay?«

»Okay.« Ich lade meinen gelben Plastiklöffel mit einer weiteren Portion Stracciatella-Eis voll und schiebe ihn mir in den Mund, spüre aber ihren Blick noch immer auf mir ruhen.

»Ich habe heute übrigens Mone kennengelernt.«

Es ist keine Frage, nur eine Information, die sie mit mir teilt, und ich verschlucke mich, huste um mein Leben, und Vio klopft mir auf den Rücken, kräftiger als nötig, und ich erhole mich mit hochrotem Kopf von meinem kurz angetäuschten Erstickungstod.

»Ach …« Wie immer, wenn man gerade heftig gehustet hat, klingt die Stimme danach etwas schriller als sonst.

»Sie meinte, du hättest ihr schon von mir erzählt.«

Schnell räuspere ich mich.

»Ich kenne Mone schon ewig, ich habe eine Pizza bei ihr ausgeliefert und wir haben uns unterhalten.« Mone ist von Natur aus neugierig, es gibt kaum etwas, was man länger als dreißig Sekunden vor ihr verbergen kann. Sie weiß sofort, wer was mit wem auf welcher Party hatte, weil sie es den Personen ansieht und sie besser kombinieren kann als Sherlock Holmes zu seinen besten Zeiten. Mich hat sie nur angesehen und schon habe ich ihr – natürlich völlig cool – von der Neuen erzählt.

»Ich habe sie im Supermarkt getroffen.«

»Mone ist echt in Ordnung.«

»Sie hat mich für heute an den See eingeladen.«

Natürlich hat sie das, weil Mone einfach so ist und niemanden am Rand stehen lassen will.

»Würdest du mich hinfahren?«

»Jetzt?«

»Klar.«

Isabell wird sicher auch am See sein, um die Uhrzeit sind alle dort.

»Oder ist das ein Problem?«

Der Himmel ist so wolkenlos blau wie Vios Eis, die Temperaturen liegen um die dreißig Grad und in den Straßen ist abseits der Eisdiele nichts los. Entweder sind die Leute in ihren Gärten oder eben am See.

Nur Papa ist bestimmt auf dem Tenniscourt.

»Nein, kein Problem. Stand sowieso auf der Liste der Sehenswürdigkeiten.«

Isabell.

Zwar ist zwischen Isabell und mir nicht wirklich was passiert, aber bei dem Abschlussfest nach der Schule gab es ziemlich viel Weißweinschorle und irgendwann haben wir uns geküsst.

Sie war betrunken, ich wollte nicht unhöflich sein, und

seitdem meldet sie sich ab und an, fragt, ob wir was zusammen unternehmen. Wenn ich da jetzt mit Vio auftauche, wird sie bestimmt Fragen stellen. Fragen, die ich schon längst hätte beantworten sollen.

Vio steht bereits neben mir, das Eis aufgegessen, den Helm unterm Arm, den Blick auf mich gerichtet, wie ich da noch immer auf der Stufe sitze, während das schmelzende Eis langsam an meinem Handgelenk entlangläuft. Sie schiebt sich die Sonnenbrille in die Haare.

»Oder ist es dir peinlich, wenn du bei deinen Freunden mit dem Großstadtmädchen aufschlägst?«

Ich stehe auf und sehe ihr endlich zum ersten Mal heute in die Augen, die übrigens wunderschön sind. Jetzt nur nicht sagen, was mir wirklich durch den Kopf geht.

»Kommt darauf an.«

»Ach. Worauf denn?«

Ich reiche ihr eine der Servietten, die wir zum Eis bekommen haben und die ich in weiser Voraussicht aufgehoben habe.

»Ob du mit oder ohne blaue Eisreste im Gesicht gehen willst.«

»Das trägt man in der Großstadt so.« Sie zwinkert mir frech zu, nimmt die Serviette an, entfernt die Eisspuren vom Kinn und lächelt dann souverän. »Aber danke für den Hinweis.«

Sie nickt Richtung Vespa, die wir in der Nähe des Zebrastreifens abgestellt haben, aber ich berühre kurz ihren Arm, woraufhin sie stehen bleibt.

»Du bist mir übrigens nicht peinlich. Ganz im Gegenteil.«

Das rutscht mir einfach so raus, dabei wollte ich es nur denken. Jetzt ist es zu spät, die Worte sind draußen und nicht mehr zurückzunehmen. Vio nickt kurz, aber ich kann sehen, dass ihre Augen lächeln.

Plötzlich werde ich das Gefühl nicht los, dass Vio hier einiges durcheinanderwirbeln wird.

In meinem Herzen hat sie damit schon mal angefangen.

KAPITEL 9

Vio

Weder den Ammersee noch den Starnberger See habe ich erwartet, mir war bewusst, dass der von Konstantin hochgelobte Silbersee nichts weiter als ein gängiger Badesee sein wird, und ich hatte recht. Auch wenn ich zugeben muss, dass es hier ziemlich genial aussieht. Es ist die perfekte Uhrzeit, auf der Wasseroberfläche spiegelt sich die Sonne und lässt das Wasser klarer erscheinen, als es vermutlich ist. Von einer Art schwimmender Badeplattform springen Jugendliche ins Wasser, andere liegen am Sandstrand, und die Bäume des Waldes linksrum betten alles in eine grüne Oase, die wie aus der Zeit gefallen scheint.

»Ta-daaah! Eine ehemalige Kiesgrube, deswegen ist er auch so klar. Angeblich kann man bis zum Grund schauen.« Konstantin zeigt auf den See vor uns, als könnte ich ihn irgendwie übersehen, und kratzt sich dann etwas verlegen am Hinterkopf. »Das ist unser großer Silbersee.«

»Es gibt noch einen kleineren?«

»Er hat ein kleines Geschwisterchen auf der anderen Seite des Waldes. Dort, wo es ziemlich windig ist, worüber der Surfklub überaus dankbar ist.«

»Wow.«

Er prüft meine Antwort auf Ironie, aber dafür gibt es keinen Grund. Walddorf ist ziemlich klein, daran gibt es nichts zu rütteln, und dementsprechend hatte ich in Gedanken die Größe des Sees angepasst.

»Schön hier.«

Noch immer wartet er darauf, dass ich einen abfälligen Kommentar über seinen See abgebe, aber stattdessen schütze ich meine Augen gegen die Sonne und suche den Strandabschnitt nach Mone und den anderen ab.

»Wie tief ist der See?«

»Dreizehn Meter. Für eine Arschbombe reicht es.«

»Schon getestet?«

»Ausreichend oft.« Er grinst breit und deutet nach links, wo die meisten bunten Badetücher liegen. »Komm, Mone wartet sicher schon.«

Im Reflex will er nach meiner Hand greifen, entscheidet sich im letzten Moment noch anders, nimmt mir stattdessen den roten Helm ab und geht dann voraus. Ich ziehe die Schuhe aus, bevor ich ihm auf dem schmalen Trampelpfad vom Parkplatz zum Strand folge. Sobald meine Zehen den Sand spüren, fällt ein bisschen der Anspannung von meinen Schultern, die mich immer leise begleitet.

All die Jugendlichen, die hier sorglos in der Sonne liegen, haben keine Ahnung, was passiert ist. Sie sehen mich nicht so an, sie machen keine gehässigen Bemerkungen und sie tuscheln nicht darüber hinter meinem Rücken.

Vielleicht ist das hier wirklich eine neue Chance und nicht nur ein enges Dorf.

Schon so lange spüre ich diesen unangenehmen Druck, der sich zwischen meinen Schulterblättern festgesetzt hat und sich nicht mehr lösen wollte, egal wie oft ich tief eingeatmet habe.

Ich gehe weiter über den erstaunlich feinen Sand, folge Konstantins Fußspuren, vorbei an den Familien, die hier ihren Sommerurlaub verbringen, und an Sandförmchen, die Kinder achtlos zur Seite geworfen haben, nachdem sie ihre Bauwerke beendet haben.

»Da bist du ja!« Mone, in einem schwarzen Bikini, springt sofort auf, umarmt zuerst mich und dreht sich dann zu Konstantin.

»Du hier?«

»Hm. Dachte, ich schau auch mal vorbei.«

Sie nickt gespielt nachdenklich, bevor sie sich wieder mir zuwendet und auf den großen bunten Schirm deutet, dessen Stange sie tief in den Sand eingegraben haben. »Bunter Schirm, nicht zu übersehen, wie versprochen.«

»Unübersehbar.«

»Freut mich, dass du gekommen bist …«, ein kurzer Blick zu meinem Begleiter-Schrägstrich-Fremdenführer, »… und Konny gleich mitgebracht hast.«

Konny. Das passt zu seiner wilden Frisur, aber nicht zu dem markanten Kinn und den ehrlichen Augen.

»Eigentlich hat er *mich* mitgebracht. Ich kenne mich hier ja gar nicht so wirklich aus.«

»Noch nicht. Aber glaub mir, das lernst du schnell.«

Mone hakt sich bei mir unter und zieht mich das letzte Stück zu den anderen, die mich neugierig mustern.

»Leute, aufgepasst. Das hier ist Vio, die Neue.«

Ich winke ungelenk in den Kreis aus roten, gelben, blauen und grünen Strandtüchern und den dazugehörigen Sonnenanbetern.

»Das sind Matze, Leonie, Paula, Lotte, Holger, Marco und Sebi. Caro, Tanja und Sabrina kennst du ja schon.«

Zu viele Namen auf einmal, ich versuche sie mir zu merken, aber Mone rattert weiter Fakten runter, verrät mir, wer mit wem verwandt und wer mit wem zusammen ist und wer seit welcher Klasse wessen beste Freundin ist. Ich stehe regungslos im Informationshagel und hoffe, dass irgendwas davon hängen bleibt. Konny, wie er hier wohl genannt wird, steht grinsend etwas abseits und legt die Helme in den Sand, bevor er daneben Platz nimmt.

»Vio ist aus München, ihre Eltern übernehmen die Gaststätte im Tennisklub und ab nächstem Schuljahr ist sie bei uns am Purrmann. Seid also nett.«

Es überrascht mich, dass Mone sich tatsächlich an all diese Details erinnert, während ich nicht mal die Namen der anderen Mädels aus dem Supermarkt korrekt abgespeichert habe. Sie dreht sich wieder zu mir.

»Hast du Badeklamotten dabei?«

»Klar.«

»Cool. Das Wasser ist nämlich absolut herrlich heute.«

Es gibt diese Menschen, die dafür gemacht sind, eine Clique anzuführen. Mone ist so jemand, sie hat das Lächeln, den schlauen Blick und vor allem diese ansteckende Art, in ihrer Nähe fühle ich mich gleich weniger fremd.

»Wer kommt noch mal mit raus zur Insel?«

Suchend lasse ich den Blick über das Wasser wandern, finde aber keine Insel, dafür ist der See dann doch zu klein.

»*Die Insel* ist die schwimmende Plattform. Die Jungs von der freiwilligen Feuerwehr haben sie letztes Jahr gebaut und in den See geschubst. Stark, was?«

Bei den Worten *freiwillige Feuerwehr* schaue ich automatisch zu Konstantin, der sein T-Shirt inzwischen ausgezogen hat und mit einem der Jungs im Gespräch ist.

»Also, wer kommt mit?«

Die meisten sind von der Idee begeistert, lösen sich aus ihrer Lethargie und wandern Richtung Wasser. Mone sieht mich an.

»Bist du dabei?«

»Ich komme nach. Werde mich hier erst mal häuslich einrichten.«

»Alles klar.«

Und schon ist sie weg, lässt mich mit zwei Jungs zurück, von denen ich nur Konstantin kenne. Obwohl ich genau spüre, dass sie mich unauffällig hinter ihren Sonnenbrillen beobachten, entscheide ich mich, über meinen Schatten zu springen und nicht länger nur rumzustehen. Mone hat den Anfang gemacht, mich ungezwungen vorgestellt und die Tür zur Clique aufgeschubst, jetzt bin ich dran. Also ziehe ich das T-Shirt einfach über den Kopf, bevor ich die kurze Jeans abstreife, alles zusammenlege und im Rucksack verstaue. Mein Badeanzug hat schon einige Tage an und in der Isar überstanden, dann wird das hier auch kein Problem.

»Aus München, ja?« Holger – falls ich mir den Namen richtig gemerkt habe – sieht mich an und ich nicke. »Wieso zieht man von München nach Walddorf?«

Eine Frage, deren Beantwortung so leicht wäre und bei der ich mir doch Zeit lasse.

»Meine Eltern wollten einen Neuanfang und ich bin mitgekommen.«

Keine echte Lüge, verpackt in eben doch einer Lüge.

»Muss ja ein richtiger Kulturschock für dich sein.«

»Ehrlich gesagt ist ein bisschen Ruhe genau das, was ich brauche.« Mein Mantra, das ich immer und immer wieder abspule, manchmal auch nur in meinem Kopf, für mich ganz alleine. *Walddorf tut mir gut, hier kennt mich niemand, hier kann ich für das letzte Schuljahr noch mal bei null anfangen, keinen Ärger, keinen Stress.*

»Na, hoffentlich sind wir dir nicht zu langweilig.«

Mein Blick wandert ganz selbstverständlich zu Konstantin, der übrigens auch ohne Shirt eine ziemlich gute Figur macht, und ich muss lächeln.

»Bisher gefällt es mir hier ziemlich gut.«

Holger und Konstantin sehen mich etwas schockiert über meine Beichte an, als würde ich gleich losprusten, aber es ist die Wahrheit. Schulterzuckend blicke ich auf den See, wo die anderen inzwischen die Insel erreicht haben.

»Sieh an, die Münchnerin findet Gefallen an Walddorf.« Holger grinst und setzt sich auf. »Darauf müssten wir glatt anstoßen. Will jemand was zu trinken?« Er steht auf, klopft sich den Sand von den Badeshorts und nickt in Richtung Kiosk. »Eine Cola vielleicht?« Zufrieden, da er mich offensichtlich in die Sparte *okay* eingeordnet hat, marschiert er los, ohne auf eine Antwort zu warten oder Konstantins Bestellung aufzunehmen.

Dieser nimmt das Ganze mit einem breiten Grinsen hin und sieht zu mir, sobald Holger außer Hörweite ist.

»Hab ein bisschen Geduld mit ihm, er traut keinem, der nicht mindestens in dritter Generation von hier stammt.«

»Dann habe ich ja super Chancen.«

»Es gibt natürlich noch eine Möglichkeit.«

»Die da wäre?« Er deutet auf die Insel, wo die anderen noch immer ihr Unwesen treiben.

»Inselspringen.«

Wie aufs Stichwort hechtet Mone mit einem perfekten Köpper ins kühle Nass und erntet dafür jede Menge Applaus.

»Nichts leichter als das.«

KAPITEL 10

Konstantin

Sie schwimmt schnell, mit ganz klaren Zügen, woran ich erkenne, dass sie es so richtig mit Anleitung gelernt hat. Anders als wir hier, die einfach ins Wasser gesprungen sind und irgendwann halt den Boden unter den Füßen verloren haben – so lernt man das Schwimmen erstaunlich schnell. Natürlich habe ich die Schwimmabzeichen dann alle nachgeholt, aber da konnte ich schon besser schwimmen als die meisten hier.

Kaum an der Insel angekommen, hilft Mone ihr nach oben, und ich bleibe bei den Jungs, die alle in Ufernähe im Wasser treiben, bis Marco neben mir auftaucht.

»Ist ja 'ne ziemlich Süße, deine Neue.«

Ihm hängen die Haare bis über die Augen und er kann mich nur durch diesen Vorhang ansehen. In kleinen Kreisen schwimmt er um mich herum.

»Sie ist nicht meine Neue.«

»Na ja, daran lässt sich arbeiten.«

Um mir sein Gequatsche nicht länger anhören zu müssen, tauche ich unter, lasse alle Geräusche und Stimmen verstummen, sinke noch ein bisschen tiefer, bis dahin, wo das Wasser kühler wird und die Sonne nur noch spärlich durchkommt.

Manchmal würde ich gerne länger, als meine Lungen es zulassen, hier unten bleiben. Da oben ist es mir oft zu laut, zu wild und zu chaotisch. Ich bin nicht Robin, der sofort in der ersten Reihe steht, wenn es darum geht, was Aufregendes zu erleben. Mir gefällt es in der zweiten Reihe, wo nicht jeder sofort auf mich aufmerksam wird.

Als ich wieder auftauche – früher, als mir lieb ist –, erwartet mich doch wieder Marco.

»Also, wenn du kein Interesse an ihr hast, dann könnte ich doch mein Glück versuchen, oder?«

Offenbar spricht er noch immer über Vio, die neben Mone am Rand der Insel sitzt und ihre Beine ins Wasser baumeln und sich von den Mädels ausfragen lässt. Marco hat einen gewissen Charme, den kann ich ihm nicht absprechen, außerdem hat er einen eigenen Roller und muss ihn sich nicht vom Bruder leihen. In meinem Magen breitet sich ein merkwürdiges Gefühl aus, wenn ich mir vorstelle, wie er Vio um ein Date bittet.

»Ich weiß nicht, vielleicht hat sie ja einen Freund.«

»Das würde ich schon rauskriegen. Also?«

»Ich weiß nicht so recht.« Er braucht nicht meine, sondern ihre Erlaubnis, und ich hoffe inständig, dass er die nicht bekommen würde.

»Also hast du doch Interesse!« Er schlägt mir auf den Rücken und drückt mich mit Schwung an der Schulter unter Wasser, bevor er zur Insel schwimmt und sich wie in einer Aftershave-Werbung möglichst cool aus dem Wasser zieht. Ich bleibe mit dem Mund und der Nase untergetaucht, beobachte ihn aber genau, wie er sich neben Vio setzt und sich die

Haare aus der Stirn streicht. Bevor ich hören kann, was er sie fragt, entscheide ich mich für einen weiteren Tauchgang, diesmal unter der Insel durch bis auf die andere Seite, wo ich wieder an die Oberfläche komme und tief Luft hole.

»Hi, Konny. Dich habe ich gar nicht gesehen.«

Isabell.

»Oh. Hi.«

Sie lächelt strahlend, das kann ich trotz der blendenden Sonne sehen.

»Hab mich schon gefragt, ob du hier irgendwann auftauchst.«

Sie hält mir die Hand entgegen, will mir auf die Insel helfen und ich Trottel nehme sie an, klettere nach oben und sehe Marco und Vio, die gerade über eine von Marcos irre witzigen Bemerkungen lacht.

»O nein. Auch das noch.«

Kurz glaube ich, Isabell kann meine Gedanken lesen, aber sie sieht in eine ganz andere Richtung, nämlich zum Strand, wo eine Gruppe junger Männer gerade aus dem Gebüsch am Waldrand kommt.

Das ist nicht der offizielle Weg zum Strand, aber das scheint diese Truppe wenig zu stören. Sie kommen immer von dort, bleiben an dieser Seeseite mit ihren kleinen Handtüchern und ziehen jetzt unsere Blicke auf sich.

»Die nerven total.«

Diese Meinung teilen hier alle, und schon kurz nachdem sie ihr Strandlager aufgebaut haben, rennen die Typen laut grölend ins Wasser, machen dabei mehr Krach als die Kleinen im Kinderbereich neben dem Kiosk.

»Wann ist die Saison endlich vorbei?« Isabell verdreht die Augen, und ich kann aus dem Augenwinkel sehen, dass auch Marco und Vio ihr Gespräch unterbrochen haben und ihre Aufmerksamkeit den Männern schenken.

»Kennt die eigentlich jemand? Also, schon mal im Dorf gesehen?«

»Nee, bleiben wohl eher für sich.«

»Besser so. Irgendwie unangenehme Typen.«

»Wer sind die denn?« Vio, die ihren ersten Seetag hat, kann nicht wissen, dass diese Truppe jeden Tag um diese Uhrzeit hier aufschlägt und immer so laut ist.

»Keine Ahnung, irgendwelche Polen oder so. Saisonarbeiter, von den Feldern.«

»Die gönnen sich wohl 'ne Abkühlung. Bei über dreißig Grad draußen arbeiten schlaucht bestimmt.«

Vios Kommentar sorgt für überraschte Blicke und zaghaftes Kopfschütteln.

»Ja, aber die sind echt jeden Tag hier.«

»Und? Ist doch ein öffentlicher Strand.«

Isabell bemerkt Vio wohl erst jetzt so richtig, nimmt die Neue etwas genauer unter die Lupe, dreht sich dafür sogar ganz in ihre Richtung.

»Ja, aber sie stören.«

Wie zum Beweis lachen die Männer laut und rufen sich in einer fremden Sprache, die ich nicht zuordnen kann, etwas über das Wasser zu.

»Mich stören sie nicht.«

Vio hat ihre nassen Haare nach hinten gekämmt, aber die Locken haben einen anderen Plan und rahmen ihr Gesicht wild ein. Jetzt, ganz ohne Brille und mit diesem ernsten Blick, sieht sie so erwachsen aus. Wasserperlen benetzen ihre Lippen und lenken meine Gedanken kurz vom eigentlichen Gesprächsthema ab. Allerdings nur so lange, bis Isabell mich daran erinnert.

»Dann leg dich doch zu denen rüber, wenn du sie ach-so-sympathisch findest.«

Mone wirft mir einen Blick zu, und ich weiß nicht, was sie von mir erwartet, also zucke ich nur kurz die Schultern, will mich nicht einmischen.

»Isabell, Vio ist neu hier.«

»Ja, das merkt man.« Der giftige Unterton ist nicht zu überhören und trotzdem reicht Vio Isabell die Hand, die diese auch annimmt, wenn auch etwas zögernd.

»Hi, Isabell.«

»Hi.«

»Und das sind keine Polen.«

»Ach nein?«

»Nein. Das sind Rumänen.«

»Toll. Noch schlimmer.«

Vios Mine verändert sich nur minimal, und ich weiß nicht, ob es den anderen überhaupt auffällt, aber ich bemerke es. Ihre Augen wirken dunkler, ihre Mundwinkel strenger.

»Ist auch total egal, was sie sind, können die sich nicht benehmen?«

Inzwischen beobachtet unsere komplette Gruppe die Männer, die sich einen kleinen Handball im Wasser hin und her zuwerfen, sich dabei unterhalten und immer wieder lachen. Vio verschränkt die Arme.

»Ich finde, sie benehmen sich eigentlich ganz ordentlich.«

»Die machen sich doch hundert Pro über uns lustig. Und zwar so, dass wir es nicht verstehen.«

Ich bin mir nicht mal so sicher, ob sie uns überhaupt wahrnehmen. Ich sehe sie immer nur dann auf der Insel, wenn niemand sonst sie belagert, sie bleiben für sich, belästigen niemanden. Eigentlich stören sie nicht, auch wenn es mich irritiert, dass ich nicht mitbekomme, was sie sagen.

»Tun sie nicht.«

»Und woher willst du das so genau wissen?«

»Weil ich Rumänisch spreche.«

Alle Augenpaare richten sich synchron auf Vio, die starr an uns allen vorbei zu der Männergruppe blickt.

»Lernt man das in München?« Mones Versuch, die Stimmung zu retten, scheitert, als Vio ernst den Kopf schüttelt.

»Lernt man, wenn man Rumänin ist.«

»Du bist Rumänin?« Ihr Blick streift mich, weil ich die Frage, die mir durch den Kopf schießt, laut ausspreche.

»Ja. Darf ich mich noch mal vorstellen? Vio, Kurzform für Viorica. Nachname Lupascu, schön, euch kennenzulernen.« Sie lächelt. »Ist das ein Problem?«

KAPITEL 11

Vio

Bist du in Rumänien geboren?«

»Nein. In München.«

»Weil, man hört das gar nicht, wenn du sprichst.«

»Dass ich aus München komme?«

»Nein, dass du Rumänin bist.«

»Genau genommen bin ich ja Deutsche.«

»Aber dein Nachname?«

»Lupascu.«

»Der ist rumänisch, oder?«

»Ja. Meine Eltern kommen aus Bukarest.«

»Also, man hört es auf jeden Fall gar nicht.«

»Ich bin ja auch in München geboren und aufgewachsen.«

»Ja, man hört das ja manchmal trotzdem.«

»Ach?«

»Ist ja nicht schlimm, es fällt mir nur auf.«

Wer hätte gedacht, dass die Herkunft meiner Eltern das spannendste Detail an mir sein könnte, denn gerade habe ich die Aufmerksamkeit aller, die mich mit Fragen löchern und unbedingt noch mal erwähnen wollen, dass sie gar nichts gegen die jungen Männer haben, die noch immer im Wasser

Ball spielen. Ob ich verstehe, worüber sie sprechen – was ich tue – und ihnen übersetzen könnte, was sie sagen? Ihre enttäuschten Gesichter, als ihnen klar wird, dass sie nicht im Mittelpunkt der Gespräche stehen und sich die Männer nur über ihren Alltag austauschen.

Isabell, die mich seit meiner Offenbarung ganz anders ansieht, legt besonders viel Wert darauf, dass ich sie und ihre Aussagen auch ja richtig verstehe.

»Also, ich habe echt nichts gegen Rumänen. Das war eben nur so ein Witz, 'ne?«

»Du meinst, Rumänen sind gar nicht schlimmer als Polen?«

Isabell schaut mich aus großen hellen Augen an. Ich kann förmlich sehen, wie die Gedanken in Sternschnuppengeschwindigkeit durch ihren Kopf jagen.

»Genau.«

»Wow.«

»Ich meine nicht, dass Polen dafür schlimm sind oder so. Ich dachte nur …«

»Ist jetzt auch egal. Seid beruhigt, die Jungs wollen nur ihre Ruhe und ein bisschen Spaß.«

Holger zuckt gelangweilt die Schultern, als könnte so langsam mal ein Themenwechsel anrücken.

»Polen, Rumänen oder Deutsche, wen juckt es? Können wir jetzt zurück? Ich hab langsam Hunger.«

Alle stimmen ihm zu, verlassen die Insel und schwimmen in Richtung Ufer, lassen das Thema und mich zurück, also bleibe ich noch einen Moment genau da und beobachte die Rumänen im Wasser, die mir persönlich weder zu laut noch zu auffällig sind. Im Restaurant meiner Eltern ging es immer hoch her, es wurde viel und herzhaft gelacht. Gegen Ende des Abends wurden die Tische zusammengerückt, und aus vielen Gästen wurde eine Gesellschaft, die noch Kaffee oder Verdauungsschnaps bestellte. Rumänisch klingt für mich vertraut, nach Daheim, obwohl ich erst dreimal in Bukarest war.

»Entschuldige bitte die wilde Fragerunde eben.«

Konstantin. Den habe ich tatsächlich kurz vergessen, so stumm wie er bei der ganzen Unterhaltung eben wurde, aber jetzt setzt er sich neben mich und versucht sich an einem Lächeln.

»Die haben das wirklich nicht so gemeint.«

»Wie gemeint?«

»Na ja. Halt gegen die Jungs.«

»Und woher weißt du das so genau?«

»Weil es meine Freunde sind. Ich kenne die ewig, keiner von denen ist so.«

»So?«

»Weißt schon. Ausländerfeindlich eben.«

Ausländerfeindlich spricht er aus, als wäre es ein Fremdwort, dessen korrekte Aussprache er nicht beherrscht, weil er es so selten benutzt.

»Es ist mir ziemlich egal, was deine Freunde denken. Du glaubst gar nicht, was für Schwachsinn ich mir schon anhören durfte.«

Er will etwas erwidern, überlegt es sich dann anders und wechselt stattdessen das Thema.

»Jetzt hast du sie zumindest mal kennengelernt.«

»Deine Clique?«

»Sind sie, ja, irgendwie. Ich war mit den meisten schon im Kindergarten. Aber eigentlich …« Er sieht seinen Freunden nach, wie sie sich immer weiter von uns entfernen, bis ihre Köpfe an der Wasseroberfläche immer kleiner werden, und gibt schließlich auf. »Man kennt sich halt ewig, dann sind es doch automatisch Freunde, oder?«

»Denke schon. Ist sicher auch irgendwie schön, wenn man so lange befreundet ist.«

Jetzt wird sein Lächeln etwas sanfter, nicht mehr so gezwungen wie eben noch, und er stützt die Hände hinter sich ab, sieht zum Himmel.

»Auf jeden Fall. Mir graust ein bisschen vor dem Abschluss.«

»Wieso?«

»Weil die meisten dann sicher weggehen.«

»Und du willst bleiben?«

Er nickt, ohne mich dabei anzusehen.

»Joa.«

»Für immer?«

»Keine Ahnung. *Für immer* hab ich noch gar nichts geplant. Aber hier kenne ich alles, hier muss ich nicht raten, was die Leute über mich denken oder ob sie mich mögen.«

»Nun, jetzt musst du schon ein bisschen raten.«

Langsam löst er seinen Blick vom Himmel und lässt ihn fragend zu mir wandern.

»Wie meinst du das?«

»Du weißt nicht, was *ich* über dich denke. Oder ob ich dich mag.«

»Das stimmt, aber vielleicht komme ich ja noch dahinter.«

»Dann streng dich mal an, Herr Fremdenführer.« Gerade, als ich über die Kante ins Wasser springen will, legt Konstantin seine Hand auf meine und ich verharre in der Bewegung.

»Hör mal, Vio, ich will nicht, dass du dich jetzt irgendwie unwohl fühlst bei uns.« Sein zerknirschter Gesichtsausdruck lässt mich wissen, dass ihm das vorhin wirklich unangenehm war, auch wenn er sich an dem Gespräch so gut wie nicht beteiligt hat.

»Vielleicht wird das nächste Mal ja nachgedacht, bevor jemand so einen Spruch raushaut.«

»Ganz sicher.«

»Was ist eigentlich mit dir?«

»Mit mir?«

»Ja. Stören dich die Typen auch?«

»Nö.« Er zögert nicht, sieht mir dabei in die Augen und schüttelt den Kopf. Seine Hand liegt noch immer auf meiner.

»Okay. Ich kann nämlich genauso laut fluchen. Auf Rumänisch.«

»Das will ich hören.«

Konstantin hat ein unauffällig schönes Lächeln. Keine Grübchen, kein 1000-Watt-WOW-Effekt, und trotzdem gefällt es mir, wenn er still lächelt und mir dabei so in die Augen sieht wie jetzt.

»Glaub mir, Konstantin …«, ich stehe auf, gehe ein paar Schritte zurück zur Mitte der Insel, »… das willst du nicht hören.«

Dann nehme ich Anlauf und springe mit voller Kraft von der schwimmenden Plattform, ziehe die Beine an den Körper und lande mit einer perfekten Arschbombe im Wasser.

KAPITEL 12

Konstantin

Vio hat die Arme um mich gelegt und lehnt sich mit mir in die Kurven, während ich sie durch die leeren Straßen in Richtung Tennisklub fahre. Ihre Eltern haben gefragt, ob sie noch vorbeikommen kann, weil die letzten Handgriffe für die baldige Eröffnung getan werden müssen.

Die Verabschiedung von den anderen auf dem Parkplatz war herzlich, Mone und Vio haben sich umarmt und Telefonnummern ausgetauscht, lose Verabredungen für die nächsten Tage am See wurden ausgemacht.

Es wundert mich immer wieder, wie leicht es manchen Menschen fällt, neue Kontakte zu knüpfen, während ich mich selbst bei meinen jahrelangen Freunden schwertue.

Mir ist natürlich Isabells Blick aufgefallen, als Vio und ich zusammen zum Roller gegangen und dann gemeinsam weggefahren sind. Und offensichtlich nicht nur mir.

»Ist Isabell eigentlich deine Freundin?« Vio spricht die Frage in den Fahrtwind, aber ich höre sie trotzdem.

»Nein. Wir sind nur Kumpels.«

»Und weiß sie das auch?«

Gute Frage. Obwohl ich mir echt vorgenommen habe,

heute die Sache mit ihr zu klären, bin ich dem Gespräch aus dem Weg gegangen.

»Klar weiß sie das.«

Vio erwidert nichts, bleibt für den Rest der Fahrt stumm, und ich nehme mir erneut fest vor, Isabell heute Abend noch zu schreiben. Nicht die feine englische Art, aber vielleicht fällt es mir dann leichter, als wenn ich ihr dabei in die Augen schauen muss.

Kaum habe ich den Roller vor dem Tennisklub abgestellt, springt Vio auch schon ab und hantiert mit dem Riemen ihres Helms.

»Danke für den Tag, Konstantin.«

Die Verabschiedung kommt zu schnell und hastig für meinen Geschmack, ich hatte auf eine Umarmung gehofft, und obwohl Vio anscheinend am liebsten sofort zur Gaststätte rennen würde, bremst der Riemen ihre Flucht.

»Soll ich helfen?«

»Ich kriege das schon hin.«

Aber ihre Finger sind viel zu hektisch, um den Helm loszuwerden.

»Nicht vergessen, ich bin Feuerwehrmann, ich kann dir helfen, das ist mein Job.«

Genau genommen bin ich kein Feuerwehrmann, aber mein Argument hat sie dennoch überzeugt. Sie reckt den Hals etwas in meine Richtung und so befreie ich sie vom selbst verursachten Fast-Knoten unterm Kinn. Sie streift den Helm ab, lässt die Löwenmähne ausbrechen und reicht ihn mir zurück.

»Ich muss mir echt einen eigenen anschaffen, sonst stranguliere ich mich mit dem Teil noch irgendwann.«

»Okay.«

»Vorausgesetzt, wir fahren noch öfter zusammen durch die Gegend.«

»Jederzeit.«

»Sag so was nicht, ich habe einen schlechten Schlaf. Vor allem im Sommer.«

»Ruf an, ich hol dich ab und wir fahren durch die Gegend, bis du müde bist.«

Es passiert so schnell, dass ich gar nicht so recht weiß, wie ich reagieren will.

Vio küsst mich.

Meine Wange. Sie beugt sich zu mir, ihre Lippen berühren meine Haut, hinterlassen ein Kribbeln.

»Bis bald, Grisu.«

Sie winkt und rennt dann in Richtung Klub-Eingang, während ich mit dem Helm in der Hand und dem Nachklang ihrer Lippen auf meiner Wange noch immer dasitze und ihr nachsehe.

»Sieh einer an, dein Date lief wohl richtig gut.« – Robins Stimme, gefolgt von einem kräftigen Schlag auf die Schulter. »Und 'ne Hübsche ist sie auch noch.«

Hat der eine Ahnung, Vio ist eindeutig das hübscheste Mädchen, dass sich seit Langem nach Walddorf verlaufen hat.

»Mhm.«

»Erde an Konstantin.«

»Hm?«

»Hast du mit Isabell gesprochen?« Mit dieser Frage schießt Robin meine schwebenden Gedanken direkt wieder ab und holt sie krachend zurück auf den Boden der Realität.

»Nicht direkt.«

»Sei kein Schisser, Mann! Du kannst nicht zweigleisig fahren.«

»Mach ich gar nicht!«

»Isabell sieht das bestimmt anders.« Er nimmt mir den roten Helm ab und bedeutet mir, ich solle vom Roller steigen, was ich in einer Art Trance auch tue.

»Du kommst auch zu Fuß nach Hause, oder?« Ohne auf eine Antwort zu warten, löst er die Schnalle unter meinem Kinn und zieht mir den Helm vom Kopf, nur um ihn sich dann selber überzustreifen.

»Wo fährst du hin?«

»Ein paar von den Jungs treffen sich noch an der Grillhütte.«

Ab einem bestimmten Alter teilen sich die Cliquen hier auf, nur um sich auf den verschiedenen Dorffesten wieder zu vermischen. Obwohl Robin nur zwei Jahre älter ist, hängen er und seine Jungs so gut wie gar nicht mit uns ab, treffen sich nicht mehr so häufig am See, verbringen die Abende in der Kneipe oder fahren ins nächste Dorf, um erst in den frühen Morgenstunden wieder heimzukehren. Früher hat Robin mich noch ab und an mitgenommen, wenn Mama mich ihm aufgedrängt hat. Aber inzwischen kommt das nicht mehr vor. Er ist auf der Coolness-Skala immer weiter nach oben geklettert, während ich bei einer soliden Sechs festhänge.

»Vielleicht kannst du ja noch ein bisschen mit deinem Date flirten.«

Augenzwinkernd startet er den Motor seiner Vespa und fährt, den roten Helm unvorschriftsmäßig am Ellenbogen eingehängt, davon. Ich sehe ihm nach, wie er über die kleine

Schotterstraße, die zum Tennisklub führt, braust und am Stoppschild an deren Ende nicht anhält, sondern einfach weiterfährt.

»War das dein Bruder?«

So schnell, wie ich herumwirble, könnte man meinen, ich hätte neben meinen Tennisstunden als Kind auch noch Ballettunterricht genossen. Vio, einen Karton im Arm, nickt die Straße runter, dahin, wo mein Bruder eben verschwunden ist.

»Ja. Robin. Ist seine Vespa. Ich leihe sie mir für die Arbeit und bei besonderen Anlässen.«

»Ich war also ein besonderer Anlass?«

Als ob sie das nicht genau weiß. Meine ganze Clique, Mone allen voran, hat sich heute nur mit ihr beschäftigt.

»Du warst ein ziemlich besonderer Anlass.«

Sie nickt, und ich kann sehen, dass der Karton ganz schön schwer sein muss.

»Darf ich helfen?«

Schon stehe ich vor ihr und sie reicht mir erleichtert die Kiste.

»Das wäre toll. Wir haben noch jede Menge Geschirr, das reinmuss.«

Der offene Kofferraum des Autos vor dem Eingang zum Vereinsheim lässt mich wissen, dass sie nicht übertreibt, denn die Beschriftung auf den restlichen Kartons reicht von *Suppenteller* über *Kaffeetassen* bis hin zu *Besteck*.

»Oder hast du andere Pläne für den Abend?«

Schnell schüttele ich den Kopf und spüre das Lächeln auf meinen Lippen.

»Ehrlich gesagt habe ich so gar nichts vor.«

»Du hilfst uns also?«

»Sag mir nur, wohin mit den Kartons.«

»In die Küche, meine Eltern packen aus.«

»Ich würde ja salutieren, aber …«

»Bloß nicht, da drinnen befindet sich das gute Geschirr.«

Sie schnappt sich ebenfalls eine Kiste aus dem Kofferraum, und gemeinsam machen wir uns auf den Weg ins Klubheim, wo noch mehr Kartons stehen und Vios Eltern schwitzend Teller um Teller auswickeln.

Entweder sie bemerken mich gar nicht, oder aber ihnen ist jede helfende Hand recht.

In der Küche, wo alles glänzt und ich mich in jeder Oberfläche spiegeln kann, stelle ich den Karton auf einer der Anrichten ab und drehe mich zu Vio.

»Wirst du hier im Restaurant helfen?«

Sie nickt stolz und lehnt sich gegen den riesigen Kühlschrank.

»Klar. Ich zapfe das perfekte Weißbier.«

»Weißbier?«

»Jaja, ich weiß, hier ist wohl eher Weinschorle angesagt, oder?«

»Nehme auch 'ne Cola.«

»Musst du dann einfach an der Bar bestellen.«

»Wann eröffnet ihr?«

»Übermorgen, denke ich. Morgen wird Mama alles noch mal polieren.«

Ich lasse meinen Blick durch die Küche wandern und frage mich, was genau noch mal poliert werden muss, und Vio scheint meine Gedanken zu lesen, denn sie lacht leise.

»Meine Eltern wollen alles perfekt haben. Wir sind die Neuen, es ist was anderes, sie wollen einen guten Eindruck machen.«

»Was wird es denn so an Gerichten geben?«

»Na ja, die Speisekarte wird in etwa die gleiche sein wie in München. Etwas verkleinert vermutlich.«

Panisch gehe ich mein Wissen über internationale Küche durch, finde aber nichts und bemerke, dass ich keine einzige rumänische Speise kenne.

»Komm zur Eröffnung, dann kriegst du die Probierplatte.«

»Verlockend, werde da sein.« Wenn auch nicht ausschließlich wegen der Probierplatte.

»Und bring deine Freunde mit. Je mehr, desto besser.«

KAPITEL 13

Vio

Die Eröffnung ist ein voller Erfolg.

Der Biergarten ist gut gefüllt und auch im Inneren sind fast alle Tische belegt. Auf den Tennisplätzen finden aktuell noch zwei Partien statt, und ich ertappe mich dabei, wie ich jedes Mal einen Blick auf eines der Spielfelder werfe, wenn ich die Getränke nach draußen bringe.

Konstantin sieht ziemlich gut aus, so ganz in Weiß, als wäre das hier mindestens das Wimbledon-Finale, und den Anfeuerungsrufen seines Vaters würde ich mich gerne einfach mal anschließen, auch wenn ich nicht so recht weiß, wann er einen besonders guten Schlag hingelegt hat.

»Hallo? Wir würden gerne was bestellen.«

Lächelnd drehe ich mich zu dem Tisch, an dem vier Jungs sitzen, die ich noch nicht kenne. Vollprofi, der ich inzwischen bin, ziehe ich den kleinen Block aus meiner dunklen Schürze und komme zu ihnen rüber.

»Was darf es denn sein?«

Papa hat trotz Verkleinerung seine Spezialitäten auf der Karte behalten und eine schöne kulinarische Reise durch Rumänien zwischen den Ledereinband der Speisekarte gepackt. Einige der Gäste haben trotz deutscher Übersetzung bei manchen Speisen nachgefragt, jedes Mal habe ich es ihnen mit einem geduldigen Lächeln erklärt und stehe ihnen gerne zur Verfügung, falls sie weitere Fragen haben. Bisher sind alle begeistert, und in der Küche arbeitet Papa unter Hochdruck daran, dass es auch so bleibt.

Einer der Jungs tippt unschlüssig auf die Speisekarte, die Stirn in Falten gelegt.

»Puh. Gute Frage.«

Er fährt mit dem Finger unter dem Text entlang, während er versucht, ihn laut vorzulesen.

»*Mititei*?«

»Gerne. Mit Pommes oder …«

»Nein, nein. Das war 'ne Frage.«

»Ach so. Also, es handelt sich dabei um gegrillte Hackfleischröllchen.«

»Also Ćevapčići.«

»Na ja, so ähnlich, aber ganz anders.«

»Bist du Kroatin?«

»Nein.«

Er nickt, sieht noch immer nicht zu mir, kratzt sich am Kinn und atmet schließlich leicht genervt aus.

»Habt ihr keine Pizza?«

Papa wusste, dass er einige Gäste mit den ausschließlich rumänischen Gerichten irritieren könnte, aber er hat sich bewusst gegen die Ergänzung durch Pizza oder Schnitzel entschieden.

»Nein, leider nicht. Aber ich kann dir die Mititei echt empfehlen …«

»Nee, mir ist heute nicht nach Ćevapčići.«

Er schüttelt entschlossen den Kopf, und ich spüre, wie mein Lächeln etwas verkrampfter wird.

»Sie heißen Mititei. Das ist eine rumänische Spezialität.«

»Ćevapčići sind doch genau das Gleiche. Fleischteile halt.«

Die anderen Jungs grinsen, halten den Blick aber auf die Karte gerichtet.

»Dann vielleicht erst mal eine Suppe?«

Papa predigt immer, dass der Gast König ist und unsere Aufgabe darin besteht, ihm einen entspannten Abend mit gutem Essen zu bescheren, weil er dann im Idealfall wiederkommt. Und nur deswegen lächele ich noch immer. Der Kerl lässt die Karte zuklappen und dann seinen Blick langsam an mir hochwandern.

»Du bist neu hier, oder?«

»Ganz richtig. Darf ich euch vielleicht schon mal was zu trinken bringen?«

»Wie heißt du?«

»Vio.«

Es kostet inzwischen Beherrschung, ihn und seine Kumpels nicht einfach stehen zu lassen.

»Und wo kommst du her, Vio?«

Obwohl ich mir sicher bin, dass diese Frage jedem neuen Mädchen hier gestellt wird, spüre ich trotzdem dieses brennende Gefühl in meiner Kehle.

»München.«

»In München isst man also so Zeug?«

»Allerdings.«

Ein älteres Ehepaar nimmt am freien Tisch auf der anderen Seite des Biergartens Platz, und ich nicke ihnen zu, lasse sie dadurch wissen, dass ich sie gesehen habe und mich gleich um sie kümmern werde.

»Wenn ihr noch etwas Bedenkzeit braucht, kann ich in ein paar Minuten wiederkommen.«

»Nee, wir nehmen alle ’ne Pizza.«

Jetzt grinst er mich abwartend an, legt die Speisekarte ab und lehnt sich in den Stuhl zurück.

»Wie gesagt, wir haben keine Pizza auf der Karte.«

»Deswegen gehen wir ja auch woanders essen.«

Als wäre das ihr Stichwort, erwachen seine Kumpels aus ihrer Starre und stehen auf. Ihr Anführer lässt sich dabei etwas mehr Zeit, richtet sich wie in Zeitlupe auf, erwartet wohl einen Versuch, sie vom Gehen abzuhalten, aber ich sammele nur stumm ihre Karten ein. Er ist größer, als ich vermutet habe, sein hellbraunes Haar trägt er ordentlich, die aufmerksamen Augen liegen unter dunklen Brauen, sein Lächeln wirkt frech, eigentlich gut gelaunt, und doch traue ich dem nicht.

»Echt schade, Vio. Hier konnte man früher richtig gut essen.«

Er gibt seinen Jungs ein Zeichen, und sie heften sich artig an seine Fersen, verlassen den Biergarten, und ich warte, bis sie hinter der Hecke verschwunden sind, bevor ich tief einatme und mir ihre Speisekarten unter den Arm klemme.

»Ist der Tisch frei?«

Konstantin, verschwitzt und in seinem Tennisoutfit, taucht mit seinem Vater neben mir auf und deutet auf den Tisch, wo eben noch diese Idioten saßen.

»Selbstverständlich.«

Sofort lege ich die Speisekarten wieder hin, froh über die Ablenkung.

»Cool. Papa, ich gehe mich schnell umziehen und leiste dir dann Gesellschaft.«

Sein Vater sieht aus wie eine ältere Version von Konstantin, mit grauen Schläfen, markantem Kinn, kurzem Haar, das bei Weitem nicht mehr so wild ist wie das seines Sohnes.

»Wer hat denn gewonnen?«

Bevor Konstantin antworten kann, kommt ihm sein Vater zuvor und legt den Arm um ihn.

»Er hat gewonnen. Hauptsächlich, weil er endlich meine Tipps angenommen und umgesetzt hat.«

Der Stolz in seiner Stimme ist nicht zu überhören und Konstantin offensichtlich peinlich, so beschämt, wie er zu Boden sieht.

»Bin gleich wieder da.«

Er rollt sich aus der väterlichen Umarmung und wirft mir noch einen kurzen Blick zu, bevor er in Richtung Umkleideräume sprintet und mich mit seinem Vater alleine lässt.

»Es ist schön, dass wir hier wieder ein Restaurant haben.« Sein Vater nimmt dort Platz, wo dieser arrogante Spacko eben saß, und schlägt die Speisekarte auf. »Mein Sohn hat mir erzählt, deine Familie stammt aus Rumänien?«

»Ja.«

»Ich war mal beruflich in Timişoara.« Er gibt sich Mühe, es korrekt auszusprechen, und ich nicke lächelnd. »Ich freue mich, dass es endlich etwas mehr kulinarische Abwechslung bei uns gibt, aber so ein gutes Schnitzel …« Er sieht mich kurz entschuldigend an, und ich spüre, dass ich noch immer lächele, obwohl ich lieber etwas erwidern möchte. Herr Wagenfeld zeigt an mir und den Tennisplätzen vorbei in Richtung Dorfmitte. »Letztes Jahr hat ein afrikanisches Restaurant hier eröffnet, in der Hauptstraße. Aber das hat schon wieder zugemacht. Einige Leute probieren nicht gerne was Neues aus.«

Er schüttelt den Kopf und wirft einen Blick auf die Karte. Noch bin ich mir nicht sicher, ob er mir damit vielleicht etwas sagen will, und so stehe ich nur starr vor ihm, den Stift in der Hand, bereit für die nächste Bestellung – oder verkappte Beleidigung.

»Ich glaube, wir nehmen die Probierplatte. Dann kann Konstantin mal von allem kosten.«

»Gute Entscheidung.«

»Und zwei große Apfelschorlen.«

Ich notiere mir alles, sammele die Speisekarten wieder ein und lasse Konstantins Vater am Tisch zurück, nehme aber die bitteren Gedanken an die Typen von eben mit.

KAPITEL 14

Konstantin

»Es war wirklich absolut lecker.« Als wäre die leer gefutterte Probierplatte nicht Beweis genug, gebe ich meinen Kommentar ab, als Vio unseren Tisch abräumt.

»Ich glaube, ihr werdet meinen Sohn jetzt öfter hier sehen.« Papa zwinkert ihr zu, und einen Moment lang würde ich gerne im Erdboden versinken, aber stattdessen beobachte ich Vio, wie sie lächelt und fragt, ob wir noch etwas trinken wollen. Papa schüttelt den Kopf und erhebt sich. »Konstantin bleibt sicher noch etwas, ich gehe mal drinnen bezahlen.«

Und damit lässt er uns alleine, nicht ohne mir hinter ihrem Rücken noch einen Daumen nach oben zu schicken, von dem ich hoffe, dass ihn außer mir niemand gesehen hat. Eltern mögen es ja gut meinen, aber sie blamieren uns regelmäßig, bevorzugt in der Öffentlichkeit. Deswegen warte ich jetzt sicherheitshalber, bis er im Inneren verschwunden ist.

»Es war wirklich saugut.«

»Ich werde das Kompliment an die Küche weitergeben.«

»Wann hast du eigentlich Feierabend?«

Sie wirft einen Blick in den Biergarten, der noch immer gut gefüllt ist.

»Also vor zehn komme ich hier sicher nicht raus. Wir haben drinnen noch einen Tisch für fünf Personen reserviert.«

Es ist erst kurz nach sieben, und ich hatte eigentlich nicht geplant, den ganzen Abend am Tennisklub rumzuhängen. Im Sommer ist immer irgendwo eine Party, entweder in einem elterlichen Garten oder Keller.

»Ich warte, wenn das okay ist.«

Einen kurzen Augenblick lang ist sie sprachlos, was mich unheimlich freut, denn irgendwie hat Vio sonst immer eine Antwort auf Lager.

»Du kannst aber nicht den Tisch blockieren, wenn du nichts bestellst.«

»Dann warte ich an der Bar und schaue dir zu, wie du das perfekte Weißbier zapfst.«

»Das müsste erst mal jemand bestellen.«

Ich rücke den Stuhl zurück und stehe auf, schiebe die Hände in die Hosentaschen und grinse.

»Nichts leichter als das.«

Ich folge ihr, vorbei an den Tischen und den Blicken, nach drinnen, wo mein Vater gerade unsere Rechnung bezahlt und sich händeschüttelnd bei Vios Mutter verabschiedet.

»Sag mal, die Jungs, die vorhin an eurem Tisch saßen. Also, vor euch. Kennst du die?« Vio stellt die Frage, während sie frisches Besteck für neue Gäste aus einer Schublade neben der Bar klaubt.

»Meinst du Jonas und seine Kumpels?«

»Keine Ahnung, ich bin ja die Neue. Schon vergessen?«

»Ja, das war Jonas.«

»Und ist er ein Freund von dir?«

»Nee, nicht wirklich. Wieso?«

»Ach, komischer Typ. Wollte unbedingt ’ne Pizza.« Sie verdreht die Augen und setzt ihr professionelles Kellnerinnen-Lächeln wieder auf. »Nicht mein liebster Gast heute.«

»Das will ich schwer hoffen. Auf den Posten möchte ich mich nämlich noch bewerben.« Sie zieht amüsiert eine Augenbraue in die Höhe, und ich deute auf die unbesetzten Barhocker, die vor dem Tresen mit den Zapfhähnen stehen, bevor sie etwas erwidern kann. »Ich warte dann mal.«

»Viel Spaß.«

»Den werde ich haben.«

Vio schaltet wieder in ihren Arbeitsmodus, und ich sehe ihr nach, wie sie freundlich und zuvorkommend am Tisch neben dem Eingang die neuen Gäste begrüßt, sie mit Speisekarten und den nötigen Infos versorgt. Ich wette, sie bemerkt meinen Blick, während ich dümmlich grinsend auf dem Barhocker meinen Platz für den Rest des Abends einnehme.

»Ich vermute, ich muss dich nicht mit nach Hause nehmen?« Papa legt einen Geldschein neben mich auf den Tresen und schiebt ihn zu mir rüber.

»Nee, ich bleibe noch ein bisschen.«

»Gib nicht alles auf einmal aus, ja?«

»Danke.«

Er will gehen, überlegt es sich dann doch noch mal anders und dreht sich zu mir, versperrt mir die Sicht auf Vio.

»Nicht, dass du das Training wegen ihr vernachlässigst.«

»Quatsch.«

Als Papa gegangen ist, kommt Vio um die Theke und macht sich daran, die Getränkebestellungen zu erledigen. Ich stütze die Ellenbogen auf den Tresen und lege mein Kinn in die Hände.

»Willst du mich jetzt den ganzen Abend beobachten?«

»Ich wollte eigentlich nur ein Weißbier bei Ihnen bestellen.«

»Bist du denn schon sechzehn?«

Sie unterbricht ihre Arbeit nicht einen Moment, wirkt routiniert und souverän, hat alles im Griff, und ich kann mir vorstellen, wie oft sie genau so ihre Abende verbracht hat. Während meine Freunde und ich auf der anderen Seite irgendeines Tresens saßen.

»Ich bin sogar schon siebzehn.«

Alle Gläser werden auf ein rundes Tablett geladen, das Vio dann mit Leichtigkeit auf ihrer Hand balanciert und endlich meinen Blick auffängt.

»Einmal Weißbier, kommt sofort.«

Allerdings muss ich mich erst mal gedulden, weil Vio von Tisch zu Tisch saust, Bestellungen von ihrer Mutter in die Hand gedrückt bekommt und vollbeladene Teller aus der Küche trägt, wann immer das laute *PLING!* einer Hotelglocke ertönt. Erst als sie etwas gehetzt an die Theke zurückkommt, fällt ihr wieder ein, dass ich warte.

»Fuck. Dein Weißbier.«

»Alles gut, ich habe es nicht eilig.«

»Wir haben echt nicht gedacht, dass wirklich so viele Leute kommen.«

»Die Leute hier lassen sich tatsächlich selten gutes Essen entgehen.«

»Das afrikanische Restaurant auf der Hauptstraße hat nach einem Jahr wieder dichtgemacht. Sagt dein Vater.«

»Stimmt. Und der Sushi-Laden auch. Aber am Tennisklub ist immer viel los, das wird ein Selbstläufer.«

Vio scheint nicht wirklich überzeugt von meiner optimistischen Zukunftsprognose.

»Es würde bestimmt helfen, wenn wir Pizza im Angebot hätten.«

»Mir hat dieser Auberginenaufstrich ja ziemlich gut geschmeckt.«

»Salată de vinete.«

»Genau der.«

Lächelnd zapft sie ein Weißbier mit der perfekten Schaumkrone und stellt das Glas direkt vor mir ab.

»Bitte schön.«

»Wow.«

»Ich weiß.«

Sie lächelt triumphierend, während ich das Glas drehe und zugeben muss, dass es sich um das wohl ästhetischste Bier in der Geschichte der Biere handelt.

»Hast du sonst noch irgendwelche Superkräfte, von denen ich wissen sollte?«

Doch meine Frage geht leider irgendwo zwischen dem nächsten *PLING!* und der Ankunft der Gesellschaft mit der Tischreservierung unter. Zumindest denke ich das, bis Vio ihre Hand im Vorbeigehen auf meine Schulter legt und ich meinen Kopf in ihre Richtung drehe, wo ich von ihrem Lächeln empfangen werde.

»Habe ich. Musst aber selber rausfinden, welche.«

KAPITEL 15

Vio

Sollen wir dich heimfahren?«

Papa, der gerade die Tür zum Lokal abschließt, sieht zu Konstantin, der nicht nur gewartet, sondern am Ende auch noch mit aufgeräumt und damit bei meinen Eltern mächtig Eindruck gemacht hat. Jetzt schüttelt er trotzdem den Kopf.

»Ich habe es nicht weit.«

»Sicher?«

Die Besorgnis in der Stimme meines Vaters ist so typisch. Noch immer höre ich ihn, wie er mir vor jeder Party gesagt hat, dass ich immer anrufen kann, er würde mich abholen. Egal wie spät, egal wie weit weg, er wäre schon im Auto, wenn ich auflege.

Aber Walddorf ist nicht München.

»Ja, wirklich, kein Problem. Muss nur da hinten einmal quer über das Feld.«

Bevor Papa etwas sagen kann, hake ich mich bei ihm ein.

»Walddorf, Papa.«

»Trotzdem. Ich würde mich wohler fühlen, wenn wir dich an der Haustür absetzen könnten. Es ist schon dunkel.«

Konstantin sieht von meinem Vater zu mir und ich zucke nur die Schultern.

»Okay. Das ist aber ein großer Umweg für Sie.«

Papa winkt ab und geht los in Richtung Auto.

»Es gibt keine Umwege, wenn es um Sicherheit geht. Außerdem hast du heute geholfen, da ist es das Mindeste.«

Konstantin gibt auf und folgt mir zum Wagen, wo Mama schon wartet und mir einen verschwörerischen Blick zuwirft, den ich diesmal elegant ignoriere. Doch bevor wir einsteigen können, ruft jemand meinen Namen und bekommt dafür die Aufmerksamkeit von uns vieren.

Es ist Mone, die aus der Dunkelheit in den Schein der Straßenlaterne tritt, wie immer ein breites Lächeln auf den Lippen.

»Dachte ich doch, dass ich dich hier finde.«

Dann sieht sie zu Konstantin, der plötzlich nicht so recht weiß, wohin mit seinen Händen.

»Hi, Konstantin.«

Mama beugt sich ein bisschen zu mir.

»Du hast aber schnell Freunde gefunden.«

Das hat sie mir nämlich schon vor unserem Umzug ständig gepredigt. Sie war sicher, dass ich ohne Probleme Anschluss finden und am Ende in Walddorf glücklicher als in München sein würde.

»Hi, Mone. Was machst du denn hier?« Um diese Uhrzeit.

»Ich wollte dich abholen.«

»Abholen?«

»Ja. Wollen wir noch zusammen zu Holger?«

»Holger?«

»Ja. Der grillt im Garten seiner Eltern.« Wieder sieht sie zu Konstantin. »Kommt ihr?«

Weil das verlockender als eine Autofahrt mit meinen Eltern und ihren neugierigen Fragen an Konstantin klingt, nicke ich und verabschiede mich so schnell von meinen Eltern, dass diese gar keine Chance haben zu widersprechen.

»Bis später.«

Ich greife nach Konstantins Hand und ziehe ihn einfach mit in Mones Richtung, die uns beide mit einer Umarmung begrüßt. Sie riecht nach Sonnenmilch und Strand. Aber erst, als der Wagen meiner Eltern an uns vorbeifährt und wir alle artig winken, rückt sie mit der Sprache raus.

»Bei Holger gibt es eine Party. Nur der inner circle. Seine Eltern sind doch noch in Dänemark. Wollt ihr mit?«

Wann genau ich in den erwähnten inner circle aufgestiegen bin, weiß ich nicht, und sehe fragend von Konstantin zu Mone.

»Ich weiß nicht, ich bin ja nicht direkt eingeladen.«

»*Ich* habe dich doch gerade eingeladen.« Sie lächelt mich breit an.

»Und Konstantin ist genau genommen auch nicht direkt eingeladen.«

Dieser nickt und Mone legt ihren Arm um mich.

»Keine Sorge, wenn ich euch mitbringe, ist alles cool.«

»Wenn das so ist …«

»Wir sollten unterwegs nur irgendwo noch Gastgeschenke einsammeln.« Mone hakt sich auch noch bei Konstantin ein und führt uns davon in Richtung Straße. »Die Tanke hat noch offen, da kriegen wir bestimmt *Bacardi* oder so.«

»Was, keine Blumen?«

Sie grinst.

»Die pflücken wir unterwegs.«

Was wir tatsächlich tun. Während Konstantin im Tankstellenshop die Getränke besorgt, sammeln wir im Feld gegenüber ein paar Blumen ein.

»Konstantin ist noch keine achtzehn, glaubst du, er kriegt echt *Bacardi*?«

»Vielleicht. Wenn nicht, holt er Bier, das tut's auch.«

Sie reicht mir einen Klatschmohn für meine Sammlung.

»Sorry übrigens für die dummen Kommentare am See beim Schwimmen.«

»Schon vergessen.«

Ist zwar gelogen, behaupte ich aber immer, weil ich nicht die beleidigte Leberwurst sein will, die man mit eben solchen dummen Sprüchen verärgert. Das kommt nie so gut an. Habe ich bereits gelernt. Dann wird man schnell als zickig und überempfindlich abgestempelt, auch wenn ich finde, dass ich durchaus Grund hätte, angesäuert zu sein.

»Glaub mir, ich weiß, wie es ist. Mein Papa kommt aus Tschechien.«

Überrascht sehe ich zu ihr.

»Ach.«

»Jaja, lass mich raten: *Das sieht man gar nicht, das hört man gar nicht, und ich spreche ja so wahnsinnig gut Deutsch.*« Sie verdreht kurz die Augen, grinst aber dabei und pflückt schon die nächste Blume. »*Sprichst du Tschechisch? Sag mal was.* Und die enttäuschten Gesichter, wenn sie feststellen: Ich kann es gar nicht.«

»Wieso denn nicht?«

»Mein Vater hat meine Mutter verlassen, als ich vier war. Alles, was ich von ihm habe, sind die Augen. Sagt meine Mutter. Ich habe ihn schon ewig nicht mehr gesehen.« Sie zuckt die Schultern, hat mit dem Thema offensichtlich abgeschlossen. »Auf jeden Fall sind die Leute hier echt okay. Da musst du dir keine Gedanken machen. Die mögen dich.«

»Tun sie das?«

Mich hatten am See ganz andere Vibes erreicht, was ich aber niemandem gesagt habe.

»Glaub mir, wenn sie dich nicht mögen würden, wüsste ich das. So was spricht sich hier nämlich rasend schnell rum.« Mone deutet auf die weiten Felder um uns herum, die nur in einiger Entfernung durch eine beleuchtete Baustelle unterbrochen werden. »Wie dir aufgefallen sein dürfte, ist hier nämlich nicht irre viel los.«

Dabei ist hier für meinen Geschmack jede Menge los.

»Was wird das da hinten eigentlich?«

Sie folgt meinem Blick zur Baustelle und rollt die Augen.

»Da klatschen die 'nen Betonkasten hin. Wird wohl ein Flüchtlingsheim. Keine Ahnung.«

»Aha.«

»Uns wäre ja ein Einkaufszentrum lieber, aber wir wurden nicht gefragt.«

Damit reicht sie mir mit perfektem Timing den wilden Blumenstrauß, denn gerade kommt Konrad aus der Tanke zu uns herüber, und ich habe keine Chance mehr, weitere Fragen zu stellen.

»Kein *Bacardi*?«

Konstantin schüttelt den Kopf, zwei Sixpack Bier im Arm.

»Klaus war nicht da, nur seine Vertretung. Der gibt nie *Bacardi* an uns raus.«

»Mit Bier und Blumen sollten wir dennoch Eindruck schinden.« Mone hakt sich wieder bei mir ein, als würden wir uns schon so lange kennen, wie ihr Vater weg ist, und setzt dann unseren Trupp in Bewegung. »Und mit Vio im Gepäck sorgen wir sicher auch für Gesprächsstoff.« Sie wirft mir einen kurzen Blick rüber. »Die Neuen stehen immer im Fokus.«

Hilfe suchend sehe ich zu Konstantin, der mich aufmunternd anlächelt und nickt. Dabei habe ich es ehrlich gesagt ein bisschen satt, im Fokus zu stehen.

KAPITEL 16

Konstantin

Die Blumen hat Holger in eine leere Bierflasche gestellt, was die wohl nicht so cool finden und schon nach knapp einer Stunde die Köpfe ordentlich hängen lassen. Anders als Holger. Der ist voll in seinem Element und stößt artig mit allen an, warnt uns, bitte nicht in den Teich zu pinkeln oder darin schwimmen zu gehen und, wenn möglich, auch nicht in die Blumenbeete seiner Mutter zu kotzen. Mone hat Vio direkt beim Betreten der Party beschlagnahmt, und jetzt sitzen die Mädels zusammen am Grill, und ich höre ihr Lachen bis zur Hängematte, in der ich liege und darauf warte, dass mein Steak fertig wird.

»Willst du noch ein Bier?«

Holger reicht mir ungefragt die bereits geöffnete Flasche, und ich nehme sie an, obwohl neben der Hängematte noch eine halb volle steht. Manchmal frage ich mich, ob Holger solche Dinge nicht sieht oder sie ihm einfach egal sind.

»Danke, hab aber noch eins.«

»Jetzt bist du endlich mal auf einer echten Party dabei, da lass es dir auch gut gehen.«

So höflich wie möglich nicke ich.

»Willst du nicht rüberkommen? Marco hat das gute Zeug dabei.«

Er lässt die Augenbrauen tanzen, und ich ahne, dass er von Marcos gutem Zeug schon probiert hat, trotzdem winke ich ab.

»Nee, lass mal.«

Er bedeutet mir, ich solle etwas zur Seite rutschen, was in einer Hängematte nicht so einfach ist, und lässt sich neben mich fallen, was alles kurz aus dem Gleichgewicht bringt.

»Sag mal, so unter uns, ist das nicht irre anstrengend?«

Aus der Nähe betrachtet sind seine Augen zu klar, um zu vermuten, dass er schon gekifft hat, aber ich weiß dennoch nicht, wovon er spricht.

»Was meinst du?«

»Deinen komischen Balanceakt auf dem Drahtseil, mit dem du in jedem Zirkus auftreten könntest.«

»Bist du betrunken?«

Holger lacht und schüttelt den Kopf, obwohl ich das Bier in seinem Atem riechen kann.

»Du machst immer alles richtig, oder? Du kennst deine Grenzen, trinkst nie zu viel, bist pünktlich und achtest auf deinen Körper. Keine Tennisstunde wird verpasst, die Pizza kommt in Bestzeit zum Kunden nach Hause und dann bist du auch noch so ein Gentleman und lässt den anderen den Vortritt bei Vio.«

Er deutet zum Grill, wo inzwischen einige der Jungs um Vio herumstehen und ihr vermutlich Komplimente in Dauerschleife machen.

»Dabei kann ich sogar bekifft sehen, dass du auf sie stehst.«

»Quatsch.«

»Quatsch, ja? Du hast sie doch gerade erst mit Robins Vespa durchs Kaff gefahren, an den See gebracht und jetzt kreuzt du auch noch mit ihr im Arm hier auf.«

»Ich hatte sie gar nicht im Arm.«

»Hättest du aber gerne.«

»Quatsch!« Wieso kribbelt dann noch immer meine Wange, dort, wo sie mich zum Abschied geküsst hat?

»Mensch, Konstantin. Was ist dein Problem?«

»Ich habe kein Problem.«

»Vielleicht solltest du aber mal eins haben.« Damit klopft er mir auf die Schulter, nimmt mir die Bierflasche wieder ab und steht auf, wobei er die Hängematte erneut zum Schwingen bringt. »Du bist siebzehn, da baut man auch mal Mist unterwegs. Das nennt sich übrigens *leben.*«

Kopfschüttelnd verzieht er sich zu den anderen, zu Vio, die gerade von Marco vollgequatscht wird und dabei nicht besonders interessiert wirkt. Unsere Blicke treffen sich kurz, und ich bin mir nicht sicher, aber es wäre möglich, dass sie mir SOS zuzwinkert.

Oder aber sie hat nur den Rauch vom Grill in den Augen.

Trotzdem verlasse ich meinen Platz in der Hängematte und mache mich schlendernd auf den Weg, einfach mal nach meinem Steak schauen.

»Du solltest un-be-dingt auf das Fischerfest kommen. Das kann locker mit ’ner Party im P1 mithalten, garantiert!« Marco sülzt sie voll und merkt gar nicht, dass sie kein Interesse an ihm hat.

»Ich war noch nie im P1, aber sag mal …«, Vio ist zwar im Gespräch mit Marco, sieht aber nun zu mir, und ich hoffe, ihr

Lächeln ist auch meinem Auftauchen geschuldet. »Konstantin, kommst du auch auf das berühmte Fischerfest?«

»Jeder wird da sein.« Marco grinst zufrieden und hebt seine Bierflasche in den Nachthimmel. »Das wird die Party des Sommers!«

»Also, kommst du?« Vio will die Antwort lieber von mir direkt hören, und ich nicke unsicher.

»Ja. Schon.«

»Cool.«

Jetzt lächelt sie mich ganz offen an, was sicher auch den anderen nicht verborgen bleiben dürfte. Marco sieht zwischen Vio und mir hin und her, räuspert sich schließlich, bevor er zum Tiefschlag ausholt.

»Kommst du mit Isabell? Die sucht dich schon überall. Seid ihr jetzt fest zusammen, oder wie?«

»Wer behauptet das denn?«

»Na ja, ihr habt doch rumgemacht. Sieht dir ja sonst nicht ähnlich. Also dachten wir, ihr seid ein Paar.«

Obwohl alle mich ansehen, spüre ich Vios Blick besonders intensiv auf mir.

»Nee, sind wir nicht.« Wie kleinlaut ich doch klingen kann.

»Das Memo hat sie aber wohl verpasst.« Dann klopft Marco auf seine Hosentasche und nickt zur Sitzgruppe vor dem Gartenhäuschen. »Wer will mitziehen?«

Alle folgen seiner Aufforderung, bis auf Mone und Vio. Ich stehe etwas ungelenk rum und betrachte das verkohlte Stück Fleisch auf dem Grill, um das sich niemand gekümmert hat und wohl mal mein Steak war.

»Isabell sitzt übrigens am Teich. Nur, falls du sie gesucht hast.«

Mone kippt den Rest ihres Getränks ins Gras vor meinen Füßen und macht sich dann ebenfalls auf, Marco und den anderen Gesellschaft zu leisten. Plötzlich ist die Zweisamkeit mit Vio, die ich mir den ganzen Abend gewünscht habe, zu viel. Sie sieht mich abwartend an, und ich schlucke auf der Suche nach den richtigen Worten.

»Die Sache ist die, Isabell und ich, das war eigentlich nur ein Kuss und …«

»Mir musst du die Sache nicht erklären, Konstantin.«

»Aber, ich dachte …«

»Sie hingegen wird es wohl hören wollen.« Vio deutet an mir vorbei in Richtung des Teichs, in dem Holgers Eltern irgendwelche Fische halten, die sauteuer sind, denen sie aber nicht mal Namen gegeben haben. Ich muss mich nicht umdrehen, um zu wissen, wer mich dort erwartet. »Wir sprechen uns dann später.«

Vio lässt mich stehen und schubst mich damit zu einem Gespräch, um das ich mich schon eine ganze Weile drücke. Dabei weiß ich nicht mal, warum.

Isabell sitzt am Ufer, ein Glas in der Hand, den Blick auf die dunkle Wasseroberfläche gerichtet. Sie bemerkt mich, als ich mich neben sie setze, sagt aber nichts.

»Hi.«

Keine Antwort.

»Hör mal, wir müssen reden …« Wieder keine Antwort, nur sehr viel Druck, das Richtige zu sagen, ihr nicht wehzutun. »Du weißt, dass ich dich echt mag.«

Jetzt dreht sie sich zu mir, und ich wünschte, sie hätte es nicht getan. Ihre Augen sehen geschwollen aus, sie hat geweint, das verrät mir ihr verlaufenes Make-up.

»Ja, Konstantin, du magst mich. Du magst schließlich alle. Aber vor allem magst du *sie*.«

Wieso ist das eigentlich für alle so irre offensichtlich, wo ich es mir selber nicht mal eingestehen will?

»Sie hat damit nichts zu tun.«

»Weißt du, mir war schon nach dem Kuss klar, dass das zwischen uns wohl nichts werden wird.« Ihre Augen funkeln verletzt. »Aber du hast dich so vage verhalten, hast auf alle Nachrichten geantwortet, dass ich mir immer ein bisschen Hoffnung gemacht habe. Es wäre fairer gewesen, du hättest direkt gesagt, was Sache ist.«

»Ich weiß, aber …«

Sie schüttelt den Kopf, lässt mich nicht aussprechen, beendet dafür meinen unausgesprochenen Satz.

»Schon klar, du wolltest mir nicht wehtun. Weil du ach-so-scheißnett bist. Konstantin Wagenfeld, der Junge, der nie jemanden verletzt, der nie was Falsches sagt.« Isabell steht auf, klopft sich das Gras von der Hose und blickt auf mich herab, als wäre ich wirklich das Letzte. »Und aus Angst davor, überhaupt irgendwas falsch zu machen, sagst du gar nichts und machst es einfach nur immer schlimmer.«

Ihre Worte treffen mich wie Ohrfeigen, und ich kann nichts erwidern, weil ich zu genau weiß, dass sie recht hat.

»Viel Spaß mit der Neuen. Brich ihr nicht auch noch das Herz.«

KAPITEL 17

Vio

Sie lassen die Tüte rundgehen, aber ich passe auch diesmal, reiche sie direkt an Holger weiter, was dieser mit einem Augenrollen quittiert, aber sonst nicht kommentiert, sondern erst mal einen tiefen Zug nimmt.

Mone lehnt sich etwas zu mir rüber.

»Du bist direkt zum größten Drama des Sommers hier eingefallen.« Sie bemerkt meinen verwirrten Gesichtsausdruck und klärt mich auf. »Na, Konstantin und Isabell. Spannender wird es hier nicht. Schon gar nicht im Sommer, da ist hier echt nichts los.«

»Ach so. Na ja, ist ja deren Problem.« Sie zieht eine Augenbraue hoch, aber ich zucke nur die Schultern, lasse mich nicht in das Chaos anderer reinziehen. Dabei versuche ich die unangenehmen Erinnerungen und die damit verwobenen Gefühle auf Abstand zu halten. »Will damit echt nichts zu tun haben.«

»Dafür ist es wohl etwas zu spät.«

Diesmal überspringen sie mich beim Rumgeben des Joints, und mich überrascht es kurz, dass kein Pseudodruck auf mich ausgeübt wird.

»Ich habe doch gar nichts gemacht.« Das klingt viel zu heftig, und keiner scheint mir so richtig zu glauben. In dem Moment setzt Isabell sich zu uns in die Runde, greift automatisch nach dem Joint und lässt mich dabei nicht aus den Augen. Sie gönnt sich einen Zug voll Mut, bevor sie den Rauch und ihre Frage in meine Richtung pustet: »Erzähl mal, Vio: Hast du 'nen Freund?«

Der provokante Unterton entgeht niemandem, hält mich aber nicht davon ab, ihre Frage ehrlich zu beantworten.

»Nein.«

»Auf der Suche?«

»Habe kein Tinder-Profil, falls du das meinst.«

Einige lachen, Isabell jedoch nicht.

»Brauchst du hier auch nicht. Kommst aus dem schicken München und schnappst dir gleich mal einen von unseren besten Jungs.«

Jetzt lacht keiner mehr, und Mone will gerade etwas sagen, als hinter uns Motorengeräusche zu hören sind, laut und irgendwie schräg, dazwischen Jungslachen, und je näher der Lärm kommt, desto deutlicher ist auch die laute Musik zu hören.

»Ach, fuck.« Holger nimmt den Joint, stupst ihn umständlich am Holztisch aus und lässt ihn dann in seiner Hosentasche verschwinden, obwohl er noch etwas glimmt.

»Was'n das für 'ne Pussyparty? Hier läuft ja gar keine Musik!« Einige Jungs springen über den Gartenzaun, einer der Zwerge, die liebevoll aufgestellt den Garten bewachen, fällt dabei um. Eine tragbare Box, aus der ein hetzender Beat kommt, wird ungefragt auf den Tisch vor uns gestellt. So abrupt ändert sich die Stimmung, dass niemand etwas unternehmen kann, aber alle sind plötzlich merklich stiller.

Nur nicht die Eindringlinge.

»Hast uns gar nicht eingeladen, Holgi.« Einer der Typen verstrubbelt Holgers Frisur und grinst dann in die Runde, schnuppert in die Luft über uns und stemmt die Hände gespielt streng in die Hüften.

Ich erkenne ihn sofort.

»Na, na, na, ihr habt doch nicht etwa …« Er sieht sich um, als würde er gleich den Auftritt des Secret Service erwarten, und flüstert dann übertrieben: »… gekifft?«

Holger gibt sich geschlagen, zieht den Joint wieder heraus und reicht ihn wortlos an den Typen, der sich nicht vorgestellt und das offenbar auch nicht nötig hat. Dann fällt sein Blick auf mich.

»Sieh einer an. Du hier.«

»Ich hier.«

»Den Küchengeruch abgespült?«

Ich antworte nicht, sehe starr geradeaus und versuche, mich nicht provozieren zu lassen.

»Die Pizza war verdammt lecker.«

»Freut mich.«

»Ich bin übrigens Jonas.« Er reicht mir die Hand, in der er den Joint hält, als hinter ihm ein weiterer Junge auftaucht, den ich schon mal gesehen habe.

Robin, Konstantins Bruder.

»Mach mal die Mucke leiser, Jonas, sonst kriegt Holger noch Ärger wegen Ruhestörung.«

»Und das wollen wir ja nicht. Nicht wahr, Holgi?«

Holger, der bisher nicht den Eindruck gemacht hat, als wäre er leicht einzuschüchtern, nickt nur genervt, und Jonas drückt auf irgendeine unsichtbare Minitaste an der Box, woraufhin diese ausgeht und uns von der dröhnend aggressiven Musik erlöst.

»Wir wollen auch gar nicht lange stören. Habt ihr noch Bier?«

Holger deutet auf die Kühlbox, in der die Getränke zwischen Eiswürfeln stehen, und hofft wohl noch immer, dass er sich unsichtbar machen könnte. Jonas nickt zufrieden, lächelt dann in die Runde, bis sein Blick an Mone hängen bleibt.

»Hi, Schönheit.«

Mone winkt nur vage in seine Richtung, und ich verstehe, dass Jonas wohl nicht nur bei mir nicht den besten Eindruck hinterlassen hat. Erst als er sich in Richtung Kühlbox aufmacht, atmen alle wieder ein bisschen auf. Robin, der seinem Kumpel nicht gefolgt ist, zuckt nur die Schultern, ist dieses Verhalten wohl gewohnt.

»Ihr kennt ihn ja. Ich konnte ihn nicht davon abhalten herzukommen. Freibier – und schon schaltet er in den Autopilotmodus.« Jetzt reicht er mir die Hand. »Wir wurden uns noch nicht vorgestellt, ich bin Robin.«

»Ich weiß.«

Er sieht Konstantin erstaunlich ähnlich, vor allem die Augen, aber Robin wirkt etwas kantiger, erwachsener, dabei kann er nicht viel älter sein.

»Wenn mein Bruder sich danebenbenimmt, lass es mich wissen. Manchmal steht er sich selber im Weg.«

»Merke ich mir.«

Jetzt, da er lächelt, wird der enge Verwandtschaftsgrad zwischen ihm und Konstantin noch deutlicher, und ich beschließe spontan, dass ich Robin mag.

»Wo steckt der überhaupt?«

Ich will in Richtung Teich deuten, aber da, wo Konstantin bis eben noch gesessen hat, ist er nicht mehr.

Isabell lacht bitter auf und gibt ihren Kommentar zum Besten: »Hat wohl wie immer die Flucht ergriffen. Darin ist er ja besonders gut.«

Robin geht darauf nicht ein und sieht sich stattdessen suchend um.

»Na ja, wenn ihr ihn findet, könnt ihr ihm sagen, dass es bei mir wohl spät wird und er einfach das Fenster offen lassen soll.«

»Richten wir aus.«

Jonas, der inzwischen fast alle Bierflaschen im Arm hält, nickt Robin im Vorbeigehen zu.

»Los, Wagenfeld, wir ziehen weiter. Keinen Bock auf Kiddy-Party.«

Und schon verschwinden sie wieder, genauso schnell und laut, wie sie aufgetaucht sind. Erst als das Geräusch der davonbrausenden Roller sich in der Nacht verloren hat, grinst Holger wieder.

»Kiddy-Party, dass ich nicht lache. Der hat auch erst vor zwei Jahren seinen Abschluss gemacht, ist nicht so, als ob er Rentner wäre.«

»Aber sie haben das gute Gras mitgenommen.«

»Scheiß aufs Gras.«

»Und das Bier.«

Die Stimmung sinkt, als allen bewusst wird, dass sie sich jetzt weder hinter Alkohol noch dem süßlichen Duft eines Joints verstecken können.

»Meine Eltern haben sicher irgendwo Wein. Ich schau mal.«

Holger steht auf, verschwindet im Gartenhäuschen, und ein Blick in die Runde lässt mich wissen, dass die Party beendet ist, auch wenn es keiner direkt ausspricht.

»Auf Wein habe ich keinen Bock.«

»Wir könnten noch an die Tanke.«

»Die hat schon zu.«

»Hat jemand ’nen Roller, dann könnten wir nach Speyer rein.«

»Für ein Sixpack Bier? Viel zu aufwendig.«

Ich folge der Diskussion, ohne mich zu beteiligen, weil ich Konstantins Schatten jenseits des Teichs erkenne, der dort mit einem kleinen Fußball spielt. Ohne mich zu entschuldigen, stehe ich auf und entferne mich von der Gruppe, wobei ich mir sicher bin, dass zumindest Isabells Blick mir folgt.

KAPITEL 18

Konstantin

Gerade, als ich zum Schuss ausholen will, klaut sie mir den Ball vom Fuß, dreht sich dabei einmal um die eigene Achse – ohne den Ball zu verlieren – und kommt dann neben mir zum Stehen.

»Du solltest früher abspielen.« Damit lässt sie den Ball wieder zu mir rollen und grinst mich frech an.

»Du spielst Fußball?« Ich will mir die Überraschung über ihre Spielkünste echt nicht anmerken lassen.

»Nicht professionell. Habe meine Karriere in der Grundschule an den Nagel gehängt.«

Ich spiele ihr den Ball wieder zurück.

»Wie schade.«

»Und du? Spielst du?«

Sie kickt mir den Ball zu, den ich annehme und kurz einige Male auf meinem Fußspann tanzen lasse. So wie früher auf dem Schulhof.

»Nur noch Tennis.« Damit lasse ich den Ball wieder zu Boden fallen, stelle den Fuß drauf und sehe zu ihr.

»Ach ja, richtig. Ich vergaß. Tennis-Crack.« Kurze Pause, dann holt sie Luft, und ich ahne, dass der Small Talk vorbei ist. »Dein Bruder lässt dir übrigens ausrichten, dass du bitte das Fenster offen lassen sollst. Es wird wohl spät.«

»Danke.«

»Du hast ihn verpasst, er war gerade da.«

»Ich weiß. Mit Jonas und den Jungs.« Wieder gelingt es mir nicht, meine Gefühle zu verbergen, und ich verfluche mich dafür. Schnell passe ich ihr den Ball zurück, etwas heftiger als nötig. Sie nimmt ihn lässig an.

»Kein großer Fan der Clique deines Bruders?«

»Na ja, wo immer oder mit wem mein Bruder auch auftaucht, sofort dreht sich alles immer um ihn, für das Schauspiel brauche ich keinen Platz in der ersten Reihe, den habe ich schon daheim.«

Sie mustert mich, und ich habe sofort ein schlechtes Gewissen, weil ich so auch Robin vor Vio miesmache, und rudere hastig zurück, bevor sie auch noch über ihn schlecht denken könnte.

»Also, Robin ist einfach cooler als der Rest von uns.«

»Ist er das?«

»Ziemlich.«

»Ansichtssache. Und seine Kumpels?«

»Ja, die sind auch cooler, voll selbstbewusst. Jonas sagt sogar immer, er würde im Doppel jede Meisterschaft gewinnen, wenn er nur den richtigen Partner hätte, will immer, dass ich in seinen Verein wechsle und …« Ich merke, dass ich ins Faseln komme, und breche ab. »Egal.«

»Nee, nicht egal. Ich lerne gerade sehr viel über euch hier.«

»Ach ja?«

»Mhm. Du hattest was mit Isabell, die jetzt sauer auf mich

ist, weil wohl alle denken, wir hätten nun was laufen, dabei kenne ich dich so gut wie gar nicht.«

»So gut wie gar nicht kann ja nicht stimmen, wenn du schon so viel über uns gelernt hast.«

»Stecke bei dir noch in der Anfangsphase meines Studiums.«

»Das muss für dich als Großstadgirl ja sein, wie Mikroben unterm Mikroskop zu beobachten, oder?« Das kommt mir etwas vorwurfsvoller über die Lippen, als ich es beabsichtigt hatte, aber Vio zeigt sich auch davon wenig beeindruckt. Sie hat diese Art natürliche Coolness, die mir ziemlich Angst einjagt.

»Mhm. Wenn du miese Laune hast, ist das okay. Aber lasse sie nicht an mir aus.« Sie lächelt, während sie das sagt.

»Ich habe gar keine miese Laune.«

»Besonders gute aber auch nicht mehr, seit wir hier angekommen sind.«

»Das hat aber nichts mit dir zu tun. Ehrlich.«

»Ich weiß. Aber alle geben mir das Gefühl, es wäre so. Und das ist kein besonders schönes Gefühl.«

Ob sie ahnt, dass in der Tat sie der Grund dafür ist, dass ich überhaupt mit auf diese Party gekommen bin?

»Vielleicht willst du mir ja verraten, wieso du gar keine miese Laune hast?«

Gute Frage. Will ich das?

»Hey, Leute, wir ziehen weiter, wollt ihr mit?«

Die anderen haben bereits das Licht am Gartenhäuschen ausgemacht und sind nur noch als Schatten irgendwo am Gartenzaun zu erahnen. Nur die Glut vom Grill leuchtet orangefarben in der Dunkelheit und erinnert daran, dass hier mal der Ansatz einer Party stattgefunden hat.

»Wohin geht ihr?«

»Zum Dönerladen.«

Vio sieht fragend zu mir, aber ich zucke nur unentschlossen mit den Schultern und so antwortet Vio für uns beide: »Ich sollte sowieso langsam heim. Konstantin bringt mich.«

Ich muss mich nicht zu den anderen umdrehen, um zu wissen, dass sie grinsen – außer vermutlich Isabell –, und so winke ich, ohne einen Blick zurück, schaue stattdessen weiter Vio an, die zufrieden lächelt.

»Du bringst mich doch nach Hause, Herr Feuerwehrmann mit der miesen Laune. Oder?«

»Selbstverständlich. Wenn wir dabei einen kleinen Umweg machen können.«

»Kommt jetzt der Part, wo du zum Psycho wirst und mich dahingemeuchelt im hohen Gras zurücklässt?«

»Nein. Das ist der Teil, wo ich dir meinen absoluten Lieblingsort zeige.«

»Klingt jetzt nicht weniger creepy.«

»Du bist doch nicht wasserscheu, oder?«

»Hast du meine Arschbombe am See nicht gesehen?«

»Doch klar, und wie ich die gesehen habe. Das war 'ne glatte Zehn.«

Sie streckt die Hand nach mir aus, und ich nehme sie an, spüre ihre warme Haut an meiner und den kurzen Sprint meines Herzens, den ich so sonst nur vom Tennis beim Grundlinienspiel kenne.

»Sei bitte einfach kein Psycho, Konstantin.«

Bevor ich antworten kann, schießt sie den Ball leicht zwischen meinen Beinen durch, sodass er bis in den Teich rollt. Vio reißt eine Faust in die Luft.

»Getunnelt.«

»Ich war abgelenkt.«

»Ach ja?«

Ich nicke, mein Mund ist staubtrocken. Vio steht direkt vor mir, ihr Lächeln ist selbstbewusst und wunderschön.

»Dann solltest du das nächste Mal aufmerksamer sein.« Sie zieht mich mit sich durchs Gebüsch in Richtung Gartenzaun, wo wir über einen umgefallenen Zwerg steigen, den Vio aber wieder aufstellt und ihm kurz die Wange tätschelt. »Stellung halten.«

Lachend gehen wir über den gepflegten Gartenweg in Richtung Straße, wo irgendwo die anderen in ihre Nacht starten, und ich bemerke, dass sie meine Hand noch immer in ihrer hält.

KAPITEL 19

Vio

Nicht so wackeln.«

»Ich wackele gar nicht.«

»Doch, und wie. Du musst das Gleichgewicht halten.«

Konstantin kniet hinter mir, ich sitze – so mittig wie möglich – im Schneidersitz auf dem Board und überlasse ihm die Führung.

Als wir vorhin über den Zaun geklettert sind, habe ich schon geahnt, dass diese Aktion abenteuerlich wird.

»Ist das hier nicht illegal?«

»Doch sicher, aber wer soll uns erwischen?«

»Keine Ahnung, die Security mit dem Rottweiler, die ihre Runde drehen?«

Er legt das Paddel neben uns aufs Brett, und kurz wackelt alles, aber er balanciert das sofort wieder aus und nimmt hinter mir Platz, die Beine lässt er an den Seiten des Surfbretts ins dunkle Wasser hängen.

»Hier gibt es keine Security.«

Ich drehe mich vorsichtig zu ihm um und bin heilfroh, dass der Mond uns gerade genug Licht bietet, dass ich sein Lächeln erkennen kann.

»Und wenn es dich beruhigt, ich habe den Schlüssel zum Schuppen.«

»Weil du der Feuerwehrmann bist?«

»Nee, weil ich der Zeugwart bin, wenn man so will. Ich checke nach den Kursen, ob alle Neoprenanzüge, Bretter und Segel ordnungsgemäß abgegeben wurden.«

»Du bist wirklich der heilige Samariter deines Heimatortes, oder?«

Konstantin nimmt mein Kompliment eher ungerne an und sieht lieber hoch zum Himmel, wo inzwischen alle Sterne um die Wette leuchten, und schließt dann die Augen.

»Manchmal, wenn mich alles nervt, komme ich hierher.«

»Und was nervt dich gerade?«

»Jetzt so gerade-gerade?«

»Mhm.«

»Nichts.«

»Du brichst also regelmäßig ordnungsgemäß beim heimischen Surfklub ein?«

Mein Kommentar sorgt für ein freches Grinsen auf seinem Gesicht, und ich genieße die Tatsache, dass er die Augen noch immer geschlossen hat. So kann ich sein Gesicht in aller Ruhe studieren. Er wäre weder mir noch meinen Freundinnen in München in einer wilden Partymenge aufgefallen, aber hier in der Mitte des Sees, auf einem Surfbrett, da kann ich meinen Blick kaum von ihm wenden.

»Nur, wenn ich genervt bin.«

»Das Argument zieht bestimmt vor jedem Staatsanwalt.«

Sein Lachen bringt das ganze Brett zum Wackeln, und ich greife zur Sicherheit nach seinem Arm, was zu sofortigem

Augenöffnen seinerseits führt. Das Lächeln aber bleibt unverändert.

»Nicht mal Robin weiß, dass ich im Sommer oft hier bin.«

»Nachts.«

»Tagsüber ist hier sauviel Action, da is' nix mit Ruhe.« Er bewegt die Beine langsam im Wasser, was zu kleinen Wellen führt, die reichen, um das Brett sanft hin und her schaukeln zu lassen.

»Erzähl mir etwas über dich, das mich überrascht, Vio.«

Es ist nur fair, dass er mir die gleiche Frage stellt wie ich ihm beim Eisessen. Und obwohl mir einige Dinge einfallen, die ihn mit Sicherheit ziemlich überraschen würden, verkneife ich es mir doch, ihm davon zu erzählen. Nicht jetzt. Nicht so früh. Nicht, bevor er die alltäglichen Dinge über mich rausgefunden hat.

»Ich mag dich.« Die Worte habe ich schon den ganzen Tag in meinem Kopf geformt, aber mich nicht getraut, sie auszusprechen. Es ist gefährlich, jemanden zu mögen, bevor man ihn oder sie wirklich kennt. Und obwohl ich genau weiß, dass ich damit die Chance auf potenzielle Enttäuschungen vergrößere, sehe ich ihm direkt in die Augen. »Und ich habe nur das Seepferdchen-Abzeichen.« Er lacht leise in die Stille, die um uns rum herrscht. »Falls wir also über Bord gehen …«

»Wir sind keine zehn Meter vom Ufer entfernt.«

»Seepferdchen, Konstantin.«

»Ich habe dich neulich schwimmen sehen. Das war mindestens Silber.«

»Was soll ich sagen? Ich bin Autodidaktin.«

Mir gefällt es, wie er mich ansieht, und ich spüre, wie mir

das Atmen in seiner Nähe leichter fällt. Vor allem, wenn wir alleine unterwegs sind. Dann fühlt es sich so weit weg von all den Geschichten um mich an. Das tut gut.

»Was noch?«

Seine Neugier zwingt mich dazu, weiter nachzudenken.

»Mal sehen. Ich habe Chemie abgewählt, weil ich Angst davor hatte, die Schule in die Luft zu jagen.«

»Aus Versehen oder gezielt?«

»Aus Versehen.«

»So was kann schon mal passieren.«

»Hast du Chemie abgewählt?«

»Nein. Leistungsfach.«

Natürlich. Auch noch Leistungsfach.

»Jag bitte nichts in die Luft, Konstantin.«

»Ich gebe mir Mühe.«

»Auch wenn ich weiß, dass du die Schule natürlich sofort löschen würdest, Grisu.«

Er lehnt sich ein bisschen nach vorne und ich kann sein Gesicht besser sehen.

»Wir haben Feuerlöscher in der Schule, ich zeig dir, wo sie stehen. Für den unwahrscheinlichen Notfall, dass ich was abfackele.«

»Danke.«

»Gerne.«

Ich muss an Isabells Worte vorhin denken. Für sie fühlt es sich bestimmt so an, als sei ich einfach in ihr Leben hier geplatzt und hätte mir direkt einen der besten Jungs geschnappt. Obwohl ich genau weiß, dass der Vorwurf so nicht stimmt, beschleicht mich dennoch das schlechte Gewissen. Es ist leicht, Konstantin zu mögen, und ich bin sicher weder die Erste noch die Einzige, die das tut. Trotzdem will ich verhindern, von den anderen direkt einen Stempel aufgedrückt zu bekommen, noch bevor ich alle Umzugskartons ausgepackt habe.

Nicht schon wieder.

»Und jetzt sag endlich, was nervt dich gerade?« Ich flüstere die Frage, damit wir nicht mehr über mich sprechen müssen. Konstantin holt tief Luft, und ich ahne, dass er insgeheim eine ganze Menge Genervtheit mit sich herumträgt.

»Gar nichts.«

»Lügner.«

Er zögert. Dann atmet er lange aus und fast so lange auch wieder ein.

»Okay. Manchmal nervt es mich, dass ich so … unfertig bin.«

»Du bist siebzehn, wer ist da schon fertig?«

»Du.«

Mein Lachen ist für diese Uhrzeit und unsere geheime Mission viel zu laut, aber er hat ja keine Ahnung, wie sehr er sich irrt.

»Oh, Konstantin, du liegst so daneben.«

»Wirklich?«

»Wirklich. Niemand ist mit siebzehn fertig. Und egal, was alle erzählen, niemand weiß mit siebzehn, wohin mit sich. Schon gar nicht die, die es behaupten.«

»Es nervt mich einfach, dass ich so gar nicht weiß, wo es langgehen soll.« Kurz fährt er sich über das Gesicht, als müsse er es neu richten, und siehe da, sein Lächeln ist zurück. »Vergiss es. Eigentlich wollte ich dir das hier einfach nur zeigen.«

Wie schade, dass er das Thema wechselt und mir stattdessen lieber wieder seine Sunnyboy-Version präsentiert, aber nachbohren bringt nichts. Das weiß ich aus eigener Erfahrung und so spiele ich mit.

»Und wieso ausgerechnet mir?«

»Weil ich dich mag.« Er kann meine Gedanken selbst in der Dunkelheit lesen und spricht schnell weiter. »Das mit Isabell habe ich geklärt. Ich mag sie ja auch, aber ...«

Er bricht an der spannendsten Stelle ab, dabei hasse ich Cliffhanger wie diese so sehr.

»Aber ...?«

Er hebt die Hand, sieht sich um, und ich kann sehen, wie seine Schultern sich anspannen.

»Hörst du das?«

Wir horchen beide in die Stille, die irgendwo ganz weit weg durch Sirenen unterbrochen wird.

»Polizei?«

Er nickt, will nach dem Paddel greifen und bemerkt, dass wir es vor einer kleinen Weile wohl verloren haben. Es treibt einige Meter von uns entfernt in der Mitte des Sees.

»Na großartig.« Hektisch sieht er sich um, während die Sirenen unbestreitbar näher kommen.

»Ich dachte, ihr habt hier keine Security.«

»Haben wir auch nicht.« Er dreht sich auf dem Brett so geschickt, als würde er das ständig machen, legt sich flach auf den Bauch und versucht mit den Armen zu paddeln, aber wir bewegen uns nur sehr zäh vom Fleck.

»Das funktioniert nicht …« Er wirft einen Blick zurück zu mir, wie ich noch immer dasitze. »Seepferdchen, ja?«

»Bis zum Ufer wird es reichen.«

Und damit lassen wir uns beide ins kühle Nass gleiten.

KAPITEL 20

Konstantin

Wir rennen durch das Gestrüpp hinter dem Zaun, das Surfbrett treibt noch immer irgendwo im See und unsere Klamotten sind klatschnass. Ich halte Vios Hand, führe sie eilig einmal quer durch den Wald, wo uns die Polizei nicht finden kann, dabei lachen wir viel zu oft, stolpern über Äste und Wurzeln, unsere Atmung zu schnell, mein Herz gibt das Tempo vor, zumindest bis Vio stehen bleibt.

»Warte. Ich brauche 'ne Pause.« Ich will sie weiterziehen, aber sie hält mich fest und schüttelt entschlossen den Kopf. »Von mir aus kann die Polizei uns verhaften, aber mein Seitenstechen bringt mich um.«

Hinter einem dicken Baum gehen wir in Deckung, lehnen uns an den rauen Stamm.

»Das nenne ich mal einen Plot Twist.« Ihr Grinsen ist zu hören, auch wenn ich es in der Dunkelheit des Waldes nicht sehen kann.

»Ich schwöre, so was ist noch nie passiert.«

Sie schüttelt amüsiert den Kopf.

»Ich zeige dir meinen liebsten Ort, das wird *to-tal* schön. Ja, sogar – romantisch.« Sie verpasst mir einen sanften Stoß in die Rippen und lacht dabei leise. »Mein Puls ging schon lange nicht mehr so schnell.« Sie nimmt meine Hand und legt sie einfach so an ihren Hals, wo der Puls sofort zu spüren ist. »Du weißt, wie man uns Mädels außer Atem bringt, hm?«

»Ehrlich gesagt war das wirklich nicht der Plan.« Ich lasse meinen Kopf in ihre Richtung rollen, bemerke, wie nah wir beisammenstehen und dass meine Hand noch immer ihre Haut berührt. »Alles okay?«

»Klar. Wäre nur eine super Geschichte gewesen. Keine Woche in Walddorf und schon die erste Verhaftung wegen Hausfriedensbruch.«

»Oder verschollen im Wald.«

»Da sprichst du noch so eine Angst an.« Sie sieht sich um, ihr Blick so verloren, als hätte ich sie hier irgendwo ausgesetzt. »Bei euch verlaufe ich mich noch irgendwann. So viel Wald, so viele Felder …«

»Du wirst schon nicht verloren gehen.«

»Weil du auf mich aufpasst?« Vio dreht sich weiter zu mir und mein Herz nimmt Anlauf. Vorsichtig nicke ich.

»Immer.«

»Und wenn du mal nicht da bist?«

»Da lasse ich mir was einfallen.« Dafür wird mein Gehirn Überstunden machen, sich noch etwas länger mit Vio beschäftigen müssen, und ich habe die perfekte Ausrede, an sie denken zu dürfen.

»Ich bin gespannt. An Action mangelt es hier bei euch ja nicht.«

»Ich wette, damit hättest du deine Freunde in München ordentlich beeindruckt.«

Ihr Lächeln verrutscht, und sie beendet den Blickkontakt, lässt meine Hand los und sieht sich langsam um.

»Meine Freunde in München feiern sicher gerade eine Party, weil ich endlich verschwunden bin.«

Obwohl es bitter klingt, kann ich diese Behauptung nur schwer glauben.

»Ach Quatsch, die vermissen dich bestimmt mächtig.«

»Wohl kaum.«

Sie sieht wieder zu mir, ihr Blick hält mich auf Abstand, obwohl wir so dicht voreinander stehen. Ich habe wohl eine Grenze überschritten, und bevor ich fragen kann, was Vio damit meint, wechselt sie das Thema.

»Meinst du, wir können weiter? Die werden doch sicher nicht die Hundestaffel loslassen, oder?«

»Habe ich was Falsches gesagt?«

»Nein.«

Dabei hallt ihre Lüge zwischen den Bäumen so laut wider, dass ich wette, sogar die Polizei kann sie hören.

»Du vermisst deine Clique sicher total.«

»Geht so.«

Sie reibt sich die Arme, als wäre ihr kalt, dabei ist es ein typischer Spätsommertag, einer, der noch mal alles gibt, bevor der Herbst anklopft. Ihre Körpersprache ist deutlich, sie will nicht mehr hier sein. Und es wurmt mich, dass ich nicht genau weiß, wo wir im Gespräch falsch abgebogen sind.

»Soll ich dich heimbringen?«

»Ja, bitte.«

Und obwohl sie das lächelnd sagt, merke ich, dass die Stimmung zwischen uns jetzt eine andere ist. Manchmal wünschte ich mir Robin zur Seite, weil er diese merkwürdigen Signale deutlich besser deuten kann als ich.

Den Rest des Weges bis zur Straße gehen wir schweigend und halten uns auch nicht mehr an den Händen, was ich ziemlich schade finde, aber nicht sage. Ich sage gar nichts mehr, bis wir in ihre Straße einbiegen und sie stehen bleibt.

»Danke fürs Heimbringen.«

»Ich habe dich ja noch gar nicht heimgebracht.«

Dabei deute ich den Weg entlang zu ihrem Haus, in dem kein Licht mehr brennt. Wie auch in allen anderen Häuser der Straße.

»Aber so gut wie. Den Rest der Strecke schaffe ich auch alleine.«

Auf dem Surfbrett vorhin hatte ich mir fest vorgenommen, sie zu küssen. Nicht so wie Isabell, wo alles nach Wein und Bier geschmeckt hat, sondern richtig. Mit klarem Kopf und pochendem Herzen, aber jetzt achtet sie so genau darauf, dass wir uns ja nicht zufällig berühren, dass ich mir wie ein Idiot vorkomme. Hauptsächlich, weil ich nicht weiß, was genau für diesen Stimmungsumschwung gesorgt hat.

»Okay. Ähm.«

»Danke für den schönen Abend, Grisu.«

»Gern geschehen, denke ich.« Ich schiebe meine Hände in die Hosentaschen, gehe noch mal die Unterhaltung im Wald durch, aber außer der Frage nach ihren Freunden daheim will mir nichts einfallen, was sie missverstanden haben könnte.

»Meinst du, wir kriegen Ärger wegen des Surfbretts? Das treibt ja noch immer herrenlos auf dem See.«

»Ich kümmere mich darum.«

Jetzt macht sie doch einen Schritt auf mich zu und ich halte den Atem an.

»Du hast den Satz von vorhin noch nicht beendet.« Sie flüstert so leise, dass ich einen Moment brauche, um sicher zu sein, mich nicht verhört zu haben. »Was wolltest du sagen?«

Ich weiß ganz genau, was ich sagen wollte, ich weiß es so gut, weil mir die unausgesprochenen Worte auf der Zunge brennen und darauf warten, dass ich sie endlich freilasse. Vio sieht mich neugierig abwartend an und ich hole tief Luft.

»Ich wollte sagen: Ich mag sie ja auch, aber … du bist irgendwie anders.«

Vio runzelt die Stirn, hat wohl etwas Besseres erwartet.

»Ich bin also irgendwie anders?«

»Ja.«

»Das habe ich schon oft gehört.«

Sie klingt enttäuscht, und ich schüttele schnell den Kopf.

»Anders ist doch nicht schlimm.«

»Anders ist anders. Und ich habe es manchmal satt, anders zu sein.«

»Du willst also lieber gewöhnlich sein?«

»Zur Abwechslung mal, ja.«

Jetzt bin ich es, der den Kopf schüttelt.

»Lass dir von dem gewöhnlichsten Typ des Dorfes eines gesagt sein: gewöhnlich ist scheiße. Du wirst übersehen, du wirst für selbstverständlich gehalten, du gibst nie den Ausschlag. Anders ist cool. Die Leute sehen hin, sie hören hin und sie nehmen dich ernst!«

Es überrascht mich selbst, dass ich das alles laut ausspreche, obwohl ich es schon so oft gedacht habe. So oft habe ich es innerlich gebrüllt, wenn ich auf Partys stand oder im Schulhof übersehen wurde.

»Lass dir von dem Mädchen, das irgendwie anders ist, eines gesagt sein ...« Vio greift nach meinen Händen und hält sie sanft in ihren, während ihr Blick mich festhält. »Ich kenne dich nicht besonders gut, aber eines weiß ich ganz sicher: Du bist kein bisschen gewöhnlich, Konstantin Wagenfeld. Du bist besonders. Auf eine stille Art anders. Und ich mag das.«

»Ja?«

»Du gibst gerade den Ausschlag.«

Ich verhake unsere Finger und mache einen kleinen Schritt auf sie zu, wodurch wir sehr nah beisammenstehen.

»Ich mag dich auch sehr, Viorica Lupascu.« Hoffentlich habe ich ihren Namen korrekt ausgesprochen, aber so, wie sie jetzt lächelt, habe ich nicht viel falsch gemacht. Nur ein paar Zentimeter, mehr trennt uns nicht, und wenn ich den verdammten Mut hätte, würde ich sie küssen und wissen lassen, wie anders sie ist.

Jetzt wäre der perfekte Moment, und meine Lippen machen sich selbstständig, bewegen sich und formen Worte statt einen Kuss.

»Hast du vielleicht Lust, morgen den Tag mit mir zu verbringen?«

Sie muss nicht mal eine Sekunde darüber nachdenken, nickt, und mein Herz hüpft.

»Cool. Radtour?«

»Ich habe kein Rad.«

»Ich hol dich ab. So gegen zwei?«

»Passt.«

»Soll ich noch irgendwas mitbringen?«

Vio denkt einen Moment nach, dann verrät mir ihr Lächeln, dass sie mir – wie üblich – eine freche Antwort geben wird.

»Dein polizeiliches Führungszeugnis.«

KAPITEL 21

Vio

Mama und Papa schlafen schon, was ich ihnen nicht verübeln kann, ihr Tag war aufregend und spannend, wenn auch kein Vergleich zu meinem. So leise wie möglich schleiche ich die Treppe nach oben in mein Zimmer, wo ich ebenso leise die Tür hinter mir schließe und in ein Chaos aus halb ausgepackten Kartons und einem halb eingeräumten Kleiderschrank schaue. Es spiegelt die Gefühle in meiner Brust ziemlich gut wider. Diese Mischung aus Noch-nicht-angekommen-Sein und Sich-hier-ganz-Wohlfühlen.

Das voll besetzte Restaurant, das Lächeln auf den Gesichtern meiner Eltern, die zufrieden den Eröffnungstag genossen haben, auch wenn das viel Arbeit und eine ordentliche Portion Stress bedeutet hat. Den unnötigen Kommentar von Jonas habe ich, anders als seinen Namen, schon fast vergessen. Meine erste Party in Walddorf, mein Abenteuer mit Konstantin, wie gerne würde ich jemandem davon erzählen, aber ein Blick auf mein Handy lässt mich wissen, dass mich daheim – ist München eigentlich noch daheim? – niemand vermisst.

Auf den Instagram-Profilen meiner ehemaligen Klassenkameraden tobt das Sommerleben. Sie unternehmen genau die Dinge, bei denen ich früher dabei war, die ich oft geplant und initiiert habe. Die Lücke, die ich dort hinterlassen habe, wurde schnell mit irgendwelchem emotionalen Spachtelzeug geschlossen. Während ich hier sitze und mich frage, wie alles so auseinanderbrechen konnte.

Egal. Ich bin jetzt hier.

Ich werfe mein Handy aufs Kopfkissen und schlüpfe aus den nassen Klamotten, bevor ich den ganzen Boden volltropfe. Bei den noch immer herrschenden Temperaturen werden sie bis morgen bestimmt trocken sein, wenn ich sie auf den Balkon hänge, was ich tue.

Ist es möglich, dass die Nacht hier stiller ist als in der Großstadt? Sicher, München ist nicht New York, macht auch mal die Augen zu und gönnt sich ihren Schönheitsschlaf, aber Walddorf hat im Vergleich dazu einen dornröschenwürdigen Schlaf. Außer den Naturgeräuschen, die ich mir früher von einer Schlaf-App künstlich vorgaukeln ließ, ist nichts zu hören. Keine Autos, kein Lärm, kein wildes Lachen, kein gar nichts. Nur sehr viel Stille und enge Weite. Der Blick vom Balkon fällt in eine Dunkelheit, die mir im ersten Moment Angst macht. Weil sie verdächtig nach einem Blick in meine Zukunft aussieht.

Aber bevor sich die Panik in meiner Brust ausbreiten kann, unterbricht das Piepen meines Handys mich und kündigt eine eingehende WhatsApp-Nachricht an. Nur zu gerne reiße ich mich vom Anblick der Nacht los und gehe zurück ins Zimmer, wo mein Handy mich empfängt.

Ich habe eine Sprachnachricht bekommen. Von *Pizza Pan-*

da, weil ich den Namen noch immer nicht in Konstantin geändert habe.

»*Hi, ich dachte nur, es wird dich freuen zu erfahren, dass unser Surfbrett ordnungsgemäß im Schuppen verstaut wurde und niemand etwas vom kleinen Seeausflug erfahren wird. Wie es scheint, war die Polizei auch gar nicht da, wir haben also vollkommen umsonst die spektakuläre Flucht über Stock und Stein hingelegt. Schlaf gut, Vio.*«

»Wieso lächelst du so?«

So versunken war ich in Konstantins Sprachnachricht, dass ich meine Mutter nicht gehört habe. Sie lehnt im Türrahmen, mit verschlafenen Augen, die doch scharf genug sehen, um mich zu entlarven. Schnell schüttele ich den Kopf, aber das Lächeln bewegt sich kein Stück, bleibt wie ein verdächtiges Indiz an meinen Lippen haften.

»Einfach nur so.«

»Du warst ja ziemlich lange mit deinen neuen Freunden unterwegs.«

»Das sind nicht meine neuen Freunde.«

»Wieso wehrst du dich denn so dagegen? Es ist doch offensichtlich, dass dieser Junge dich mag. Und das Mädchen …«

»Mone.«

»Mone. Sie hat dich direkt auf eine Party eingeladen.«

»Sie wollen nur nett sein.«

»Oder sie mögen dich. Was mich nicht wundert.«

Und auch, wenn ich wirklich hoffe, dass sie mich mögen, werde ich das Gefühl nicht los, dass ich auch für sie irgendwie anders bin. Mehr als ein undefinierbares Schulterzucken kriege ich nicht hin und lasse mich auf die Bettkante sinken, was Mama vollkommen richtig als Aufforderung ansieht, mir etwas Gesellschaft zu leisten.

»Hattest du denn Spaß?«

»Es war sehr nett.«

»Warst du schwimmen?«

Sie greift nach den Spitzen meiner nassen Locken, die sich bereits wie wild kräuseln, wie immer, wenn ich sie lufttrocknen lasse.

»Ja.« Sie nickt, fragt aber nicht weiter, und ich sehe zu ihr, erkenne mich selbst in ihren Gesichtszügen. »Ich finde es hier gar nicht so schrecklich, es ist nur sehr ungewohnt.«

»Das weiß ich, mein Schatz.«

»Und ich helfe auch gerne im Restaurant.«

»Nur, bis wir Verstärkung gefunden haben.«

»Aber heute lief es echt gut, oder?«

»Dein Vater hat viel Lob für die Mici bekommen.«

»Ich glaube, die Leute werden sein Essen noch richtig lieben.«

»Natürlich. Mach dir da mal keine Sorgen.«

Dabei weiß Mama genauso gut wie ich, dass rumänische Restaurants nicht gerade aus dem Boden sprießen, einfach, weil niemand wirklich diese osteuropäische Küche kennt. Auch wenn Jonas und seine Freunde heute die Ausnahme waren, so haben mich seine Kommentare doch genervt. Meinen Eltern habe ich nichts davon erzählt. Nicht am ersten Tag.

»Es ist auf jeden Fall sehr schön, dich wieder so lächeln zu sehen.« Sie berührt sanft meine Wange. »Ein Neuanfang ist für uns alle eine gute Idee, Vio. Du wirst schon sehen.«

Mama sagt das mit so viel Überzeugung, dass ich nicht ausschließen möchte, sie hält eine Kristallkugel für Mütter, die ihr alles über die Zukunft verrät, vor uns Normalsterblichen versteckt.

Erneut lässt mich mein Handy wissen, dass ich eine weitere WhatsApp-Nachricht bekommen habe. Schnell werfe ich einen Blick auf das Foto, das er mir geschickt hat, und Mama hebt fragend eine Augenbraue.

»Von Konstantin.«

»Ist er gut daheim angekommen?«

Noch immer lächelnd nicke ich, als ich das Surfbrett im Schuppen erkenne.

»Ja. Alles ganz ordnungsmäßig.«

KAPITEL 22

Konstantin

Bist ziemlich spät dran.«

Gerade, als ich mich durch das offene Fenster in mein dunkles Zimmer schiebe, knipst Robin die Tischleuchte an und klaut mir durch seinen überraschenden Bond-Bösewicht-Auftritt bestimmt fünf Jahre meines Lebens.

»Scheiße, hast du mich erschreckt!« Ich lehne mich gegen die Wand, atme tief durch und gebe meinen Augen die Chance, sich wieder an die Helligkeit zu gewöhnen. Robin sitzt auf meinem Bürostuhl, trägt bereits seine Schlafklamotten und mustert mich von oben bis unten.

»Du tropfst.«

»Ich weiß.«

Er nickt nur, sieht mir dabei zu, wie ich T-Shirt und Jeansshorts ausziehe und über die Heizung lege.

»Die ist aus.« Er scheint es sich zum Ziel gemacht zu haben, all meine Bewegungen zu kommentieren.

»Was du nicht sagst.«

»Ich hab dich auf Holgers Party nicht gefunden.«

»Mhm.«

»Bist du sauer?«

»Nee.« Erschöpft vom Abend, lasse ich mich auf mein Bett fallen und strecke mich breit aus.

»Jonas wollte mit dir quatschen.« Das hatte ich befürchtet.

»Er hat ja meine Nummer.« Um mich weder der Helligkeit im Zimmer noch Robins Fragen weiter auszusetzen, lege ich den Arm über die Augen, flüchte mich zurück in die Dunkelheit.

»Was ist denn dein Problem mit ihm?«

»Jonas ist ein Idiot.«

»Jonas ist mein Kumpel. Seit 'ner Ewigkeit.«

»Macht ihn nicht weniger idiotisch.«

Ich kann hören, wie Robin auf dem Bürostuhl durch mein Zimmer rollt und näher kommt. Seine Stimme ist viel klarer, als er weiterspricht.

»Jonas ist ab und an vielleicht drüber, aber er ist echt okay.« Da ich seine Meinung nicht teile, bleibe ich stumm und warte, ob er den Wink mit dem Zaunpfahl versteht und mich in Ruhe lässt, doch er fährt fort: »Falls Mama und Papa fragen, ich war heute mit dir unterwegs, okay?«

Sofort nehme ich den Arm weg, blinzele ins Licht und sehe Robin irritiert an, aber der grinst nur.

»Stress nicht rum. Tu mir einfach den Gefallen, okay?«

»Und wo warst du wirklich?«

»Na, bei dir.« Er nickt zu meinen nassen Klamotten, die noch immer sinnloserweise auf der Heizung liegen. »Wir waren schwimmen. Oder?«

Nein. Nein. Nein. Ich will die Erinnerung an den Ausflug mit Vio behalten, nicht mit einer Lüge für meinen Bruder verfälschen und morgen am Frühstückstisch diese Version wiedergeben müssen. Robin klopft kurz aufs Bett neben mich und steht dann auf.

»Danke, Bruderherz.«

»Warte!« Schnell setze ich mich auf, spüre ein unangenehmes Pochen in der Schläfe.

»Hm?«

»Sag schon, wo warst du wirklich?«

Robin kratzt sich nachdenklich am Hinterkopf, bevor er einen Blick zur Tür wirft, als müsse er erst sichergehen, dass sie geschlossen ist.

»Du behältst das für dich, klar?«

Ich nicke, obwohl mir die Lust auf seine Geschichte gerade vergeht.

»Die Jungs haben wieder eine schräge Aktion gestartet und ich war dabei.«

»Was für 'ne schräge Aktion denn?«

»Spielt doch keine Rolle. Ist nichts Schlimmes. Versprochen.«

»War die Polizei wegen euch unterwegs?«

Robins Augen verengen sich, und er muss gar nicht mehr antworten, ich weiß es sowieso schon.

»Haben sie dich etwa bei irgendwas erwischt?«

»Nee. Wir haben sie nur gehört.«

»*Wir?*«

»Vio und ich.«

Sofort lockert sich sein angespannter Gesichtsausdruck und er stützt die Hände in die Hüften.

»Du und Vio. Ihr verbringt viel Zeit zusammen.«

»Na ja.«

»Gebt ein hübsches Paar ab.«

»Wir sind kein Paar.«

Wieder nickt er zu meinen Klamotten hin.

»Seid ihr als *Freunde* nachts einfach 'ne Runde im See schwimmen gewesen?«

»Genau.«

»Klar. Nun, ich hab sie kurz kennengelernt und muss sagen, sie macht echt 'nen netten Eindruck.«

Darauf erwidere ich gar nichts, sehe ihn nur an und kann dieses blöde Gefühl einfach nicht loswerden.

»Du baust keine Scheiße, oder? Mit Jonas und den Jungs, meine ich?«

»Nee. Alles cool. Du kennst mich, ich passe schon auf.« Damit macht Robin sich auf zur Tür, wo er noch mal kurz stehen bleibt. »Drückst du mir die Daumen? Fürs Vorstellungsgespräch morgen?«

»Sicher. Du packst das.«

Diesmal habe ich einfach ein gutes Gefühl in Bezug auf seinen Termin. Und so sehr ich meinen Bruder auch vermissen würde, wenn er eine Ausbildung irgendwo anders anfängt, wäre er zumindest weiter weg von Jonas – und die Vorstellung gefällt mir.

Kaum hat Robin die Tür hinter sich zugezogen, greife ich nach meinem Handy und werfe einen Blick darauf, nur um zu checken, ob sie das Foto gesehen hat. Zwei kleine blaue Häkchen liefern mir die Gewissheit, auf die ich gehofft habe, verbunden aber mit der Enttäuschung, dass Vio nicht geantwortet hat. Bestimmt ist sie schon im Bett, schläft und antwortet vielleicht morgen. Während ich die Tischlampe ausschalte, werfe ich trotzdem noch einen Blick auf das Display und ertappe meinen Puls bei einem kurzen Sprint, als unter ihrem Namen das Wörtchen *online* erscheint, sich dann zu *schreibt* verändert und schließlich alles wieder verschwindet.

Manchmal beneide ich meine Eltern, die in einer Zeit pre WhatsApp, Instagram, Twitter und all den anderen sozialen Medien aufgewachsen sind. Papa hat Mama beim Volleyballtraining kennengelernt und direkt nach einem Date gefragt. Ich wette, das analoge Warten ist angenehmer als das digitale.

Müde krieche ich ins Bett, sehe auf die Uhr und stelle fest, dass Ted Mosby aus *How I Met Your Mother* tatsächlich recht hat: Nach 2 Uhr passiert nichts Gutes.

Gerade, als ich das Handy auf das Nachtkästchen legen will, vibriert es in meiner Hand, und ich weiß, dass sie geantwortet hat.

> Danke für das Abenteuer, Grisu. Ich freu mich schon auf morgen, bin gespannt, wobei uns die Polizei dann fast erwischt. Schlaf gut. XOXO Vio

Mr Mosby, Sie haben sich geirrt, nach 2 Uhr nachts passieren sogar noch ganz wunderbare Dinge.

KAPITEL 23

Vio

»Ta-daaah!«

Ich sitze, wie bei unserer ersten Begegnung, auf den Stufen vor unserem Haus, als Konstantin mit zwei Fahrrädern in unsere Auffahrt biegt. Stolz zeigt er auf den babyblauen Drahtesel, der absichtlich wie aus einem anderen Jahrzehnt und damit absurd modern aussieht.

»Dein Gefährt für heute.«

»Du wirst mir doch nicht etwa ein Rad geklaut haben?«

Er wiegt kurz den Kopf. Sein freches Grinsen lässt ihn heute so unbekümmert wirken.

»Ich habe es mir geliehen.«

»Von deiner Mutter?«

»Aus unserem Keller. Komm, steig auf, damit ich weiß, wie ich den Sattel einstellen soll.«

»Bist du auch noch nebenberuflicher Fahrradmechaniker?«

Keine Ahnung, was letzte Nacht wirklich zwischen uns auf dem See oder bei der wilden Flucht passiert ist, aber selbst seine Bewegungen sind heute frecher, als er lässig die Schultern zuckt.

»Wenn du auf dem Dorf aufwächst, gehört das quasi zur

Grundausbildung. Wir fahren im Sommer immer mit dem Rad zur Schule, und du willst gar nicht wissen, wie oft irgendwem zwischen den Feldern die Kette runtergesprungen ist.«

»Wie weit ist es bis zur Schule?«

»Knapp fünfzehn Kilometer.«

»Wow.«

»Man gewöhnt sich dran.« Konstantin betätigt die Klingel am Lenker und sieht mich auffordernd an. »Kommst du?«

Jetzt schon etwas müde von der staubigen Hitze des Tages, erhebe ich mich, schultere meinen Rucksack, in den ich vorsichtshalber ein Handtuch, eine Wasserflasche, ein paar Snacks und meinen Geldbeutel gepackt habe, und gehe auf ihn zu. Mit jedem Schritt, den ich näher komme, wird sein Lächeln schöner und mein Herz etwas aufgeregter. Dabei hatte ich mir doch so fest vorgenommen, mich unter keinen Umständen zu verlieben. Nicht diesen Sommer, nicht im kommenden Schuljahr. Keine engen Bindungen eingehen, es als Zwischenstation sehen.

Doch stattdessen steige ich auf das Rad und lasse mir von Konstantin den Sattel so einstellen, dass ich problemlos in die Pedale treten kann.

»Perfekt. Es ist wie für dich gemacht.«

Deutlich zufrieden mit seiner Arbeit – und der gelungenen Überraschung –, strahlt er mich an, und in mir regt sich der Impuls, ihm zu sagen, wie froh ich bin, dass er hier ist. Aber ich deute dann lieber nur auf sein Fahrrad, es ist dunkelrot und etwas sportlicher als meine Ausgabe.

»Wie weit geht denn die geplante Fahrradtour?«

»Nicht sonderlich weit. Wir bleiben in der Nähe.«

»Gut, ich weiß nämlich nicht, wann ich das letzte Mal Rad gefahren bin.«

»In München gibt es doch massig Radfahrer.« Er sagt es so überzeugt, dass ich vermute, er hat diese Info heute Morgen noch im Internet recherchiert.

»Sicher. Überall. Nur war ich nie eine von ihnen.«

»Verstehe. Ein Glück habe ich die Route für Anfänger gewählt.«

»Also keine fünfzehn Kilometer durch Felder, wo mir unterwegs die Kette runterspringt und ich verloren gehe?«

Statt zu antworten, zieht er den Rucksack von einer Schulter und sieht sich kurz prüfend um, bevor er vorne den kleinen Reißverschluss aufzieht.

»Diesbezüglich habe ich mir etwas einfallen lassen.« Er greift in die kleine Tasche und zieht eine sehr klobige rote Taschenlampe hervor, die er mir hinhält. »Damit finde ich dich überall.«

»Was ist das?«

»Ein Signalgeber.« Er dreht ihn so, dass ich besser sehen kann. »Wenn du also auf hoher See in Not bist, feuerst du diese Dinger ab und die Seenotrettung erkennt deine Position. Ich habe sie mit roten Patronen befüllt.«

»Du schenkst mir eine Waffe?«

»Nee. Einen Signalgeber. Für den Fall, dass du verloren gehst. Du ziehst an der Schnur hier die Sicherung raus, hältst es bitte von dir weg nach oben und legst diesen Schalter um auf *Go*.«

Vorsichtig nehme ich das Teil an und bin überrascht, wie leicht es ist.

»Und dann finde ich dich.«

»Wo hast du das her?«

»Wir haben mal den Segelschein gemacht und mein Vater hat jedem von uns so ein Teil gegeben.«

»Das ist das schrägste und romantischste Geschenk, das ich jemals bekommen habe.« Und weil Konstantin das nicht so recht glaubt, ziehe ich ihn in eine Umarmung und halte ihn einen Moment fest. »Danke.«

»Gern geschehen.«

Wir lösen uns voneinander, aber nicht so weit, um den Rest der Welt wieder zwischen uns zu lassen. Noch bleiben wir einen Moment eng beisammen, seine Hände liegen auf meinen Hüften.

»Solange die Sicherung drinnen ist, kann nichts passieren.«

»Und du denkst, ich brauche das Ding auf der heutigen Radtour?«

Lachend löst er sich als Erster aus der Umarmung, geht zu seinem Rad und steigt auf, zieht die Sonnenbrille, die in seinem Shirtkragen steckt, hervor und setzt sie auf.

»Keine Panik, ich will dir nur ein bisschen mehr vom Charme des Landlebens zeigen.«

Wir treten langsam in die Pedale, und ich folge ihm die Straße entlang, gewöhne mich wieder an das Gefühl, aus Spaß auf einem Fahrrad zu sitzen.

»Da drüben ist der Kindergarten, direkt dahinter die Grundschule.«

Es ist süß zu sehen, wie begeistert er von den Orten seiner Kindheit erzählt, zu jeder Ecke eine Anekdote kennt und mich lachend an seinen Erinnerungen teilhaben lässt. Als wir nebeneinander auf die Hauptstraße abbiegen wollen, winkt uns ein bärtiger Mann von der anderen Seite aus zu und lässt uns so wissen, dass er kurz mit uns – wohl eher mit Konstantin – reden will. Wir bremsen und kommen vor einem großen Rolltor zum Stehen.

»Hallo, Konstantin.« Der Mann nickt mir nur kurz zu, wendet sich sofort wieder an meinen Begleiter. »Hatte eigentlich gehofft, Robin zu sehen.«

»Hi, Manfred. Nein, bin leider nur ich.«

»Hast du eine Ahnung, wer hinter der Sache mit der Sprühaktion steckt?«

»Sprühaktion?«

Der Bartträger nickt in eine Richtung, die für mich überall sein könnte, und legt dabei seine Stirn in sehr beeindruckende Falten.

»Irgendwelche Idioten haben gestern Nacht an der Baustelle rumgesprüht, wir haben heute Morgen zwar fast alles weggekriegt, aber es sieht nach einem Dummejungenstreich aus. Vielleicht auch eine Mutprobe. Hast du irgendwas gehört?«

Langsam, fast nachdenklich, schüttelt Konstantin den Kopf, sein Blick ist versteckt hinter der Sonnenbrille, aber mir fällt auf, wie fest er den Lenker des Fahrrads hält.

»Nee. Hab nichts mitbekommen.«

Manfred nickt enttäuscht.

»Kannst ja auch mal Robin fragen, der kennt ja auch einige Leute. Vielleicht hat jemand was bemerkt.«

Konstantins Lächeln wird bei der Erwähnung seines Bruders etwas angespannter.

»Klar, mache ich.«

Dann erst sieht der Mann wieder zu mir, entfaltet seine Stirn, schenkt mir ein freundliches Lächeln und sagt: »Du musst die Neue sein.«

»Vio.«

»Hallo, Vio. Konstantin hier ist genau der Richtige, wenn du dich bei uns einleben willst.«

Dann verabschiedet er sich und geht durch die Tür neben dem Rolltor ins Gebäude, und ich sehe zu Konstantin.

»Und das war?«

»Manfred Fritsch, Leiter der freiwilligen Feuerwehr.« Wie zum Beweis deutet er nach oben, wo in großen Buchstaben das Wort FEUERWEHR steht, und ich verstehe so langsam.

»Ach. Quasi dein Chef?«

»Ja. Quasi.«

»Ob die Polizei hinter den Sprühidioten her war?« Meine Frage prallt an Konstantins nachdenklichem Gesicht ab, und ich rolle etwas näher an ihn ran, damit ich meine nächste Frage nicht zu laut stellen muss.

»Weißt du was darüber?«

»Was? Nein. Wenn die Polizei gestern Nacht wegen der Idioten unterwegs war, kann ich ja kaum etwas davon mitbekommen haben – mitten auf dem See, mit dir.«

Eine Tatsache, die ich nicht vergessen habe, ganz im Gegenteil. Die halbe Nacht habe ich mich gefragt, was wohl noch passiert wäre, wenn wir nicht durch diese dämlichen Sirenen unterbrochen worden wären.

»Holger und die anderen vielleicht?«

Doch Konstantin lacht nur laut auf und schüttelt den Kopf.

»Vergiss es, das höchste der kriminellen Gefühle bei denen ist das Rauchen von Gras. Ich denke, es waren Leute von außerhalb. Das ist nämlich nicht das erste Mal, dass so was passiert ist.«

»Weißt du denn, wo gesprayt wurde?« Ich kann nicht mal genau sagen, wieso ich plötzlich in diesen Sherlock-Holmes-Modus switche, aber es verspricht ein bisschen Aufregung.

»Ich denke schon.«

»Wollen wir uns das mal ansehen?«

Konstantin mustert mich einen kurzen Augenblick, bevor er schließlich nickt.

»Liegt sowieso auf unserem Weg.«

KAPITEL 24

Konstantin

Auch wenn das meiste der schwarzen Farbe wirklich nur noch blass zu sehen ist, kann man den ehemals hingesprühten Spruch immer noch nur zu genau lesen.

Die Räder haben wir im hohen Gras liegen gelassen, gehen jetzt – in sicherem Abstand – um die verlassene Baustelle, auf der schon seit Wochen nur sporadisch gearbeitet wird.

»Das ist ja eine richtig herzliche Willkommensbotschaft.« Vio, die Hände in die Hüften gestemmt, betrachtet die Worte, und ich schäme mich plötzlich dafür, als hätte *ich* sie da hingeschmiert.

»Das waren nur irgendwelche Idioten.«

»Ich dachte, die gibt es hier nicht.« Sie tritt einen kleinen Stein so wütend in Richtung Baustelle, dass er heftig von einer der Paletten abprallt und dann wie erschlagen liegen bleibt.

»Solche Typen gibt es doch überall.«

Das zumindest sagt Papa immer beim Abendessen, wenn wir Berichte über Demonstrationen in irgendwelchen Städten in den Nachrichten sehen. Die Tatsache, dass es von Bericht zu Bericht mehr zu werden scheinen, ignorieren wir dabei gekonnt.

»Macht es aber nicht zwingend besser.« Vio ist sauer, das ist nicht zu übersehen, und ich bereue, dass wir hierhergekommen sind.

»Sollen wir weiter?«

Doch sie hört mir schon nicht mehr zu, hat ihr Handy gezückt und macht Fotos von den Graffiti-Resten. Wenn man das so nennen will.

»Beweisaufnahme?«

»So in der Art.« Sie tippt, noch immer ziemlich aufgebracht, etwas in ihr Handy und dreht sich dann triumphierend lächelnd zu mir. »Ich finde, dass muss man publik machen.« Sie hält mir das Display entgegen, lässt mich das Foto in ihrer Instagram-Story sehen. Keine Ahnung, welchen Filter sie benutzt hat, aber nun kann man die Worte *Ausländer raus* auf der fast fertigen Wand der Baustelle deutlich lesen. Die Mühe von Manfred und den Jungs ist offenbar umsonst gewesen. »Ebenso wie das, was man davon hält.«

Vio hat ihre Story noch mit dem Hashtag *#fcknzs* versehen, und ich spüre ein unangenehmes Kribbeln auf meiner Haut, das sich langsam einen Weg meine Wirbelsäule entlang nach oben erkämpft.

»Macht es nur nicht ungeschehen.« Mein Kommentar ist nicht das, was sie erwartet hat, und ich suche hektisch nach einer anderen Formulierung.

»Drüber schweigen ist sicher nicht die Alternative. Oder wie stehst du dazu, Konstantin?« Sie deutet auf die Buchstaben, die ein klar fremdenfeindliches Statement bilden, und ich schiebe die Hände in die Hosentaschen. Wie immer, wenn ich nicht weiß, was genau von mir erwartet wird.

»Ich finde es halt scheiße. Also, alles. Den Vandalismus, das Beschmieren, das muss nicht sein.«

»Ganz richtig. Es ist nämlich rassistische Scheiße.«

»Da stimme ich dir zu.«

Aber Vio scheint nicht überzeugt und stapft lieber zurück zu den Fahrrädern, was ich als Aufforderung verstehe, endlich von hier zu verschwinden. Zusammen mit dem blöden Verdacht, dass ich vielleicht nicht nur Robins Alibi für gestern Nacht, sondern auch diesen hirnlosen Mist bin.

»Weißt du, Konstantin, wenn du so lange mit der Frage *Wo kommst du wirklich her?* gelöchert wirst, bis du es nicht mehr hören kannst, dann nimmst du solche Aktionen irgendwann einfach persönlich.« Sie atmet tief aus, ballt die Fäuste, und ich befürchte schon, sie wird jeden Moment losbrüllen, aber sie tut gar nichts. Steht einfach nur da, zitternd vor Wut oder Enttäuschung, und ich warte, bis diese Emotionswelle vorbei ist und sie wieder zu mir sieht. »Und du hast recht, solche Idioten gibt es überall. Aber eine absurde, romantische Vorstellung hat mir vorgegaukelt, dass so was in eurem kuscheligen Dorf nicht möglich wäre.«

»Ist es ja auch nicht.«

Sie zieht nur eine Augenbraue nach oben und lässt mich damit wissen, dass sie das anders sieht.

»Bevor sie mit dem Bau dieses Flüchtlingsheims angefangen haben, meine ich, bis dahin war hier alles echt entspannt.«

»Ach so ist das. Aber sobald sie dann in echt in euer beschauliches Dorf kommen sollen, ist es vorbei mit entspannt, und das ist okay?«

»Nein.« Ich weiß nicht genau, wie ich aus der Nummer

wieder rauskommen kann, ohne mich dabei um Kopf und Kragen zu reden. »Was ich sagen will, ist Folgendes.« Jetzt nur die richtigen Worte in der korrekten Reihenfolge rauskriegen, Konstantin.

Mein Blick fällt auf den Boden vor meinen Füßen, wo sich deutliche Radspuren in die Erde gedrückt haben. Sie passen nicht so recht zu den anderen hier, die von Autos und Baustellenfahrzeugen stammen, dafür sind sie zu schmal.

»Ich höre.«

Vio sind die Spuren entweder nicht aufgefallen oder ihr fehlt mein Wissen, das gerade ziemlich druckvoll meinen Brustkorb zusammenquetscht: zu schmal für Autoräder, zu dick für Fahrradreifen. – Das sind ganz klar Spuren von Rollern.

»Ähm.« Schnell schlucke ich die Übelkeit runter, bevor mein Frühstück und die Scham einen Weg nach draußen finden. »Die Leute hier sind in Ordnung.«

»Das wiederholst du wie ein Mantra, aber meine Wahrnehmung ist eine andere.« Wieder deutet sie auf den Spruch an der Betonwand, und all meine Argumente prallen hart daran ab, bis ich mich geschlagen geben muss und langsam nicke.

»Sicher, einige hauen hier auch mal einen dummen Spruch raus, aber den meinen sie meistens nicht so.«

»Lass gut sein, Konstantin.« Zu meiner Erleichterung geht sie an mir vorbei zu den Rädern, hebt ihres auf und steigt auf den perfekt eingestellten Sattel. »Können wir bitte weiterfahren?«

Wenn sie wüsste, wie gerne ich ihrer Aufforderung folge.

Den ganzen Weg, während wir zwischen den Feldern hindurchfahren, drehen sich meine Gedanken um diese blöden Reifenspuren, die so perfekt zur Vespa meines Bruders und den Rollern seiner Kumpels passen.

Bin ich Robins Alibi für gestern Nacht? Für diese Aktion?

»Wo wollen wir eigentlich hin?«

Mein Plan, mit ihr zum Altrhein zu fahren, um dort mit der kleinen Fähre auf die andere Seite überzusetzen, werfe ich spontan über den Haufen, weil ich unbedingt mit Robin reden will.

»Ich dachte, wir könnten zum See.«

Die Enttäuschung auf ihrem Gesicht ist nicht zu übersehen, aber ich kann ihr nicht erklären, dass mein Bruder vermutlich einer der Idioten war, die gestern Nacht diesen Scheißspruch da hingesprayt haben. Sie würde ausrasten und mich im hohen Bogen aus ihrer Freundesliste werfen. Und zwar von der im echten Leben, nicht die Online-Version.

»Okay. Klar.«

»Die anderen sind sicher auch dort.«

»Dann können wir die ja vielleicht befragen.«

»Hm?«

Sie fährt direkt neben mir auf dem schmalen Feldweg, unsere Lenker berühren sich fast, und trotzdem kommt sie mir so weit weg vor.

»Na ja, die sind nach der Party doch weitergezogen. Wer weiß, was sie noch so getrieben haben.«

»Du denkst nicht wirklich, dass sie was mit der Aktion auf der Baustelle zu tun haben?!«

»Wieso nicht?«

So abrupt, wie ich abbremse, hinterlasse ich sicher eine tiefe Furche im Weg, und Vio kommt erst einige Meter später zum Stehen, sieht mich überrascht über die Schulter hinweg an.

»Du verdächtigst also einfach mal so meine Freunde?«

»Das habe ich nicht gesagt.«

»Aber gemeint!«

»Nein. Aber vielleicht haben sie ja was Auffälliges bemerkt.«

»Meinst du nicht, dass diese ganze Kiste Sache der Polizei sein sollte?«

Meine Stimme überschlägt sich etwas, und ich habe Mühe, all meine Emotionen im Zaum zu halten.

»Weshalb bist du plötzlich so nervös?«

Weil ich dieses Scheißgefühl nicht loswerde, verdammt!

»Ich bin nicht nervös! Aber du stolperst in mein Leben, stellst alles auf den Kopf und verdächtigst meine engsten Freunde, Rassisten und Idioten zu sein.«

Daraufhin sagt sie nichts, sieht mich nur quälend lange an und wartet – und ich weiß nicht genau, worauf.

»Okay. Du kennst sie schließlich länger, wenn du also sagst, dass sie es nicht waren, glaube ich dir.«

»Walddorf ist nicht der einzige Ort auf der Welt, wo die Leute nicht begeistert davon sind, dass Fremde in ein solches Heim ziehen sollen.«

»Natürlich nicht.« Ihre Stimme klingt kühl und deutlich besonnener als meine. »Aber erklär mir mal, wieso *du* nicht begeistert davon bist, dass Fremde hier in ein solches Heim ziehen.«

Mir fallen die Dinge ein, die am Stammtisch beim Surfklub gesagt werden, die Seitenhiebe von Jonas oder Robin und manchmal auch die Sätze meines Vaters, wenn wir beim Abendessen kurz dieses Thema anschneiden. Aber nichts davon will ich jetzt wiederholen, stattdessen durchforste ich mein eigenes Gehirn nach einer Erklärung, wieso es mich stören könnte, und bemerke an der Dauer der Zeit, die ich dafür brauche, dass mir kein triftiger Grund einfällt. Und so sage ich das, was jeder sagt: »Wegen der Jobs. Es gibt hier nicht gerade die breiteste Auswahl.«

»Du meinst also, ein syrischer Flüchtling könnte dir deinen Ausbildungsplatz wegnehmen?«

»Wäre doch denkbar.«

»Dann spricht das für ihn und gegen dich, meinst du nicht?«

»Da hast du vermutlich recht.«

»In der vierten Klasse hat meine Lehrerin mir gesagt, dass sie mich nicht aufs Gymnasium schicken kann, weil ich dann einem Muttersprachler den Platz wegnehmen würde.« Die Erinnerung daran sorgt bei Vio für feuchte Augen, was sie sich aber nicht anmerken lassen will. »Ich bin Muttersprachlerin, aber das hat sie nicht interessiert, weil mein Name was anderes vermuten lässt.«

Meine Kehle ist so trocken wie die Felder um uns rum.

»Nehme ich dir also vielleicht auch den Ausbildungsplatz weg?«

»Nein. Natürlich nicht.«

»Wenn du ein Problem damit hast, dass Ausländer in die Nähe eures feinen Ortes kommen, dann sollten wir uns vielleicht nicht mehr so oft sehen.« Sie steigt vom Rad, stellt es ab und geht einfach los. In die falsche Richtung, aber das weiß sie nicht.

»Vio!«

»Ist schon okay, es ist nicht das erste Mal, dass mir so was passiert, Konstantin. Ich bin es gewohnt.«

Die Bitterkeit in ihrer Stimme trifft mich härter, als ein Magenschwinger es tun könnte, und ich radele ihr schnell hinterher, aber sie denkt nicht mal daran, stehen zu bleiben.

»Es tut mir leid. Ehrlich gesagt habe ich mir nie wirklich Gedanken darüber gemacht. Es ist mir eigentlich total egal.«

»Aber?«

»Die anderen …« Dabei weiß ich selber nicht mal genau, wen ich mit *die anderen* so genau meine. Es ist ja nicht so, als ob meine Freunde differenzierte Meinungen zu dem Thema hätten. »Ich habe mich irgendwie von der Stimmung anstecken lassen.«

»Wie schade.«

»Hör zu, es tut mir leid.« Ich berühre sanft ihre Schulter und sie bleibt endlich stehen. »Ich mag dich, Vio. Ich mochte dich vom ersten Moment an, dabei weiß ich eigentlich nur über dich, dass du Angst hast, die Schule abzufackeln oder hier verloren zu gehen.«

Ein kurzes Lächeln, Ansporn genug, um weiterzureden.

»Ich würde dich gerne besser kennenlernen, mit dir Zeit verbringen, dir zeigen, dass es hier zwischen den Idioten auch Nicht-Idioten gibt.« Schnell ziehe ich den Rucksack von meinen Schultern und öffne den Reißverschluss. »Und falls du tatsächlich Bedenken haben solltest, ob ich okay bin oder nicht …« Zwischen meinen Badeshorts, der Sonnenmilch und der Wasserflasche finde ich den gefalteten Zettel, den ich heute Morgen in Papas Büro kopiert habe, und reiche ihn Vio. »… dann kann dich das hier vielleicht überzeugen.«

»Was ist das?« Sie nimmt das Papier an und faltet es auseinander.

»Mein polizeiliches Führungszeugnis.«

KAPITEL 25

Vio

»Wir haben uns schon gefragt, wo ihr wohl bleibt.« Mone ist die Einzige, die aufsteht, um uns zu begrüßen, während die anderen matt auf ihren Handtüchern in der Sonne liegen und maximal ein kurzes Winken rüberwerfen.

Zu meiner Überraschung umarmt Mone mich auch jetzt wieder fest und herzlich, womit sie sofort mein schlechtes Gewissen weckt. Habe ich selbst sie vorhin indirekt verdächtigt?

»Wir sind einen kleinen Umweg gefahren.« Konstantin legt seinen Rucksack ab und zieht ein Handtuch raus, ich checke inzwischen, ob ich alle Namen mit den korrekten Gesichtern in Zusammenhang bringe, und bin stolz, alle zu erkennen. Nur Isabell fehlt, worüber ich nicht besonders traurig bin.

»Hattet ihr gestern noch Spaß?« Mone deutet auf den freien Platz neben sich, wo ich mein Handtuch ausbreiten soll und es auch tue.

»Sagen wir so: Es wurde noch ziemlich aufregend. Und bei euch?« Dabei gebe ich mir Mühe, nicht zu neugierig, sondern eher interessiert zu klingen, aber Mone winkt nur ab.

»Wir haben noch einen Döner gegessen und dann sind wir heim, die Jungs waren alle völlig platt. Voll der Reinfall. Und bei euch?«

Konstantin wirft mir einen kurzen Blick zu, den die anderen gar nicht verstehen. Und sofort muss ich lächeln.

»Bei uns lief alles ganz ordnungsgemäß ab.«

Mit meiner Antwort kann Mone nichts anfangen, bemerkt aber auch, dass es keinen Sinn hat, weiter nachzubohren, und so strecken wir uns nebeneinander auf den Handtüchern aus. Eine kleine Weile dösen wir nur mit halb geschlossenen Augen, ich lausche dem Lachen der Kinder, der Musik aus einer Box einige Handtücher weiter und bin ziemlich überrascht, als ausgerechnet Konstantin das Thema anschneidet.

»Habt ihr eigentlich mitgekriegt, was auf der Baustelle passiert ist?«

Die Frage passt ungefähr so gut zur vorherrschenden Stimmung am Seeufer wie ein kühler Regenschauer.

»Was ist denn jetzt schon wieder passiert?« Mones genervte Stimme spiegelt das Interesse aller anderen perfekt wider.

»Mal wieder eine unnötige Sprayerei.«

»Ach so.« Sie lässt die Augen geschlossen, das Gesicht der Sonne zugewandt. »Solange sie die Scheiben diesmal in Ruhe lassen.«

»*Ausländer raus.*« Mein Beitrag zur Unterhaltung führt nun doch dazu, dass sie ihre Augen öffnet und andere zumindest den Kopf in meine Richtung drehen. »Das haben sie hingesprüht.«

»Ja, viel geistreicher wird es auch nicht werden. Haben sie es zumindest fehlerfrei hingeschmiert?«

»Haben sie.«

»Steigerung. Immer die gleichen Parolen, denen fällt nichts anderes ein.«

»Das passiert also öfter?«

Konstantin weicht meinem Blick aus, sieht stattdessen hinaus auf den See, wo die Insel heute verlassen daliegt, und ich frage mich, wieso er mir nicht erzählt hat, dass solche Aktionen hier im gemütlichen Walddorf wohl zur Tagesordnung gehören. Also klärt Holger mich auf.

»Öfter vielleicht nicht, aber jemand hat echt was gegen diesen Bau. Bei Ottersfeld haben sie schon ein Asylheim und da gibt es seitdem immer irgendwie Ärger. Darauf haben die hier wohl keinen Bock.« Holger, der seinen Blick hinter einer verspiegelten Pilotenbrille versteckt hält, zuckt nur die Schultern, als würde ihn das alles gar nicht wirklich interessieren. »Das letzte Mal wurden die neuen Fenster eingeschmissen, alles, damit es zu einer Bauverzögerung kommt. Das sagt zumindest mein Vater. Damit wollen die wohl einen neuen Bürgerentscheid erzwingen. Was weiß ich.«

Und damit ist das Thema dann auch erst mal beendet, weil niemand hier im Sommer, an einem Badesee, Lust auf eine Diskussion hat. In meinem Magen brodelt es vor sich hin, passend zur Außentemperatur. Mone bemerkt mein Unbehagen und sagt: »Mach dir keine Sorgen, Vio, wir passen auf dich auf.«

»Wieso sollte *ich* mir Sorgen machen?«

»Keine Ahnung, aber die Sorgenfalte zwischen deinen Augenbrauen verrät, dass du alles andere als entspannt bist.«

Reflexhaft greife ich mir an die Stirn, wo sich tatsächlich

eine tiefe Falte gebildet hat, und sehe dann zu Mone, die mich frech angrinst.

»Und jetzt erzähl mal, du und Konstantin?«

»Was soll mit uns sein?«

»Ihr habt viel Zeit zusammen verbracht.«

»Ist das so?«

Sie rollt sich auf die Seite und stützt sich auf den Ellenbogen.

»Ich kenne ihn seit dem Kindergarten und so deutlich hat er sich noch nie um jemanden bemüht. Falls es dir noch nicht aufgefallen ist, er neigt nicht gerade dazu, wahnsinnig viel zu reden.« Sofort denke ich an den Moment auf dem See, als er mir mit so wenigen Worten so viel erzählt hat, und spüre, wie meine Mundwinkel bei der Erinnerung an gestern Nacht nach oben zucken. »Also, was läuft da zwischen euch?«

»Gar nichts.«

»O Mann, hat dir mal jemand gesagt, dass du eine echt miese Lügnerin bist?«

Hat man. Und obwohl Mone es mit einem Lächeln sagt, trifft es mich tiefer, als ich zeigen will.

»Magst du ihn denn?«

Konstantin, der inzwischen in ein Gespräch mit Holger versunken ist, bemerkt nicht, dass sowohl Mone als auch ich ihn beobachten, wie er dasitzt, die Arme auf die angezogenen Knie gestützt, ein Basecap verkehrt rum auf dem Kopf, die Sonnenbrille auf der Nase.

Von hier aus betrachtet sieht er aus wie jeder Junge in seinem Alter, und doch sehe ich etwas Besonderes an ihm, auch wenn ich nicht genau sagen kann, was das ist.

»Ich denke schon.« Das will ich mir zwar aus den absurdesten Gründen nicht eingestehen, aber sehr viel länger kann ich es auch nicht leugnen.

»Hattest du in München denn einen Freund?« Mone legt so zielsicher den Finger in die Wunde, dass ich mir nicht sicher bin, ob sie über unerwartete Kanäle vielleicht die ein oder andere Info aus München bekommen haben könnte. Sicher, solche Dramen sprechen sich bekanntlich schnell rum, aber über die Distanz München – Walddorf?

»Es war kompliziert.«

»Habt ihr euch wegen des Umzugs getrennt?«

Nein. Wegen allem anderen. Doch statt das zu sagen oder irgendwas über meine Vergangenheit zu erzählen, schüttele ich nur den Kopf und sehe zur schwimmenden Insel.

»Wie lange wart ihr denn zusammen?«

»Hat dir schon mal jemand gesagt, dass du ziemlich neugierig bist?«

Mones Lächeln wird noch breiter.

»Das höre ich täglich, aber wie sonst sollte ich denn die absolut verlässlichste Quelle für Klatsch und Tratsch im Dorf bleiben?«

»Du weißt also alles, ja?«

»Mal sehen. Was willst du denn wissen?« Sie sieht mich herausfordernd an und ich gehe den Fragenkatalog in meinem Kopf durch. Doch keine erscheint mir passend genug, bis Mone sich aufsetzt. »Na los, keine Scheu. Trau dich.«

»Hattest du mal was mit Konstantin?«

Ihr schallendes Gelächter entlädt sich über dem Strand, weckt jeden, der sich ein kleines Nickerchen gönnen wollte, und in mir ein unangenehm peinliches Gefühl.

Die Jungs drehen die Köpfe in unsere Richtung, und ich hoffe, die Hitze, die mir ins Gesicht schießt, lässt meine Wangen nicht glühen.

»Ach Vio, ich muss dich enttäuschen. Ich kenne Konny einfach eine Spur zu lange und zu gut, als dass ich ihn auf diese Art interessant finden könnte.« Ihr Lächeln ist selbstsicher und mondän, ich kann sie mir überall auf der Welt vorstellen, sie würde nach München, London oder Paris passen. »Außerdem ist er nicht mein Typ.«

Kurz sehe ich zu Konstantin, der lässig in der Sonne sitzt und mir von Tag zu Tag attraktiver vorkommt. Mone zieht ihre Sonnenbrille ein bisschen von der Nase und folgt meinem Blick.

»Jaja, ich weiß, wie kann man ihn nicht toll finden?« Sie verdreht gespielt übertrieben die Augen. »Aber er ist einfach nicht *mein* Typ.«

»Hat man überhaupt wirklich einen Typ?«

»Okay, ich formuliere es anders …« Sie nimmt die Brille komplett ab und sieht mich ernst an. »Du wärst eher mein Typ als er.«

»Ach so.«

»Jap.« Sie grinst zufrieden, wartet auf eine Reaktion, aber ich sage nichts mehr. »Um deine Eingangsfrage, die du wirklich stellen wolltest, also zu beantworten: Du hast freie Bahn bei Konstantin.«

»So hatte ich das nicht gemeint.«

Sie setzt sich die Sonnenbrille wieder auf und lehnt sich zurück auf ihr Handtuch.

»O doch, Vio, genau so hast du es gemeint.«

KAPITEL 26

Konstantin

Vio schwimmt mit gleichmäßigen Bewegungen neben mir her, und ich runzele die Stirn, was ihr trotz Schwimmen auffällt.

»Was denn?«

»Nur das Seepferdchen, ja?«

»Autodidaktin, sagte ich doch.«

»Mhm.«

»Ich habe danach ja nicht aufgehört zu schwimmen, nur die folgenden Abzeichen ausgelassen.«

Wir erreichen die Insel und ich lasse ihr den Vortritt beim Erklettern, was bei ihr leicht und irgendwie schön aussieht. Oben angekommen, dreht sie sich um und reicht mir die Hand, die ich annehme, obwohl ich ihre Hilfe gar nicht bräuchte.

»Lass mich raten! Du hast das Seepferdchen gemacht, dann Bronze, Silber und natürlich Gold.«

Mit der Beantwortung ihrer Frage lasse ich mir Zeit, bis ich neben ihr auf der Insel sitze.

»Korrekt.«

»Wieso bin ich nicht überrascht?«

Obwohl es nicht das erste Mal ist, dass ich wegen solcher Dinge aufgezogen werde, trifft es mich dieses Mal mehr.

»Weil ich eben doch so schrecklich langweilig bin?«

»Das habe ich nicht gesagt.«

Vio lässt ihren Blick auf mir ruhen, aber ich weiche ihm aus, sehe zum Ufer zurück, wo meine Freunde in der Sonne liegen und darüber diskutieren, wo es heute Abend die nächste Party geben soll. Holger hat in seiner Partylaufbahn nicht nur schon in diverse Blumenkübel gekotzt, sondern auch mal sein Rad geschrottet. Darauf ist er zwar nicht gerade stolz, aber diese und ähnliche Geschichten eignen sich hervorragend als Anekdoten, die ihm entweder Lacher oder Respekt einbringen. Meine Eskapaden beschränken sich auf nächtliche Ausflüge auf den See. Die ich bis auf gestern Nacht immer alleine absolviert habe.

»Ich finde es nun mal nicht schrecklich, wenn man sich an Regeln hält, nichts kaputt macht und seine Grenzen kennt.«

Robin hat für uns die großen Abenteuer erlebt, seine Grenzen immer wieder verschoben und mir mit seinen Erzählungen die große weite Welt schmackhaft machen wollen. Mitgenommen hat er mich aber nie wirklich, dafür war ich ihm wohl zu peinlich. Jetzt allerdings ärgere ich mich ein bisschen, weil ich keine Heldengeschichten habe, mit denen ich Vio imponieren kann. Bevor die Mutproben früher ernst wurden, habe ich immer das Weite gesucht, ich trenne zu Hause den Müll, liefere pünktlich meine Referate in der Schule – und betrachte mich jetzt durch Vios Augen.

Langweilig und nichtssagend.

Sie berührt sanft meinen Unterarm, und ich zögere, sehe dann aber schließlich doch zu ihr.

»Hör mal, ich hab genug von ätzenden Bad-Boys. Ein Gold-Abzeichen-Schwimmer ist genau das, was ich suche.«

»Ja?«

Sie nickt, lehnt ihren Kopf an meine Schulter und nimmt ihn auch dann nicht weg, als ich zaghaft den Arm um sie lege. Die anderen sehen das bestimmt, aber es interessiert uns nicht, wir sitzen einfach nur so auf der Insel, und ich werde das Gefühl nicht los, dass dieser Sommer der beste meines Lebens werden könnte.

Doch bevor ich den Moment wirklich genießen kann, ist lautes Lachen und Gegröle zu hören, ich muss mich nicht umdrehen, um zu wissen, wer sich da durch die Büsche einen Weg zum Strand bahnt, statt den Weg zu benutzen. Sie tauchen immer so auf. Als wollten sie sich ankündigen, damit auch ja alle wissen, dass sie endlich hier sind.

Jonas, oben ohne und mit einer Bierflasche in der Hand, erscheint als Erster, dann seine Jungs und schließlich auch Robin. Mein Magen zieht sich sofort zusammen, und ich nehme den Arm von Vios Schulter, die den Zusammenhang sofort bemerkt.

»Dein Bruder?«

Ich nicke, als ich sehe, wie Robin zusammen mit den anderen lauter als nötig ihr Strandlager aufbaut und sie ihre Musikbox in den Sand rammen, die irgendeinen dämlichen Sommerhit rausplärrt. Einige der Strandbesucher werfen ihnen strafende Blicke zu, aber niemand unternimmt wirklich was. Robin sieht zur Insel, erkennt mich und winkt. Mir bleibt nichts anderes übrig, als zurückzuwinken und damit natürlich auch Jonas' Aufmerksamkeit auf mich zu lenken.

Vios Körperhaltung verändert sich, sie zieht die Beine aus dem Wasser auf die Insel und schlingt die Arme drumrum.

»Ich mag den Typen nicht besonders.«

»Jonas ist nur sehr laut.«

»Das scheint aber niemanden zu stören.«

»Hm?«

»Die Rumänen haben alle gestört, weil sie so laut waren.« Sie nickt zum Ufer. »Die Jungs machen locker dreimal so viel Lärm, aber niemand sagt was.«

»Es stört trotzdem alle.«

Sie zuckt nur die Schultern, stützt ihr Kinn auf dem Knie ab und lässt die Jungs nicht aus den Augen. Sie beobachtet, wie diese einen kleinen Football nehmen, ihn in weitem Bogen ins Wasser werfen. Uns wird klar, dass es nicht mehr lange dauert, bis sie ihm folgen werden.

»Was macht dein Bruder eigentlich so?«

»Der hatte heute früh ein Vorstellungsgespräch für einen Ausbildungsplatz.«

»Und wie lief es?«

Gute Frage. Er hat auf meine Nachfrage per WhatsApp nicht geantwortet, und später habe ich nicht mehr reingeschaut. Aus der Ferne fällt es mir schwer, seinen Gesichtsausdruck zu lesen, aber die Tatsache, dass er sich jetzt schon das erste Bier gönnt, kann entweder Freude oder Frust bedeuten.

»Das werden wir gleich erfahren.«

Die Jungs stürmen ins Wasser, dem Football hinterher, Jonas hält seine Bierflasche über den Kopf, schwimmt quasi einarmig auf die Insel und damit uns zu.

»Na toll …«

»Keine Sorge, die beißen nicht.«

Dabei sieht Vio nicht im Geringsten so aus, als hätte sie Angst vor der kleinen Flotte an Jungs, die auf unsere Insel Kurs hält. Kaum hat Jonas uns entdeckt, beginnt er damit, das Titelthema aus *Der weiße Hai* anzustimmen, die Bierflasche noch immer über dem Kopf, das breite Grinsen im Gesicht.

»Stören wir?«

Ich will gerade verneinen, als Vio nickt.

»Ehrlich gesagt, schon.« Man muss wirklich kein Experte in Sachen Körpersprache sein, um zu sehen, wie unangenehm Vio die ganze Situation ist.

»Kannst ja woanders hin, wenn dir unsere Gesellschaft nicht passt, Vio.«

»Schön, dass du dir meinen Namen gemerkt hast.«

»Hab dich ohne Schürze nur fast nicht erkannt.«

»Wie witzig du doch bist.«

»Kann ich bei dir ein Zigeunerschnitzel bestellen?« Er hebt sofort die Hand an den Mund. »O nein. Das sagt man ja nicht mehr.«

Vios Blick wird frostiger.

»Du bist ein ziemlicher Idiot. Hat dir das mal jemand gesagt, Jonas?«

»Weil ich kein Zigeuneressen futtere?«

»Das Restaurant meiner Eltern serviert rumänische Spezialitäten.«

»Spezialitäten.« Er malt einhändig ein Anführungszeichen in die Luft, versucht, dabei nicht unterzugehen, die Bierflasche noch immer in der anderen Hand.

»Spezialitäten, ja.«

»So was gibt es in Rumänien echt?«

Ich kenne Jonas' provokante Art, sein ständiges Nachlegen und das fiese Grinsen, das sich auch jetzt wieder auf seinen Lippen ausbreitet.

Obwohl ich spüren kann, dass Vio angespannt ist, bleibt sie erstaunlich ruhig.

»Hättest ja was bestellen und es probieren können.«

»Ihr hattet ja keine Pizza.«

»Konstantin hat bei uns gegessen.«

Sie dreht den Kopf zu mir, holt mich von der Seitenlinie des Gesprächs plötzlich aufs Spielfeld und Jonas richtet seinen amüsierten Blick auf mich.

»Ach, hat der Konstantin bei euch gegessen, ja?«

»Es war sehr lecker. Ich mochte die …« Dabei wollte ich mir doch den Namen unbedingt merken, damit ich an der Aussprache arbeiten kann. Vio lächelt ganz kurz und hilft mir aus.

»Mititei.«

»Genau, die mochte ich.«

Jonas nickt wissend.

»Sind das diese Ćevapčići?«

Vio atmet schwer aus, was wohl die Reaktion war, auf die Jonas gehofft hat.

»Kannst du dir den Unterschied wirklich nicht merken?«

Er schüttelt den Kopf.

»Fleischrollen bleiben Fleischrollen, egal wo sie herkommen.«

»Bisschen Respekt wäre nett.«

»Es sind Fleischrollen, komm mal klar.« Damit stellt er das Bier neben mich, bevor er sich aus dem Wasser zieht. Frech hockt er sich direkt zur Bierflasche und damit zu nah an mich dran.

»Na, Konny, was geht, wenn du nicht gerade Ćevapčići futterst?«

»Nicht viel. Ferien halt.«

»Hast du es dir mit dem Wechsel in unser Tennisteam noch mal durch den Kopf gehen lassen?«

Ich wusste, dass er davon anfangen würde, und ignoriere die Frage, strecke stattdessen Robin die Hand entgegen, der die Insel ebenfalls endlich erreicht hat, und helfe ihm rauf. Sein Blick lässt nichts Gutes vermuten.

»Wie lief es?«

»Ach, keine Ahnung. Eigentlich ganz gut.«

»Aber?«

Er zuckt die Schultern und nimmt auf der Mitte der Insel Platz. Jonas beantwortet die Frage für ihn.

»Er war nicht der einzige Bewerber. Da war noch so ein Ali und der wird bestimmt das Rennen machen.«

»Wieso?«

»Ausländerquote, weißt doch, wie es läuft.«

»Vielleicht war dieser Ali auch einfach nur qualifizierter?« Vio kann sich den Kommentar nicht verkneifen und ich ziehe schon mal den Kopf ein. Robin bleibt stumm, aber Jonas fühlt sich natürlich direkt herausgefordert, beugt sich etwas vor, um Vio an mir vorbei besser ansehen zu können.

»*Qualifizierter?*«

»Ja.«

»Sicher. Klar.«

»Wäre doch möglich. Wieso schließt du das aus?«

Jonas sieht zu mir, erhofft sich Unterstützung, aber ich schweige – weil ich das immer tue –, und er schüttelt den Kopf, als hätte er sich verhört.

»Der Typ konnte kaum geradeaus Deutsch reden.«

»Warst du dabei?«

»Nee, aber wieso sollte mein Kumpel lügen?«

Bevor sie darauf antwortet, sieht sie über die Schulter zu Robin, der sich inzwischen auf dem Rücken ausgestreckt hat und kein Interesse an dieser Unterhaltung zu haben scheint.

»Keine Ahnung.«

»Eben. Vielleicht einfach mal die Klappe halten, ja?« Dann wendet Jonas sich an mich. »Halt deine Freundin bisschen kürzer an der Leine.«

Alle Blicke ruhen auf mir, Sekunden werden zu Minuten und mein Sprachzentrum formt die Worte, die ich aussprechen soll. In der Zwischenzeit werden Minuten zu Stunden, zumindest fühlt es sich so an, und bevor ich tatsächlich dazu komme, etwas zu sagen, steht Vio auf.

»Ich bin nicht seine Freundin.« Ohne auf eine Reaktion zu warten, springt sie ins Wasser, dicht genug an uns dran, um uns nass zu machen, und schwimmt dann, deutlich besser als ein Seepferdchen-Abzeichen es verlangt, von uns weg zum Ufer.

»Was stimmt denn mit der nicht?«

Robin setzt sich wieder auf und greift nach der Bierflasche, die Jonas vorhin abgestellt hat, und sagt: »Lass gut sein, Jonas, ist doch auch schon egal.«

»Nix ist egal! Die glaubt, du bist nicht qualifizierter als …«

»Lass jetzt gut sein, verdammt. Hab keinen Bock, den ganzen Tag darüber zu quatschen, okay?« Robin nimmt einen beherzten Schluck Bier, bemerkt meinen fragenden Blick und schüttelt nur genervt den Kopf. Ich werde wohl auf heute Abend und etwas mehr Ruhe hoffen müssen, bevor ich wirklich Auskunft über den Verlauf seines Gesprächs bekomme.

Jonas hebt die Arme, als wolle er sich ergeben, und grinst schon wieder.

»Alles klar, alles klar. Du kriegst eh was Besseres als diesen Kack-Job. Ich sag dir, mein Vater hat ’ne Ausbildungsstelle für dich, du musst nur zusagen.« Seine Augen finden meine. »Und *du* solltest dir mal überlegen, mit wem du so abhängst. Gibt ja wirklich genug Alternativen.«

KAPITEL 27

Vio

Hey, warte mal!«

Mones Schritte, die mir folgen, klingen wie Applaus, wenn ihre nackten Sohlen auf die Flipflops klatschen. Ich habe mein Zeug gepackt und beschlossen, mich auf meinen Orientierungssinn zu verlassen. Irgendwie finde ich schon nach Hause.

»Habe es eilig.« Mein wütender Gang unterstreicht meine Aussage und spiegelt meine Gefühle perfekt wider.

Mone schiebt sich auf dem Trampelpfad an mir vorbei und versperrt mir den Weg.

»Was ist denn passiert?«

»Ich mag diesen Jonas nicht.«

Sie nickt verständnisvoll, legt ihre Hände auf meine Schultern und sieht mich direkt an.

»Willkommen im Klub. Aber wenn du jetzt die Biege machst, fühlt er sich nur bestätigt.«

»Was?«

»Der provoziert immer. Egal, um was es geht. Er bejubelt den Fußballverein, den alle doof finden, hört die Musik, die uns zu assi ist, und quatscht den lieben langen Tag nur Bullshit.« Mit einem Schulterzucken tut sie das alles ab. »Wenn du jetzt gehst, fühlt er sich wie der König der Welt.«

»Ich kann doch nicht dasitzen und ihn rassistische Scheiße reden lassen.« Bevor sie Luft holen und etwas sagen kann, schüttele ich so sehr den Kopf, dass Wassertropfen aus meinen nassen Haaren wie kleine Geschosse durch die Gegend fliegen. »Ich kann da nicht zuhören, es betrifft ja auch mich.«

Jetzt sagt Mone mal nichts und macht auch keine Anstalten, irgendwas zu erwidern.

»Und übrigens auch dich.«

»Mich?«

»Ja. Er hat ein Problem mit Ausländern.«

»Ich bin in Walddorf geboren, für Jonas bin ich keine Ausländerin.«

»Verstehe.«

»Und du bist maximal Bayerin für ihn. Aber sicher keine Ausländerin. Es sei denn, du möchtest das unbedingt sein.«

»Wie meinst du das?«

»Es ist doch echt scheißegal, wo wir herkommen. Oder die Eltern unserer Eltern. Wir sind jetzt alle hier. Und wenn Jonas das nicht passt, dann sollte er gehen und nicht du.« Sie greift nach dem Rucksack in meiner Hand und nimmt ihn mir ab. »Also komm zurück, Konstantin wäre sonst untröstlich.«

»Hat der überhaupt 'ne Meinung zu irgendwas?«

Sie atmet schwer aus, und ich spüre, wie meine Wut sich inzwischen gegen alles und jeden richtet.

»Konstantin ist eher ein stiller Typ. Er will nicht auffallen und wird sich bestimmt nicht zu großen Reden aufschwingen. Wenn er dir politisch nicht aktiv genug ist oder so was, dann lass es einfach.«

»Was lassen?«

»Mit ihm rumhängen, ihm Hoffnungen machen. Er verknallt sich nicht schnell, eigentlich nie, und hier sitzen eine Menge Mädchen, die ihn toll finden. Aber er hat nur Augen für dich.«

Wieder muss ich an Isabells Vorwürfe denken, wieder kratzen die Erinnerungen an der Hintertür zu meinem Kopf, wieder ignoriere ich sie.

»Vielleicht sollte ich dann wirklich nicht mehr so viel mit ihm rumhängen.«

»Spitze, so hast du ja vielleicht mal Zeit für mich. Ich bräuchte nämlich noch ein paar Tipps, was München angeht.« Mit meinem Rucksack in der Hand macht sie langsam ein paar Schritte rückwärts, weiß, dass sie mich schon überzeugt hat. »Also, kommst du zurück oder lässt du Jonas etwa gewinnen?«

Sie macht das ziemlich geschickt, weckt die kleine Rebellin in mir, die ganz sicher nicht will, dass dieser schmierige Typ sich in seiner Annahme, mich vergraulen zu können, bestätigt fühlt, und so folge ich Mone, die das mit einem zufriedenen Lächeln quittiert.

»Stört es dich wirklich gar nicht?«

»Sein Geschwätz? Ich höre seit Ewigkeiten nicht mehr zu. Er denkt ja auch, die gesamte weibliche Bevölkerung müsste ihm und seinem Charme erliegen.« Eine wegwerfende Handbewegung lässt mich wissen, was sie davon hält. »Ich würde ihm nicht so viel Bedeutung beimessen.«

»Glaubst du, er war das mit den Schmierereien an dem Flüchtlingsheim?«

»Keine Ahnung, es gibt einige, die darauf keinen Bock haben. Immer hörst du irgendwelche Schauergeschichten, wenn es darum geht.« Sie deutet meinen fragenden Blick richtig und klärt mich auf. »In Ottersfeld gingen angeblich die Zahlen für Einbruch und Sachbeschädigung hoch, seitdem es dort ein Heim gibt. Aber komischerweise kennt niemand jemanden, der ausgeraubt wurde. Trotzdem wird es rumerzählt.« Sie deutet auf den Strand, der wieder vor uns auftaucht. »Walddorf ist wie eine Miniversion von Twitter. Alles wird retweeted, ohne die Fakten zu checken.« Dann tippt sie sich an die Stirn. »Also müssen wir den Faktencheck hier drin machen. Und jemand wie Jonas retweeted halt das, was er am Stammtisch seiner Kumpels hört.«

Als wir die anderen wieder erreichen, ist Konstantin noch immer auf der Insel, und ich breite mein Handtuch erneut in Mones Nähe aus.

»Haben wir uns wieder beruhigt?« Holger reicht mir freundlich grinsend eine Dose Cola, die er aus der kleinen tragbaren Kühlbox fischt.

»Haben wir.«

Dankend nehme ich die Dose an und setze mich zu ihnen, grabe meine Zehen in den Sand und versuche, nicht ständig rüber zu Konstantin auf der Insel zu schauen. Er muss doch bemerkt haben, dass ich weggegangen bin. Mone lehnt sich zu mir.

»Heute Abend feiern wir bei mir, kommst du?«

»Mal sehen.«

»Ich deute das als ein *Ja, Mone, ich komme total gerne, danke für die Einladung.*« Sie stößt mit ihrem Getränk an meine Dose und grinst breit, als ich endlich einsehe, dass ich eventuell überreagiert habe.

»Ja, Mone, ich komme total gerne, vielen Dank für die Einladung.«

»Na geht doch! Und bring Konstantin mit. Also, wenn du willst.«

»Das werde ich wohl müssen, weil ich keine Ahnung habe, wo du wohnst.«

Wieder wandert mein Blick zur Insel, wo Jonas inzwischen immer wieder wagemutige Stuntsprünge ins Wasser absolviert, damit um die Aufmerksamkeit aller buhlt, aber von den meisten tatsächlich ignoriert wird. Mag ja sein, dass er Scheißansichten hat, aber außer mir nimmt die wohl wirklich niemand ernst. Konstantin sitzt inzwischen neben seinem Bruder in der Mitte der Insel und erinnert an einen Fremdkörper inmitten der lauten Jungs, die krakeelend ihre Kunstsprünge absolvieren.

»Tust du mir einen Gefallen?« Mone stellt die Frage, ohne mich anzusehen.

»Hm?«

»Zerbrich dir nicht so sehr den Kopf über das, was andere über dich sagen oder denken, okay?«

»Werde mir Mühe geben.«

Hoffentlich hört sie nicht, wie belegt meine Stimme bei der Antwort klingt.

KAPITEL 28

Konstantin

Doppelte Schraube, schaut genau hin!«

Doch weder Robin noch ich sehen rüber, als Jonas Anlauf nimmt und vermutlich keine doppelte Schraube schafft.

»Lief es echt so mies?«

Robins Miene lässt mich mehr als deutlich wissen, dass meine Frage überflüssig ist.

»Die wollten mir gar keine echte Chance geben. Statt sich mit mir zu unterhalten, sind die auf irgendwelchen Noten rumgeritten und haben das Fehlen meiner außerschulischen Aktivitäten bemängelt. Und die abgebrochenen Praktika fanden sie auch nicht cool.« Jedes Wort presst er mühevoll über die Lippen, versucht die Enttäuschung dahinter in Schach zu halten, und doch kann ich diese Leere in seinen Augen sehen. »Weißt du, es liegt nicht an mir, dass es mit der Ausbildung nicht klappt.«

»Weiß ich doch.«

»Auf die meisten Bewerbungen kommt ja nicht mal eine Antwort, die wenigstens laden mich ein, und wenn ich dort bin, haben die schon keinen Bock mehr auf mich! Wie oft soll ich denn noch zur Probe arbeiten, und dann wird es doch jemand anderer?« Er sieht mich an, aber ich kenne die genaue Antwort nicht. Irgendwann haben wir alle aufgehört zu zählen. »Und ohne Autoführerschein hast du hier im Nirgendwo halt doppelt verkackt.«

Die Info, dass er zwei Mal durch die praktische Prüfung gerauscht ist, vergisst er an dieser Stelle gerne. Es ist ihm peinlich, weil er den Rollerführerschein damals einfach so gepackt hat.

»Was soll ich noch machen, hm?«

»Weitersuchen.«

»Wenn der Sommer rum ist und ich noch immer hier festhocke, drehe ich durch!«

Weil für Robin Walddorf ein zu enges Kellerzimmer ohne Fenster ist, aus dem er endlich ausbrechen will.

Erst als Jonas hinter uns den nächsten pseudo-spektakulären Sprung ins Wasser gewagt hat, räuspere ich mich und rücke etwas näher zu Robin ran.

»Sag mal, gestern Nacht … dieses Geschmiere an der Baustelle …«

»Nerv jetzt nicht rum, Konny. Bitte. Ich habe echt andere Dinge im Kopf.«

»Ich will nur wissen, ob ihr das wart.«

Aber er sieht nicht mal zu mir, hält den Blick fest in die Ferne gerichtet, wo alles seiner Meinung nach besser ist als hier, jetzt, mit uns.

»Was läuft nun eigentlich zwischen dir und Vio?«

»Wechsel nicht das Thema.«

Grinsend dreht er sich zu mir, die Leere aus seinem Blick verschwunden.

»Es ist ehrliches Interesse. Sag schon, so wie ihr euch immer anschaut …«

»Da ist nichts.« Und so, wie sie ihren Abgang vorhin durchgezogen hat, wird wohl auch nie was laufen.

»Dann halte dich mal ran, du bist nämlich nicht der Einzige, der sie gut findet.« Als er meinen Blick bemerkt, lacht er und schüttelt den Kopf. »Nicht ich, du Vogel.«

An mir vorbei deutet er zum anderen Ufer, wo Vio in eine Unterhaltung mit Holger vertieft ist, auch wenn sich aus der Entfernung schwer feststellen lässt, wie intensiv dieses Gespräch ist.

Jonas zieht sich aus dem Wasser, zurück zu uns auf die Insel, und stellt sich breitbeinig direkt vor mir auf.

»Findet ihr, ich sollte einer dieser Kunstspringer werden?«

»Ich glaube nicht, dass *Kunstspringer* der korrekte Terminus ist.«

Er verpasst mir einen spielerischen Fußtritt gegen die Schulter, der härter als nötig ausfällt.

»Konstantin Wagenfeld, der ewige Klugscheißer.« Er geht so dicht vor mir in die Hocke, dass unsere Nasen sich fast treffen. »Wieso bist du nicht mehr wie dein Bruder?«

»Im Durchschnitt teilen Geschwister ungefähr 50 % ihrer DNA miteinander, einige etwas mehr, andere etwas weniger. Während wir also alle jeweils die Hälfte unserer DNA von jedem unserer Elternteile bekommen, sind die Segmente, die bei Brüdern übereinstimmen, völlig zufällig. Und Robins Kombination und meine unterscheiden sich halt stark.«

»Lernst du so einen Scheiß echt auswendig?«

»Bio-Leistungskurs.«

»Bist halt ein ganz Schlauer. Einen wie dich könnten wir gebrauchen.« Jonas nimmt zwischen Robin und mir Platz, Zufriedenheit im Gesicht, Sonne auf der Haut. Wenn man ihn so betrachtet, könnte man wirklich meinen, die Welt wäre sein alleiniger Spielplatz. »Kommst du heute Abend eigentlich mit?«

Gerade als ich fragen will, wohin, unterbricht Robin uns.

»Lass gut sein. Der hat sicher schon was vor.«

»Kann er nicht mehr alleine antworten?«

»Lass ihn. Er hat ein Date.«

»Ich habe kein Date.«

»Doch klar, deine Süße wird sicher den Abend mit dir verbringen wollen.« Robin liefert mir die perfekte Vorlage für eine Ausrede, die nur leider nicht der Wahrheit entspricht, und ich zucke betont gleichgültig die Schultern.

»Ich kann ja nachkommen.«

»Nee, kannst du nicht. Weil ich den Roller nehme. Ende.«

Robin spielt sich gerne als großer Bruder auf, trifft solche Entscheidungen, bevor ich überhaupt die Chance habe, ernsthaft darüber nachzudenken. Das hat mich früher nie gestört, aber inzwischen nervt es mich schwer. Vielleicht wüsste ich, wohin ich gehöre oder hinwill, wenn er aufhören würde, solche Entscheidungen für mich zu fällen.

»Kann doch mit dem Rad kommen.«

»Ich habe Nein gesagt.«

Sein Blick ist ernst, und ich checke, dass jetzt nicht der beste Zeitpunkt ist, mit ihm zu diskutieren. Er hat das entschieden, ob mir das nun passt oder nicht. Jonas verkneift sich ein Lachen und so rutscht ihm ein gehässiges Gekichere raus.

»O Mann, du hast Hausarrest, Konny.« Er streckt sich auf der Insel aus und verschränkt die Arme hinter dem Kopf. »Aber irgendwann bist du dabei, da kann auch dein Bruder keinen Einspruch mehr einlegen. Keine Sorge.«

Wo ich dabei sein soll, kann ich mir entfernt ausmalen und nehme mir vor, Robin in der nächsten ruhigen Minute noch mal auf die Baustellen-Schmiererei anzusprechen. Aber so, wie er im Moment drauf ist, kann ich das gerade eindeutig knicken.

Gelächter auf der anderen Seite des Sees weckt unsere Aufmerksamkeit, und ich bemerke die Rumänen, die immer um diese Uhrzeit hier auftauchen. Jonas verdreht die Augen und hat nur ein verächtliches Schnauben für sie übrig.

»Die schon wieder.«

Kurz schaue ich zu meinen Kumpels am Ufer, entdecke, dass Holger noch immer mit Vio spricht, und spüre dieses Kribbeln auf der Haut, sehe helle tanzende Punkte dicht an dicht vor meinen Augen und hole Luft, höre die Worte in meinem Kopf, bevor ich sie ausspreche: »Die sind ganz in Ordnung.«

Sowohl Robin als auch Jonas sehen mich so überrascht an, als seien sie schockiert, dass ich überhaupt sprechen kann.

»Die Polen?«

»Rumänen.«

»Ach, was du Schlauberger nicht alles weißt.«

Ich nicke stur.

»Sind wohl Saisonarbeiter.«

»Schau, wegen solcher Typen kriegt dein feiner Bruder keinen Job.«

»Was?«

»Die nehmen unseren Leuten den Job weg. Und wenn es dann heißt, ab zurück nach Hause, bleiben die hier und machen sich breit.«

»Quatsch, die kühlen sich hier nur nach der Arbeit ab.«

»Und verdrecken unseren See.«

»Blödsinn.«

»Bist jetzt ganz dicke mit den Rumänen, hm? Einmal bei denen gegessen und schon bist du hin und weg, ja?« Jonas nickt an mir vorbei zum Ufer, und ich weiß genau, wohin, sage aber nichts, behalte lieber Robin im Blick, der sein Pokerface aufsetzt und mich an seinem Innenleben nicht mehr teilhaben lässt.

»Du weißt ja, was man sagt, Konny. Wer sich zu den Hunden legt, muss sich nicht wundern, wenn er mit Flöhen aufwacht.« Dabei klopft Jonas mir ganz gönnerhaft auf die Schulter und steht auf.

»Doppelte Schraube mit anschließendem Köpper.« Er nimmt Anlauf und vollführt dann einen Sprung, der weder an eine, geschweige denn zwei Schrauben erinnert und auch nicht mit einem Köpper, sondern einem lauten Bauchklatscher endet.

Robin steht ebenfalls auf, nutzt die Sekunden, die Jonas noch unter Wasser ist, und sieht zu mir: »Halte dich von denen einfach ein bisschen fern.«

Damit ich auch ja verstehe, wen er mit *denen* meint, deutet er auf die Jungs im Wasser.

»Wieso denn das?«

»Damit du nicht in irgendwas reingezogen wirst.«

Und dann springt er mit einer 1-a-Körperhaltung ins Wasser und legt den Köpper hin, an dem Jonas eben gescheitert ist. Doch ich habe nicht vor, ihnen jetzt schon zu folgen, bleibe auf der Insel zurück und sehe dabei zu, wie ihre Haarschöpfe kleiner werden, bis ich endlich alleine bin.

Wann genau wurde das alles eigentlich so irre kompliziert?

KAPITEL 29

Vio

Wir radeln stumm nebeneinander her.

In einer Gruppe von sechs Leuten.

Wir brauchen die gesamte Fahrbahn, was niemanden stört, weil uns kein Auto entgegenkommt und wir nur mal einen Traktor überholen müssen.

Kaum waren Jonas und seine Kumpels verschwunden, stieg auch die Laune am See wieder. Wir haben Frisbee gespielt, und die Jungs wollten uns mit ihren Kunstwürfen beeindrucken, weshalb jetzt Holgers Knie aufgeschrammt ist. Beim Versuch, einen absurd flachen Wurf von Konstantin aufzufangen, ist er stattdessen über den kiesigen Teil des Strandes geschlittert. Nicht, dass ihn das stört, er trägt die Verletzung mit Stolz und hat unsere Aufmerksamkeit vorhin deutlich genossen.

»Sorry, wegen Jonas.« Konstantin lenkt seinen Drahtesel wieder sehr dicht an meinen, ich weiche ihm ein bisschen aus, ohne das Rudel der Räder zu verlassen.

»Bist du jetzt sein Bote?«

»Nein.«

»Dann warte ich darauf, bis er sich persönlich bei mir entschuldigt, wenn du nichts dagegen hast.« Was er nicht tun wird, das ist uns beiden klar.

»Bist du irgendwie sauer auf mich?«

Schon am See habe ich es vermieden, mich mit Konstantin auf ein Gespräch einzulassen, erst mal musste ich ein bisschen sortieren, wieso ich so sauer bin.

»Weil du wieder nur die Klappe gehalten hast? Nö. Inzwischen habe ich begriffen, dass das eben deine Art ist. Du bist der ohne Meinung, das ist total in Ordnung.«

Das möchte Konstantin dann aber doch nicht auf sich sitzen lassen und verteidigt sich: »Ich habe schon eine Meinung. Ich halte nur nichts davon, sie jedem aufdrücken zu wollen.«

»Also behältst du sie für dich, weil sie ein Geheimnis bleiben soll?«

»Nee.«

»Ich finde Jonas' Meinung beschissen, aber wenigstens hat er eine.« Kurz trete ich etwas fester in die Pedale, pralle dank dieser Aktion aber fast in Mones Hinterrad, die direkt vor mir radelt.

»Ich wusste einfach nicht, dass es so wahnsinnig wichtig ist, eine ausgefeilte politische Meinung zu allem zu haben, wenn man neue Freundschaften schließen will.«

Das klingt nur halb ironisch und halb so, als würde sich Konstantin eventuell tatsächlich den Kopf zerbrechen.

»Nur, weil wir die Generation Greta sind, müssen wir doch auch nicht wegen allem, was da draußen schiefläuft, auf die Straße gehen.«

Jetzt ist er es, der fast gegen Mones Rad prallt, weil diese vor ihm in die Bremsen steigt.

»Ist das dein Ernst, Konstantin?« Sie wirft ihm über die Schulter einen reichlich irritierten Blick zu.

»Na ja, ich meine, ich finde es scheiße, dass der Amazonas brennt oder Menschen verhungern. Und ja, ich finde es auch scheiße, dass so was an Mauern geschmiert wird. Aber muss man sich denn immer lautstark dazu äußern? Nervt das nicht irgendwann?«

»Ich nerve lieber, indem ich laut bin, als dass ich still zusehe, wie andere lauthals eine Scheiß-Message rumgrölen!«

»Aber hier ist es doch gar nicht so schlimm.«

»Hier?«

»Bei uns. In Walddorf. Hier ist es einfach ruhig und alle kommen gut miteinander klar.«

»Mann, ey, Konny, du lebst echt in deiner eigenen kleinen Welt, oder? Hier ist *nicht* alles eitel Sonnenschein, sobald man selbst ein bisschen aus dem Raster fällt! Dann kann es richtig beschissen werden!« Mone funkelt ihn verletzt an, bevor sie wieder in die Pedale tritt, uns abhängt und zu Holger und den anderen aufschließt.

»Was ist denn nur an einer kleinen Welt so verkehrt? Ich check es einfach nicht!«

»Nichts, Konstantin. Gar nichts. Sie bleibt nur nicht so heil, wie du sie dir wünschst, wenn die anderen immer lauter werden und wir weiter leise bleiben.«

Das gibt ihm zu denken, er sagt nichts mehr, sieht konzentriert auf den Asphalt vor seinem Vorderrad, wo die Zukunft sich abspielt.

»Unterm Strich musst du dich einfach fragen, ob du es okay findest, was die anderen machen. Wenn du damit leben kannst ...« Ich zucke die Schultern und warte, ob er nachfragt oder antwortet, aber Konstantin sieht noch immer stur auf den Boden. »... dann weiß ich ja Bescheid.«

»Ich finde nur, dass man sich auch nicht überall einmischen muss. Das ist alles.«

»Na, das ist zumindest mal 'ne Meinung.«

»Also ich bin ein Idiot, weil ich nicht jeden Freitag mit Plakaten auf die Straße gehe?«

»Nee. Du musst selber wissen, wo bei dir die Grenze überschritten wird.«

»Wann wird sie denn bei dir überschritten?« Er sieht zu mir, sein Blick ehrlich interessiert und dabei doch so unendlich weit weg.

»Wenn mich jemand *Zigeunerin* nennt, wenn jemand Witze über meine Familie, ihre Herkunft oder die nicht perfekte Aussprache meines Vaters macht. Wenn ausländerfeindliche Scheiße irgendwo hingesprüht wird, wo ich Zuhause sein will. Wenn Freunde zusehen, wie andere sich über mich lustig machen, weil ich für sie nicht hierhergehöre. Wenn ich Angst kriege, weil hinter mir Leute aus der S-Bahn steigen, die sich vorher ausländerfeindlich geäußert haben ...« Mir fallen noch andere Beispiele ein, aber ich behalte sie für mich, weil Konstantin sie nicht verstehen würde. Nicht, ohne dass ich ihn über die Hintergründe aufkläre, und das möchte ich nicht. »Wenn ich nicht dazugehöre, weil mein Nachname fremd klingt.«

»Der klingt nicht fremd.«

Ich lache, weil er nett sein will, aber ich erinnere mich zu genau an die Gesichter der anderen, als ich ihnen meinen Nachnamen zum ersten Mal genannt habe.

»Wie dem auch sei, das sind meine Grenzen. Und deine?«

Konstantin denkt nicht mal darüber nach, sieht mir direkt in die Augen, ernst und klar.

»Wenn dir jemand wehtun oder Angst machen würde.«

Das erwischt mich kurz eiskalt, und ich will ihm sagen, dass Jonas das bereits getan hat. Jonas und auch meine alte Clique aus München. Aber ich kriege es nicht über die Lippen, weil es sich irgendwo in meinem Rachen verheddert, so wie immer.

Mone ist es schließlich, die den Moment unterbricht, als sie sich wieder zu uns zurückfallen lässt.

»Leute, egal, wie wir morgen die Welt verändern wollen, heute Abend wird der Partykeller meiner Eltern erst mal auf links gedreht.« Sie zwinkert uns grinsend zu. »Ganz unpolitisch, versteht sich natürlich.«

KAPITEL 30

Konstantin

Vio tanzt.

Und zwar so, als wäre alles egal und gleichzeitig alles bedeutsam. Mit geschlossenen Augen und einem tiefen Lächeln, dabei wirbelt sie die Arme um sich rum, hüpft, dreht sich und schüttelt den Kopf.

Die anderen Mädchen lassen sich davon anstecken und tanzen ebenfalls zu einem Song, der vom perfekten Sommer und den dazugehörigen Erinnerungen erzählt.

Wie so oft auf diesen Partys sitzen wir Jungs eher unsicher am Rand, schauen den Mädels dabei zu, wie sie die Tanzfläche zu ihrem Territorium machen, und checken nicht, dass sie uns eigentlich dabeihaben wollen.

Holger reicht mir eine Flasche Bier und hockt sich neben mich, die Kippe lässig im Mundwinkel.

»An Vio wirst du dir noch die Zähne ausbeißen. Die ist 'ne Nummer zu groß für dich.«

Natürlich hat er recht, und trotzdem ärgern mich seine Worte, weswegen ich erst mal einen Schluck Bier nehme und dann nichts sage.

»Die hat in München ein echtes Leben geführt, nicht so

was wie wir hier.« Dabei deutet er auf alles um uns rum, die polierte Holzbar, die Mones Vater selber gebaut hat, die filigran verzierten Barhocker, die bunten Lichter an der Theke, die eher aus der Generation unserer Eltern stammen, und die holzvertäfelte Wand, an der verschiedene kleine Geweihe hängen, von denen niemand so recht weiß, ob sie echt sind und wer sie geschossen haben soll. »Ich sag dir, meine Recherche hat ergeben, dass sie nicht so schüchtern ist, wie sie tut.«

»Recherche?« Ich brülle ihm das Wort viel zu laut ins Ohr, übertöne dabei nicht nur die Musik, sondern auch meinen Anflug von Eifersucht, weil Holger offensichtlich Interesse an Vio hat. Er nickt nur grinsend, ohne den Blick von der Tanzfläche zu nehmen, die Bierflasche dicht an den Lippen, ohne sie wirklich anzusetzen.

»Für sie ist das hier Kinderfasching.«

»Woher willst du das wissen?«

Er tut mir den Gefallen, sieht mich endlich an, die Augen funkeln dabei, als kenne er ein Geheimnis über Vio, von dem ich keine Ahnung habe.

»Alter. Hast du dir mal ihren Instagram-Feed angeschaut?«

Habe ich nicht. Sicher habe auch ich dort einen Account, aber außer den typischen Sonnenuntergangsfotos, die man halt so macht, und vielleicht ein Foto aus dem Griechenlandurlaub letztes Jahr findet sich bei mir nichts Spannendes.

Holger lässt die Augenbrauen wackeln wie zwei sehr behaarte Raupen, die eine bessere Party als unsere hier besuchen.

»Solltest du mal. Lohnt auf jeden Fall!« Er klopft mir auf

den Oberschenkel und sieht wieder zur Tanzfläche, wo Vio inzwischen mit Mone tanzt, dabei lacht und so wunderschön aussieht, dass es kurz in meiner Herzgegend zuckt. Mein erster Impuls ist es, nach meinem Handy zu greifen, aber dann weiß Holger, wie neugierig – und etwas wütend – er mich gemacht hat. Aber wie das Universum manchmal so spielt, vibriert meine Hosentasche und kündigt einen eingehenden Anruf an. Fast schon zu übertrieben deute ich auf meine Jeans.

»Anruf, muss ich rangehen.«

Holgers Blick ist genauso irritiert, wie ich erwartet habe, und ich stehe auf, ohne dabei zu checken, ob Vio es bemerkt. Ich gehe die schmale Holztreppe nach oben in den kühlen Hausflur. Erst dort nehme ich den Anruf entgegen.

»Ja?«

»Konny!«

Es dauert einige Sekunden, bis sich mein Gehör von der lauten Partymusik im Keller an die Stille hier draußen gewöhnt und ich die Stimme erkenne. Es ist Jonas und auf den habe ich gerade wenig Bock.

»Was gibt's?«

»Wo steckst du denn?«

Seine Zunge klingt schwer, dabei ist es erst kurz nach Mitternacht.

»Bin noch unterwegs.«

»Und wo?«

»Bist du im Auftrag meiner Mutter unterwegs?«

»Nee, aber ich brauche eine Adresse, wenn wir dich abholen sollen.«

Sollen sie aber gar nicht. Bisher hatte ich noch nicht die Chance, mit Vio zu reden. Also alleine.

»Abholen?«

»Ja, Mann! Also, wo steckst du?«

Hat Robin vorhin am See nicht noch gesagt, Jonas solle mich in Ruhe lassen? Hat mein Bruder jetzt seine Meinung geändert und ich soll doch bei was-auch-immer mitmachen?

»Ähm …«

»Ad-re-sse!«

»Ich bin bei Mone.«

»Geil. Bin unterwegs.«

Und schon hat er aufgelegt, bevor ich fragen oder absagen kann. Unzufrieden mit dem bisherigen Verlauf des Abends starre ich auf mein Handy und öffne dann doch die Instagram-App, die ich eigentlich nur habe, weil alle dort sind. Meine Followerzahl ist überschaubar, meine Fotos locken wenig Fremde auf mein Profil und außer meinen Freunden interessiert sich niemand für mich oder meine Schnappschüsse.

Ich gebe den Namen *Vio Lupascu* ins Suchfeld ein und erkenne ihr Gesicht direkt beim ersten Suchtreffer. Sie lacht in die Kamera, die den perfekten Moment eingefangen hat. Es muss sich um einen Sommertag handeln, vielleicht einen wie heute. Nur wusste sie damals wohl noch nicht, dass es sie zu uns ans Ende der Welt verschlagen würde.

Ihr Profil ist natürlich auf privat gestellt, sie entscheidet, wen sie an ihrem Onlineleben teilhaben lässt und wen nicht. Wir haben drei gemeinsame Freunde. Mone folgt ihr bereits, ebenso Holger und Marco.

Nur ich Trottel habe verpasst, ihr auch in der Online-Welt

zu zeigen, dass ich sie mag, und jeder weiß doch, wie ach-so-wichtig das ist. Mein Finger schwebt über dem kleinen Button *Abonnieren,* und ich frage mich, ob sie auch nach mir gesucht hat. Immerhin ist mein langweiliges Profil öffentlich und mein Username auch nicht besonders einfallsreich.

Ohne dem Zweifel nachzugeben, schicke ich meine Anfrage an sie ab und klicke mich auf Mones Profil, wo mich bereits ein gemeinsames Foto von ihr und Vio empfängt. Es zeigt sie beide lachend auf dem Strandtuch, Arm in Arm schauen sie in die Kamera – von mir sieht man nur die Schulter im Hintergrund. Holger hat es zumindest zu einer ordentlichen Fotobombe gebracht und sein breites Grinsen nimmt fast den ganzen Hintergrund ein.

Wieso bin ich immer so verdammt langsam? Wieso kann ich da nicht runtergehen, auf die Tanzfläche marschieren, ihre Hand nehmen und ihr sagen, dass ich sie gerne küssen würde? Weil mein Herz ausrastet, wenn ich sie ansehe, weil ich sie mutig finde und genau dafür bewundere.

Wieso mache ich es nicht einfach?

Ich lasse das Handy wieder in der Hosentasche verschwinden und stapfe die Treppen nach unten, wo die Musik mich hämmernd empfängt und meinem Herz den Rhythmus vorgibt, in dem es gefälligst zu schlagen hat. Die bunten Lichter zucken hektisch, werfen blaue, rote, grüne Flecken an die Wand und die Decke, und ich lehne mich kurz ans Treppengeländer.

Mone und Vio tanzen noch immer, ebenso wie die anderen Mädels, und Holger ist irgendwo dazwischen. Von außen betrachtet sieht es perfekt aus, Freunde, die auf einer Party eine gute Zeit haben. Innendrinnen ergeben sich kurze Tanzpaare, Hände werden gehalten, sie drehen sich um die eigene Achse, landen beim nächsten Partner und bewegen sich im Takt der Musik wie eine große Welle.

Niemand fehlt, niemand ist zu viel.

Mich bemerken sie im Tanzflow gar nicht, Fynn Kliemanns Liedtext wird laut mitgesungen, und ich versuche einen Moment, mich ebenfalls auf der Tanzfläche zu sehen. Wie ich nach Vios Hand greife, sie von Mone und den anderen weg, etwas weiter zu mir ziehe. Sie so wissen lasse, dass ich sie mag und ihr gerne nahe wäre. Dann würde sie lächeln, weil sie das schon seit dem Seeabenteuer weiß, und wenn ich richtig mutig wäre, könnte ich sie küssen, hoffen, dass sie den Kuss erwidert und alle anderen sehen, dass wir ab genau jetzt zusammen sind.

Aber ich mache nichts von all dem.

Nee, ich hole nur meinen Rucksack, den ich neben der Bar, auf der die leeren kleinen Klopfer-Flaschen stehen, abgeladen hatte, und hoffe kurz, sie würden bemerken, dass ich eben doch fehle. Aber nichts passiert und so steige ich die Treppe wieder nach oben, gehe durch die offene Terrassentür in den Garten und durchs Tor in der Hecke auf die Straße, wo all unsere Räder stehen.

Vio hat ihres neben meinem abgestellt, näher, als wir uns heute Abend auf der Party gekommen sind.

Der Roller kommt ohne Licht über die Straße gebrettert und direkt vor mir zum Stehen. Jonas' breites Lächeln erkenne ich dank des Jethelms sofort.

Von Robin fehlt jede Spur.

»Hello, hello.« Er sieht mich so an, als würden wir zwei ein Geheimnis teilen, und vergisst dabei, dass ich keine Ahnung habe, was er eigentlich von mir will.

»Startklar?«

»Wofür denn?«

»Das siehst du dann schon. Los, du kannst dich am Roller festhalten, dann sind wir schneller.«

»Das ist aber nicht erlaubt.«

»Quatsch, das ist wie ein E-Bike. Los jetzt, eier nicht rum.«

Ich steige auf mein Fahrrad und halte mich hinten am Roller fest, vertraue darauf, dass Jonas nicht zu schnell fährt, und werde sofort eines Besseren belehrt. Manchmal sind Robin und ich so gefahren, aber mein Bruder passt dann immer auf, dass es mich nicht von der Straße fegt, wenn er Gas gibt.

Jonas ist das alles herzlich egal, und so brausen wir gemeinsam durchs Dorf, in Richtung Chaos.

KAPITEL 31

Vio

Hast du Konstantin gesehen?«

Meine Frage erreicht Mone im Refrain von Dua Lipas *Don't Start Now*, und sie muss sich ein bisschen zu mir rüberbeugen, damit sie mich überhaupt hört.

»Bestimmt nur aufs Klo.«

»Seit über einer halben Stunde?«

Tanzend zuckt sie die Schultern, was wie ein Teil ihrer Choreografie aussieht, und deutet im Takt nach oben.

»Tür direkt neben dem Hauseingang.«

Damit dreht sie sich zurück zu Holger, der sich als erstaunlich guter Tänzer entpuppt hat, und nach kurzem Zögern gehe ich tatsächlich die Treppe hoch und spüre, wie mir vom Sauerstoffschock nach dem Partyraum fast etwas schwindelig wird. Oben angekommen warte ich einen Moment und klopfe dann an die beschriebene Tür, aber niemand antwortet.

»Konstantin?«

Wieder keine Antwort. Gerade, als ich nach meinem Handy greifen will, höre ich ein Geräusch hinter mir und fahre erschrocken herum. Aber es ist nur Isabell, die auf den Stufen an der Haustür sitzt.

»Lass mich raten: Er ist wortlos verschwunden?«

Offenbar habe ich ihr Auftauchen auf der Party ebenso verpasst wie Konstantins Verschwinden.

»Richtig.«

Sie macht eine wegwerfende Handbewegung.

»Wundert mich nicht. Ist so seine Art.« Sie klopft auf den freien Platz neben sich, und ich ahne, dass der Alkohol den ausschlaggebenden Part bei dieser Einladung spielt. »Na komm, ich kratze dir schon nicht die Augen aus.«

Und weil ich nicht die sein will, die ein Friedensangebot ausschlägt, setze ich mich in Bewegung und neben sie.

»Konstantin weiß nicht, was er will. Das ist sein Scheißproblem.« Ihr Atem, der mich warm im Gesicht trifft, riecht süßlich nach Alkohol. »Ich stand schon die komplette Mittelstufe auf ihn, das wusste echt jeder. Es war voll peinlich, ich habe jedes Spiel von ihm geschaut, obwohl ich mich null für Tennis interessiere. Ey, sogar die Gegner wussten, dass ich auf ihn stehe!« Sie lacht, aber es klingt nicht besonders belustigt, ganz im Gegenteil. Ihre Augen schimmern verdächtig und daran ist nicht der Alkohol schuld. »Und er kann mir erzählen, was immer er will, er wusste es auch. Aber weil Konstantin sich nicht festlegen mag, hat er mich einfach am ausgestreckten Arm verhungern lassen.«

Sie lehnt ihren Kopf an meine Schulter.

»Und ich blöde Kuh habe trotzdem gedacht, dass er sich im Laufe des Sommers bestimmt in mich verlieben wird.« Eigentlich will ich das nicht hören, aber sie spricht einfach weiter. »Er hat tolle Augen, und ich dachte, der hat nicht mit dem halben Dorf rumgemacht, der ist keiner von denen.«

Wieder lacht sie, aber diesmal bleibt es ihr im Halse stecken, wird von einem leisen Schluchzen abgelöst, und ich lege vorsichtig meinen Arm um sie, unsicher, ob sie das überhaupt will.

»Wieso sind wir immer die Dummen, Vio?«

»Weil wir uns auf unser Herz verlassen.« Das zumindest war *meine* Ausrede, und rückblickend kommt sie mir so dumm vor, wie Isabell sich jetzt fühlt.

»Scheiß aufs Herz. Wozu haben wir es, wenn es uns immer belügt?« Inzwischen weint sie ganz offen und ich drücke sie kurz.

»Keine Ahnung.«

Sie dreht ihren Kopf ein bisschen und sieht mich von unten an, ihr Blick erstaunlich klar.

»Hat es dich auch schon beschissen? Dein Herz.«

»O ja.« Und zwar so richtig bitter. So bitter, dass man ernsthaft über eine Herztransplantation wegen Hochverrats nachdenken sollte.

»Tut noch weh, hm?«

Ich will antworten, schaffe es aber nur, zu nicken, weil mich die Erinnerung an all das Drama so unerwartet wieder überfällt und ich nicht im Hausflur einer neuen Freundin, in der Umarmung einer Fast-Fremden weinen will. Und es irgendwie trotzdem tue.

»Wie heißt er?« Isabells süßliche Frage dringt in meinen Hochsicherheitstrakt der verbotenen Gefühle und ich wische mir kurz über die Wange.

»Pascal.« *Pascal Lenninger.*

Sein Name schmeckt bitter auf meiner Zunge.

»Lass mich raten.« Isabell streicht sich ihre Haare aus dem Gesicht hinter die Ohren und setzt sich aufrechter hin, damit sie mich besser sehen kann. »Er war supernett, total charmant, liebenswürdig und hatte immer Verständnis für dich.«

Ich nicke, weil sie Pascal ziemlich gut beschreibt.

»Und natürlich sieht er umwerfend aus.«

Tut er. Zumindest auf den ersten Blick.

»Bei dir konnte er so sein, wie bei sonst niemandem, ihr hattet irgendwie voll die Connection.«

Ich erinnere mich an all die Dinge, die er gesagt hat. An all die Komplimente, die er mir gemacht hat. Selbst wenn wir uns im Schulflur begegneten und nur kurzen Blickkontakt hatten, stand die Welt still.

Für mich.

Für ihn drehte sich alles weiter.

»Und dann habt ihr euch geküsst. Es war besser, als du es dir ausgemalt hast, und irgendwie hat alles plötzlich Sinn ergeben.« Isabells Erzählung klingt immer lallender, je mehr sie sich in ihre – beziehungsweise meine – Geschichte steigert.

»Und dann …« Sie klatscht so dicht vor meinem Gesicht in die Hände, dass ich regelrecht zusammenzucke. »*BÄM!* Hat er eine andere und du bist nur die Dumme.« Isabell lacht etwas hysterisch, ihre Schultern zucken und sie legt den Kopf in den Nacken, bevor sie wieder zu mir sieht. »Habe ich recht?«

Sie wartet auf meine Antwort, aber ich sitze wie gelähmt da, starre in den Abgrund der Erinnerungen, die mir noch immer eine Gänsehaut bescheren, und schüttele ganz langsam den Kopf.

Isabells Stirn legt sich augenblicklich in Falten und sie beugt sich zu mir.

»Keine andere?«

Ihre Alkoholfahne streift meine Wange.

»Doch.« Die Fotos sind wieder so präsent, dabei wurden sie mittlerweile angeblich gelöscht. Dabei weiß inzwischen jeder: Das Internet vergisst nie.

Isabell nickt triumphierend und traurig zugleich.

»Klar. Es gibt immer die Andere.«

»Ich war die Andere.« *Und die Dumme.*

Isabells Gesicht wird blass, ihre Augen groß, bevor sie sich nach vorne beugt und ich auf eine tröstende Umarmung hoffe.

Stattdessen greift sie an mir vorbei nach dem Treppengeländer – und kotzt mir auf die Schuhe.

KAPITEL 32

Konstantin

»Dein Bruder hält dich ja ziemlich an der kurzen Leine, oder?«

Stolpernd folge ich Jonas relativ blind durch den Wald. Immerhin hat unser Kaff den Namen nicht von ungefähr, wir sind praktisch eingekesselt von Wald. Ich wette, würde die Welt da draußen von einer Zombie-Apokalypse überrascht, würden die uns hier gar nicht finden. Und dann wären alle froh, in dieser kleinen heilen Welt zu leben, über die sie sonst so beherzt herziehen.

»Na ja, Robin eben.«

»Ja, aber nervt dich das nicht manchmal? Du gehörst doch eigentlich schon längst zu uns. Aber nee, stattdessen hängst du mit den Kiddies ab.«

»Das sind halt meine Freunde.«

Er verzieht das Gesicht und legt mir den Arm um den Hals, hält mich viel zu eng.

»Die Freunde, die jetzt fleißig ohne dich Party machen?«

Autsch.

»Hm.«

»Hat schon jemand 'ne Vermisstenanzeige rausgehauen?«

Nein. Mein Handy ist stumm, keine Nachfragen, kein Vermissen. Niemand hat bemerkt, dass ich weg bin.

»Mann, wann lernst du endlich mal, es krachen zu lassen?«

»Ich lasse es doch krachen.«

»Das war eine rhetorische Frage, du Horst!« Er verpasst mir einen Klaps auf den Hinterkopf und steigt über einen umgestürzten Baumstamm, der schon komplett mit Moos überwuchert ist. »Robin wird ja irgendwann die Biege machen, der bleibt sicher nicht ewig hier. Damit ist dann sein Platz in unserer illustren Runde vakant.«

Bei Jonas klingt das so, als wären die Jungs aus der Clique mindestens so was wie die Ritter der Tafelrunde. Er wartet, bis auch ich über den Stamm geklettert und wieder neben ihm bin.

»Und wir hätten gerne dich für den Posten.«

Das ergibt keinen Sinn. So überhaupt gar nicht, und ich vermute, dass er das weiß.

»Ich glaube nicht, dass …«

»Das war keine Frage, Wagenfeld der Zweite.« Er greift in seine Hosentasche und wühlt zuerst sein Handy, dann einen Schlüsselbund hervor. »Bock auf ein bisschen Spaß?«

»Ehrlich gesagt …«

Er hebt nur den Finger an die Lippen und horcht in die Stille, die sofort herrscht, als ich verstumme.

»Das war wieder keine Frage.« Grinsend dreht er sich um und geht weiter, sicher, dass ich ihm folge, weil ich schon zu weit mitgekommen bin, um jetzt den Rückweg anzutreten.

»Und nur damit wir uns richtig verstehen, du erzählst niemandem von dieser Aktion hier, klar?«

Jonas' Stimme klingt noch immer locker-flockig, aber die Eissplitter dazwischen, die mir um die Ohren fliegen, machen deutlich, dass er keine Späße mehr macht. Wenn ich mich verquatsche, kriege ich mächtig Ärger, egal, wie dieser dann aussehen mag.

»Klar.«

»Nicht, dass du dich vor deiner Slawen-Freundin verquatschst.«

»Rumänen sind keine Slawen.«

»Balkan-Pott eben.«

»Hey! Hör verdammt noch mal auf damit.« Das klang lauter, als ich es geplant hatte, und Jonas wirft mir einen amüsierten Blick zu.

»Ach so. Wusste nicht, dass ich mich vor dir auch politisch korrekt ausdrücken muss. Dann halt Rumänin. Alles das Gleiche.«

Zu dumm, dass es so dunkel ist und er meinen grimmigen Blick nicht bemerkt, obwohl ich alles gebe.

»Nenn sie einfach Vio, ist doch einfach.«

»Oha, sieh an, wachsen dir etwa gerade ein Paar Eier?«

Er nimmt mich natürlich kein bisschen ernst, egal, was ich sage, und ich habe ihm auch nichts entgegenzusetzen. Er kennt mich zu lange, um zu wissen, dass ich mich noch nie geprügelt habe oder sonst irgendwie in eine Handgreiflichkeit – die nicht unter Brüdern ablief – geraten bin. Und obwohl auch er keine lange Liste an Schlägereien aufweisen kann, bin ich mir sicher, dass ich gegen ihn den Kürzeren ziehen würde.

Wir erreichen eine Holzhütte, und mir dämmert, wo wir

sind. Auf dem kleinen Metallschild steht *Schützengesellschaft Walddorf*, und ich sehe Jonas dabei zu, wie er mit dem Schlüssel die Tür aufschließt.

»Das ist keine gute Idee.«

»Doch, mein Freund, das ist eine Spitzenidee.« Er verdreht genervt von meinen Zweifeln die Augen. »Mach dir nicht ins Hemd, ich pass schon auf dich auf.« Damit schubst er die Tür auf und deutet mit einer kleinen Verbeugung an, dass er mir den Vortritt überlässt. Mein Zögern kommentiert er mit einem leisen Lachen. »Ich schieße dir schon nicht in den Fuß oder so. Los, rein mit dir.«

Das mulmige Gefühl in meinem Magen erobert weitere Organe und breitet sich bis in meine Lungen aus. Ich spüre, wie wenig Sauerstoff mein flacher Atem in meine Lungen pumpt, als ich in die Hütte des Schützenvereins trete.

An einem Tisch im hinteren Bereich sehe ich drei Schatten sitzen, die nur vom Schein einer kleinen Lampe erhellt werden. Es dauert einen Moment, bis ich sie erkennen kann, was meinen angespannten Magen nicht gerade entlastet.

»Ich dachte, du bringst Robin mit.«

Ich habe Volker schon öfter im Dorf gesehen, obwohl er gar nicht hier wohnt. Er spielt mit Jonas im gleichen Tennisklub und hängt ab und an mit den Jungs rum. Jetzt sitzt er hier im Schützenverein und mustert mich missmutig aus hellen Augen, hat ganz offensichtlich entschieden, dass Wagenfeld der Zweite nicht Wagenfeld der Richtige ist.

Ein bekanntes Gefühl, eines, das mich schon seit ein paar Jahren begleitet und eines, das mich mehr und mehr wurmt.

»Der ist irgendwo unterwegs.«

Freundschaftlich legt Jonas den Arm um meine Schulter, und ich nutze die kurze Pause, um mich umzusehen. Natürlich war ich schon mal hier, allerdings nie nachts und auch nicht ohne Erwachsene.

Jonas macht das große Licht an, schert sich nicht darum, dass wir eigentlich nicht hier sein dürften, vor allem nicht um diese Uhrzeit. Ihm entgeht mein Hilfe suchender Blick nicht, aber er winkt nur ab und deutet auf den Tisch mit den anderen Jungs.

»Chill mal, wir haben alle eine Waffenbesitzkarte.«

Die Anwesenheit der ganzen Waffen und Fotos von Menschen mit Waffen macht mir das Chillen nur leider unmöglich. Erst als Jonas sich zu den anderen setzt und mir den Stuhl zu seiner Linken zurechtrückt, beruhigt sich meine Atmung. Zögernd nehme ich Platz und spüre alle Blicke auf mir.

»Und jetzt erzähl mal. Wieso wechselst du eigentlich nicht in unseren Tennisklub?«

Darum geht es also?

Volker grinst, was sein Gesicht erstaunlicherweise nicht freundlicher wirken lässt, und lehnt sich zurück. Wenn es nur um Tennis geht, komme ich hier schnell wieder raus.

»Keine Ahnung. Müsste ja immer nach Ottersfeld fahren. Außerdem mag ich *Unitas* einfach. Spiele da schon immer und finde es gut dort.«

Volker schüttelt den Kopf und mir fallen seine Nackenmuskeln auf. Es heißt, er sei technisch vielleicht nicht der beste Spieler auf dem Platz, mache das aber mit purem Willen und Kraft wieder wett.

»Wenn Cristiano Ronaldo einfach bei *Manchester United* geblieben wäre, hätte er nicht fünf Mal die Champions League gewonnen.«

»Der ist ja auch Fußballer und kein Tennisspieler.«

Volker sieht zu Jonas, der wie ein stolzer Onkel neben mir sitzt.

»Hast uns ja einen richtigen Klugscheißer an den Tisch geholt.«

»Ja, dieses Gen liegt bei denen wohl in der Familie. Aber mit ihm gewinnen wir endlich mal was.« Jonas breitet die Arme aus, weil er offensichtlich das beste Argument für meine Anwesenheit heute geliefert hat, und zwinkert mir kurz zu. »Wir beide im Doppel, das ist so gut wie ein Abo auf den Titel.«

»Ich spiele doch gar kein Doppel.«

»Noch nicht, Wagenfeld der Zweite. Noch nicht.«

Volker lehnt sich über den Tisch zu mir und sieht mir direkt in die Augen. Mit Mühe versuche ich, nicht sofort panisch zu blinzeln.

»Denk noch mal so angestrengt wie möglich darüber nach. Wenn du in Walddorf bleibst – und das wirst du ja wohl –, solltest du dich endlich mal der Gewinnerpartei anschließen.«

»Okay.«

»Hast du denn schon mal die Meisterschaft gewonnen?«

»Nee.«

»Aber Robin.«

»Ja, der hat alles gewonnen.«

»Und hast du es nicht satt, immer der Zweite zu sein?«

»Sprechen wir noch über Tennis?« Es ist ein lächerlicher Versuch, irgendwie witzig zu klingen und sie nicht wissen zu lassen, dass ich mich ziemlich unwohl in dieser Situation und ihrer Anwesenheit fühle.

»Willst *du* denn noch über was anderes sprechen?«

Ich kenne Volker nicht gut genug, niemand tut das. Er hat ein Auto und ist viel in den umliegenden Städten unterwegs, weil man dort mehr erleben kann. Auf unseren Dorffesten taucht er selten auf, und wenn, nur kurz, als würden wir ihn langweilen. Trotzdem weiß jeder, wer er ist.

»Nö.«

Jonas, der seine Zigarettenschachtel rumgehen lässt, verspürt offenbar den unbändigen Drang, meine Geschichte hier zu teilen.

»Konstantin hängt viel mit dieser Rumänin rum. Vio.«

Volkers Augenbrauen ziehen sich so weit zusammen, als würden sie sich die Hand reichen wollen.

»Die Neue?«

»Genau die. Lupascu oder so.«

»Vio ist in Ordnung.« Wieso versuche ich eigentlich immer, beide Parteien davon zu überzeugen, dass die jeweils andere *ziemlich in Ordnung* ist? Es hört mir doch sowieso niemand zu.

»Wird echt Zeit, dass du zu uns kommst. Wir haben auch hübsche Mädels.«

Es wird gelacht, und mein erster Impuls ist es, mitzulachen, aber es bleibt mir im Halse stecken.

»Nicht, dass du am Ende noch Balkandeutsch sprichst, wenn du zu viel mit der quatschst.«

»Die Typen vom See, die da immer rumhängen, die sind wohl auch Rumänen.« Volker zieht sich eine Zigarette aus der Schachtel und lässt sie von dem Jungen zu seiner Rechten anzünden, dann nimmt er einen tiefen Zug und schüttelt den Kopf. »So fängt es an. Plötzlich tauchen sie auf. Hier und da. Und *BOOM!*« Er lässt die flache Hand auf den Tisch knallen, aber nur ich zucke zusammen, die anderen haben noch immer ein Grinsen in den Mundwinkeln. »Sie sind überall. Und dann quatschen sie rum, *mimimimi, bin ja hier geboren.* Ja, aber was ist mit ihren Eltern? Die kommen alle hierher, weil der Sozialstaat sie lockt. Schön faul rumhängen und Kohle kassieren.«

»Vios Eltern arbeiten ja.« Wieder richten sich alle Blicke auf mich, und ich zucke nur kurz die Schultern, bevor mich der Mut verlässt. »Die haben das Restaurant vom *Unitas* übernommen.«

»Wieder kein deutsches Wirtshaus, lieber einem von denen die Taschen füllen.«

Weil mir darauf nichts einfällt, bringe ich ein anderes Argument.

»Und die Jungs vom See, das sind Saisonarbeiter. Haben also alle einen Job.«

»Während dein Bruder noch immer nach einem sucht.«

Keine Ahnung, wieso er jetzt Robin ins Spiel bringt, aber ich nicke, muss an unsere Unterredung auf der Insel denken.

»Noch.«

»Und kriegt er einen?«

»Bisher ist es schwierig, aber …«

»Dann frag dich mal, wieso das wohl so ist. Dein Bruder ist

ein cleveres Kerlchen, hat 'nen guten Abschluss und hockt trotzdem ohne Arbeit in Walddorf rum.«

Irgendwie scheint das die perfekte Ausrede für alles, deshalb halte ich dagegen: »Ist das nicht eine irre simple Erklärung?«

Volker schnippt die Asche in den Alubecher vor sich.

»Muss ja nicht immer alles so kompliziert sein.« Er merkt, dass ich zweifele, und verhindert weiteren Widerspruch, indem er den Stuhl zurückschiebt und aufsteht. Gefolgt von meinem Blick geht er zu einem großen Metallschrank, der nicht nur sehr solide, sondern auch verriegelt ist, und fragt: »Jonas, du hast doch den Schlüssel, oder?«

»Klar.«

Und schon segelt der Bund durch die Luft und wird von Volker aufgefangen. Ich sehe das als mein Stichwort, um endlich zu gehen.

»Dann will ich langsam mal nach Hause –«

Jonas legt die Hand auf meine Schulter und verhindert, dass ich aufstehe.

»Was? Nein. Bleib da.«

Volker nickt ebenfalls, und kurz bin ich irritiert.

»Ja, bleib doch. Jetzt kannst du dir endlich mal den Frust von der Seele ballern.«

KAPITEL 33

Vio

Die anderen bringen Isabell nach Hause, ich bleibe bei Mone, reinige meine Schuhe und helfe beim Beseitigen der Partyspuren. Das Fehlen der Musik lässt meine Gedanken plötzlich so laut in meinem Kopf klingen, als hätte ich einen Stammplatz neben den Musikboxen auf einem Rammstein-Konzert.

»Du musst das echt nicht machen. War ja meine Party«, kommentiert Mone, als ich routiniert mit einem Lappen über den Tresen wische.

»Es ist einfach kein Feierabend für mich, wenn ich nicht zumindest eine Theke polieren durfte.« Ich schenke ihr ein Lächeln.

Sie erwidert es und stellt die letzten Flaschen weg, bevor sie nach dem vollen Aschenbecher greift.

»Nervt dich das manchmal?«

»Die Arbeit bei meinen Eltern, meinst du?«

»Ja.«

»Na ja, ich bin es eben gewöhnt, es gehört irgendwie dazu.«

Auch wenn es manche Abende gab, an denen ich lieber mit

meinen Freunden unterwegs gewesen wäre, als hinter der Bar auszuhelfen.

»Es tut mir übrigens leid, dass ich bei der Eröffnung nicht dabei war. Ich hatte mir fest vorgenommen zu kommen.« Ihr zerknirschter Gesichtsausdruck, untermalt von den leichten Augenringen, lässt mich wissen, dass sie wohl schon was anderes vorhatte. »Ich arbeite bei der Tanke in Ottersfeld, bisschen das Taschengeld aufstocken.« Ihr Lächeln verrät mir, dass ihr das unangenehm ist.

»Kenn ich. Aber komm doch so mal im Restaurant vorbei. Würde mich freuen.«

»Unbedingt. Ich werd die ganze Truppe anschleppen.«

Was mich für meine Eltern freuen würde, mir aber gleichzeitig nicht so lieb ist. Es ist immer ein komisches Gefühl, wenn man seine Freunde bedienen muss. Das war schon in München irgendwie weird, weil ich lieber mit ihnen am Tisch gesessen hätte, als die Bestellung aufnehmen und die Getränke servieren zu müssen.

»Das wird jetzt superkitschig klingen, aber ich denke, du verstehst, wie ich das meine.« Zum ersten Mal sehe ich Mone irgendwie unsicher, fast schüchtern. »Ich bin echt froh, dass es dich in unser Kaff verschlagen hat.«

»Echt jetzt?«

»Ja. So schön es auch ist, wenn alles so vertraut ist, es bringt doch frischen Wind, wenn jemand Neues dazukommt.« Sie zuckt die Schulter und wirft das Geschirrtuch lässig darüber. »Und dann kamst ausgerechnet du.«

Ich bringe frischen Wind mit. So was hat noch nie jemand über mich gesagt, und ich kann nicht behauptet, dass es sich doof anfühlt. Ganz im Gegenteil. Jetzt bin ich es, die ein bisschen verlegen wird.

»Danke, dass du mir das Eingewöhnen so leicht machst, Mone. Ich hatte den totalen Horror davor.«

»Nicht meine Schuld, dass ich dich vom Fleck weg mochte.«

Dieses Kompliment schlägt ziemlich heftig ein. Hauptsächlich, weil ich Angst habe, dass sie das anders sehen könnte, wenn sie erfährt, was Isabell jetzt weiß. Auch wenn ich hoffe, dass die sich vorhin jegliche Erinnerung an unser Gespräch gleich mit rausgekotzt hat.

»Habe ich was Falsches gesagt?«

»Nein! Ich habe nur gemerkt, wie spät es ist, ich muss ja noch heimradeln.« Mit dem geliehenen Rad von Konstantin, das jetzt einsam an der Straße vor Mones Haus steht, weil er einfach abgehauen ist. *Ohne sich zu verabschieden.*

»Soll ich dich vielleicht begleiten?«

»Es ist schon spät.«

»Ja, eben. Du verradelst dich doch sonst.«

Fast muss ich lachen.

»Bei meinem Glück *verradel* ich mich tatsächlich noch.«

Mone wirft das Geschirrtuch zurück auf den Tresen und sagt grinsend: »Das werden wir verhindern. Komm, ich bring dich heim.«

Wir verlassen den Partykeller, der nun zwar ein bisschen aufgeräumter aussieht, aber noch immer ausreichend Feierspuren aufweist. Im Hausflur riecht es jetzt zumindest nicht mehr nach Isabells Partymischung, sondern nach Lavendelreiniger, den wir vorhin benutzt haben, um auch hier sauber zu machen.

»Warte!« Mone geht zum Schuhschrank und reicht mir ein paar flache Sandalen. »Barfuß radeln ist saugefährlich.«

Und ohne weiter darüber nachzudenken, nehme ich ihre Schuhleihgabe an und schlüpfe in die Sandalen, bevor ich meine nassen Turnschuhe im Rucksack verstaue.

Draußen ist es still und warm, wir flüstern, während wir unsere Räder nebeneinander die Straße entlangschieben. Wir sind zu müde, um zu radeln, zu wach, um die Nacht schon zu beenden.

»Willst du eigentlich nach dem Abi hier weg?«

Über meine Frage muss sie nicht mal eine Sekunde nachdenken, nickt schnell und lässt mich bereitwillig an ihren Zukunftsplänen teilhaben.

»Unbedingt. Am liebsten nach München, jaja, ich weiß, ich war noch nie dort, aber es sieht wie die perfekte Stadt für mich aus. Wenn das nicht klappt, dann vielleicht Köln oder Hamburg. Alles, nur nicht Berlin.«

»Oder Walddorf.«

Sie lässt ihren Blick über ihren nächtlichen Heimatort wandern, doch ohne die Liebe dafür, die ich bei Konstantin gesehen habe.

»Walddorf ist ein Ort, aus dem man kommt, nicht einer, an dem man bleibt.« So, wie sie das sagt, klingt es wie ein Sprichwort, dass man hier öfter hört. »Wenn du nicht perfekt in diesen Ort passt, bist du immer das Eckige, das nicht ins Runde passt. Über das man ständig spricht.« Mone deutet auf die Straße vor uns. »Hier lebst du das Leben nach dem Vorbild deiner Eltern, es wird erwartet, dass du irgendwie in ihre Fußstapfen trittst.«

»Das Gefühl kenne ich. Manchmal, wenn meine Eltern fragen, ob ich mir schon genauere Gedanken über meine Zukunft gemacht habe, befürchte ich, sie wollen, dass ich ihr Restaurant übernehme.«

»Und willst du?«

»Es ist ihr Lebenstraum, nicht meiner.«

»Kenne ich. Heiraten, Kinder kriegen, Haus bauen oder erben. Und dann komme ich.«

»Kein Haus?«

»Wohnung. Mit Balkon.«

»Klingt auch verlockend.«

Mone lacht kurz und schüttelt dann den Kopf, als wisse sie, dass ihre Planung so nicht funktionieren wird.

»In München unbezahlbar.«

»Stimmt auch wieder.«

»Und was ist mit dir? Willst du zurück nach München?«

»Ich weiß nicht. Vielleicht schon, aber …« Niemand wird mich da mit offenen Armen empfangen, und egal, was uns die Einwohnerzahl von knapp 1,5 Millionen erzählen will, München ist ein als Großstadt verkleidetes Dorf. Gerade dann, wenn man jemandem besonders großzügig aus dem Weg gehen will, kreuzen sich die Wege immer und ständig. Als gäbe es da nicht genug Platz für alle.

Also musste eine gehen.

Meine nicht zugestellten Nachrichten sind Beweis genug.

»Aber jetzt hat es dir Walddorf so sehr angetan, dass du gar keine Lust mehr hast wegzugehen?« Die Ironie in Mones Stimme ist zu deutlich zu hören, als sie meinen angefangenen Satz für mich beendet, und ich sehe lächelnd zu ihr.

»Vielleicht bleibe ich nach dem Abi noch ein Jahr oder so hier, schaue mal, wohin ich wirklich will, und ziehe dann los.«

»Kannst mich dann ja besuchen kommen. In München-Köln-Hamburg.«

»In der Wohnung mit Balkon.«

»Genau.«

Lachend biegen wir in die nächste Straße ein, als uns plötzlich aufjaulende Sirenen aus unseren Zukunftsplänen reißen. Das Blaulicht ist diesmal ganz nahebei und nicht irgendwo in der Ferne zu sehen. Ein Feuerwehrwagen rast an uns vorbei, die Sirenen wecken das halbe Dorf, und Mone sieht überrascht zu mir.

»Was zum Henker …?«

»Sag mal, ist das bei euch üblich? Gestern die Polizei, heute die Feuerwehr?«

»Ja, nee. Eigentlich nicht.«

Nur ein Blickwechsel und schon schwingen wir uns auf unsere Räder und folgen dem Feuerwehrwagen, der zwar nicht mehr zu sehen, aber noch immer zu hören ist.

Vergessen die Müdigkeit, dafür scheint es in Walddorf keinen Platz zu geben.

KAPITEL 34

Konstantin

»Du musst es nur anvisieren.«

Jonas' Stimme ist ein hochkonzentriertes Flüstern, seine Körperhaltung angespannt, das Gewehr hält er so locker, als wäre es eine natürliche Verlängerung seiner Schulter. Das Funkeln seiner Augen löst eine Gänsehaut auf meinem Körper aus, aber keine von der guten Sorte.

»Wirst sehen, das macht Spaß und die Birne frei.«

Volker, der sehr nah hinter mir steht, gibt mir das Gefühl, in der ersten Reihe eines Events zu stehen, auf das ich nie eingeladen werden wollte.

»Da drinnen ist aber eh nicht viel los«, versuche ich mich rauszureden.

Jonas legt den Kopf schief, Volker lacht, die anderen sind so still, wie ich es gerne wäre.

»Diese Vio, dein Bruder, die Zukunft, Isabell, deine Zweitrangigkeit. Da drinnen muss es doch höllisch laut zugehen.« Volkers Stimme klingt wie das Teufelchen auf meiner Schulter. »Lass alles raus, Wagenfeld der Zweite.«

Noch immer bin ich mir nicht so recht sicher, was ich eigentlich tun soll. Wegrennen? Mitmachen? Ablehnen? Ja, ich habe Schiss, aber irgendwie ist es auch verdammt aufregend. Robin ist nicht hier, aber ich schon.

»Konzentrieren, anvisieren, und wenn du es hast …«

Jonas drückt ab, ein Zischen geht durch den Wald, dann ist das Klirren der Bierflasche zu hören und der laute Jubelschrei der anderen, der jedem – auch ganz ohne GPS – unseren genauen Standort verrät.

»*BÄM!*« Er lässt das Gewehr sinken und dreht sich zu uns um, wo ihm der Beifall entgegenschwappt, der ihn darin bestätigt, gerade der Tollste zu sein. »Und das, Wagenfeld der Zweite, nennt man einen Volltreffer.« Er deutet eine kleine Verbeugung an, und ich ertappe mich dabei, wie ich kurz mitklatsche. Ich finde das etwas unheimlich, aber auch beeindruckend.

»Es ist stockduster, wie hast du das gemacht?«

Statt direkt zu antworten, küsst er das Gewehr.

»Das liegt an Diana Stormrider. Du musst nicht mehr einzeln nachladen wie vor hundert Jahren. Einfach *BÄM-BÄM-BÄM*.« Lässig zuckt Jonas die Schultern. »Und dank der jahrelangen Übung treffe ich inzwischen alles mit geschlossenen Augen.« Jonas hält mir das Gewehr hin, aber ich bewege mich nicht. »Jetzt nimm schon.«

»Ich sehe mich eher als Pazifisten.«

Volker legt den Arm um meine Schulter, fest und viel zu intim.

»Das ist ein Luftgewehr. Damit kannst du niemanden umbringen.«

»Aber verletzen.«

»Du ballerst mit 4,5 mm Diabolos.«

Wollen sie mich mit diesen Fachbegriffen, die mir alle nichts sagen, beruhigen oder verunsichern?

Jonas greift in seine Hosentasche und zieht eine Handvoll der kleinen Geschosse hervor. Vorhin hat er das Gewehr damit geladen, winzig klein, mit einem hellen Messingkopf.

»Die haben eine geniale Aerodynamik und eine hohe Durchschlagskraft. Maus, Ratte, Streifenhörnchen, kannste alles damit abknallen. Damit trifft echt jeder Idiot.«

»Ähm …«

»Mann, das Teil ist nichts weiter als ein Sportgerät.« Jonas lässt die Munition wieder verschwinden, macht einen Schritt auf mich zu und drückt mir den Stormrider gegen die Brust. »Nichts anderes als dein Tennisschläger. Damit kannst du ja auch jemanden verletzen.«

»Ich will einfach nicht.«

»Ein Schuss. Komm schon. Du hast doch sicher 'ne starke Hand-Augen-Koordination, du Tennis-Ass.«

Bevor er mir das Gewehr noch in die Brust rammt, nehme ich es an und halte es etwas ungelenk in der Hand. Es ist leichter, als ich vermutet habe, und trotzdem liegt es tonnenschwer in meinen Händen.

»Anlegen, anvisieren, abdrücken und gut fühlen.«

Noch immer starre ich auf das Gewehr in meiner Hand, es sieht so echt aus, als könne ich sehr wohl jemanden damit verletzen, und es fühlt sich auch so an. Nicht im Geringsten wie ein Tennisschläger.

»Du zielst auf die Dosen da hinten. Hast ja gesehen, wo wir sie abgestellt haben.«

Er deutet auf das undurchdringliche Schwarz vor mir und

ich zögere. Bis Volker mir einen kleinen Schubs gibt und ich einen Schritt nach vorne stolpere, das Gewehr so anhebe, wie Jonas es eben getan hat. Dann kneife ich ein Auge zusammen, sehe durch das Zielrohr und suche irgendwas, das aussieht wie eine Dose. Oder eben der Schatten davon.

»Wenn du sie hast, volle Konzentration!«

Keine Ahnung, worauf ich ziele oder was ich da tue. Oder wieso ich es tue. Zum Glück ist da Volkers Stimme, die mich durch das hier manövriert.

»Gib zu, mit dem Gewehr in der Hand kommst du dir gar nicht mehr so überflüssig vor, oder?«

Überflüssig. Volltreffer.

»Niemand würde dich jetzt übersehen oder ignorieren. Weißt du, wieso?«

Diesmal bleibe ich stumm und er spricht weiter.

»Weil *du* plötzlich das Sagen hast. Egal, was die anderen quatschen, du hast jetzt plötzlich diese *Power*.«

Diese *Angst*, meint er wohl. Angst, jemanden aus Versehen zu treffen, auch wenn die Wahrscheinlichkeit eher gering ist. Aber was, wenn ich einen nächtlichen Jogger erlege, der dank Schlafstörungen gerne um diese Uhrzeit durch genau dieses Stückchen Wald hinter dem Schützenverein joggt?

»Drück einfach ab, es tut nicht weh.« Da ist wieder das Teufelchen, das all meine Zweifel übertönen will, und ich spüre, wie mein Zeigefinger sich dem Abzug nähert. »Das erste Mal ist es was Besonderes, also genieße den Moment.«

Das Grinsen in seiner Stimme ist deutlich zu hören, diese Selbstsicherheit, die an Arroganz grenzt oder den schmalen Grat schon längt überschritten hat.

»Jetzt drück endlich ab! Das ist ja wie 'ne Geburt bei dir.«

Ich meine, die Dose im Sucher sehen zu können, etwas heller im Vergleich zum Hintergrund. Es wäre so einfach, nur den Zeigefinger etwas krümmen und dann hoffen, dass die anderen endlich aufhören, mich zu drängen.

Und ich mich nicht mehr so überflüssig fühle.

Meine Gedanken wandern zurück zur Party, wo ich mich zwischen all meinen Freunden so fehl am Platz gefühlt habe.

Volker schlägt mir so unerwartet gegen die Schulter, dass mir der Schreck durch den Körper jagt und mein Finger zuckt. Der Knall ist zu hören, aber kein Aufprall.

»Ziel voll verfehlt.« Sie lachen. Sie lachen laut und ich drehe mich wütend zu ihnen um. »Jetzt bist du offiziell schusswaffenentjungfert.«

»Ha. Ha.«

»Gib zu, es hat dir gefallen!«

Um das zu beantworten, müsste ich erst mal meine Gedanken sortieren, aber in meinem Kopf ertönt gerade ein superlautes Geräusch und es übertönt alles andere. Es dauert einen kurzen Moment, bis ich kapiere, dass es gar nichts mit meinem Kopf zu tun hat.

»Die Bullen!«

Was für ein beschissenes Déjà-vu.

Wir starren einander an, das Gewehr in meiner Hand, das Grinsen auf Jonas' Gesicht, Volkers funkelnde Augen. Von Panik fehlt bei den anderen jede Spur, was kein Wunder ist, denn die ist ja auch komplett bei mir gelandet. Bevor ich reagieren kann, hat Volker bereits einen Plan.

»Wir teilen uns am besten auf, dann kriegen sie uns nicht!«

Es klingt wie eine Aufforderung zu einem Spiel. Eines, bei dem wir uns im Wald verstecken und hoffen, nicht gefunden zu werden, so wie früher, als wir Kinder waren.

Sie spurten los, haben das wohl schon hundert Mal gemacht, und die Nacht verschluckt sie, zurück bleibe nur ich und dieses Gewehr. Getrieben vom Adrenalin, renne ich in die andere Richtung, bis ich ihr Gelächter nicht mehr hören kann, und gehe hinter dem Baumstamm, über den wir vorhin geklettert sind, in Deckung.

Meine Atmung ist schnell, mein Kopf dröhnt und der Schweiß rinnt mir den Nacken entlang unter den Kragen meines T-Shirts.

Wieso bin ich nicht einfach auf der Party geblieben? Wieso habe ich nicht mit Vio getanzt? Und wieso um alles in der Welt hielt ich Jonas' dämlichen Vorschlag für eine gute Alternative dazu?

Noch immer halte ich das Gewehr in meinen Händen und das hämmernde Herz in meiner Brust fest.

Nur der vibrierende Hintern passt nicht so recht zu meiner Situation.

Mein Handy klingelt, lautlos, aber doch zu laut für meinen Geschmack. Mit schweißnasser Hand ziehe ich es aus der Hosentasche und erkenne den Namen meines Bruders auf dem Display.

Fuck, fuck, fuck!

KAPITEL 35

Vio

Zwischen den anderen Bewohnern in ihren Bademänteln und Pyjamas fallen wir tatsächlich ein bisschen auf, trotzdem stehen wir alle gemeinsam hinter dem schnell ausgerollten Absperrband und sehen der Feuerwehr dabei zu, wie sie einen Kleidercontainer löscht, aus dem inzwischen nur noch dunkler Rauch und mieser Gestank kommen.

»Das Flammeninferno haben wir wohl knapp verpasst.«

Mone klingt enttäuscht, sie hat sich wohl mehr vom Einsatz der Dorffeuerwehr erhofft. Ich hingegen scanne die Gesichter der Leute, die mit uns die Szene begaffen. Auf der anderen Seite fällt mir der Mann von heute Morgen auf, der Typ, der Konstantin angesprochen hat. Falls er mich in der Zuschauergruppe wahrnimmt, scheint er mich nicht zu erkennen.

»Wer zündet bitte einen Klamottencontainer an?«

Mones Frage beschäftigt auch mich, aber für eine Antwort kenne ich die Lage in Walddorf zu wenig.

»Keine Ahnung.«

»Wir haben noch vor einigen Wochen eine große Sammelaktion gestartet und jetzt das.« Sie schüttelt den Kopf. »Ich habe mein altes Lieblingsshirt gespendet.«

»Davon ist wohl nicht mehr so viel übrig.«

»Wohl kaum.«

Auf der anderen Seite des Sperrbandes kommt jetzt auch noch die Polizei dazu und Mone zupft leicht an meinem Ärmel.

»Wir sollten verschwinden.«

»Wieso? Wir haben doch nichts gemacht.«

»Nee, aber wir senken den Altersdurchschnitt um 70 %. Rate, wen sie bestimmt als Erstes befragen.«

Sie schiebt ihr Rad aus der vordersten Reihe, von wo aus wir einen sehr guten Blick hatten, weiter in Richtung meines Zuhauses, und ich sehe mich ein letztes Mal um, bevor ich ihr folge und gegen einen jungen Mann pralle.

»Sorry.«

»Alles gut, nichts passiert.«

Es ist Robin, den ich sofort erkenne.

»Oh, hi.«

»Hi.« Er schaut an mir vorbei zum Tatort und mustert dann die Gruppe der Zuschauer. »Hast du Konstantin gesehen?«

Seine Frage erinnert mich daran, dass der vorhin einfach verschwunden ist.

»Nein. Er war eine Weile bei Mone, aber dann war er irgendwann weg.« *Abgehauen.*

»Weißt du, ob er alleine unterwegs war?«

Da ich ihn schon recht früh aus den Augen verloren habe, kann ich auch diese Frage nur mit einem Achselzucken beantworten.

»Ich erreiche ihn nicht und langsam fange ich an, mir Sorgen zu machen.« Robin wirft noch mal einen Blick auf sein Handy, aber selbst aus meiner Perspektive kann ich sehen, dass er nicht den erhoffen Anruf oder eine WhatsApp-Nachricht bekommen hat. »Um die Uhrzeit schleicht er meistens schon daheim rum.«

»Vielleicht ist er ja schon längst dort.«

»Nee, da komme ich gerade her.« Robin kratzt sich am Hinterkopf und sein besorgter Blick fällt auf mein Fahrrad. Sein Gesichtsausdruck verändert sich, was nicht mal die Dunkelheit vertuschen kann. »Ach, schau an. Du hast jetzt das Rad?«

»Konstantin hat es mir geliehen. Ich wollte es gleich morgen früh zurückbringen.«

Robin winkt ab, aber ich werde das Gefühl nicht los, es ist ihm nicht besonders recht, dass ich es spazieren fahre.

»Kannst es behalten. Jessy will es sicher nicht zurückhaben.« Ein gequältes Grinsen folgt, dann berührt er mich kurz an der Schulter und geht einfach weiter, ohne mich über die Person namens *Jessy* aufzuklären.

Konstantins scherzhafte Bemerkung, es wäre das Rad seiner Ex-Freundin, kommt mir wieder in den Sinn, und plötzlich bin ich mir nicht mehr so sicher, ob es wirklich nur ein Witz war. Schnell ziehe ich mein Handy aus der Tasche und tippe eine weitere Nachricht an Konstantin.

Hey, Grisu, wo steckst du? Gerade könnten wir dich gebrauchen! Melde dich! X. Vio

Wenn er nicht auf Robins Kontaktversuche reagiert, dann vielleicht auf meinen.

»Kommst du?« Mone, die einige Meter weiter zum Stehen gekommen ist, sieht mich auffordernd an und ich schiebe Jessys Rad in ihre Richtung. »Was wollte Robin denn?«

»Der sucht Konstantin, weil er noch nicht daheim aufgetaucht ist.«

»Irgendwie sieht ihm das nicht ähnlich.« Sie bemerkt meinen fragenden Blick, bringt aber erst Abstand zwischen uns und den verkohlten Container, bevor sie weiterspricht: »Konstantin verschwindet nicht wortlos von Partys.«

»Vielleicht musste er nur mal ein bisschen den Kopf freikriegen.«

»Und wo soll er sein?«

Mitten im See auf einem Surfbrett, weil es tagsüber zu laut für seine Gedanken ist.

Doch statt das zu sagen und damit verraten zu müssen, wo wir gestern Nacht waren, zucke ich nur die Schultern und steige auf Jessys Rad, dessen Sattel sich plötzlich merkwürdig unter meinem Hintern anfühlt.

»Das war mal eine absolut hirnlose Aktion. So was kotzt mich echt an.« An der Art und Weise, wie Mone in die Pedale tritt, kann ich sehen, dass sie sauer ist, und schließe schnell zu ihr auf. »Wieso macht man so was? Das werde ich nie checken. Da waren echt gute Klamotten drin.«

Sie spricht sicher nicht nur über ihre Kleiderspenden, und ich bleibe stumm, lass sie ihre Wut ausspucken.

»Die Jungs haben sogar *Nike*-Schuhe gespendet!«

»Eure Jungs?«

»Klar. Das war eine Aktion fürs Flüchtlingsheim. Man hat doch immer Klamotten, die man nicht mehr trägt, obwohl sie noch voll okay sind, und die meisten schmeißen die dann irgendwann weg. Und bei Schuhen ist es nicht anders, die sortiert man später aus!«

»Das war also ein Container fürs Flüchtlingsheim?«

Sie sieht zu mir, findet meinen Blick auch in der Dunkelheit. Der Geruch von verbranntem Polyester, der in der Luft hängt, legt sich wie ein fieser Verdacht um meine Gedanken. Kopfschüttelnd vertreibe ich den Geruch, aber nicht das Gefühl.

»Ich weiß schon, was du jetzt denkst, Vio. Und ja, ich denke auch, dass es kein Zufall war.«

»Wäre zumindest ein sehr komischer Zufall.«

Wir biegen in unsere Straße ein, und Mone wird wieder langsamer, bis wir schließlich vor meiner Auffahrt zum Stehen kommen. Mones Stimme klingt leise, fast verschwörerisch, als sie weiterspricht.

»Wenn du willst, helfe ich dir dabei, rauszukriegen, was der Scheiß soll. Und wer dahintersteckt. Ich kenne hier jeden.«

Dabei war ich mir bis eben nicht mal sicher, ob ich wirklich wissen will, wer dahintersteckt. Von Konstantin fehlt jede Spur, Jonas und seine Jungs haben sich die Poleposition auf meiner Verdächtigenliste erkämpft und dabei will ich mich in Walddorf einfach nur wohl fühlen.

»Das ist vielleicht keine so gute Idee. Sollten wir das nicht der Polizei überlassen?«

»Die hat ja bisher auch voll den Durchblick.« Noch immer zögere ich, aber Mone hat die Entscheidung schon längst für uns beide getroffen. Sie beugt sich über ihren Lenker zu mir rüber, sieht mir direkt in die Augen. »Bringen wir mal ein bisschen frischen Wind in die Sache.«

KAPITEL 36

Konstantin

Jonas, das ist jetzt echt kein Spaß mehr! Ruf mich an!« Mein Handy nimmt die geflüsterte Sprachnachricht auf, solange ich den Daumen auf das kleine Mikrofon-Icon gedrückt halte, und wird nach dem Loslassen meine Worte an Jonas schicken. »Ich habe das Gewehr im Wald versteckt. Ruf mich an, damit wir es zurückgeben können.«

Je schneller wir es wieder zurück ins Vereinsheim bringen – bevorzugt, bevor denen morgen auffällt, dass es aus dem Waffenschrank entwendet wurde –, desto besser.

Bock, mein jungfräuliches Führungszeugnis mit dem Diebstahl einer Schusswaffe zu verschönern, habe ich nämlich null. Wenn meine Eltern das rauskriegen, ist die Kacke am Dampfen. Manfred wäre ebenso enttäuscht, mein Trainer im Tennisklub sowieso und an Vio darf ich gar nicht denken.

Tue ich aber. Und zwar die ganze Zeit.

Kopfschüttelnd vertreibe ich die Gedanken, in denen ich bereits mit Handschellen in ein Staatsgefängnis abgeschoben werde. Gedanken, die sicherlich durch meinen Konsum von Crime-Serien auf *Netflix* befeuert werden, sich aber hartnäckig in meinen Gehirnwindungen festsetzen.

»Melde dich!« Damit löse ich den Daumen vom Mikrofon und sehe dabei zu, wie meine Nachricht gesendet wird. Dann erst steige ich durch das Fenster in mein Zimmer.

»Scheiße, Mann, wo warst du?« Robin sitzt, wie schon letzte Nacht, auf dem Bürostuhl in meinem Zimmer und jagt mir den Schock des Jahrhunderts ein. Schon wieder. Alles könnte ein echt entspanntes Déjà-vu sein, nur ist es das nicht. Die Schmetterlinge im Bauch, die mich gestern noch begleitet haben, sind jetzt einem Termitenschwarm gewichen, der sich durch meine Eingeweide frisst. »Ich war mit Vio unterwegs.« Es ist die Notlüge, hinter der ich die absurde Wahrheit versteckt halte.

»Mit Vio, ja?«

»Mhm. Wir waren auf Mones Party und dann sind wir noch zusammen los.«

»Wohin denn?«

Robin ist eigentlich nicht der Typ, der sich sonst so brennend für den Verlauf meines Abends interessiert.

»Ähm. Rumgelaufen.«

»Das ist ja total romantisch.«

»Schon.«

»Und merkwürdig.«

»Wieso? Hältst du mich nicht für romantisch?«

Er verlässt seinen Platz an meinem Schreibtisch und kommt erst direkt vor mir zum Stehen. Sein T-Shirt riecht nach Zigarettenrauch, sein Atem nach Bier.

»Ich halte dich vor allem für einen beschissenen Lügner.«

Okay. Er weiß, dass ich lüge. Egal, volle Fahrt in den Gegenangriff übergehen.

»Das sagst du nicht, wenn ich für *dich* lügen muss.«

Das hat gesessen, denn für den Moment ist er still, und ich nutze diese Sekunde, um mich aus der Nähe zu befreien und mein durchgeschwitztes T-Shirt auszuziehen, als wären irgendwelche Spuren darauf zu sehen.

»Wo warst du wirklich?«

»Bist du als Mamas Undercoveragent unterwegs, oder was?«

»Jemand hat den Kleidercontainer angezündet.«

Ich wirbele zu ihm herum und starre ihn einen Moment ungläubig an.

»*Was?*«

»Also, wo hast du gesteckt und mit wem hast du dich rumgetrieben?«

»Ich?«

»Ja, du.«

Ich war mit deinem Kumpel unterwegs, der schon mal meine Zukunft plant, für die Zeit, wenn du deine Ausbildung anfängst und abhaust.

»Ich musste den Kopf freikriegen.« *Und habe rumgeballert.*

»Wieso? Ist da drinnen denn so irre viel los?«

Wenn er wüsste, mit was für Gedanken ich mich heute Abend beschäftigt habe, er würde nicht so dämlich fragen.

»Mädchenwirrwarr halt.«

Er macht wieder einen Schritt auf mich zu, ich gehe in Richtung Bett, wo ich auf der Kante Platz nehme und die Schuhe ausziehe.

»Manfred wird bestimmt rumfragen, da macht es sich nicht gut, wenn du kein Alibi hast.« Robin sieht von oben auf mich herab, und ich frag mich, worum es hier eigentlich geht.

»Soll er doch. Ich war es nicht.«

»Und wo warst du dann?«

»Mann, Robin, ich war eben noch unterwegs.«

»Mit wem denn?«

Er weiß es schon längst. Er weiß es, und ich weiß jetzt, dass er es weiß.

»Mit Jonas und Volker.«

Er atmet schwer aus, fährt sich mit beiden Händen über das Gesicht, als müsse er sich davon überzeugen, dass noch alles an der richtigen Stelle sitzt.

»Fuck ey.« Mehr sagt er nicht, tigert nur durch mein Zimmer und muss sich offensichtlich zusammenreißen, um mir keine gepfefferte Standpauke zu halten. »Ich habe doch gesagt, sie sollen dich in Ruhe lassen!«

Ist er sauer, weil er nicht dabei war? Oder ist er sauer, weil sie ausgerechnet mich mitgenommen haben?

»Wieso eigentlich? Gestern war es dir noch so wichtig zu betonen, dass er *voll okay* ist.«

»Ist er auch. Aber eben nicht für *dich*.«

»Das checke ich nicht.«

Erschöpft nimmt er auf dem Bürostuhl Platz und sieht mich aus müden Augen an, die mich erahnen lassen, dass sein Abend wohl auch nicht so gelaufen ist, wie er es sich vorgestellt hat.

»Pass auf. Ich kenne die Jungs und deren Macken, du nicht. Und ich will nicht, dass sie dir irgendwelchen Mist in die Birne packen.«

»Haben sie nicht.« *Er hat mir nur ein dämliches Luftgewehr in die Hand gedrückt.* »Wir hatten nur ein bisschen Spaß.«

Und jede Menge Panik – so viel Adrenalin habe ich schon lange nicht mehr gespürt. Wobei, gestern mit Vio …

»Ich muss mir also keine Sorgen machen?«

Darauf antworte ich nicht sofort, weil ich an mein lächerlich offensichtliches Versteck für das Gewehr denken muss, in dem ich es provisorisch untergebracht habe. Dort, wo wir früher Robins Biervorrat für nächtliche Partys – die ohne das Wissen unserer Eltern stattfanden – versteckt haben.

»Konstantin?«

»Wir waren im Schützenverein. Und am Ende habe ich ein Gewehr im Wald versteckt.«

Jetzt ist er es, der nichts sagt, sondern nur die Augen schließt. Robin sitzt einfach da, wie beim Yoga, die Atmung tief und ruhig, sein Gesicht total entspannt, aber ich weiß, dass der Schein trügt. Als er mich schließlich wieder ansieht, erinnert er mich sehr an meinen Vater, wenn er richtig sauer auf uns ist.

»Ich will nicht, dass du mit denen irgendwelche schrägen Aktionen abziehst.«

Und just in dem Moment öffnet unser Vater die Zimmertür und sieht uns aus verschlafenen Augen an.

»Jungs, habt ihr mal auf die Uhr geschaut?«

Schon seit Stunden nicht mehr. Keine Ahnung, wie spät oder früh es ist, ich weiß nur, dass ich in dieser Nacht um gut ein Jahr gealtert bin.

»Sorry, Papa, wir waren noch unterwegs.« Robin lächelt ihn entschuldigend an, und ich muss gar nichts sagen, weil er es schon tut und mir ein Alibi für die Nacht bastelt.

»Wird auch immer später bei euch.«

»Wir haben nur gequatscht, kein Ding.«

Papa vertraut uns, weil Robin zwar ab und an Mist baut, aber nie die Sorte, bei der Eltern sich ernsthaft Sorgen machen müssen. Und ich? Was sollte ich schon großartig anstellen?

»Na gut. Aber jetzt ab ins Bett.«

Er zwinkert uns verschwörerisch zu, und wir warten, bis er die Tür wieder hinter sich zugezogen hat und wir hören, wie sich seine Schritte entfernen.

»Wo im Wald?« Robin setzt nahtlos an meine Beichte an, als wäre Papa nie da gewesen.

»Da, wo du früher alles versteckt hast.«

Präziser muss ich gar nicht werden, Robin weiß auch so, welche Stelle ich meine. Nur mir hat er damals davon erzählt und jetzt habe ich sein Versteck für meinen Mist missbraucht. Ruhig und wütend zugleich nickt er.

»Das mit dem Schützenverein behältst du für dich, und sollte Jonas dich auflaufen lassen, lügst du. Sagst, wir waren zusammen unterwegs, klar?«

Eine komische Freundschaft haben die beiden da, wenn mein Bruder so heftig auf meinen Ausflug mit Jonas reagiert. Trotzdem nicke ich.

»Wieso sollte er mich auflaufen lassen?«

Meine Frage beantwortet Robin mit einem traurigen Lächeln.

»Weil das deren Stil ist. Die würden sogar lügen, um dich reinzureißen.«

»Wir hatten nur ein bisschen Spaß.«

»Gewöhn dich nicht an die Sorte Spaß.«

»Wieso eigentlich nicht?«

Robin atmet genervt aus und steht auf.

»Weil ich es dir sage.«

»Ja, aber du bist nicht mein Vormund.«

»Was das angeht, schon.«

Klar, einmal großer Bruder, immer kleiner Bruder. Früher hieß es immer, ich soll auf Robin hören. Wann hört dieser Mist endlich auf?

»Du kannst mir gar nichts vorschreiben.«

»Ich diskutiere darüber nicht mit dir.«

Damit steht er auf, geht zur Tür und bleibt erst dort wieder stehen.

»Du hättest übrigens fragen können.«

»Hm?«

Er sieht statt zu mir direkt auf die Tür vor seiner Nase, die Klinke bereits in der Hand, die Knöchel treten weiß hervor.

»Vio hat Jessys Rad.«

O Mann, heute ist wirklich Tag der Katastrophen, das habe ich ja richtig genial hingekriegt. Der Plan war, dass ich das Rad möglichst unauffällig wieder in den Keller stelle, unbemerkt von den anderen. *Vor allem von Robin.*

»Ich dachte, das macht dir nichts aus.«

»Macht es auch nicht.«

Wenn er wüsste, wie sehr ihn die Emotion in seiner Stimme verrät.

»Aber du hättest trotzdem fragen können.«

Und jetzt komme ich mir doch wie der ewige kleine Bruder vor.

KAPITEL 37

Vio

Meine Hoffnung, es wäre früh genug, um nicht erwischt zu werden, löst sich in Luft auf, als ausgerechnet Konstantin aus der Tür tritt, während ich das Rad abstelle. Seine Überraschung, mich hier zu sehen, will ich zur Flucht nutzen, aber bevor ich das Gartentor erreichen kann, ist er mit wenigen Schritten bei mir.

»Hi.«

»Hi. Bye.« Auf ein Gespräch mit ihm bin ich nicht vorbereitet, so ganz ohne Kaffee und Frühstück.

»Warte, warte.«

»Ich habe es eilig.«

»Sehr eilig?«

»Ja.«

»Meine Eltern wollten dich gerade auf einen Kaffee einladen.« Er deutet zurück zu seinem Haus, wo die Tür noch immer offen steht und ich seinen Vater erkenne, der mir freundlich zuwinkt. »Es wäre schrecklich unhöflich, wenn du das ablehnst ...« Dabei lächelt er, und ich würde ihm so gerne sagen, dass mir gerade alles zu viel ist. Nachdem ich ihm gestern noch einige WhatsApp-Nachrichten geschickt hatte, auf die er bis jetzt nicht geantwortet hat, schüttele ich den Kopf und schenke ihm ein Lächeln, von dem ich hoffe, er bekommt Frostbeulen an den unangenehmsten Körperstellen.

»Du entschuldigst mich sicher bei deinen Eltern.«

»Wegen gestern …«

»Du bist einfach abgehauen.«

»Und du bist sauer.«

»Du Blitzmerker.«

»Ich kann das alles erklären.«

Ob sein *alles* sich wirklich mit all meinen offenen Fragen deckt, bezweifele ich, und stemme die Hände in die Hüften, sehe ihm direkt in die müden Augen, die mir verraten, dass er gestern Nacht mindestens so lange wach geblieben ist wie ich.

»Dann schieß mal los.«

Aber da kommt nichts, Konstantin sieht mich nur stumm an, und ich warte, wie lange er wohl braucht, um mir eine als Wahrheit verpackte Lüge aufzutischen.

»Ich wollte nicht …« So fangen Sätze immer an, wenn sich jemand rausreden will. So hat Pascals Satz angefangen, so hat der Satz von jedem angefangen, der das Bild weitergeschickt hat, und es war auch der Ansatz meiner Erklärung, die bis heute allerdings niemand wirklich hören wollte. Konstantin sieht auf seine Füße und ich warte noch immer.

»Kommt ihr jetzt rein? Wir haben frische Brötchen!« Herr Wagenfeld unterbricht seinen Sohn und mich zum denkbar schlechtesten Zeitpunkt, und während das Konstantin sehr recht scheint, zögere ich noch einen Moment, bevor ich nachgebe, weil ich es mir in meinem neuen Heimatort nicht gleich mit jemandem verscherzen will.

»Deine Erklärung würde ich trotzdem gerne noch hören.«

Und schon setze ich mich in Bewegung, mit einem Lächeln auf meinen Lippen, das ehrlicher wird, je näher ich der Haustür und damit Konstantins Familie komme. Sein Vater begrüßt mich mit Handschlag, führt mich durch den Flur in die Küche, wo Frau Wagenfeld bereits Kaffee in die Tassen gießt und mich freundlich anstrahlt.

»Du musst Vio sein. Ich habe schon viel von dir gehört.«

Die Frage ist nur, von wem? Konstantin scheint ja nun nicht gerade das gesprächigste Exemplar seiner Gattung zu sein.

»Glauben Sie bitte nicht alles.«

»Mein Mann schwärmt nur so von den Kochkünsten deines Vaters, wir müssen unbedingt mal zusammen dort essen. Wenn es meinen Söhnen nur nicht so schrecklich peinlich wäre, mit ihren Eltern gesehen zu werden.«

Konstantin räuspert sich irgendwo hinter mir, schleicht vorbei zur Frühstückstheke, die Küche und Esszimmer teilt, und nimmt auf einem der Barhocker dort Platz.

»Und was verschafft uns die Ehre deines Besuchs? Mit Milch und Zucker?«

Ich nicke und sehe dabei zu, wie sie Milch in meine Tasse gibt, bevor sie mir gereicht wird. Konstantin schiebt mir die Zuckerdose rüber, vermeidet dabei aber den Blickkontakt.

»Ich wollte nur das Fahrrad zurückbringen.«

»Welches Fahrrad?«

Frau Wagenfeld sieht irritiert zwischen ihrem Sohn und mir hin und her. Konstantin hat ihre Augen, von seinem Vater das markante Kinn, ebenso die Statur.

»Das von Konstantins Ex-Freundin, denke ich.« Das rutscht mir mehr oder weniger nur so raus, dabei habe ich die halbe Nacht darüber gegrübelt, wieso er es mir nicht einfach erzählt hat. Meine Antwort bringt alle Anwesenden einen Moment aus dem Konzept.

»Wie bitte?«

»Jessy.«

Konstantins Kopfschütteln ist beeindruckend schnell und heftig.

»Jessy ist nicht meine, sondern Robins Ex.«

»Oh.«

Jetzt bin ich es, die aus dem Konzept gebracht ist. Die Stimmung wirkt nun nicht mehr ganz so gelöst, Herr Wagenfeld nimmt einen Schluck Kaffee, bevor er mich aufklärt.

»Das war eine ziemlich hässliche Trennung. Es gab viel Streit und jede Menge Herzsplitter. Robin ist noch immer nicht so recht darüber hinweg.« Kurz lässt er seinen Blick zur Treppe wandern, irgendwo im Stockwerk über uns wird Robin wohl noch friedlich schlafen.

»Ich wusste gar nicht, dass ihr Rad noch immer bei uns ist.« Frau Wagenfeld lächelt milde, und ich ahne, dass sie die Ex-Freundin ihres ältesten Sohnes sehr mochte.

»Sie wollte es irgendwann abholen, aber dann gab es nur noch mehr Ärger und …« Konstantin zuckt die Schultern, statt den Satz zu beenden und mich aufzuklären. Jetzt ist der falsche Zeitpunkt, um zu fragen, was genau passiert ist, und so löffele ich mir etwas Zucker in den Kaffee und rühre stumm darin herum.

»Hattet ihr denn gestern wenigstens einen schönen Tag?«

Seine Eltern wechseln elegant das Thema und gehen wohl davon aus, dass wir gestern die ganze Zeit zusammen waren. Was wir ja auch waren – fast, bis Konstantin sich still und heimlich von der Party gestohlen hat.

»Ja«, erwidere ich so knapp wie möglich und auch Konstantin nickt nur.

»Habt ihr eigentlich mitgekriegt, dass jemand den Container angezündet hat? Habe ich beim Bäcker erfahren.« Wie zum Beweis deutet Herr Wagenfeld auf die Tüte vor uns, in der noch immer alle Brötchen fürs Frühstück liegen und darauf warten, mit Marmelade, Nutella oder Käseaufschnitt bedeckt zu werden.

»Wir haben es sogar gesehen. Also, Mone und ich.«

Konstantin schaut überrascht zu mir, und ich kann sehen, dass er Fragen hat, sie aber erst mal für sich behält.

»Ist wirklich traurig, was hier gerade so passiert.« Frau Wagenfeld lehnt sich etwas in meine Richtung, legt ihre Hand auf meine, und ich bin von der plötzlichen Vertraulichkeit etwas überrumpelt. »Du sollst ja nicht glauben, dass es immer so in Walddorf zugeht. Offensichtlich langweilen sich manche Jugendliche den Sommer über schrecklich und hecken allerlei Blödsinn aus, statt sich eine vernünftige Beschäftigung zu suchen.« Sie lächelt verschwörerisch, und ich spüre, wie meine Hand unter ihrer anfängt zu schwitzen.

»Na ja, ich bin mir nicht sicher, ob da wirklich nur die Langweile mitspielt.« Konstantins Vater beginnt damit, die Brötchen auszupacken und Teller aus dem Küchenschrank über der Mikrowelle zu holen. Dabei lässt er uns an seiner These über die plötzliche Zunahme des *Blödsinns* teilhaben.

»Sie hätten dieses Flüchtlingsheim gar nicht erst bauen sollen. Dann wäre es hier auch ruhig geblieben.«

Offensichtlich bemerkt er meinen skeptischen Blick und will sich sofort erklären.

»Nicht falsch verstehen, wir haben nichts gegen den Bau an sich. Aber einige sind etwas verschnupft darüber und lassen ihre Wut durch Vandalismus raus. Was ich übrigens sehr verurteile!«

Ich spüre, dass Konstantin neben mir innerlich erleichtert aufatmet, als sein Vater die Hand hebt.

»Aber vielleicht hätten sie den Bau doch woanders planen sollen.«

»Woanders?« Zu meiner Überraschung klingt meine Stimme erstaunlich ruhig, wenn man bedenkt, was in meinem Inneren für ein Sturm aufzieht.

»Ja. Etwas weiter weg vom Dorf.«

»Aber es steht doch schon mitten auf dem Feld.« Zumindest liegt es laut meiner Erinnerung ziemlich weit außerhalb. Noch einige Meter weiter und man hätte es auch direkt neben die Landstraße klatschen können.

»Ich meine ja nur, dass einige sich vielleicht bedroht fühlen.«

»Von einer Baustelle?«

Meine erneute Nachfrage drängt Herrn Wagenfeld in eine Ecke, in der er sich sichtlich unwohl fühlt. Inzwischen hat Frau Wagenfeld meine Hand wieder losgelassen und beobachtet das Unwetter, das gerade in ihrer Küche aufzieht, skeptisch.

»Von den Menschen, die dort wohnen werden, wenn es

irgendwann mal fertig gebaut ist.« Wieder drückt seine Miene aus, dass *er* auf keinen Fall so denkt wie die Leute, über die er spricht. »Man weiß ja nicht, wo sie herkommen, wie verzweifelt sie sind, welcher Kultur sie angehören. Solche Dinge.« Die Pause, die er macht, dröhnt so laut in meinen Ohren, als würde ein Donaudampfer sich mit einem Schiffshorntuten bemerkbar machen, und zwar direkt in meinem Großhirn.

»Das sage nicht ich, das sagen die anderen.«

Um nicht unhöflich zu sein, nehme ich noch einen großen Schluck Kaffee, verbrenne mir dabei ordentlich die Zunge und stelle die Tasse dann so sanft wie möglich wieder ab, bevor ich mich zu Konstantin drehe.

»Vielen Dank für die Fahrradleihgabe.« Dann wende ich mich seinen Eltern zu, hoffe, mein Lächeln wirkt aufrichtig genug, obwohl mein ganzer Magen sich anfühlt wie auf links gestülpt. »Und danke für den Kaffee. Ich muss jetzt nach Hause, meine Eltern brauchen heute meine Hilfe im Restaurant.«

»Natürlich. Schön, dass du da warst.«

Sie lächeln beide, aber die Stimmung ist jetzt eine andere, und ich kenne diese Reaktion nur zu gut. Konstantin neben mir springt förmlich vom Hocker.

»Ich bring dich zur Tür.«

»Nicht nötig, ich finde selber raus.«

Aber Konstantin lässt sich nicht abschütteln und folgt so dicht hinter mir, dass ich die Wärme seines Körpers spüren kann. Entweder das, oder meine Wut strahlt deutlicher nach draußen, als ich mir eingestehen will.

»Es tut mir leid, ich hätte Robin wegen des Rads fragen sollen und dir erklären …«

»Er wusste es nicht?«

»Nein.«

»Verstehe.«

Daher der Blick gestern Nacht.

»Ich wollte dir nur eine Freude machen. Aber dabei stelle ich mich wohl ziemlich dämlich an.« Halbherziges Lächeln steht ihm nicht so gut, aber das weiß er bestimmt schon längst.

»Du willst mir also eine Freude machen, ja?«

»Wahnsinnig gerne.«

Schon wächst sein Lächeln wieder ein bisschen und ich atme tief durch.

»Wenn du mir eine Freude machen willst, dann lass mich nicht auf einer Party einfach so alleine. Damit habe ich …« *Finde ja eine gute Formulierung, Vio.* »… keine so guten Erfahrungen gemacht.«

»Okay. Für die Zukunft gemerkt.«

Das impliziert eine Zukunft, in der wir weiterhin zusammen auf Partys gehen. Konstantin scheint das fest einzuplanen, und mir gefällt die Vorstellung irgendwie schon auch.

»Du weißt aber, dass du mir jetzt mindestens einen Tanz schuldest.«

»O Vio, das würdest du nicht sagen, wenn du wüsstest, wie unkoordiniert ich tanze.« Jetzt ist sein Lächeln schon wieder viel offener und auch nicht mehr ganz so schief wie eben noch.

»Ist wohl noch so eine Sache, die ich über dich rausfinden muss, Konstantin.«

»Bei der nächsten Gelegenheit.«

»Und verrätst du mir irgendwann, wo du gestern Nacht warst?«

Meine harmlose Frage trifft ihn offenbar mit voller Breitseite, und er kämpft bei dem Versuch, es sich nicht anmerken zu lassen. Doch zum Antworten kommt er nicht mehr, weil hinter uns ein lauter Pfiff zu hören ist, und als wir uns zeitgleich umdrehen, werden wir von Jonas' schiefem Grinsen empfangen.

»Schau an, wen haben wir denn da?« Er zieht die Sonnenbrille, die seine tiefen Augenringe verdecken soll, so weit runter, dass sein glasiger Blick mich ausgiebig von oben herab mustern kann. »Will da jemand den Integrations-Bambi gewinnen?« Er kommt auf uns zu, schiebt sich zwischen Konstantin und mich und sorgt für den nötigen Abstand, dessen Fehlen mir vorher gar nicht aufgefallen ist.

»Ich störe doch nicht etwa?«

»Nein. Ich wollte sowieso gerade gehen.«

Und das tue ich, ohne mich noch mal umzudrehen und mit schwirrenden Gedanken im Schädel, der sich gerade ziemlich wackelig auf meiner Halswirbelsäule anfühlt.

Wieso habe ich nur gedacht, dass es hier leichter werden könnte?

KAPITEL 38

Konstantin

Wir sehen Vio nach, bis sie unsere Auffahrt verlassen hat und hinter der Hecke zur Straße verschwunden ist. Dann erst wendet sich Jonas zu mir um, sein dreckiges Grinsen passt ganz gut zum schlechten Atem, der wiederum zu seinem gestrigen Alkoholkonsum passt.

»Hast du die gestern Nacht etwa noch geknallt?«

»Was?«

Hastig drehe ich mich aus seinem Arm, den er mir um die Schulter gelegt hat.

Jonas verdreht die Augen und legt seine Hände schwer auf meinen Schultern ab.

»Ob ihr Kopulation betrieben habt.«

»Sie hat mir nur das Fahrrad zurückgebracht.«

Jonas zieht eine Augenbraue nach oben.

»Ist das 'ne Allegorie?«

Wieder mache ich mich von ihm los und verschränke die Arme vor der Brust, wechsele das Thema.

»Was willst du überhaupt hier?«

»Ich dachte, wir bringen was zurück, bevor die Leute checken, dass es fehlt.«

Obwohl Jonas lächelt, kann ich sehen, dass ihm nicht danach zumute ist. Auch er macht sich wohl Gedanken, was passiert, wenn sie bemerken, dass ein Gewehr fehlt.

»Wollt ihr nicht reinkommen?« Papa, mit einer Tasse Kaffee in der Hand, taucht hinter uns auf und nickt Jonas freundlich zu. Dieser hebt aber gespielt abwehrend die Hände.

»Und den Feind ins Haus lassen? Sind Sie ganz sicher, Herr Wagenfeld?«

Papa grinst nur, weil er diesen ganzen Quatsch von Jonas gewohnt ist. Ein bisschen Rivalität zwischen den Tennisklubs unserer beiden benachbarten Orte gehört dazu und wird an jede neue Generation weitergegeben, damit es auch ja nie langweilig wird.

»Wir sind hier ja nicht auf dem Tenniscourt, hier sind wir weder Feinde noch Gegner. Also komm rein. Robin ist auch schon wach.«

»So eine Einladung kann ich einfach nicht ausschlagen.« Mit einer kleinen Verbeugung geht er an mir vorbei ins Haus, und ich hoffe inständig, er hält Abstand von meinen Eltern, damit sie seine Alkoholfahne nicht riechen. Bevor ich ihm mit einem unguten Gefühl folge, werfe ich noch einen Blick zurück, dahin, wo Vio eben verschwunden ist, und wünsche mir, sie würde auf magische Weise einfach wieder auftauchen. Aber Vio ist längst weg – weil sie sich hier nicht mehr wohlgefühlt hat.

»Kommst du, oder was?« Jonas winkt mich zu sich, und ich folge ihm wie ein artiges Hündchen bis in die Küche, wo Robin über seinen Cornflakes hängt und mich irritiert ansieht, als sein Kumpel mit mir auftaucht.

»So früh schon wach?« Robins Stimme verrät, dass er vor dem ersten Kaffee keine große Lust auf Jonas hat, und wieder frage ich mich, was das eigentlich für eine Freundschaft ist, in der unterschwellig so viel Ablehnung brodelt.

»Ja. Ich dachte, ich schaue mal nach meinen Wagenfeld-Boys.« Dann sieht er zu meiner Mutter, die ihm bereits eine Tasse rüberschiebt. »Guten Morgen, Frau Wagenfeld. Wissen Sie, warum ihr Erstgeborener so eine miese Laune hat?«

Mama fällt aus irgendeinem Grund regelmäßig auf Jonas' Charmeoffensiven rein – selbst dann noch, als er auf einer Party bei uns ihren teuren *Johnny Walker* Blue Label weggesoffen hatte.

»Er hat immer noch nichts von dem Vorstellungsgespräch gehört.«

»Weil es wieder nicht geklappt hat. Das weiß ich auch ohne Absage, Mama.« Robin spricht mit vollem Mund und klingt dabei wie eine trotzige Version meiner selbst, was mir peinlich genau bewusst ist.

»Das weißt du gar nicht, mein Schatz. Du hattest doch so ein gutes Gefühl.«

Jonas, der in aller Ruhe Milch in seine Tasse gießt, nutzt diese Chance, um sich mal wieder ins rechte Licht zu rücken.

»Das Angebot von meinem Vater steht noch immer. Ausbildungsplatz in unserem Betrieb, wenn alle Stricke reißen.«

Aber das Thema haben wir in der Vergangenheit zur Genüge durchgekaut, Robin will weg aus Walddorf, weg von hier und auch nicht im Glasereibetrieb von Jonas' Eltern seine Ausbildung machen.

»Gibt Schlimmeres, als hierzubleiben.«

Ohne darauf einzugehen, sagt mein Bruder zu Jonas, wobei mich vorher ein kurzer Seitenblick streift: »Waren wir verabredet?«

»Darf ich jetzt nicht mal mehr einfach so meine Freunde besuchen?«

»Klar. Aber das machst du halt sonst nie.«

»Da hat aber jemand schlecht geschlafen.«

Robin gibt nur einen grunzenden Laut von sich und taucht seinen Löffel heftiger als nötig in die sich vollsaugenden Cornflakes, als wolle er sie erschlagen oder erstechen. Im Zweifelsfall beides.

»Außerdem bin ich hier, weil ich dein Brüderchen besuchen wollte.«

»Ach was.«

»Du weißt, ich möchte ihn noch immer abwerben.«

Alle Augenpaare richten sich auf mich, und vorbei ist es mit meiner bisherigen Statistenrolle in der Szene.

»Wollen wir dann los?«

»Los? Wohin denn?« Robin weiß genau, wohin Jonas mit mir will, aber das wiederum weiß Jonas nicht. Und Mama bietet nicht das richtige Publikum für diese Aufklärung.

»Probetraining.« Jonas hat die perfekte Ausrede für sein Auftauchen, und weil just in dem Moment Papa die Küche betritt, nicke ich nur schnell und deute zur Tür.

»Dann sollten wir.«

»Du willst *Unitas* wirklich verlassen?« Das käme für meinen Vater einem Verrat nahe, und ich will schon den Kopf schütteln, doch Jonas ist schneller, stellt die Tasse ab und positioniert sich neben mir.

»Manchmal muss man sich von alten Mustern losmachen, damit man neue Schritte wagen kann. Keine Sorge, ich passe bestens auf Ihren Sohn auf.«

Papas Enttäuschung steht ihm ins Gesicht geschrieben, und ich muss etwas sagen, bevor ihm noch die Tränen kommen. Tennis ist für ihn mehr als nur ein Sport.

»Es ist nur ein Probetraining. Ich will mir einfach mal die Plätze ansehen und so.«

Will ich nicht. Alles nur Alibi, aber als ich mit Jonas die Küche und schließlich das Haus verlasse, nachdem ich meine Alibisporttasche gepackt habe, kommt es mir so vor, als wäre ich in Brutus' Fußstapfen getreten.

Jonas legt wieder den Arm um mich, wieder zieht er mich dabei ein Stück runter und wieder lasse ich ihn gewähren.

»Jetzt bist du also einer von uns.«

Was auch immer das bedeuten mag.

KAPITEL 39

Vio

Wow, das nenne ich mal 'ne Zornesfalte.« Mone, mit zwei Kaffeebechern in der Hand, lehnt am Zaun zum Tennisklub, reißt mich aus meinen Gedanken, und ich berühre vorsichtig meine Stirn. Tatsächlich erinnert das, was ich unter meinen Fingerspitzen spüre, ein bisschen an die San-Andreas-Verwerfung.

»Wer hat dir denn den Morgen verhagelt?« Sie reicht mir einen der Bambusbecher.

»Die Wagenfelds.« Obwohl das genau genommen gar nicht stimmt. Es war Jonas' Auftauchen, das als Topping nicht nur den ersten Kaffee des Tages ruiniert, sondern auch meine Laune torpediert hat. Trotzdem oder gerade deswegen nehme ich den Becher, den Mone mir reicht, und schenke ihr im Austausch ein dankbares Lächeln. »Aber du vertreibst die trüben Gedanken. Danke dafür.«

Mone macht einen kleinen Knicks.

»Gerüchte besagen, man kenne mich auch unter dem Codenamen *Gute-Laune-Mone*.«

Sie wartet ab, ob ich von mir aus erzähle, was passiert ist, aber ich bleibe stumm, nippe vorsichtig am Kaffee und stelle fest, dass er mit Haselnusssirup verfeinert wurde. Meinen fragenden Blick pariert Mone mit einem wissenden Nicken.

»Wer dein Instagram-Profil checkt, der lernt einiges über dich und deine Kaffeevorlieben.«

Mir fallen sofort die Posts ein, in denen ich von meiner Lieblingsergänzung im Kaffee schwärme, und muss schmunzeln.

»Stalkst du mich etwa?«

»Alles Recherche.«

Sie nickt in Richtung Vereinsheim und wir setzen uns beide wieder in Bewegung. Mit jedem Schritt lasse ich Jonas – damit allerdings auch Konstantin – weiter hinter mir.

»Und wenn wir schon bei Nachforschungen sind … Holger und die anderen waren gestern noch zusammen beim Döner-Laden und sind dann irgendwann alle nach Hause. Habe die Uhrzeiten ihrer Instagram Stories verglichen. Die waren das gestern Nacht also garantiert nicht.«

»Hast du etwa deine Freunde verdächtigt?«

»Nö. Aber sicher ist sicher.«

Wir erreichen die Gaststätte, und ich schiebe die Tür auf, obwohl sie noch gar nicht geöffnet hat. Da ich meine Eltern aber kenne, weiß ich genau, dass zumindest einer von beiden hier ist. Und tatsächlich steht Mama hinter der Theke und räumt Gläser ein.

»Hi, mein Schatz.«

»Hi, Mama.«

Ihr Blick wandert von mir zu meiner Begleitung, und ich will sie gerade bekannt machen, als Mone an mir vorbei direkt auf meine Mutter zugeht.

»Ich habe mich noch gar nicht richtig vorgestellt. Ich bin Mone.« Sie reicht Mama die Hand, und ich weiß ganz genau, was meiner Mutter jetzt durch den Kopf geht. Das triumphierende Lächeln, als sie Mones Hand annimmt, ist Beweis genug. Sie hat mir immer prophezeit, dass ich in Walddorf schnell Anschluss finden würde. Und jetzt muss ich ihr wohl recht geben.

»Schön, dich kennenzulernen, Mone.«

»Gleichfalls. Ich war bei der Eröffnung leider nicht da, habe aber schon viel Gutes über Ihre Speisen gehört.«

Mone schafft es binnen zwanzig Sekunden, das Herz meiner Mutter für sich zu gewinnen, und ich kann mir ein Grinsen nicht verkneifen.

»Mama, wir machen den Biergarten fertig, okay?«

»Danke. Papa ist noch einkaufen, wird aber bald zurück sein.«

Gerade, als wir nach draußen gehen wollen, hält Mama uns auf.

»Ach, und noch was. Du hast ab jetzt frei.«

»Bis heute Abend?«

»Nein. Ganz frei. Wir haben eine Kellnerin für den Sommer gefunden.«

Zwar wusste ich, dass sie Stellenanzeigen aufgegeben hatten und auch welche auf der Facebookseite des Restaurants gepostet, aber ich wusste nicht, dass es bereits Bewerber gab.

»Echt jetzt?«

»Ja. Sie hat bereits Erfahrung und ist froh, die Semesterferien über hier zu jobben.« Mama ist sichtlich zufrieden damit, dass ihr Plan so aufgegangen ist.

»Okay, aber den Biergarten mache ich noch fertig.« Und damit winke ich Mone nach draußen, wo wir ungestört weitersprechen können. Sie nimmt auf einem der grünen Klappstühle Platz, während ich mich daranmache, die übrigen Stühle und Tische von den Sicherheitsketten zu befreien und in die richtige Position für den Mittagsansturm zu bringen.

»Kennst du eigentlich Jessy? Robins Ex?«

Meine Frage verwirrt sie einen Moment, weil sie nicht zu unserem vorherigen Thema passt, aber sie nickt vage.

»Ein bisschen. Sie ist schon älter. War auf dem anderen Gymnasium und hat ihr Abi bereits vor einem Jahr gemacht. Wieso fragst du?«

»Nur so.«

»Vio Lupascu, dein *nur so* klingt ungefähr so überzeugend wie meine Liebeserklärung an meinen ersten Freund, als ich dachte, ich muss es wie alle machen.«

»Du hattest einen Freund?« Ich will gar nicht so überrascht klingen, aber es rutscht mir einfach raus, als ich den letzten Tisch befreie.

»Hatte ich. Aber du lenkst vom Thema ab. Wieso interessierst du dich für Jessy?«

»Tue ich gar nicht. Ich hatte nur ihr Fahrrad und Robin fand das nicht so cool.«

»Die hat ihm damals *richtig* das Herz gebrochen.«

»Ja, das habe ich inzwischen mitgekriegt.«

»Robin hat sich schon vor dem Altar mit ihr gesehen. Ich wette, für sie wäre er sogar in Walddorf geblieben. Und dann ist sie einfach weg, raus aus der Einöde, und hat ihn zurückgelassen.«

»Wo wohnt sie denn jetzt?«

»Bei Frankfurt. Mit ihrem neuen Freund. *Den* hat sie nämlich mitgenommen.«

»Oh.«

Sie nickt, und kurz hängen wir unseren Gedanken nach, bis Mone tief Luft holt und mich wieder ansieht. Etwas in ihrem Gesichtsausdruck hat sich verändert, lässt sie ernster und erwachsener wirken. »Und klar hatte ich einen Freund. Ich dachte, irgendwann würde ich schon checken, dass ich eigentlich auf Typen stehe. Oder zumindest *auch.*« Sie zuckt die Schultern. »Immerhin ist das doch *normal*, oder?«

»Keine Ahnung.«

»Wenn du in einem Kaff aufwächst, in dem sich niemand je geoutet hat, existiert Homosexualität für einen quasi nicht. Das ist wie so ein Mythos. Wie Einhörner oder der Yeti. Ich kannte das nur aus Serien, Filmen und von den Celebs, die offen damit umgehen. Aber hier? Da gibt es das höchstens hinter verschlossenen Türen, als ewiges Geheimnis.« Sie breitet die Arme aus, und ihre Geste umschließt dabei weit mehr als nur unseren kleinen Biergarten.

»Also dachte ich, okay, probierst du es halt, spielst mit und bist für die anderen *normal.*« Sie schüttelt den Kopf, als könne sie es rückblickend selber gar nicht recht glauben. »Lief nicht so gut. Und als ich dann irgendwann den Mut hatte, habe ich es einer Freundin erzählt. Und die hat es *natürlich* allen anderen erzählt. Im Vertrauen, versteht sich.«

»Autsch.«

»Kann man wohl sagen.« Mones sonst so selbstsicheres Lächeln wackelt ein bisschen bei der Erinnerung, und ich verstehe endgültig, dass sie hinter ihrer guten Laune weit mehr versteckt. »Und einige der Jungs fühlten sich dann dazu berufen, mich zu bekehren. Als wäre ich eine Scheißherausforderung. Als ginge es darum, mich nur davon überzeugen zu müssen, dass ich lediglich an einer kleinen Geschmacksverirrung leide.«

»Was für Idioten.«

Etwas hinter mir lenkt ihre Aufmerksamkeit von mir ab.

»Stichwort Idioten.«

Ich drehe mich um, erkenne Konstantin und Jonas. Eine Kombination, die bei mir sofort wieder für Magengrummeln sorgt. Automatisch verschränke ich die Arme vor der Brust. Konstantins Schritte werden etwas langsamer, als er uns entdeckt, aber Jonas lässt sich von unserer Anwesenheit nicht im Geringsten aus dem Tritt bringen. Im Gegenteil, er geht direkt in den Angriffsmodus über.

»Sieh an. Treffen der nicht ganz so anonymen Freaks?«

Mone schüttelt nur gelangweilt den Kopf und ich starre ihn so wütend wie möglich nieder, hoffe, dass er merkt, wie unerwünscht er hier ist.

»Verzieh dich einfach, Jonas.«

»Stören wir etwa euer Date?« Dabei grinst er anzüglich und lehnt sich gegen den Torbogen, der den Eingang zum Biergarten flankiert.

»Kannst du nicht einfach mal die Klappe halten? Niemand interessiert sich für dein hirnloses Gequatsche.«

»Keine Sorge, sind gleich wieder weg, wir legen hier nur einen kurzen Zwischenstopp ein. Wagenfeld holt sein Zeug. Er zieht heute nämlich um.«

»Wohin?« Kurz glaube ich, meine Stimme verrät ein bisschen zu viel über meine Gefühle, aber Jonas bemerkt es nicht, beantwortet nur meine Frage.

»Nach Ottersfeld. Zu den Gewinnern vom *TC Tersus*.«

Und weil ich das nicht glauben kann, sehe ich zu Konstantin, der etwas abseits steht und sich das Muster des Kopfsteinpflasterwegs Stein für Stein einzuprägen scheint.

»Ernsthaft jetzt?« Nur ein ganz knappes Nicken, das man aus der Ferne auch für ein Kopfschütteln halten könnte.

»Hier müffelt es ihm zu sehr.«

»Und kann ich das auch von ihm hören, oder bist du jetzt sein Bullshit-Dolmetscher?«

»Du bist witzig, Zigeunermädchen.«

»Und du ein rassistisches Arschloch.«

Aber das beeindruckt ihn nicht im Geringsten.

»Nur weil man eine andere Meinung hat, ist man noch lange kein Arschloch.« Jonas kontert meine Aussage so lässig und so perfide, freie Meinungsäußerung als Freibrief für menschenverachtende Diskriminierung vereinnahmend, dass mir die Luft wegbleibt. »Ihr entschuldigt uns, wir müssen weiter, bevor wir uns hier noch was einfangen.«

»Warte!« Ich schiebe mich ihnen in den Weg und fixiere Konstantin dabei so hartnäckig, dass dieser gar nicht anders kann, als mich anzusehen. »Du wechselst wirklich ernsthaft den Verein?«

Endlich sieht er mich an, wenn auch nur kurz.

»Ist nur ein Probetraining. Keine Sorge.«

Er versucht sich an einem Lächeln, eines, das alles abschwächen soll, aber damit prallt er diesmal an mir ab.

In Jonas' Anwesenheit kommt er mir fremd vor, keine Ahnung, welcher Cyborg da vor mir steht, aber es handelt sich eindeutig nicht um denselben Konstantin, den ich bei unserem nächtlichen Surfausflug kennengelernt habe.

»Will nur mal die Plätze checken. Entschieden habe ich mich noch nicht.«

»Aber wir arbeiten daran.« Damit legt Jonas stolz den Arm um Konstantin und führt ihn in Richtung Umkleidekabinen davon. So viel also zu einem gemeinsamen Tanz auf der nächsten Party. Tränen schießen mir in die Augen, aber ich blinzele sie wütend weg, werde mir sicher nicht weiter wehtun lassen. Nicht von Jonas.

»Was für ein absoluter Vollidiot.«

Und obwohl ich weiß, dass Mone recht hat, frage ich mich gerade, ob Konstantin nicht der größere Idiot ist.

KAPITEL 40

Konstantin

Wieso ziehen wir das hier jetzt noch mal durch?«

Meine Frage erreicht Jonas, der sich in aller Ruhe in der Kabine umsieht und fast erschüttert den Kopf schüttelt. Dabei weiß ich nicht, was genau ihn so sehr schockiert.

»Die Duschen sind aus der Steinzeit, oder?«

»Mir reichen sie.«

»Du wirst schon sehen, bei uns ist das wie so ein Spa-Bereich. Wir sind viel besser aufgestellt. Wir haben auch einen echten Physio.«

Natürlich weiß ich das alles, aber jetzt bin ich es, der wenig beeindruckt ist.

»Hat euch alles aber keine Meisterschaft eingebracht.«

Er lacht zu laut und aufgesetzt.

»Du hast ja richtig Humor, Wagenfeld der Zweite. Und jetzt pack endlich zusammen.«

»Wieso das denn? Ich dachte, wir sind nur alibihalber hier und holen jetzt das Ding …«

Mein Blick zu Jonas reicht, um ihn wissen zu lassen, wovon ich spreche, ohne es zu sagen. Keine Lust, dass hier jemand irgendwas mitkriegt und rumquatscht. Mein Gesprächspartner lässt sich auf die schlichte Holzbank sinken und mustert mich genau.

»Weißt du, ich glaube, du bist an der Grundlinie echt eine Wucht.«

»Okay?«

»Weißt du, wie Robin abkotzen würde, wenn du den Titel einsackst?«

»Robin trainiert doch nicht mal mehr.«

»Wieso habt ihr nie zusammen im Doppel gespielt?«

»Haben wir. Als wir jünger waren. Sollen wir nicht langsam mal los und das andere Ding klären?«

Denn ehrlich gesagt habe ich keine Lust, den Verein zu wechseln. Oder Doppel zu spielen.

»Ich kläre das beim *Tersus*. Dann kannst du beim nächsten Training schon mitmachen.«

»Du hörst mir gar nicht zu, oder?«

»Du hast es nicht gecheckt, oder?«

Lustlos schließe ich die Spindtür, hinter der sich noch immer mein ganzes Zeug befindet, und schüttele dabei den Kopf, wodurch Jonas sich ermutigt fühlt, mich aufzuklären.

»Wir wollen dich nicht einfach nur in unserem Tennisklub. Wir wollen dich bei uns.« Er klopft sich auf die Brust und ich drehe mich mehr in seine Richtung. »Vielleicht hat Volker das gestern nicht klar genug gemacht, aber wir wollen dich dabeihaben.«

So langsam begreife ich, dass er nicht einfach nur eine Entscheidung bezüglich meines sportlichen Hobbys von mir verlangt, sondern eine viel wichtigere.

»Weißt du, ich mag deinen Bruder. Wirklich. Wir sind

richtig gute Kumpel, aber machen wir uns nichts vor, irgendwann wird er einfach von hier verschwinden. Uns alle zurücklassen, als wären wir wertloser Ballast.«

Seine Version von Robins Zukunft sorgt für erneute Gänsehaut und ich schüttele den Kopf.

»Er wird schon nicht einfach so abhauen.«

»Und wenn doch? Er redet doch die ganze Zeit davon. Raus aus Walddorf und weg. In die große weite Welt. Auf den können wir nicht mehr zählen.«

»Mannheim. Da bist du in anderthalb Stunden mit dem Zug.«

Das sind Robins Worte, die mich trösten sollten, falls es mit dem Ausbildungsplatz wirklich geklappt hätte.

»Und du glaubst, Mannheim reicht ihm?«

»Wieso nicht?«

»Bevor er Berlin erobert hat, gibt der keine Ruhe. Das weißt du so gut wie ich.«

Tatsächlich schwärmt Robin ab und an von Berlin, wobei es ihm auch Hamburg angetan hat. Das Meer wäre eine angenehme Abwechslung zum heimischen Badesee, hat er mal gesagt.

»Und was machst *du* dann, Konny?«

Eine Frage, die ich mir schon oft genug gestellt, aber nie eine richtige Antwort darauf gefunden habe. Die Wahrheit liegt irgendwo zwischen *ihn vermissen* und *erleichtert sein.* Wenn Robins Schatten nicht mehr allgegenwärtig ist, muss ich auch nicht mehr darin rumstehen.

»Du willst doch bleiben, oder?«

»Klar.«

»Dann bist du bei uns bestens aufgehoben und herzlich willkommen. Das wollte Volker gestern sagen.« Jonas lächelt, und zum ersten Mal heute habe ich das Gefühl, es sei ehrlich. »Und ich sage es dir heute noch mal, okay? Für uns bist du nämlich ganz und gar nicht überflüssig.«

Kurz sehen wir uns nur an, er lächelnd, ich grübelnd. Woher diese plötzliche Sorge um mich?

»Gestern Nacht klang es noch so, als würdet ihr euch über mich lustig machen.«

»Da irrst du dich, Wagenfeld der Zweite. Du hast gestern bewiesen, dass es zwischen uns passt.«

»Ich weiß nicht.«

Mein Blick wandert von ihm zum Ausgang. Irgendwo da draußen ist Vio und hasst mich vermutlich, weil ich jetzt mit Jonas hier bin.

Und ganz so, als ob er meine Gedanken lesen könnte, unterbricht er sie harsch.

»Ich bin wirklich nicht gerne der Bote schlechter Nachrichten.« Er steht auf und kommt einen Schritt auf mich zu. »Dein kleines Ausländermädchen da draußen wird dich nie ranlassen. Die steht auf Mone. Freaks ziehen immer Freaks an.« Dann wirft er einen Blick auf die Uhr und atmet scharf ein. »Lass dir alle Zeit, die du brauchst, um dein Zeug zu packen. Komm einfach im Tennisklub vorbei, die wissen Bescheid.«

»Hey, warte!«

Erst an der Tür dreht er sich noch mal zu mir und sieht mich abwartend an.

»Was ist jetzt mit der Sache im Wald?«

Jonas kratzt sich nachdenklich am Kinn, so, als hätte ich ihm eine komplizierte Frage bezüglich irgendwelcher Primzahlen gestellt.

»Die bleibt natürlich unter uns. *Du* kümmerst dich darum, dass alles wieder an seinen Platz kommt.« Dann hebt er den Finger. »Sollte jemand wegen gestern dumme Fragen stellen, dann sag einfach, du warst bei mir. Wir haben als Team über die sportliche Zukunft gesprochen.«

»Ich will doch gar nicht wechseln.«

»Aber du willst doch auch nicht, dass sich rumspricht, dass du ein Gewehr geklaut hast.«

»Ich? Ihr wart doch auch dabei.«

»Sagt wer?« Er breitet die Arme aus und zuckt die Schultern. »Genau deswegen brauchst du Freunde wie uns. Einer für alle und alle für einen, du weißt schon.«

»Verstehe.«

»Bring das Gewehr einfach zurück, und wir wissen endgültig, dass wir dir vertrauen können.«

»Du kommst gar nicht mit?«

»Sieh es als letzten Vertrauenstest, Wagenfeld.«

Mit einem Augenzwinkern dreht er sich endgültig um und lässt mich mit meinen kontroversen Gedanken und Gefühlen alleine in der Umkleide meines Tennisklubs zurück.

KAPITEL 41

Vio

»Weißt du, solche Typen wie Jonas, die gibt es überall, schon klar, aber manchmal denke ich, Walddorf hat echt einen Idiotenüberschuss!« Mone ist noch immer stinksauer, das verraten ihre ausgreifenden Schritte, seit wir den Tennisklub in Richtung See verlassen haben. Sie verspricht sich dort etwas mehr Ruhe für uns, weil die meisten Leute so früh noch unterwegs sind und maximal ein paar Familien den Strand belagern werden.

»War er auch einer der Jungs, die dich als *Herausforderung* gesehen haben?«

Mone rollt sofort mit den Augen, nickt dann. Ich hätte es mir denken können. Jonas hat einfach so einen bestimmten Vibe, den ich schon bei unserem ersten Treffen gespürt habe.

»Kenne ich, solche Typen.« Das rutscht mir einfach raus, und ich wünsche mir sofort, dass sie es überhört oder es zumindest nicht ihr Interesse geweckt hat. Aber Mone ist viel zu neugierig, als dass so ein Kommentar unbemerkt an ihr vorbeiziehen könnte.

»Weil Jungs das bei dir auch gemacht haben?«

»So was in der Art.« *Nur nicht daran denken.* Es kann sich

gar nicht bis nach Walddorf rumgesprochen haben. Niemand hier hat Kontakt zu meinen Leuten in München. *Alles cool.* Kein Grund zur Panik. Wie zum Beweis legt Mone mir den Arm um die Schulter.

»Manchmal sind Jungs echt solche Idioten.«

Und manchmal vertraut man einfach den falschen Leuten.

»Allerdings.«

Wir gehen den kleinen Trampelpfad runter zum See. Mona hat nicht zu viel versprochen. Um diese Uhrzeit sind die Sonnenschirme überschaubar, und wir entscheiden uns für einen Platz ziemlich am Rand, wo wir noch ein bisschen den Schatten der Bäume abkriegen.

»Es dauert sicher noch, bis die anderen hier aufschlagen.«

Hauptsache, Jonas und sein neuer Schoßhund Konstantin bleiben weg. Noch immer schüttelt es mich, wenn ich an die Begegnung von vorhin denke. Etwas an Jonas lässt mich regelrecht frösteln.

»Vergiss die beiden.« Mone zieht die Schuhe aus und platziert sie neben ihrem Rucksack im Sand.

»Woher weißt du eigentlich immer so genau, was ich denke?«

Schulterzuckend zieht sie das T-Shirt aus und schält sich aus den kurzen Jeans, bevor sie im Bikini neben mir auf dem Handtuch Platz nimmt.

»Keine Ahnung. Irgendwie habe ich das Gefühl, ich kenne dich schon eine ganze Weile. Oder wir ticken einfach nur verdammt ähnlich.«

Wie mein Leben wohl abgelaufen wäre, wenn ich hier und nicht in München aufgewachsen wäre? Weit weg von dem ganzen Großstadtchaos, das ich gar nicht mehr so sehr vermisse, wie zu Beginn erwartet.

»Vermutlich tun wir das.«

Wie sehr hätte ich mir eine Mone in München gewünscht! Weil Mone eine Art an sich hat, die sie automatisch in den Mittelpunkt rückt. Dafür muss sie gar nichts tun, sie lächelt einen einfach offen an, hört zu und lacht von Herzen. Sie muss nicht gemein oder laut werden. So jemanden hätte ich wirklich gebraucht. Vor allem, als das Foto die Runde gemacht hat …

Bevor die Erinnerungen zurückkommen können, lehne ich mich zurück auf die Ellbogen und schaue über den See in Richtung Wald. Irgendwo dahinter liegt der andere See mit dem Surfklub und schönen Erinnerungen.

»Denkst du schon wieder an Konstantin?«

»Nein.« *Irgendwie doch.* Weil ich selbst dann, wenn ich nicht an ihn denke, irgendwie an ihn denke. Weil ich ihn, obwohl er sich so idiotisch verhalten hat, noch immer mag und so blöd bin, selbst jetzt noch auf ein klärendes Gespräch mit ihm zu hoffen. Ohne Jonas, ohne die ganzen anderen, einfach nur reden. Dann muss er mir in die Augen schauen und mir sagen, was in seinem Kopf wirklich vorgeht. Denn so recht kriege ich die Bilder von dem Konstantin auf dem See und dem an Jonas' Seite nicht zusammen.

»Eigentlich hängt er sonst nicht mit Jonas und dessen Jungs rum. Die sind eher die Freunde von Robin.«

»Na, jetzt sind sie wohl seine Freunde.«

»Das passt aber nicht so richtig. Passt ja schon bei Robin nicht wirklich.«

»Kennst du die Wagenfelds eigentlich gut?«

Mone nickt, ohne zu zögern, sagt dann aber: »Einigermaßen, jedenfalls schon lange. Wieso?«

»Ich frage mich nur, ob…« Aber aussprechen will ich es dann doch nicht. Das kann einfach nicht sein, auch wenn mir manche der Sprüche heute Morgen nicht gefallen haben. Mones bohrender Blick zwingt mich schließlich aber doch, mit der Sprache rauszurücken. »… ob die was mit dem Brand zu tun haben?«

»Konny und Robin?« Sie muss sich ein Lachen fast verkneifen und schüttelt energisch den Kopf. »Das würden sie nie machen. Die sind bei der Feuerwehr, das ist gegen deren Ehrenkodex oder so.«

»War auch nur so ein Gedanke.«

»Außerdem, wieso sollten sie?«

»Weil sie beide mit Jonas rumhängen. Und *dem* traue ich so was absolut zu.«

»Ich auch. Er würde sogar damit garantiert durchkommen und es schön auf jemand anderen abwälzen. So ist der Typ einfach.«

»Den behalte ich auf jeden Fall im Auge.«

Aber nicht jetzt. Jetzt will ich weder an ihn noch an Konstantin denken. Und auch an sonst niemanden. Einfach nur ein bisschen dösen und die Ruhe am See genießen. Mone scheint auch keinen Drang mehr zum Reden zu verspüren. Schon bald wird meine Atmung tiefer und ruhiger, und ich schlafe ein, traumlos und schwer, bis jemand sanft meine Schulter berührt.

Ich habe keine Ahnung, wie viel Zeit vergangen ist. Isabell

steht, beladen mit allerlei Strandzeug, direkt vor mir, Holger und der Rest sind auch dabei.

»Ihr habt uns schon einen Platz freigehalten, wie nett von euch.« Isabell wiederzusehen rüttelt die Erinnerung an gestern wach, an mein Geständnis und unser Gespräch. Ihre Augen versteckt sie hinter einer Sonnenbrille, ich kann also nicht sagen, inwieweit ihr Kater auch ihr Gedächtnis lahmgelegt hat. Holger schiebt sich an ihr vorbei zu mir, breitet sein Handtuch etwas zu nah an meinem aus und lässt sich mit einem Ächzen drauffallen.

»Was 'ne Nacht, oder?«

Ohne genau zu wissen, auf welches Kapitel davon er genau anspielt, nicke ich und versuche mich wieder auf Isabell zu konzentrieren. Ich habe ihr zwar nur angedeutet, was passiert ist, aber ich will nicht, dass auch nur ansatzweise irgendwelche Gerüchte aufkommen. Nicht auch noch hier.

»Haben wir was verpasst?« Sie breitet ihr Handtuch an Mones Seite aus, und bisher habe ich keinen Unterschied in ihrem Verhalten mir gegenüber wahrgenommen.

»Nicht, dass ich wüsste.«

Holger sieht mich lächelnd an.

»Es ist schon merkwürdig, dass es zu immer mehr Chaos kommt, seitdem du da bist, oder?«

»Wie bitte?«

»Keine Ahnung. Ist vielleicht so ein Großstadtding.«

»Kannst du das genauer erläutern?«

»Na ja, Walddorf war eher ein verschlafenes Nest, und kaum bist du da ...« Er zuckt umständlich die Schultern, sein Lächeln bleibt aber unverändert ehrlich.

»… gibt es Ärger.« Isabell beendet den Satz für ihn und bekommt dafür meine Aufmerksamkeit.

»Wo gibt es denn Ärger?«

»Gestern hat es eine Brandstiftung gegeben.«

»Und?«

»Ist bisher halt noch nie passiert.«

Mone reicht es, sie setzt sich ruckartig auf und funkelt Isabell genervt an.

»Ja, und? Das ist ja wohl kaum Vios Schuld!«

»Hab ich doch gar nicht gesagt, aber es fällt einem halt auf.«

Okay, der kurze vertraute Moment zwischen Isabell und mir gestern direkt vor ihrer Kotzattacke hat keine Spuren von Sympathie bei ihr hinterlassen. Ebenso wenig wie die Tatsache, dass ich ihr die Haare aus dem Gesicht gehalten habe, während sie ihren Cocktail auf meine Schuhe entleert hat.

»Das ist Bullshit, Isa. Und das weißt du auch.«

»Das sagst *du* doch nur, weil sie aus München kommt.«

Egal, wie sie es drehen und wenden, ich bin immer die Fremde. Schon jemand aus München reicht offensichtlich, um ihr kleines Universum hier durcheinanderzubringen.

»Und weil du auf sie stehst.« Holgers Beitrag zur Unterhaltung ist meiner Meinung nach wenig qualifiziert und trotzdem irritiert er mich einen Moment. Sofort hebt er die Hände, als er Mones Blick bemerkt. »Hey, ich kann es dir nicht verübeln. Finde sie ja auch cute.«

Kurz winke ich direkt vor seinem Gesicht, erinnere ihn daran, dass ich direkt neben ihm sitze und er nicht in der dritten Person von mir sprechen muss.

»Ich kann euch übrigens auch hören.«

»Sieh es als Kompliment.«

Isabell schnaubt verächtlich, und mir wird das alles jetzt schon zu viel, kurz sehe ich zu Mone, aber die schüttelt nur den Kopf, sagt sonst aber nichts zu der Sache. Dafür hat Isabell offensichtlich noch einiges beizutragen.

»Es ist schon komisch, wie du dir hier alles unter den Nagel reißt.«

»Wie bitte?«

»Zuerst krallen sich deine Eltern die Gaststätte, dann du dir Konstantin, jetzt noch Mone, und Holger wäre sicher auch nicht abgeneigt.«

Der streitet den Vorwurf nicht ab, ich hingegen lasse das so nicht auf mir sitzen.

»Wir reißen uns rein gar nichts und niemanden unter den Nagel, okay?«

Aber Isabell ist nicht überzeugt, ganz im Gegenteil, sie starrt mich stur an, holt dann zum Gegenbeweis aus.

»Und wie war das denn dann mit dem vergebenen Typen, den du dir geschnappt hast?«

KAPITEL 42

Konstantin

Bestimmt vierzig Mal habe ich mich auf dem Weg hierher umgesehen, alle Schleichwege genommen und mein Fahrrad irgendwo im Gestrüpp versteckt. Weil man das in Filmen so macht, nicht, weil ich wirklich glaube, mich hätte jemand verfolgt oder beobachtet.

Um diese Uhrzeit ist niemand hier im Waldstück. Hier ist sowieso nie jemand, weil es keinen Weg gibt und man über Stock und Stein klettern und auf allen vieren unter umgeknickten Bäumen durchkriechen muss.

Umso kälter wird mir, als ich das Versteck erreiche: kein Gewehr, nichts – es ist weg!

Was zur Hölle …?

Irgendwo knackt ein Ast, als wäre jemand draufgetreten, und mein Puls legt an Geschwindigkeit zu. Das Blut rauscht in meinen Ohren, lauter als jemals zuvor, mein Magen zieht sich zusammen, während mein Blick panisch die verschiedenen Grünschattierungen des Waldes um mich rum mustert.

Langsam und viel zu laut gehe ich in die Hocke, schiebe noch mehr Äste zur Seite, suche genauer und finde wieder nichts.

Das Gewehr ist definitiv weg. Meine Panik explodiert, presst mir die Luft aus den Lungen und mir wird schwindelig. Kalter Schweiß rinnt meine Wirbelsäule hinab, meine Hände zittern und ich lasse mich erschöpft vom Kopfkino gegen den Baum hinter mir sacken. Eine dumme Entscheidung und schon ist alles vorbei. Wenn das rauskommt, bin ich dran. Bei den Leuten aus dem Schützenverein, bei meinen Eltern, meinen Freunden und natürlich auch Vio.

Ganz großes Kino.

Wieder knackt es irgendwie in dieser grünen Idylle, in der ich mir plötzlich so verloren und fremd vorkomme.

»Hat dir eigentlich schon mal jemand gesagt, dass du ein ziemlich mieser Versteckspieler bist?«

Ich habe ihn nicht kommen gehört. Oder gesehen. Aber mein Herz hat ihn bemerkt, will mir nämlich gerade aus der Brust springen, aber weil das im Moment nicht geht, springe eben ich auf und schlinge die Arme um ihn.

»Da freut sich aber jemand, mich zu sehen, Bruderherz.«

Ich halte Robin fester, als ich sollte, und schließe einen Moment die Augen. Wenn er hier ist, wird alles wieder gut.

»Das Gewehr ist weg.« Ich flüstere so leise, dass es nicht der ganze Wald, sondern nur Robin hören kann.

»Ich weiß.«

Sofort reiße ich die Augen auf und sehe ihn hoffnungsvoll und panisch zugleich an.

»*Du* hast es!«

»Natürlich. Glaubst du, ich warte, bis Jonas es sich schnappt?« Er schiebt mich von sich weg, damit er mir streng in die Augen sehen kann. Ich komme mir gerade so unfassbar dämlich vor. »Als ich dich vor dem Typen gewarnt habe, meinte ich das ziemlich ernst.«

»Er hat mich überrumpelt.«

»Hör das nächste Mal auf deinen Bruder.« Robin grinst kurz schief, und ich nutze die Gunst der Stunde mitten im Wald, wo uns niemand hören kann.

»Ich muss was wissen, Robin.«

»Soll ich dir jetzt die Relativitätstheorie erklären?« Robin ist erstaunlich gut gelaunt, wenn ich an heute Morgen denke. Wie sehr ich mir wünschte, seine Laune würde einfach auf mich überspringen. Aber das geht nicht, solange sich so viele offene Fragen in meinem Kopf battlen.

»Wart ihr das neulich auf der Baustelle?«

Robins Blick wird wieder ernster und ich mache mich auf die unangenehme Wahrheit gefasst.

»Sag mal, von all den Dingen, die gerade abgehen, interessiert dich *das* am meisten?«

»Die Spuren dort waren von Rollerreifen …«

»Pass auf, Konstantin.« Er kratzt sich am Kinn, seine Augen suchen den Wald um uns herum ab, wobei ich nicht weiß, was genau er dort zu sehen erwartet. »Es war eine blöde Idee, okay? Wir waren irgendwie komisch drauf und sind dann los, wollten bisschen Action. Und dann kam diese Scheiße dabei raus.«

Es heißt, in Wäldern ist es im Sommer kühler als auf einer Wiese. Das liegt hauptsächlich daran, dass nur ein kleiner Teil der Sonnenstrahlen durch die Blätter auf den Boden gelangt. Aber gerade liegt es weder an den Blättern noch an dem Schatten, der hier selbst mitten im Sommer herrscht, dass mir plötzlich kalt wird. Es liegt daran, wie Robin mich ansieht.

Er weiß, was er getan hat, und versucht nicht mal zu lügen, blinzelt nicht, während er nickt.

»Ja, es war nicht besonders clever, da mit den Rollern hinzufahren, das weiß ich auch.«

»Du bist doch aber gar nicht *so*.«

Er will den Kopf schütteln und zuckt dann doch nur die Schultern.

»Manchmal nervt mich das alles schon, aber nein, ich bin nicht wirklich so.«

Und wieso sprühst du dann so eine Message an die Wand und deckst die anderen?

»Das ist echt krass, Robin.« Mehr kann ich nicht sagen, und er steht nur da, was mich nur noch wütender macht. »Du kannst so was doch nicht machen. Weißt du, wie Manfred dir den Arsch aufreißt, wenn er das mitkriegt?«

»Wird er ja zum Glück nicht. Die Jungs haben genauso wenig Interesse daran, dass das rauskommt, wie ich.«

»Klar, aber …«

»Ist ja nicht, als wäre ich politisch aktiv oder so.« Er legt mir eine Hand auf die Schulter, und was eben noch beruhigend gewirkt hat, fühlt sich mit einem Mal einfach nur falsch an. Ich schüttele sie ab, aber meine Gedanken werde ich nicht so einfach los.

»*Ausländer raus* ist schon irgendwie politisch.«

»Mach da jetzt keine große Kiste draus, okay? Ich weiß, du stehst auf Vio und ich habe damit null Probleme. So viel zu meinem *Ausländerhass*.«

»Vio ist ja auch Deutsche.«

»Na ja. Nicht so wie du und ich.«

»Wie meinst du das denn?« Das passt alles so gar nicht zu ihm. Muss ich ihn wirklich an den Sommerurlaub in Italien erinnern, als er sich Hals über Kopf in Sophia, die italienische Bademeisterin, verliebt hatte?

»Entspann dich, Konny. Ich habe nichts gegen sie oder ihre Eltern. Und ich esse ja auch Döner und mache Urlaub im Ausland.«

»Und trotzdem sprühst du solche Parolen an die Wand?«

Er atmet schwer aus, hat sich den Verlauf dieser Unterhaltung offenbar anders vorgestellt.

»Hör zu, ich bin nicht unbedingt stolz darauf, was wir da abgezogen haben, aber …« Ich bin gespannt, was für eine Erklärung oder Ausrede er mir auftischen will, aber da kommt nichts mehr, nur Kopfschütteln. »Die Sache ist nicht so einfach. Wir sollten schon checken, wer hierherkommt. Findest du nicht?« Langsam nickt er, deutet auf das Stückchen Wald, von wo aus er gekommen ist. »Halt dich einfach ein bisschen zurück.«

»Wobei denn?«

»Triff dich mit Vio, hab Spaß, aber erzähl es nicht überall rum.«

»Wieso nicht?«

»Mensch, Konny. Nicht jeder ist so ein Fan von ihr, wie du es bist.«

»Aber sie ist toll.«

»Ich weiß. Deswegen ist für mich auch alles cool. Du kannst beides sein, weißt du?« Dieses Gequatsche dreht alles auf links und hilft mir nicht gerade dabei, einen klaren Kopf in der Sache zu bewahren.

»So wie du?«

»Ja. So wie ich.«

»Und wenn du deswegen Ärger kriegst? Was dann, Robin?«

»Quatsch. Bin doch eh bald weg.« In Robins Mundwinkeln versteckt sich ein Lächeln, und zwar schon die ganze Zeit, aber erst jetzt fällt es mir so richtig auf.

»Wie, du bist bald weg …?«

Er breitet die Arme aus.

»Vor dir steht der neue Azubi im Sportcenter Pfisterer.«

»Dein Ernst?«

»Mein Ernst. Sie haben vorhin angerufen. Im Oktober kann ich anfangen, den Vertrag unterschreibe ich nächste Woche.«

Die Erleichterung nach all den Absagen und Probejobs, die alle immer nur in Enttäuschungen endeten, ist ihm deutlich anzusehen, auch wenn er das nicht zugeben würde. Er wird mir fehlen, aber ihn jetzt hier so zu sehen, das macht mich plötzlich unfassbar glücklich, verdrängt das unangenehme Gefühl, dass ich Robin gar nicht so gut kenne, wie ich mir immer eingebildet habe.

»Und mach dir keine Sorgen. Mannheim ist nicht so weit weg.«

»Ich weiß.« Hoffentlich weit genug weg für ihn. Raus aus dem Dorf, das ihn nach und nach fast gefressen hätte.

»Komm, lass uns hier abhauen, nicht dass Jonas nach dir und seinem Spielzeug sucht, hier aufkreuzt und Stunk macht.«

Gemeinsam setzen wir uns in Bewegung und marschieren Seite an Seite durch das Grün unserer Kindheit. Wie oft haben wir früher so getan, als könnten wir unser Traumhaus genau hier bauen, irgendwo da oben in den Baumwipfeln. Das hat ihm damals gereicht, das war weit genug weg von der Enge im Ort.

Jetzt müssen es schon ein paar Kilometer mehr sein.

»Ausbildungsplatz. Mensch, das müssen wir feiern.«

Aber mein Vorschlag sorgt nur für ein amüsiertes Grinsen.

»In Walddorf? Weil man da auch so gut feiern kann. Mit Pizza und Dosenbier von der Tanke.«

»Wie wäre es stattdessen mit einem Weißbier inklusive perfekter Schaumkrone?«

KAPITEL 43

Vio

Der Liste klassischer Naturkatastrophen, die Tsunamis, Erdbeben, Tornados oder Vulkanausbrüche enthält, sollte man unbedingt auch Gerüchte hinzufügen.

Gerüchte ziehen nämlich ähnliche Folgen nach sich. Sie erschüttern zuerst ein Leben so wuchtig wie ein Erdbeben, fegen dann durch den Rest, der noch nicht kollabiert ist, wie ein Tornado und sorgen dabei dafür, dass auch die intimsten Details an die Oberfläche gespült werden wie von einem Tsunami. Und wenn dann sowieso fast nichts mehr übrig ist, spuckt jemand noch brodelnden Hass, wie ein frisch aus dem Schönheitsschlaf geweckter Vulkan Lava auf das Feld der Verwüstung aka das Leben der betroffenen Personen. In München habe ich genau so ein Lavafeld hinter mir gelassen und wollte mich nie wieder so etwas ausgesetzt fühlen.

Aber das interessiert Isabell herzlich wenig, sie verfüttert weiter Tratsch an die interessierte Runde, ohne zu wissen, was sie damit anrichtet. Und es funktioniert, wie es das immer tut. Die Gerüchteverbreiterin steht im Scheinwerferlicht der allgemeinen Aufmerksamkeit, alle hängen an ihren Lippen, und niemand interessiert sich dafür, wie es der Hauptdarstellerin des Gerüchtedramas dabei wohl geht. Alle sind gierig nach weiteren Details, egal ob unwahr oder nicht, mit denen sie es beim nächsten Weitererzählen ausschmücken können. Die Wahrheit spielt bei dieser Dynamik rasch keine Rolle mehr. Daher weiß ich genau, dass es auch jetzt keinen Sinn hat, die Originalversion zu erzählen. Unabhängig davon, dass selbst ich nicht so genau weiß, was überhaupt hinter den Kulissen gelaufen ist.

Isabell, die ihren kleinen Sieg bereits feiert, bevor sie überhaupt als Gewinnerin gekürt worden ist, nippt zufrieden an der Coladose, die sie aus ihrer kleinen Kühltasche gezogen hat.

»Und deswegen sage ich immer, traue niemandem, der dir von Anfang an komisch vorkommt.«

Es ist mir nicht wichtig, was sie von mir denkt. Aber Mones zweifelnder Blick trifft mich, weil ich sie wirklich mag und nicht will, dass sie mich nun anders sieht.

»Recherchierst du bei allen neuen Gesichtern so genau, Sherlock?«

»Du hast es mir doch selber erzählt. Das hat mir viel Arbeit erspart.«

Sie sieht sich in der Runde ihrer Freunde um, erwartet wohl Beistand, Applaus oder ein Highfive, aber die Stimmung ist keineswegs so prickelnd, wie sie es sich erhofft hat. Holger spielt mit dem Handy rum, hat das Interesse verloren, Mone sitzt nur starr da, die anderen Mädels schweigen, und ich spüre, dass mir die Hitze ins Gesicht gekrochen ist und es sich dort bequem gemacht hat.

»Erzählt, ja. Das heißt nicht, dass du es einfach so weitertratschen sollst.«

»Finde es halt wichtig, dass die anderen auch wissen, wie du so tickst.«

Mone atmet schwer genervt aus und schüttelt den Kopf.

»Was soll der Scheiß eigentlich, Isa?«

»Interessiert es dich nicht, was sie in deinem tollen München so getrieben hat?«

Isabell reckt angriffslustig ihr Kinn, aber Mone wirkt noch immer nicht sonderlich interessiert.

»Nein.« Ein Wort wie eine Ohrfeige.

»Aber sie hat …«

»Was auch immer Vio getan hat, ich werde es mir gern anhören, wenn *sie* es mir sagen will. Aber es ist nicht *deine* Aufgabe, uns *ihre* Geschichte zu erzählen.« Mones Stimme bebt, und ich erinnere mich daran, was sie mir anvertraut hat. Und obwohl man unsere Situationen nicht im Geringsten vergleichen kann, versteht sie offensichtlich genau, wie weh es tut, wenn andere entscheiden, wie und wo bestimmte Kapitel aus dem eigenen Leben veröffentlicht werden.

»Du bist doch nur auf ihrer Seite, weil du hoffst, sie nimmt dich irgendwann mit nach München!«

»Isa …«

»Aber deine Eltern lassen dich niemals von hier weg. Du hockst den Rest deines Lebens hier und träumst von München und der großen Freiheit!« Isas Augen füllen sich mit Tränen, während sie ihre angestaute Wut an Mone auslässt, die, ohne mit der Wimper zu zucken, tapfer im Worthagel sitzt. »Und deswegen klammerst du dich an Vio!«

»Ey, Isa, es reicht jetzt echt!« Noch bevor Isabell sich von Holgers Zwischenruf erholen kann, steht Mone auf.

»Nur zu deiner Info, ich stehe nicht auf Vio. Ich mag sie einfach. Und ich habe es satt, dass jedes Mal, wenn ich eine Freundin umarme, zum Abschied küsse oder mir mit ihr 'ne Pizza teile, sofort irgendwelche Gerüchte rumgehen.«

Isabell wird vor unser aller Augen immer kleiner, wird ganz still und nickt fast unmerklich, woraufhin Mone tief durchatmet.

»Wer schwimmt mit zur Insel?«

Holger schüttelt den Kopf und lässt sich auf sein Handtuch sinken, offensichtlich genervt von dem ganzen Stress, Isabell sitzt wie erstarrt vor uns. Und obwohl mein Körper noch vor Wut zittert, stehe ich auf und nicke Mone lächelnd zu.

»Bin dabei.«

Erst, als wir uns einige Schritte von den anderen entfernt haben, atme auch ich wieder durch, spüre das Wasser erst an meinen Knöcheln, dann den Waden und schließlich den swKnien. Es ist kälter als gestern noch, oder aber meine Haut glüht heute.

»Alles okay?« Meine Frage wird von einem besorgten Blick begleitet, und Mone zuckt etwas unsicher die Schultern.

»Denke schon. Es nervt einfach, dass Menschen Schubladen für alles und jeden haben.«

»Wem sagst du das.«

Wie nach einem kurzen heftigen Regenschauer, wenn die Sonne die Wolken wieder vertreibt, kehrt auch Mones Lächeln zurück, und sie zwinkert mir frech zu, deutet dabei auf die Insel.

»Wer als Erste dort ist, darf ihr Geheimnis behalten.«

Noch bevor ich antworten kann, läuft sie schon los, nur ein

paar Schritte, bevor sie elegant ins Wasser hechtet und sich damit rasch einen ordentlichen Vorsprung erschwommen hat, als ich die Verfolgung aufnehme. Getrieben von der absurden Vorstellung, ich könnte mein Geheimnis für mich behalten, wenn ich gewinne, überhole ich Mone, erreiche die Insel tatsächlich als Erste und schlage völlig außer Atem an.

»Wow, warst du mal Wettkampfschwimmerin oder so was?« Obwohl sie lächelt, höre ich ehrliche Bewunderung. Meine Atmung beruhigt sich jetzt langsam und überredet auch meinen Puls, mal halblang zu machen.

»Seepferdchen.« Aber um den Insider zu verstehen, müsste ich ihr von meinem Abstecher mit Konstantin zum anderen See erzählen, und die Erinnerung daran zwickt gerade sehr unangenehm, also schüttele ich den Kopf, bevor sie fragen kann, und liefere eine andere Erklärung: »Mit der richtigen Motivation klappt alles.«

Mone klettert auf die Insel, streckt sich aus und malt so einen ziemlich präzisen, nassen Abdruck ihres Körpers auf das warme Holz. Vorsichtshalber bleibe ich noch ein bisschen am Rand der schwimmenden Plattform im Wasser und blinzele gegen die Sonne. Aber Mone liegt einfach ganz entspannt da, als wäre uns der Stress vom Ufer nicht bis hierher gefolgt.

»Du kannst dein Geheimnis auch so behalten, Vio.«

Das überrascht mich. Jeder Mensch ist neugierig, Mone aber klingt so, als habe sie wirklich kein Interesse an meiner Vergangenheit und den Fehlern, die ich gemacht habe.

»Willst du nicht wissen, was in München passiert ist, damit du mit den anderen mittratschen kannst?«

»Willst *du* nicht wissen, warum Isa denkt, dass ich niemals aus unserem Kaff rauskomme?«

Obwohl es mich tatsächlich interessiert, fände ich es schöner, wenn Mone es mir von sich aus erzählen würde. Weil sie es möchte und nicht, weil der Druck von außen zu groß wird.

»Nein.«

»Okay, und wenn du nichts dagegen hast, möchte ich dich auf meine Art kennenlernen, Vio.« Sie stützt sich auf die Ellenbogen und sieht zu mir. »Ab jetzt und nicht eine alte Version von dir, die wir dann super umständlich erst mal updaten müssen.«

Der Kloß in meinem Hals schwillt an, und ich nicke, froh darüber, nicht antworten zu müssen. Mone hat keine Ahnung, wie gerne ich sie jetzt einfach umarmen würde.

»Und im Gegenzug glaubst du nicht alles, was sie dir erzählen werden, okay?«

»Okay.«

Irgendwie weiß ich, dass Mone und ich gerade echte Freundinnen geworden sind. Vollkommen unabhängig davon, was in der Zeit vor diesem Sommer passiert sein mag, und das ist ein verdammt gutes Gefühl.

KAPITEL 44

Konstantin

Trägst du Parfüm?« Robin lehnt sich schnuppernd zu mir rüber, als wir die letzten Meter zum Tennisklub laufen, und ich schiebe ihn sanft, aber bestimmt von mir.

»Aftershave.«

»Du riechst wie 'ne Armada von Aftershave-Flaschen.«

»Das waren zwei Sprüher.«

»Wie lange dauerte denn so ein *Sprüher*?«

Robin hat gut lachen, er weiß, dass er immer völlig mühelos ankommt. Wegen seines Lächelns, seiner Augen oder vielleicht einfach wegen der Lässigkeit, mit der er jeden Small Talk meistert. Ich hingegen muss mich schon ein bisschen ins Zeug legen, wenn ich jemandem gefallen will. Jemandem wie Vio.

Vor allem, weil ich es heute früh so verkackt habe.

Bevor wir losgegangen sind, habe ich mich zwei Mal umgezogen. Jetzt trage ich ein schlichtes weißes T-Shirt und kurze Jeans. Schon auf dem Weg hierher habe ich meine Wahl bereut, wie soll ich denn in so einem Langweileroutfit Vios Aufmerksamkeit erregen, die mich sicher ohnehin nur zu gerne ignoriert?

Unsichtbar und überflüssig.

»Da hinten ist ein Tisch frei.«

Robins Wahl ist mir recht, so liegen wir nicht direkt auf jedem Weg der Kellnerin, und ich habe noch etwas Zeit, mir zu überlegen, was ich sagen will. Meine Übungsrede vor dem Spiegel daheim lief nämlich ziemlich holprig und war mit zahlreichen *Ähs* und *Hms* verziert.

»Wieso schwitzt du eigentlich so?« Robin, dessen gute Laune tatsächlich den ganzen Tag überlebt hat, lässt sich mit dem Rücken zum Rest des Biergartens auf seinen Stuhl sinken, und ich wische mir schon wieder über die Stirn.

»Aufregung.«

»Keine Sorge, wenn das Geld nicht reicht, kann ich dir was leihen. Obwohl *du* mich einladen wolltest.«

»Witzig.«

»Entspann dich, heute geht es mal um uns. Das ist unser Abend, Bruderherz. Wer weiß, wie viele davon wir noch haben werden.« Er zwinkert mir verschwörerisch zu und bemerkt sofort die Veränderung in meinem Blick. »Im Ernst, ich bin nicht aus der Welt und werde sowieso an den Wochenenden heimkommen, damit Mama meine Wäsche machen kann. Und bis ich eine Wohnung oder 'ne WG finde …« Sein Lächeln wird sanfter und entspannt mich merklich. »Du hilfst mir doch beim Umzug, oder?«

»Klar.«

»Und kommst du mich auch besuchen, obwohl ich ein Verräter bin und abhaue?«

»Sicher. Und du bist kein Verräter. Ich freu mich ja für dich.« Das tue ich übrigens wirklich, weil er seit heute endlich wieder so lächelt, wie er es früher getan hat. Diese Vorfreude auf alles, was auch immer für ihn hinter dem Horizont Walddorfs liegen mag, steht ihm gut zu Gesicht.

»Und wer weiß, vielleicht willst du ja nach deinem Abi auch weg?« Kurz lache ich auf, weil ich das bei dem Thema immer tue, aber Robins Blick wird ernst und er lehnt sich etwas weiter über den Tisch in meine Richtung. »Das ist kein Scherz, Konstantin. Du kannst deine Meinung jederzeit ändern. Wenn es dir zu eng wird oder du mal woanders dein Glück versuchen willst.« Er greift nach der Speisekarte, die vor ihm auf dem Tisch liegt, und verpasst mir einen leichten Klaps damit gegen die Stirn. »Es gibt kein Verfallsdatum für Träume. Das siehst du an mir.«

Gerade, als ich zur Gegenfrage ansetzen will, tritt die Kellnerin an unseren Tisch, und ich nehme sofort Haltung an, bis ich bemerke, dass es gar nicht Vio ist. Doch bevor eine Welle der Enttäuschung mich überrollen kann, erkenne ich sie.

»Jessy … hi.«

Robin starrt sie an, schockgefroren von der unerwarteten Begegnung.

»Hi.«

Auch sie scheint nicht mit uns beiden gerechnet zu haben, das verrät mir ihre Körpersprache. Den kleinen Block in ihrer Hand hält sie zu fest, den Kugelschreiber zerquetscht sie fast zwischen Daumen und Zeigefinger und ihr Lächeln sieht gequält aus. Es gäbe wohl zweihundert Orte, an denen sie jetzt lieber wäre.

»Darf ich euch schon mal was zu trinken bringen?«

Seit der Trennung habe ich sie nicht mehr gesehen, obwohl

noch hier und da Kleinigkeiten in unserem Haus an sie erinnern. Auf einigen Fotos, die meine Eltern im Flur aufgehängt haben, ist auch sie zu sehen, weil man sie nicht einfach aus der gemeinsamen Vergangenheit schnippeln kann. In Robins Zimmer ist ihr Handabdruck an der Wand neben der Tür verewigt, weil sie damals gemeinsam sein Zimmer dunkelblau gestrichen haben. Und natürlich ihr Fahrrad, das in einer Ecke vor sich hin rostete, bis ich es von Spinnweben und Staub befreit habe, um es Vio zu leihen.

»Ich nehme eine Cola.«

Das sage ich nur, um die ätzende Stille zu durchbrechen. Robin sieht Jessy noch immer an, als würde er nicht so recht glauben können, dass sie wieder zurück ist.

»Was machst du hier?« Robins Stimme klingt so hauchdünn, als könne sie gleich zersplittern.

»Semesterferien. Ich besuche meine Eltern und verdiene mir ein bisschen was dazu.« Sie deutet auf den Block in ihrer Hand. »Also, was darf ich dir zu trinken bringen?«

Sie lächelt jetzt ganz professionell. Früher hat sie beim Italiener in Ottersfeld gearbeitet, und wir sind ab und an hin, um sie abzuholen. Von all den Kellnerinnen bekam sie immer am meisten Trinkgeld, einfach weil Jessy immer lächelt. So wie auch jetzt in dieser ätzenden Situation, in der ich mich so fehl am Platz fühle wie ein Pandabär in der Arktis.

»Ich nehme ein Bier.«

»Pils, wie immer?«

Autsch. Sie trifft ungewollt direkt in Robins Herz – oder dem, was noch davon übrig ist –, aber dieser nickt nur traurig.

»Genau.«

»Ich komme noch mal fürs Essen. Lasst euch Zeit.«

Bevor sie erneut Blickkontakt aufnehmen können, dreht sie sich weg und geht mit zügigen Schritten zurück in die Gaststätte, lässt uns am Tisch und Robin mit all seinen Gefühlen für sie alleine zurück.

»Wusstest du, dass sie hier arbeitet?« Er sieht mich bei der Frage nicht an, ich schüttele trotzdem einfach den Kopf. Robin nickt und atmet tief durch.

»Ehrlich gesagt hatte ich sogar auf eine andere Bedienung gehofft.« Er quittiert meinen Kommentar mit einem halbseitigen Lächeln, und ich bereue die Idee, ihn ausgerechnet hierher eingeladen zu haben, jetzt schon.

»Sie sieht gut aus, oder?«

Jessy wird für Robin wohl für immer die schönste aller Frauen sein. In der Hoffnung, die Stimmung zu retten, nicke ich.

»Ja.«

»Ihre Haare sind ein bisschen länger, wenn ich mich nicht irre.«

»Keine Ahnung.«

»Doch, doch. Früher gingen sie ihr nur bis hier …« Er deutet bis knapp an sein Kinn und sein verträumtes, schmerzliches Lächeln lässt ihn ein bisschen gequält aussehen. Als würde ihm jemand unterm Tisch Schrauben in den Fuß drehen. »Sie sieht gut aus. Irgendwie glücklich, findest du nicht?«

»Robin …«

Er winkt ab, bevor ich ihn daran erinnern kann, wie sie auseinandergegangen sind.

»Ich weiß. Vergiss es.«

Und gerade, als ich denke, schräger kann der Abend nicht mehr werden, taucht auch noch Holger auf – mit Isabell im Schlepptau.

»Hey, Konstantin, servus, Robin! Ihr seid also auch hier? Cool! Je mehr, desto besser. Können wir uns zu euch setzen?«

KAPITEL 45

Vio

Die anderen haben zwei Tische zusammengeschoben und die Getränke stehen schon vor ihnen. Als Mone und ich dazukommen, ist die angespannte Stimmung in der Runde fast greifbar. So, wie Isabell uns ansieht, kann ich froh sein, dass sie noch kein Besteck bekommen haben.

»Das ist ja wie beim Klassentreffen! Setzt euch dazu.«

Holgers demonstrativ gute Laune soll wohl anstecken, aber nach dem Tag am See habe ich meine Impfung dagegen heute schon abbekommen. Und so sehr ich auch versuche, nicht hinzusehen, wird mein Blick magisch von Konstantin angezogen, der neben seinem Bruder sitzt.

Ein Teil von mir hat gehofft, Konstantin würde nicht hier auftauchen, und ich brauche einen Moment, um seine Anwesenheit zu verarbeiten. Schnell ziehe ich meine Schutzmauer hoch und nicke beiden nur flüchtig zu. Eigentlich wollte ich den Mitgliedern der Familie Wagenfeld aus dem Weg gehen, zumindest so gut, wie das in einem kleinen Ort eben möglich ist. Aber offensichtlich hat mein Leben andere Pläne für mich. Mone wirft mir einen fragenden Blick zu, und ich nicke nur, weil eine Szene hinlegen im elterlichen Restaurant nicht die beste Werbung für selbiges ist. Der Stuhl neben Konstantin ist noch frei, und etwas in seinen Augen lässt mich wissen, dass er hofft, sich sogar wünscht, ich würde mich neben ihn setzen. Doch Mone nimmt mir diese Entscheidung ab, und so lande ich neben Robin, der mir ein kurzes Lächeln zuwirft. Es ist nicht zu übersehen, dass er gerade nicht hier sein will, also teilen wir zumindest das miteinander.

»Habt ihr schon bestellt?«

Holger schüttelt den Kopf und reicht Mone die Speisekarte, die ich auswendig kann.

»Nur Getränke. Aber jetzt kann Vio uns ja mit Insidertipps helfen.«

Bilde ich mir das ein, oder sitzt Isabell auffällig dicht neben Holger? Immer wieder streift sie scheinbar unbewusst seinen Oberarm, lehnt sich gegen seine Schulter und greift jetzt nach seinem Glas Spezi, obwohl sie eine Apfelsaftschorle vor sich stehen hat.

»Was kannst du denn empfehlen?«

Alle Blicke richten sich auf mich, und ich kann spüren, wie ich von Freizeit-Vio zu Service-Vio switche, mich kurz räuspere und dann meinen üblichen Text abspule: »Als Vorspeise empfehle ich immer die Auberginencreme, unsere Salată de vinete. Die macht übrigens meine Mama.«

Sie nicken.

»Danach vielleicht eine Suppe? Ciorbă de perişoare? Das ist eine säuerliche Hackfleischklößchensuppe mit Gemüseeinlage …«

Isabell rümpft die Nase, aber ich lasse mich nicht beirren und spreche einfach lächelnd weiter.

»Und ich empfehle immer die gegrillten Hackfleischröllchen, weil mein Vater die besten außerhalb Rumäniens macht, aber vielleicht bin ich auch voreingenommen.«

Sie lachen, und obwohl ich diesmal mit ihnen am Tisch sitze und nicht mit Schürze und Bestellblock vor ihnen stehe, komme ich mir doch so vor.

»*Mititei.*«

Konstantin hat die Aussprache geübt und es klingt erstaunlich gut. Jetzt komme ich nicht drumrum und muss ihn ansehen. Zu dumm, dass er heute irgendwie nicht nur ziemlich gut aussieht, sondern sein Lächeln auch wieder zielsicher in meinem Herzen einschlägt. Trotzdem nicke ich einfach nur so abgeklärt wie möglich, sperre meine Gefühle weg, lege ihnen schwere Ketten an.

»Habt ihr gar nichts ohne Fleisch? Sogar die Paprika ist damit gefüllt.« Isabell blättert betont gelangweilt durch die Speisekarte, und ich bin froh, dass ich sie in- und auswendig kenne.

»Wir haben auch vegetarische Gerichte.«

»Siehst du, alles gut. Du findest sicher was.« Holger tätschelt kurz ihre Hand und legt den Arm um sie, bevor er Isabell auf die Wange küsst. »Ich wusste gar nicht, dass du Vegetarierin bist.«

»Bin ich auch nicht, aber das klingt alles so … *fettig.*«

»Wir können uns ja die Probierplatte teilen, da ist auch viel Gemüse dabei.«

Holgers Vorschlag findet ihre Zustimmung, und ich atme wieder aus, entspanne meine Hände, die sich fast krampfhaft um die Tischkante gekrallt hatten. Die anderen versinken in eine Unterhaltung darüber, wer sich für was entscheidet und wer dann mit wem was teilt, damit möglichst viel ausprobiert werden kann.

Robin nutzt das, um sich unbemerkt ein bisschen zu mir rüberzulehnen, und sagt: »Lass dich von ihr nicht ärgern.«

»Tue ich nicht.«

»Und von Konny auch nicht.«

»Er macht es mir nicht gerade leicht.«

»Dann muss ich wohl mal ein Wörtchen mit ihm reden.«

»Wundert mich, dass er nicht auch seinen Bro Jonas direkt mit eingeladen hat.«

»Jonas ist ein bisschen kompliziert.«

»So kompliziert auch wieder nicht. Er ist ein Arschloch.«

Robin will nicht lächeln, tut es dann aber doch.

»Manchmal.«

»Dein Bruder wechselt ja jetzt den Verein.«

»Das glaube ich nicht.«

»Klang heute Mittag so.«

»Abwarten.«

Es ist nicht mal der Vereinswechsel, der mich ärgert. Aber ich werde das miese Gefühl nicht los, dass er dann nicht nur den Verein, sondern auch seine Einstellung wechselt, und das gefällt mir nicht. Ich mag ihn nämlich trotz allem.

Zu sehr.

»Könnte ich dich um einen kleinen Gefallen bitten?« Robin weiß wohl, dass die meisten Leute angesichts seines Lächelns kaum Nein sagen können. Vielleicht bin ich genau deswegen vorsichtig und mustere ihn erst mal eingehend.

»Geht es dabei um deinen Bruder?«

»Nein. Das muss er schon alleine hinbiegen.«

Erleichterung verschafft meinen Lungen kurz Luft.

»Schieß los.«

»Könntest du mir nachher ein Bier mit deiner weltberühmten perfekten Schaumkrone zaubern?«

»Weltberühmt, ja?«

»Konstantin schwärmt zumindest davon. Und nicht nur davon, ehrlich gesagt. Er mag dich wohl, Vio.«

Wieso passen dann viele seiner Reaktionen nicht so recht dazu? Um nicht den ganzen Abend über Konstantin und das, was wir nicht sind, aber hätten sein können, nachdenken zu müssen, wechsele ich das Thema.

»Das mit der Schaumkrone lässt sich bestimmt einrichten.«

»Danke.«

Plötzlich verrutscht sein einnehmendes Lächeln, und sein Blick wird leer, als unsere neue Kellnerin an den Tisch tritt. Noch hatte ich keine Chance, sie kennenzulernen, und drehe mich jetzt zu ihr. Sofort fällt mir ihr professionelles Lächeln auf, sie wirkt höflich, kurzer Blickkontakt mit allen Gästen – nur nicht mit Robin –, dann zückt sie den Kugelschreiber aus dem Bund ihrer schwarzen Schürze, die ich schon so oft getragen habe. Ihre weiße Bluse ist blütenrein und ihre Haare sind zu einem lockeren Zopf gebunden.

»Habt ihr euch schon entschieden?«

So selbstverständlich wie sie uns duzt, checke ich sofort, dass sie die anderen am Tisch kennen muss.

»Wir nehmen die Probierplatte und extra Brot und …«

Sie schreibt alles auf, nickt und sieht dann zu mir.

»Du bist Vio, nicht wahr?«

»Richtig.«

»Hi, ich bin Jessy.«

Ganz kurz schütteln wir Hände und alle Fragezeichen in meinem Kopf morphen sich zu einem dicken fetten Ausrufezeichen. Robins leerer Blick, Konstantins nervöses Lächeln und die Vertrautheit mit allen ergeben jetzt Sinn.

»Willkommen.«

Ist so ziemlich das Dümmste, was ich sagen kann, aber sie lächelt es weg und nimmt den Rest der Bestellungen auf, bevor sie sich aufmacht, die anderen Gäste zu bedienen. Mein Blick wandert zu Konstantin, der gleichzeitig nickt und die Schultern zuckt, was wohl die Gefühlslage aller hier am Tisch einfängt.

»Soll noch mal jemand sagen, Walddorf wäre langweilig.«

KAPITEL 46

Konstantin

Das Wasser ist kalt, als ich es mir ins Gesicht spritze und erst mal tief durchatme. Seit knapp einer Stunde sitze ich verkrampft auf meinem Stuhl und lausche Unterhaltungen, die mich nicht wirklich interessieren, sondern wie weißes Rauschen an mir vorüberziehen.

Jetzt hier drinnen in der Ruhe der Herrentoilette, die direkt neben der Küche liegt, komme ich zum ersten Mal dazu, einen klaren Gedanken zu fassen.

Vio ignoriert mich weitgehend, Isabell sowieso und Gespräche mit Robin sind gerade auch nicht einfach. Jedes Mal, wenn Jessy an unserem Tisch vorbeigeht, spüre ich, wie sich die Körperhaltung meines Bruders verkrampft. Gegen Ende des Abends ist er so starr, dass man ihn auch gegen eine Marmorstatue austauschen könnte, und niemand würde es merken.

Das Piepen meines Handys unterbricht die Ruhe, und ich fische es aus der Hosentasche, um eine neue WhatsApp-Nachricht zu entdecken. Nur der Name des Absenders überrascht mich.

Wagenfeld! Wo steckst du? Wir gehen grillen und wollen dich abholen. Wo finden wir dich? J.

Das letzte Mal, als ich so einer Einladung gefolgt bin, hatte ich plötzlich ein Gewehr in der Hand, und dieses Mal würde es sicher nicht besser enden.

Bin bei *Unitas*. Gerne ein anderes Mal.

Das dürfte ihn nerven, aber auf die Schnelle fällt mir nur die Wahrheit als Grund für eine Absage ein. *Unitas* sagt nicht zwingend, dass ich hier mit Robin und Vio bin, aber er wird es sich denken können.

Verstehe. Hätten dich gerne dabeigehabt ... vielleicht danach? Komm vorbei!

Es hätte mich auch überrascht, wenn er aufgegeben hätte. Wenn Jonas was will, holt er es sich, egal was oder wer es ist.

Noch immer läuft kaltes Wasser aus dem Hahn, und ich halte meine Hände erneut unter den Strahl und merke, dass sie zittern. Das tun sie eigentlich schon die ganze Zeit seit gestern Nacht. Passend zu den pochenden Kopfschmerzen, die es sich in meinen Schläfen bequem gemacht haben und nicht den Eindruck erwecken, sie wollten sich demnächst wieder vom Acker machen.

Als die Tür hinter mir aufschwingt, zucke ich erschrocken zusammen und erkenne dann im Spiegel Robin hinter mir.

»Sag mal, wie lange lässt du mich da draußen noch alleine hängen?«

»Sorry. Magenverstimmung.«

Glatt gelogen, ich stehe seit Minuten hier und konzentriere mich ausschließlich auf mein Schädelhämmern.

»Hör mal …«

Bitte nicht noch eine Standpauke wegen irgendwas.

»… sei nicht sauer, ich weiß, wir wollten das hier zusammen feiern, aber da draußen …«

Er meint weder das voll besetzte Restaurant noch meine Kumpels, das muss er mir nicht sagen, das verrät mir sein Gesicht, in dem ich all die Schatten erkenne, die Jessy damals hinterlassen hat.

»Das erinnert mich alles nur daran, wieso ich von hier wegmuss.«

»Nur noch ein Bier? Das schulde ich dir noch.«

»Wenn ich da wieder rausmuss, raste ich komplett aus.« Ob er merkt, dass seine Hände zu Fäusten geballt sind? »Nichts gegen deine Truppe, aber die geht mir total auf den Keks. Und ständig Jessy.«

Das ist es. Nur das.

»Verstehe.«

»Sei nicht sauer, okay? Wir holen das nach.« Er löst eine Faust, nur um mir die Hand schwer auf die Schulter zu legen. Dabei lächelt er bemüht fröhlich, was angesichts der dunklen Schatten unter seinen Augen irgendwie total belämmert aussieht.

»Versprochen.«

»Wo willst du denn jetzt hin?«

»Ich fahr ein bisschen rum. Muss hier einfach raus. Es ist zu eng.«

»Soll ich mit?«

»Nee, nee, lass mal.«

»Verstehe.« *Nicht so recht.*

»Stell endlich das Wasser ab, das ist Verschwendung.« An der Tür dreht er sich noch mal zu mir, zeigt mit dem ausgestreckten Arm auf mich und grinst. »Klär das mit Vio.«

Was genau ich mit ihr klären soll und wie seine Sympathie ihr gegenüber zu seinen Worten im Wald passt, kann ich nicht mehr fragen, weil er bereits verschwunden ist. Seiner Aufforderung folgend, drehe ich endlich das Wasser ab und starre einen Moment den jungen Mann im Spiegel an, über den ich so gut wie nichts weiß, der mir aber seit siebzehn Jahren erfolgreich vorgaukelt, Konstantin Wagenfeld zu sein.

Durchatmen, lächeln und zurück an den Tisch, wo ich vielleicht zumindest die Chance bekomme, noch mal mit Vio zu reden und irgendwas zu klären.

Entschlossen trete ich aus der Herrentoilette und stolpere fast gegen Jessy, die mich aus großen Augen ansieht. Neben ihr steht Robin, seine Hand hält ihren Oberarm fest, lässt ihn erst los, als er mich bemerkt.

»Was ist denn hier los?«

Doch statt einer Antwort schüttelt Jessy nur den Kopf, obwohl ihre Tränen verraten, dass ich wohl gerade eine unschöne Aktion verpasst habe. Robin weicht mir aus und schnauft genervt.

»Nur weil dieser Typ dir schöne Augen gemacht hat, hast du uns nie die zweite Chance gegeben, die wir verdient hätten. Und das weißt du auch.« Seine Worte richten sich offensichtlich an Jessy, dann hebt er die Arme, als würde er sich endgültig seinem Schicksal ergeben. »Ich bin hier raus.«

Und das setzt er ziemlich eindrucksvoll um, wirft dabei – hoffentlich aus Versehen – den kleinen Tisch mit den Speisekarten, Bierdeckeln und Servietten um und stürmt aus dem Lokal. Eine unendliche Sekunde lang passiert nichts, alle Geräusche und Gespräche verstummen, dann geht Jessy neben mir in die Hocke und beginnt damit, die Servietten wieder einzusammeln. Ich kauere mich neben sie und helfe ihr.

»Tut mir leid, er ist einfach noch …«

»Noch *was*, Konstantin?« Ihr wütender Blick, garniert mit Tränen, trifft mich anstelle meines Bruder und ich muss schlucken.

»Er hängt halt noch an dir.«

»Das ist über ein Jahr her. Ich habe ihm alles immer und immer wieder erklärt. Glaubst du, mir ist das leichtgefallen?«

Vermutlich sollte ich irgendwas Schlaues sagen, aber ich sammele nur wortlos Speisekarten ein.

»Glaubst du, ich wollte mich in Malik verlieben? Glaubst du, ich hätte nicht versucht, es mir auszureden? Gefühle kann man sich nur selten aussuchen!«

Und wie auf ein Stichwort des allwissenden Regisseurs in meinem Leben taucht ausgerechnet jetzt Vio auf und sondiert die Lage.

»Was ist denn hier passiert?«

Ich zögere keine Sekunde und setze das schrägste Lächeln auf, das ich im Repertoire habe.

»Mein Zweitname ist nicht umsonst Tollpatsch. Ich habe den Tisch einmal komplett abgeräumt.«

Jessys Blick spüre ich natürlich, verlasse mich aber darauf, dass sie meine Notlüge bestätigen wird, was sie stumm nickend auch tut.

»Hinterlässt du echt überall, wo du auftauchst, so ein Chaos?« Vio geht ebenfalls in die Hocke und macht sich daran, die Bierdeckel aufzusammeln, die verteilt wie Spielkarten nach einem missglückten Kartentrick auf dem Boden liegen.

»Es war nur ein kleines Missgeschick.«

Aber das interessiert Vio nicht wirklich, denn sie dreht sich zu Jessy.

»Wir übernehmen hier, es ist eine neue Gruppe Gäste angekommen, du wirst draußen gebraucht.«

»Sicher?«

Ich nicke, obwohl mich niemand gefragt hat, und Jessy schaltet wieder in den Kellnerinnen-Modus, strafft die Schultern und lässt die hässliche Begegnung mit Robin hier bei uns zurück, als sie mit sicherem Schritt in den Gastraum geht. Erst jetzt rutsche ich wieder in Vios Fokus.

»Dein Bruder hatte es ja irre eilig wegzukommen.«

»Er hat noch einen Termin.«

»Scheint ja groß in Mode zu sein bei euch, oder?« Ihre Stimme verrät, dass sie in Angriffslaune ist, und mich überfällt plötzlich eine so große Müdigkeit, dass ich froh bin, nicht stehen zu müssen.

»Termine?«

»Das Schnell-Abhauen.«

Autsch.

»Das heute früh mit Jonas tut mir echt leid, Vio.«

»Wechselst du wirklich den Verein?«

»Ich habe mich noch nicht entschieden.«

Genau deswegen warten Duschgel, Shampoo und ein Handtuch auch noch immer im Spind der Umkleide keine zwanzig Meter von hier entfernt.

Vio nickt, legt den Stapel Bierdeckel zurück auf den Tisch und steht dann auf. Ich reiche ihr die Speisekarten und unsere Finger berühren sich zufällig und viel zu kurz.

»Ich würde dich hier nämlich vermissen.«

Sie sagt es so leise, dass ich mich mit einem Blick vergewissern muss, ob ich mich auch nicht verhört habe.

»Wirklich?«

»Was soll ich denn ohne meinen Fremdenführer machen?«

KAPITEL 47

Vio

Seitdem Robin nicht mehr mit uns am Tisch sitzt, hat Jessy ein unverkrampftes Lächeln, wenn sie uns Getränkenachschub bringt. Dafür ist die nachdenkliche Falte auf Konstantins Stirn zurück.

Mone versucht nonverbal zu erfahren, was passiert ist, aber ich weiß nicht genau, wie ich *irgendwas muss wohl mit Robin und Jessy passiert sein und Konstantin will vielleicht gar nicht den Tennisverein wechseln, was mich unfassbar freuen würde* mit Augenbrauenakrobatik und Blicken sagen soll. Und so sieht sie immer wieder zu mir, und ich zucke immer wieder die Schultern, während die Gespräche um uns rum häufig und ohne Vorwarnung die Themen wechseln und wir gar nicht mehr so recht mitkommen.

Mein Handy vibriert stumm und informiert mich über eine eingegangene Nachricht, aber da alle, die als Absender infrage kämen, gerade hier am Tisch sitzen, werfe ich einen neugierigen Blick auf das Display und mein Herz verpasst den nächsten Schlag.

Pascal Handy.

Ich lese es zur Sicherheit noch mal.

Hi, Vio …

Mehr verrät mir dir Vorschau auf dem Handy nicht und fordert mich dadurch auf, die Nachricht zu öffnen und mich dem zu stellen, was er mir noch zu sagen hat. Dabei war nach unserem letzten Gespräch klar, dass wir *nichts mehr* miteinander zu tun haben.

Alles verschwimmt vor meinen Augen etwas, als hätte ich einen zu krassen Filter auf mein Leben gelegt. Nur Pascals Lächeln bleibt davon unberührt, er strahlt in meiner Erinnerung noch immer diese kühle Selbstsicherheit aus, die alle Mädels verrückt gemacht hat.

München ist mit einem Mal gar nicht mehr so weit weg, wie die Kilometer, die uns trennen, behaupten mögen. – Bis Holger mich anspricht, und ich merke, dass sie wohl auf eine Antwort von mir warten.

»Hm?«

»Ob du mitkommen willst?«

So sehr in Gedanken an Pascal versunken, habe ich verpasst, dass sie bereits den Rest des Abends geplant haben und jetzt weiterziehen wollen. Keine Ahnung, welches Ziel sie als Nächstes anpeilen, aber eine schwere Müdigkeit liegt auf meinen Schultern und ich schüttele den Kopf.

»Es ist viel los heute, da helfe ich lieber noch an der Bar.«

Bis auf Isabell zeigen sich die anderen enttäuscht.

»Tut uns auch mal ganz gut, mit der alten Clique rumzuziehen.« Holger stupst Isabell zwar sanft an, aber die lässt sich nicht beirren, legt noch mal nach. »Du verstehst das sicher. Es ist leichter, nicht immer alles erklären zu müssen, weil man sich halt schon ewig kennt.«

»Klar doch. Habt viel Spaß.«

Mone lehnt sich zu mir.

»Willst du sicher nicht mit? Ich habe kein Problem damit, dir alles immer und immer wieder zu erklären.«

»Das ist wirklich nett, aber heute wäre es mir einfach zu viel.« Dabei halte ich das Handy so, dass niemand mein Display und die ungelesene Nachricht sehen kann.

»Morgen dann wieder?«

»Voll gerne.«

Alle erheben sich, sogar Konstantin, und ich muss mich auf meine Beine verlassen, die mir gerade nicht den stabilsten Eindruck machen. Es ist unfair, dass ausgerechnet die Menschen, die man am liebsten aus der Erinnerung verbannen will, immer über eine Wildcard für die eigene Aufmerksamkeit verfügen werden. Egal ob sie in Albträumen auftauchen oder zu spontanen Besuchen in unseren Gedanken, wenn es uns gerade gut geht. Sie kommen, wann immer sie wollen, egal wie weit weg man sie auch schiebt.

»Soll ich noch bleiben?« Konstantin verdrängt Pascals Gesicht, als ich aufblicke. Nach unserem kurzen Moment vorhin im Restaurant hat er sich nicht mehr an den Unterhaltungen beteiligt, und wieder ist da dieser Funke Hoffnung in seinem Blick. Aber ich brauche gerade etwas Luft und Abstand.

»Geh ruhig mit. Hier ist echt viel zu tun. Aber danke für das Angebot.«

Dabei hat sich der Biergarten schon ziemlich geleert, nur noch drei Tische sind besetzt und meine Ausrede ist offensichtlich genau das.

»Okay. Falls du jemanden brauchst, der dich nach Hause begleitet …«

»Ja, ich weiß.«

Können sie alle nicht einfach gehen? Mit Pascals Worten auf meinem Smartphone fühle ich mich unwohl. Vor ihnen und auch vor mir selbst. Deswegen fällt auch die Verabschiedung recht flott aus, nur Mone hält mich länger umarmt.

»Sag deinen Eltern Danke für das tolle Essen.«

Dabei muss sie sich gar nicht bedanken, wir waren heute auch nur zahlende Gäste, nicht mehr.

»Richte ich aus.«

Konstantin macht Anstalten, noch etwas zu sagen, überlegt es sich dann aber anders, und zieht mit ihnen davon. Ich warte, bis sie durch das Tor gegangen sind und sich der Straße nähern, bevor ich nach drinnen und hinter die Theke flüchte. Mamas überraschten Gesichtsausdruck nehme ich nur im Vorbeigehen wahr, weil ich mich durch die Tür in den kleinen Kühlraum schiebe und einen Moment warte, bis mein Herz sich beruhigt hat. Hier drinnen kann ich mir einreden, das Zittern meiner Hände würde von der Kälte herrühren.

Hi, Vio …
Lange nichts von dir gehört. Was treibst du so am Arsch der Welt? Musste gerade an dich denken. Frage mich, ob du auch mal an mich denkst …

Und als könnte ich vergessen, wer er ist oder wie er aussieht, hat er mir zur Erinnerung ein aktuelles Foto mitgeschickt. Er sitzt auf dem Bett in seinem Zimmer, die perfekten Haare perfekt wirr, den eiskalten Blick direkt in die Kamera gerichtet, als würde er nur mich ansehen, dazu das versteckte Lächeln, bei dem man sich nie sicher sein kann, ob es einem selbst gilt oder doch der ganzen Welt, die ihn bewundert.

Einen kurzen Moment lasse ich ihn zu mir in den Kühlraum, erinnere mich daran, wie es mit ihm war. Die Kälte prickelt auf meiner Haut, so wie seine Berührungen damals, und die Gänsehaut auf meinen Armen passt perfekt zu dieser Erinnerung.

Pascals Worte, die Dinge, die er mir ins Ohr geflüstert, die Versprechen, die er gegeben, die Lügen, die er verbreitet hat. Der ganze Verrat danach.

Ich schließe die Augen, als wäre dann alles leichter zu ertragen, und atme tief aus.

Die Tür zum Kühlraum wird aufgerissen, und meine Mutter steht vor mir, mit besorgtem Blick.

»Vio, was machst du hier drinnen?«

Die Erinnerungen abtöten.

»Nachdenken.«

»Komm da sofort raus, jemand sucht nach dir.«

Meine Frage, wer es sei, erledigt sich, als ich Konstantin am Tresen lehnen sehe. Er spielt nervös mit einem vergessenen Bierdeckel, und ich reiße mich zusammen, lasse Pascal und unsere gemeinsame Vergangenheit dort, wo sie hingehört, im Kühlraum, und gehe auf meine Gegenwart zu. Komisch, je näher ich Konstantin komme, desto wärmer wird mir.

»Hast du was vergessen?«

»Allerdings.« Er nickt und klopft zur Sicherheit noch mal seine Hosentaschen ab, wird aber nicht fündig.

»Geldbeutel?«

»Nein.«

»Handy?«

»Nee.«

Er sieht zu mir.

»Dich.«

KAPITEL 48

Konstantin

Nicht so wackeln.«

»Ich wackele doch gar nicht.«

»Und wie. Du musst das Gleichgewicht halten!«

Dabei macht sie ihre Sache sogar ziemlich gut, sehr viel besser als beim letzten Mal, und das weiß sie nur zu genau, sonst würde sie nicht so selbstsicher lächeln.

Mit Vio wieder auf der Mitte des Sees zu dümpeln, die anderen schon vor Stunden abgeschüttelt und die Welt ausgesperrt zu haben, das fühlt sich so unheimlich gut an, dass das Leben von mir aus jetzt gerne mal einen Gang zurückschalten könnte.

»Hast du etwa heimlich geübt?«

»Klar. Mit meinem heimlichen Surferfreund.«

»Moment, ich dachte, *ich* bin dein heimlicher Surferfreund.« Die gespielte Empörung in meiner Stimme lässt sie lachen und das gefällt mir. Es ist verrückt, wie leicht es mir fällt, mit ihr hier einfach ich zu sein. Wenn keine prüfenden oder fragenden Blicke auf mir ruhen. Wenn im Kopf mal Ruhe herrscht. *Nur sie und ich.*

»Ist schön hier.« Sie legt den Kopf zurück und sieht in den

Himmel über uns, genießt die Stille und ich betrachte ihr Gesicht.

»Kriegst du keinen Ärger, weil du mit mir hier bist?« Sie stellt die Frage in die Nacht hinauf.

»Habe doch gesagt, ich darf hier sein.«

»Ich meinte auch eher mit Jonas.«

Immer wieder taucht dieser Name in unseren Unterhaltungen auf und jedes Mal zieht sich dabei mein Magen zusammen. Jonas, der mir inzwischen noch drei weitere Nachrichten geschickt hat und den ich weiter ignoriere, weil er auf diesem See keinen Platz hat. Hier ist nur Platz für Vio.

»Den geht das hier nichts an. Können wir hier einfach … wir sein?«

Vio rutscht von ihrer Position weiter zu mir, bringt das Brett und vor allem mich damit komplett aus dem Gleichgewicht.

»Vorsicht!« Dabei weiß ich gar nicht, wovor ich sie warne, denn ich balanciere uns sofort wieder aus, verhindere ein Kentern, und trotzdem fühlt es sich so an, als würden wir noch immer ohne Ende wackeln. Aber sie bleibt davon vollkommen unbeeindruckt direkt vor mir sitzen.

»Woran denkst du gerade, Konstantin?« Ihre Frage erreicht mich flüsternd, und sofort will ich die blöde Ausrede abspulen, dass ich an gar nichts denke, dabei wäre das gelogen.

»An dich.« Damit hat Vio nicht gerechnet, und ich wollte es gar nicht so ehrlich formulieren, obwohl alles, was hier auf dem See passiert, auch genau hier bleibt. Mein persönliches Paralleluniversum, ohne Robin, ohne Jonas und die ganzen anderen.

»Was genau denkst du da so?«

Zu spät für eine dämliche Ausflucht, das zumindest entscheidet das Kontrollzentrum in meinem Herzen. Dem wurde es in letzter Zeit wohl zu viel, als gäbe es nicht mehr genug Speicherplatz für all die Gefühle, die ich sammle, weil ich nicht weiß, wohin sonst damit.

»Wieso ich dir eigentlich nicht einfach sage, dass ich dich unheimlich mag und sehr gerne mit dir zusammen bin. Und wie leid es mir tut, dass ich von der Party abgehauen bin. Und wie traurig es mich macht, dass es keiner bemerkt hat.«

Sie will etwas sagen, aber ich spreche schnell weiter.

»Auf der Party war es so offensichtlich.«

»Offensichtlich?«

»Ihr habt alle so perfekt zusammengepasst. Die ganze Clique und du. Als wärst du das letzte, fehlende Puzzlestück, das immer irgendwie gefehlt hat, um es perfekt zu machen.« Endlich finden meine Augen wieder ihre. »Und ein bisschen hat es wehgetan, dass *ich* das nie war. Weil ich nicht passe und nicht fehle.«

»Du fehlst nicht?«

Ich nicke ganz automatisch, obwohl Vio den Kopf schüttelt wie ein aufmüpfiges Spiegelbild.

»Das hier sind deine Freunde, in deinem Heimatort. Wie kannst du dich da fehl am Platz fühlen?«

»Ich kann es nicht so genau erklären.«

Vio greift nach meiner Hand, verhakt unsere Finger.

»Alle mögen dich.«

Nein. Sie mögen eine Version von mir, die ich zur Rolle meines Lebens gemacht habe, damit ich mich nicht mit der einen Frage auseinandersetzen muss, auf die ich so gar keine Antwort habe. *Wer bin ich wirklich und wer will ich irgendwann mal sein?*

»Ich weiß.«

Zumindest behaupten das die Leute immer.

»Und du machst so viele Dinge. Tennis, Surfklub, Feuerwehr, Panda…« Jetzt lächelt sie. »…fremdenführer.«

»Schon klar …«

»Ich habe dich gestern auf der Party übrigens sehr vermisst. Und ich finde es auch schade, dass du nicht auf meine Nachrichten geantwortet hast.«

Und weil ich nichts erwidere, ist es diesmal sie, die weiterspricht.

»Ich glaube übrigens, dass du sehr wohl dazugehörst.«

»Ja?«

»Logo. Wenn ich in zehn Jahren an Walddorf zurückdenke, werde ich mich daran erinnern, wen ich als Ersten kennengelernt habe.«

»Den Pizzalieferanten, an dessen Namen du dich nicht mehr erinnern kannst?«

»Genau. Und somit wirst du *für immer* Walddorf für mich bedeuten.« Natürlich meint sie es nicht ernst, aber ich komme ins Grübeln, was ihr nicht entgeht. »In deinem Kopf ist wieder viel los, hm?«

Leugnen hat bei ihr keinen Sinn.

»Dauerbeschallung.«

»Und was läuft da gerade?«

»In zehn Jahren bist du also weg.«

»Klar. Du nicht?« Sie kennt die Antwort ebenso wie ich,

nur kann ich sie nicht aussprechen und so tut sie es. »Ach so. Du willst ja bleiben.«

»Für den Fall, dass jemand mal einen Fremdenführer braucht.«

»Du weißt aber schon, dass du weggehen *kannst*, wenn du willst? Da draußen irgendwo den einen Platz finden, wo du wirklich hingehörst.« Sie drückt kurz meine Finger. »Das ist nämlich das Schöne an der Welt. Du kannst überallhin.«

Weg aus Walddorf.

Sie beugt sich noch etwas weiter zu mir rüber, lehnt ihre Stirn an meine, und ich weiß genau, was jetzt kommt. Der leidenschaftliche Vortrag darüber, wie spannend München, Berlin oder Hamburg sind, wie viel ich verpasse und wie dumm diese Entscheidung, hierbleiben zu wollen, ist. Aber Vio überrascht mich und küsst meine Lippen. Nur kurz und sanft. *Zu kurz.*

»Oder du bleibst, wenn dein Herz das sagt. Hauptsache, dir geht es damit gut. Die große weite Welt ist nämlich auch irgendwie nur wie Walddorf.«

Ich spüre ihre Worte auf meinen Lippen, und schließe schnell die Augen, präge mir alles genau ein, will dieses Gefühl in ein Einmachglas packen und nie mehr verlieren. Mit all meinem Mut lege ich schließlich die Arme um sie und halte sie so nah, wie unsere Sitzposition es zulässt.

»Es ist manchmal einfach nur sehr viel. Die Zukunft und die Erwartungen und so.«

»Aber was willst *du* denn mal machen?«

»Wenn ich das wüsste.« Die meisten, inklusive mir, sind immer davon ausgegangen, dass ich hierbleibe, Ausbildung in einem Betrieb in der Nähe, Tennis mit meinem Vater, Surfklub mit den Kids, irgendwann das Haus meiner Eltern erben, eine eigene Familie haben und hier alt werden.

Sie löst die Stirn von meiner, bleibt aber mit ihrem Gesicht nah an meinem.

»Das findest du schon noch raus, bist ja ein cleveres Kerlchen.« Langsam nicke ich, bleibe mit meinem Blick immer wieder an ihren Lippen hängen, was ihr natürlich nicht entgeht, und so verziehen sie sich zu einem Lächeln. »Wenn du mal nur auf dein Herz hören würdest, was würdest du dann gerne tun?«

»Jetzt gerade?«

Sie nickt, noch immer lächelnd.

Jetzt.

Ich küsse sie.

Weil der perfekte Moment nicht auf mich wartet und Vio in zehn Jahren weg ist.

Weil außer uns niemand hier ist.

Weil uns niemand sieht oder hört.

Weil dieses kurze *für immer* uns gehört. Nicht irgendwann, sondern jetzt.

Vio küsst so, wie sie ist. Frech, wild, sanft, leise und laut und irgendwo in diesem Strudel bin auch ich unfassbar lebendig.

Und so sehr ich. So gar nicht überflüssig.

Sie lächelt mich an, als wir uns voneinander lösen.

»Du solltest öfter tun, was du dir gerade wünschst.«

Wenn es sich jedes Mal so anfühlt, hat sie vollkommen recht.

KAPITEL 49

Vio

Wieso fühlt sich das wie Einbrechen an?« Konstantin schaut sich unsicher um, aber ich schüttele nur kurz den Kopf, finde den richtigen Schlüssel und öffne die Tür.

»Sagt der Kerl, der mir vor einer Stunde über den Zaun zum Surfklub geholfen hat.«

»Das ist was anderes.«

Obwohl ich sehen kann, dass er zögert, folgt er mir in das inzwischen komplett leere und dunkle Restaurant, in dem die Stühle bereits hochgestellt sind und nur das Summen des Kühlschranks einen Soundtrack für unseren Besuch liefert.

»Wir kriegen doch garantiert Ärger mit deinen Eltern.«

»Nicht, solange wir nichts kaputt machen.«

Obwohl ich mich an viele Dinge hier erst noch gewöhnen muss, fällt es mir überraschend leicht, mich im Dunkeln zurechtzufinden. Der Gastraum mag anders geschnitten sein als der in München, aber sobald ich hinter die Bar getreten bin, fühle ich mich daheim. Nur das Werbelicht für Coca-Cola schalte ich an. Es reicht, um Konstantins Unsicherheit zu sehen, als er auf der anderen Seite der Theke Platz nimmt.

»Willst du was trinken?«

»Klar. Ich nehme eine Cola.«

Süß, wie seine Stimme mir vorgaukeln will, dass er mit dieser Situation hier nicht total überfordert ist. Er greift nach seinem Geldbeutel und ich muss lachen.

»Das geht aufs Haus.«

»Ich will nur keinen Ärger.«

»Machst du dir Sorgen um dein vorbildliches polizeiliches Führungszeugnis?«

»Mehr um das, was deine Eltern über mich denken könnten.«

Aus der Kühlschrankschublade hole ich eine Flasche Cola und zwei Gläser aus dem Regal, Konstantin lässt mich dabei nicht aus den Augen, und so rede ich weiter, während ich geübt meine Handgriffe ausführe.

»Meine Eltern mögen dich. Dank dir habe ich Anschluss gefunden.«

»Das war wohl eher Mones Verdienst.«

»Euer beider. Meine Eltern haben sich Sorgen gemacht, weil wir ein Jahr vor dem Abi aus München weg sind.« Dabei war das eigentlich das perfekte Timing für unsere Flucht. Länger hätte ich es dort nicht ausgehalten.

»Wärst du denn jetzt noch gerne in München?«

Beim Aufschrauben der Flasche lasse ich mir bewusst so viel Zeit, um ausreichend über meine Antwort auf seine Frage nachdenken zu können.

»München hatte sich für mich verändert, schon bevor wir weg sind.«

»Du sprichst auch nicht viel darüber.« Er stützt die Ellenbogen auf dem Tresen ab und legt sein Kinn in die Hände.

»Ich halte nicht viel davon, an Dingen aus der Vergangenheit festzuhalten.« Oje, diese Lüge klingt viel zu billig, und er durchschaut sie trotz der schummrigen Beleuchtung.

»Und deine Freunde?«

Außer Pascal hat sich niemand je gemeldet und gerade auf ihn hätte ich im Nachrichteneingang auch verzichten können.

»Die vermissen mich nicht so wahnsinnig. Vermutlich bin ich schon längst ersetzt worden.« Ein unbeholfenes Lachen schiebe ich noch hinterher, bevor ich mit zu viel Schwung etwas Cola ins Glas kippe und die Hälfte verschütte. »Mist.« Schnell greife ich nach dem Geschirrtuch und wische die braune Flüssigkeit auf, allerdings habe ich mich bereits verraten und Konstantin hakt nach.

»Vermisst *du* sie denn?«

»Wen?«

Sein kurzes Ausatmen lässt mich wissen, dass mir die Rolle der Ahnungslosen nicht so steht.

»Deine Freunde.«

»Manchmal schon. Aber vermutlich habe ich zu viel verbockt, um jemals wieder zurückkehren zu können.«

»Was hast du verbockt?«

»Freundschaften.« Mit einem traurigen Lächeln schiebe ich ihm sein Glas rüber und sehe dabei stur auf die hölzerne Oberfläche vor mir, die Konstantin und mich trennt. »Weißt du, man versucht alles richtig zu machen, hält sich an Regeln, die aufgestellt werden und alle Cliquen dieser Welt am Laufen halten, und dann … macht man einen riesigen Fehler.«

»Jeder macht Fehler.«

Das ist so ein Spruch, den Eltern sagen, wenn man mal in

der Schule versagt hat, aber niemand glaubt wirklich daran. Wieso sonst werden eben gerade diese Fehler immer und immer wieder ausgegraben? Wieso verzeiht man, aber vergisst so selten? Bevor die erdrückenden Gedanken meinen Kopf zermahlen, sehe ich zu ihm hoch.

»Aber doch kein Konstantin Wagenfeld, oder?«

Jetzt ist er es, der mir kaum in die Augen schauen kann.

»Vor allem ein Konstantin Wagenfeld.«

»Ach was! Erzähl mir nichts.«

»Der erste grobe Fehler war, dich auf der Party einfach so alleine zu lassen. Und nicht um einen Tanz zu bitten.«

»Da muss ich dir recht geben.«

Ohne die Cola auch nur zu beachten, greift er nach seinem Handy und tippt ein paarmal darauf rum, bevor die ersten Takte von Sam Smiths *Dancing With a Stranger* erklingen und er das Smartphone auf die Bar legt.

»Und das würde ich gerne nachholen.«

»Ich dachte, du kannst nicht tanzen.«

»Du kannst ja führen.« Er hält mir die Hand entgegen. »Also?«

Mit dem Geschirrtuch noch immer über der Schulter gehe ich um den Tresen auf ihn zu und nehme seine Hand an, nachdem er vom Hocker gerutscht ist.

Keine Ahnung, ob das wirklich noch in die Kategorie *Tanz* gehört, aber zumindest bewegen wir uns ansatzweise im Takt. Konstantin hat die Arme um meine Taille, ich meine um seinen Nacken gelegt. Sein Lächeln ist entspannt, aber ich spüre das Herz in seiner Brust schlagen und lehne meine Wange an seine Schulter.

»Hattest du mal Tanzstunden?«

»Die habe ich ausgelassen.«

»Wundert mich, du hast doch sonst gefühlt jedes nur denkbare Hobby.«

Er nickt, was ich spüren kann.

»Ich dachte immer, wenn ich ganz viel ausprobiere, werde ich schon irgendwann wissen, was mir wirklich gefällt.«

»Aber?«

»Man will ja auch niemanden enttäuschen, indem man wieder damit aufhört. Und solange ich weiter überall teilnehme, sind alle happy und ich muss mich nicht entscheiden.«

»Hat dir schon mal jemand gesagt, dass du dir unheimlich viel Druck machst?« Darauf antwortet er nicht, und ich stütze mein Kinn auf seiner Brust ab, sehe zu ihm nach oben. »Wenn du ab jetzt nur noch eine Sportart für den Rest deines Lebens machen dürftest, welche wäre es?«

Konstantin denkt kurz darüber nach, bevor er grinst.

»Zählt *Tanzen mit Vio*?«

»Klar. Aber das hier ist kein Tanz.«

»Nun, was auch immer es ist, ich würde es gerne wieder und wieder tun.«

»Du weichst meiner Frage aus.«

»Tennis.«

»Weil dein Vater es will …?«

»Weil ich gut darin bin. Nicht so gut wie Robin, aber manchmal denke ich, vielleicht wäre das was. Aber ich bin schon zu alt, um es als Beruf zu wählen.«

»Quatsch.«

»Boris Becker hat mit 17 schon Wimbledon gewonnen.«

»Okay, das ist ein Argument.«

»Aber Sport, das macht mir schon echt Spaß. Auch das mit den Kids im Surfklub.« Seine Augen glänzen, während er weiterspricht. »Ihnen die Begeisterung für etwas mitzugeben, sie zu motivieren und ihre Fortschritte zu sehen, wenn sie es checken. Das ist schon ziemlich cool.«

»Glaube ich sofort.«

»Und bei dir?«

Obwohl die Frage abzusehen war, erwischt sie mich jetzt doch überraschend und wirbelt alte als neue Gedanken getarnt durch meine Hirnwindungen.

»Keine Ahnung. Auf jeden Fall erst mal *Work and Travel.*«

»Ah, gleich die ganze Welt entdecken.«

»Ja. Aber ich weiß noch nicht, wohin.«

»Schreib mir eine Postkarte, wenn du angekommen bist. Damit ich weiß, wo du steckst.« Obwohl er lächelt, klingt er dabei ein bisschen traurig, wohl weil er glaubt, selber nie so weit von hier wegzukommen.

»Ich könnte auch Gebrauch von meinem Signalgeber machen. Dann weißt du genau, wo ich bin.«

»Noch bessere Idee.«

»Und du? Schreibst du mir eine Postkarte, von wo auch immer, wenn du angekommen bist?«

Er zögert kurz.

»Okay, Deal.« Er beugt sich zu mir, die Aufregung vor dem nächsten Kuss im Blick, als ein kurzes Zischen, gefolgt von splitterndem Glas Sam Smith jäh unterbricht, und wir beide ganz automatisch den Kopf einziehen. Wieder das Zischen und die Gläser hinter uns im Regal gehen zu Bruch. Konstantin, der meine Hand in seiner hält, zieht mich runter in die Hocke, bevor ich weiß, was passiert oder wieso mein ganzer Körper auf Alarmbereitschaft schaltet. Der nächste Treffer zerstört die Leuchtreklame über der Theke und damit geht das Licht aus.

Noch immer in der Hocke robben wir hinter den langen Tisch, der aus Massivholz ist und uns jetzt Schutz vor Was-auch-immer bieten soll. Das Geräusch von splitterndem Glas hallt noch in mir nach, obwohl nichts mehr passiert und Konstantin die Arme um mich geschlungen hält, als wäre er mein Schutzschild. Sein Herz hämmert so wild wie meines, so dicht halten wir einander fest, keiner bewegt sich und wir horchen in die sich langsam wieder ausbreitende Stille.

Keine Ahnung, wie lange wir unter dem Tisch zusammengekauert hocken, und zum ersten Mal in meinem Leben verstehe ich, was Angst ist.

»Was war das …?« Selbst mein Flüstern kommt mir auf einmal zu laut vor, und sofort halte ich mir die Hand vor den Mund, will unser Versteck nicht verraten, für den Fall, dass man uns entdecken könnte. Konstantin, vor Schreck ganz blass, schüttelt ungläubig den Kopf, wagt es aber nicht, auf meine Frage zu antworten.

Als hätte jemand eine Sanduhr mit klebrigem Sirup gefüllt, vergehen die Minuten zäh, während in meinem Kopf alle Gedanken rasen. Ich will meine Eltern anrufen oder die Polizei, aber mein Körper ist wie gelähmt, und so sitzen wir zitternd unter dem Tisch, bis die Sirenen näher kommen und ich so langsam verstehe, was gerade passiert ist.

Jemand hat durch die Fenster des Restaurants geschossen.

KAPITEL 50

Konstantin

Blaulicht, Absperrband, Polizisten, Eltern, und irgendwo dazwischen sitzen Vio und ich.

»Habt ihr was gehört?«

»Habt ihr jemanden gesehen?«

»Wann ist es passiert?«

»Wie ist es passiert?«

»Was macht ihr eigentlich hier?«

Obwohl alle sagen, es wäre vorbei und ich könne mich beruhigen, höre ich noch immer ein unangenehmes Piepen, das nicht von der Schießerei herrühren kann, aber dennoch nicht verschwinden will. Mein Magen fühlt sich flau an, mein ganzer Körper kribbelt, und ich muss mich anstrengen, den Polizisten zuzuhören, weil meine Gedanken alle zeitgleich in meinem Kopf brüllen.

Vio sieht so blass aus, wie ich mich fühle, ihre Mutter hält sanft ihre Hand, der Vater ist mit den Polizisten im Restaurant, betrachtet die Schäden, und ich sitze wie ein Statist daneben.

Mama ist daheimgeblieben, Papa steht neben mir, als Art seelische Unterstützung. Immer wieder schüttelt er den Kopf, egal wie oft ich ihm erzähle, was passiert ist, er fragt immer wieder nach, erhofft sich neue Details, aber ich habe, ehrlich gesagt, keine Ahnung, was da eben passiert ist.

»Aber dir geht es gut, ja?« Die Besorgnis in Papas Stimme berührt mich kaum, weil sich gerade alles überschlägt. Meine Gedanken, mein Leben, mein Herz.

»Denke schon.«

»Die Aktion galt sicher nicht dir, Konstantin.« Er fährt sich über das Gesicht, sieht irgendwie alt und grau aus.

»Das ist mir auch klar.« Alle sehen zu mir, weil ich wohl lauter geworden bin als gedacht. Das Piepen in meinem Ohr hindert mich daran, das vernünftig einschätzen zu können, und so spreche ich genauso laut weiter. »Jemand muss doch was gesehen haben. Seit wann marschieren Leute mit einem Gewehr einfach so durch den Ort?«

Ein Polizist, der in etwa die Größe und Statur meines Vaters, wenn auch ein weicheres Gesicht hat, dreht sich zu mir.

»Wer sagt denn, dass es ein Gewehr war?« Zwischen seinen Fingern hat er eine Art Kugel und hält sie mir entgegen. »Diabolo-Geschosse, die zu einem Luftgewehr gehören.«

»Hornet-Diabolos?«

»Du kennst dich aus?«

Kein Stück. Alles, was ich weiß, ist, dass im Schützenverein ein Gewehr mit genau dieser Munition fehlt und es sich aktuell in Robins Besitz befindet.

»Nö.« Für mehr reicht es nicht, weil meine Kehle gerade austrocknet, meine Lungen den Geist aufgeben wollen und mir schlecht wird. So schlecht wie schon lange nicht mehr.

»Weißt du irgendwas darüber?«

»Nein.« Vielleicht antworte ich zu schnell, denn kaum habe ich das gesagt, zieht der Polizist die Augenbrauen nach oben und kommt weiter auf mich zu.

»Ihr Jungs stellt doch gern allerlei Unsinn an.«

Wen genau er mit *ihr Jungs* meint, weiß ich nicht, deswegen zucke ich nur die Schultern.

»Ich weiß nichts.«

»Wieso wart ihr denn um die Uhrzeit alleine in einer geschlossenen Gaststätte?«

»Weil ich ihr einen Tanz schuldete.«

Irritation auf allen Gesichtern, nur Vio weiß, was ich meine, und das reicht mir auch.

»Also seid ihr eingebrochen?«

»Vio hat doch den Schlüssel.«

Der Polizist nickt wenig überzeugt und dreht mir den Rücken zu, um seine Befragung bei Vio weiterzuführen.

Doch in meinem Kopf hämmert nur noch eine Frage: *Wo zum Teufel steckt Robin?*

Papa zieht sich einen der Stühle zur Seite und nimmt so Platz, dass mein Blickkontakt mit Vio unterbrochen wird.

»Sollen wir heim?«

»Ich will noch kurz mit Vio sprechen.«

Er nickt verständnisvoll.

»Weißt du, vielleicht wäre es besser, wenn du dir eine Pause gönnst.«

»Eine Pause?«

Er nickt.

»Bleib ein bisschen daheim, ruh dich aus, erhol dich. Tennis ist nicht so wichtig.«

Das aus dem Mund meines Vaters zu hören, klingt so merkwürdig, dass es mich nicht weiter überraschen würde, als nächstes Farbfotos vom Yeti zu finden oder eine DNA-Probe des Monsters von Loch Ness.

»Wenn das wirklich ein Anschlag auf die Gaststätte war, wäre mir wohler, dich nicht hier zu wissen.«

»Aber das hier ist *unser* Tennisklub.«

»Nein. Mit dem hat das nichts zu tun.« Er deutet mit dem Zeigefinger auf die offene Tür neben uns. »Es geht um die Gaststätte. Als es eine Pizzeria war, hat niemand darauf geschossen.«

Dieser Satz ist das Erste, was das Piepen in meinem Ohr in den Hintergrund drängt, und ich spüre Saharahitze, die zu meiner staubtrockenen Kehle passt, meine Luftröhre hochkriechen.

»Das ist doch Quatsch.« Ob ihn die Worte so flammend treffen, wie sie sich in meinem Mund anfühlen?

»Wie du meinst. Schlafen wir erst mal eine Nacht drüber. Komm.« Er greift nach meinem Arm und will mich auf die Füße ziehen, aber ich schüttele ihn ab und stehe eigenständig auf. Statt ihm zum Auto zu folgen, schiebe ich mich an allen vorbei und gehe vor Vio in die Hocke. Ihr Blick ist merkwürdig leer.

»Ich ruf dich morgen an, okay?«

»Klar.« Die geröteten Augen, das schmale Lächeln, all das erinnert nicht mal mehr im Ansatz an ihr freches Gesicht vorhin auf dem See oder beim Tanz. Ich lege die Arme um sie, und Vio flüchtet sich in meine Umarmung, die von allen Umstehenden beobachtet wird.

»Alles wird gut.« Eine geflüsterte Lüge, die Trost spenden soll und an die ich dennoch irgendwie glauben will.

»Hoffentlich.«

Mein Vater räuspert sich und ich lasse Vio nur sehr widerwillig los.

»Ich melde mich. Versprochen.«

Doch kaum haben wir den Biergarten verlassen, hören wir Schritte hinter uns.

»Herr Wagenfeld?«

Papa und ich bleiben gleichzeitig stehen, drehen uns synchron um und antworten beide mit einem fragenden: »Ja?«

Der Polizist lächelt unschuldig.

»Herr Wagenfeld junior.«

»Der Zweite.« Es rutscht mir nur so raus, weil Jonas mich so genannt hat.

»Es wäre nett, wenn wir morgen noch mal in Ruhe mit Ihnen reden könnten.«

Nett für wen? So wie er es sagt, ist es weder vage Einladung noch loser Vorschlag, sondern die Ankündigung eines Hausbesuches.

»Sicher.«

Vielleicht ist es nicht mal Absicht, aber er wirft kurz den Hornet-Diabolo in die Luft, nur um ihn wieder aufzufangen und mich mit der Überlegung, ob das wohl der korrekte Umgang mit potenziellen Beweismitteln ist, nach Hause zu schicken.

Papa sagt nichts, bis ich mich im Auto angeschnallt habe, dann erst dreht er den Zündschlüssel und wendet sich zu mir.

»Bist du okay?«

»Nein.« Gerade hat jemand, vielleicht mein Bruder, sein Sohn, auf die Gaststätte meiner Freundin – wenn Vio denn meine Freundin ist – geschossen. Hier in Walddorf, wo so was noch nie vorgekommen ist. Hier wurde vorher auch noch nie etwas in Brand gesteckt. Und sicher hat mein Bruder letzten Sommer auch noch nicht so einen verdammten Mist gebaut.

»Mama sollten wir eine entschärfte Version der Geschichte erzählen, die schläft sonst nie wieder.«

»Und wie soll die lauten?«

Er zuckt die Schultern und lenkt das Auto vorsichtig die Straße entlang durch mein verschlafenes Heimatdorf, das ich bisher wohl wirklich durch die rosarote Brille betrachtet habe.

»Sag mal, wie sind denn die Trainingsplätze beim *TC Tersus*?«

»Was?« Das ist ein Themenwechsel wie von Kuchenbacken zu Arschbacken. Aber Papa sieht dabei so angelegentlich konzentriert auf die leere Straße vor uns, als wären wir auf der A8 zur Rushhour.

»Na ja, vielleicht sollten wir uns ja wirklich mal nach einem neuen sportlichen Zuhause umsehen.«

»Du spielst für *Unitas*, seitdem du einen Schläger halten kannst.«

Niemand bei uns in der Familie ist besonders religiös, aber wenn Papa etwas heilig war, dann sein geliebter Tennisklub.

Bis jetzt.

»Mag sein, aber man kann ja nicht immer auf der Stelle treten, oder?«

»Papa …«

»Denk einfach darüber nach, ist natürlich deine Entscheidung.« An der nächsten Kreuzung klopft er mir kurz auf den Oberschenkel. »Hauptsache, dir ist nichts passiert.«

KAPITEL 51

Vio

Konstantin schickt noch drei Nachrichten, fragt jedes Mal, wie es mir geht, und obwohl ich ihm antworten will, kann ich mich nicht dazu überwinden, etwas zu tippen. In der Dunkelheit meines Zimmers liege ich auf dem Bett und starre an die Decke, die ich nicht mal sehen kann. So, als wäre ich auf dem Grund eines Ozeans, ohne zu wissen, wie hoch über mir wohl die Oberfläche liegen mag.

Dieses Zischen, das Zersplittern von Glas.

Immer und immer wieder spielt sich das in meinem Kopf ab, als wäre ich aus Versehen auf den Repeat-Knopf der schlimmsten Momente meines Lebens gekommen. Auch nachdem die Polizei meine Aussage aufgenommen hat, kann ich das alles noch gar nicht so recht glauben. Und sie offenbar auch nicht, wenn ich an ihre zweifelnden Blicke denke.

Außerdem geht mir Konstantins Blick nicht mehr aus dem Kopf, als er mit seinem Vater weggegangen ist. Als wolle er sich bei mir entschuldigen, dabei ist das alles ja nicht seine Schuld. Ganz im Gegenteil.

Er ist selber zur Zielscheibe geworden. Weil er mit mir zusammen war.

Unruhig rolle ich mich auf die Seite und ziehe mein Handy wieder unter dem Kissen hervor.

Pascals Nachricht habe ich nachträglich wieder als *ungelesen* markiert, hoffe, so zu vergessen, was er geschrieben hat. Ganz im Gegensatz dazu habe ich Konstantins Worte in meinem Postfach mehrfach gelesen. Das Wörtchen *online* unter dem Namen *Pizza Panda* informiert mich darüber, dass auch er schlaflos in seinem Bett liegt. Also mache ich mich daran, ihm eine Antwort zu schicken, entscheide mich aber in letzter Sekunde um, öffne Mones Chat und tippe los.

Hast du kurz Zeit? V.

Um die Uhrzeit eine unverschämte Frage, aber Mone antwortet sofort.

Schieß los!

Hast du mitgekriegt, was beim
Restaurant passiert ist?

Dann lese ich die Nachricht noch mal und finde sie bescheuert. Wieso sollte sie sich ebenfalls den Kopf zerbrechen, wenn ich das schon tue. Doch gerade, als ich sie nachträglich löschen will, antwortet Mone bereits.

WTF, nein! Was ist passiert?

Sie sieht, dass ich tippe, aber Geduld scheint keine von Mones

Stärken, denn sofort vibriert das Handy unter meinen Fingern und ich nehme ihren Anruf an, halte den Hörer so fest an mein Ohr, als wäre mir Mone dadurch näher.

»Was ist passiert? Ich habe nichts mitgekriegt.«

»Jemand hat auf das Restaurant geschossen.« Es auszusprechen fühlt sich noch immer so an, als würde ich die Handlung eines Films und keine Episode aus meinem Leben erzählen.

»Fuck! Geht es dir gut?«

»Ja.«

»Also nein.«

»Nein.«

»Und wer war es?«

»Das wissen wir noch nicht.«

Sie atmet schwer aus.

»Das ist übel.«

»Konstantin und ich waren gerade dort und …«

»Wie bitte?«

»Zufall. Wir wollten nur …« Bevor meine Gedanken zu dem jäh unterbrochenen Tanz zurückkehren können, halte ich sie davon ab und schüttele den Kopf. »Egal. Wir waren dort.«

»Ist er auch okay?«

»Ich denke schon.« Zumindest sieht man uns die Spuren äußerlich nicht an. *Wie es in seinem Inneren aussieht, weiß ich nicht so genau.*

»Gott sei Dank.«

»Ich wollte dich gar nicht wecken.«

»Schon gut, es ist eh viel zu warm, um an Schlaf zu denken.« Sie hat recht, die Sommerhitze klammert sich an unser Dorf, nicht gewillt, dem kommenden Herbst so leicht das Feld zu überlassen. »Wie geht es dir wirklich?«

Mones Gespür für mein Befinden funktioniert also sogar am Telefon, sie muss mir dafür nicht mal gegenüberstehen, und ich spüre, wie meine Unterlippe zittert.

»Ich habe Schiss.«

»Soll ich vorbeikommen?«

Mein Blick saust zur Zeitanzeige auf dem Handy, es ist kurz nach halb drei Uhr nachts.

»Musst du nicht.«

»Gib mir acht Minuten.« Dann legt sie auf, bevor ich widersprechen könnte, was ich getan hätte, weil ich sie nicht nerven will. Aber Mone klang nicht müde, und so bleibt mir nichts anderes übrig, als mich leise die Treppe nach unten zu schleichen und auf dem kleinen Absatz vor unserem Haus Platz zu nehmen.

Genau sieben Minuten später taucht das kleine Fahrradlicht in unserer Auffahrt auf und ich fühle mich sofort besser. Ohne Worte nimmt Mone mich fest in den Arm, und ich lasse nur ganz kurz meine echten Gefühle über diese Nacht raus.

»Die Polizei wird diese Idioten finden, ganz sicher.« Das sagt sie so leise, weil sie wohl selber nicht wirklich davon überzeugt ist. Trotzdem nicke ich und wische mir die Tränen von den Wangen, als sie mich langsam loslässt und wir nebeneinander auf den Stufen Platz nehmen.

»Weißt du, ich habe schon viel Mist erlebt, aber so was? Das passiert doch nur in Filmen. Dachte ich.«

»So was sollte niemand erleben.«

»Ich denke nicht, dass sie damit gerechnet haben, dass wir dort waren. Es galt dem Restaurant, nicht uns.« *Wieso zum Henker verteidige ich sie?*

»Das ist doch egal, diese Idioten haben definitiv eine Grenze überschritten.«

Mone hat recht, und mir wird ganz anders, wenn ich daran denke, was noch alles passieren kann.

»Was, wenn sie es wieder tun? Vielleicht wenn meine Eltern noch dort sind?«

»Das wird nicht passieren.«

»Aber das wissen wir nicht.« Ich vergrabe mein Gesicht in den Händen und versuche mich und meine Stimme zu beruhigen. »Konstantin hat damit doch auch nichts zu tun. Stell dir vor, sie hätten ihn getroffen.«

»Ja, haben sie aber nicht.«

»Das Schlimmste daran ist, dass sie erreicht haben, was sie wollten.« Mone legt den Arm um mich und ich lehne meinen Kopf an ihre Schulter. »Ich habe Angst. Und wenn ich Angst habe, hat Mama auch Angst. Und zwar um mich. Und dann hat Papa Angst um uns. Und was dann?«

»Dann bin ich ja auch noch da.« Sie drückt mich kurz.

»Wenn sich das rumspricht. Total geschäftsschädigend.«

»Quatsch. Das ist ja alles nicht eure Schuld.«

»Würdest du noch in einem Restaurant essen, auf das geschossen wurde?«

»Jeden Tag.«

Kurz sehe ich zu ihr hoch, aber mich empfängt nur ein ernster Blick, der keinen Zweifel zulässt.

»Ernsthaft?«

»Jeden verdammten Tag werde ich da sitzen und es mir schmecken lassen.«

»Aber warum?«

»Weil ich dich mag. Und unheimlich froh darüber bin, dass du ausgerechnet in diesem Kaff gelandet bist. Und weil Freunde so was eben füreinander machen.«

Mir fällt Pascals Nachricht ein, gelesen-ungelesen auf meinem Handy. Mone sieht mich an, als würden wir uns ewig kennen, und plötzlich ist da diese Angst, ich könnte sie verlieren. So, wie ich auch die anderen Freunde verloren habe.

Es sind nur Fotos.

Welche, die mich selbst nach Walddorf verfolgen und wie Hintergrundbilder meines Lebens immer präsent sind.

»Ich habe übrigens nicht mit dem Freund einer Freundin die Nacht verbracht.«

»Okay …«

Die Ahnungslosigkeit in ihrem Blick tut so unendlich gut. Keine Wertung, kein Zweifel, und ich fühle mich ermutigt, endlich mal meine Version der Geschichte zu erzählen.

»Wir standen beide auf ihn, und er hat sich für meine Freundin entschieden, weil … er sich eben in sie und nicht in mich verliebt hat. Und das war auch okay, aber man kann Gefühle für jemanden ja nicht einfach abstellen.«

Meine Verteidigungsrede habe ich so oft geübt, immer bereit, sie vorzutragen, aber dazu kam es nie. Niemand wollte das hören, das Foto und Pascals ausschweifende Erzählungen haben gereicht.

»Dabei habe ich es versucht. Immerhin war er ja mit jemandem zusammen. *Ist* mit jemandem zusammen.« *Er* hat nichts verloren. Nicht seine Freundin, nicht seine Ruhe, nicht seine Kumpels, nichts. »Mir ging es auf einer Party nicht besonders gut, dabei hatte ich wirklich kaum was getrunken, und Pascal hat sich um mich gekümmert. Als es gar nicht mehr ging, hat er mich zu sich nach Hause gebracht, mir Wasser gegeben und wir haben ewig gequatscht. Dabei hat er mir erzählt, dass mit seiner Freundin nichts mehr läuft und er hätte sich für die falsche Frau entschieden. Er hat die volle Nummer abgespult. Sie wären nicht mehr zusammen, deswegen sei sie auch nicht auf der Party gewesen und es hätte ja schon 'ne Weile gekriselt – was stimmte.« Selbst bei der Erinnerung daran kann ich nur den Kopf schütteln. »Wie dumm ich war.«

»Nee, nur verknallt.« Es ist das Erste, was Mone sagt, und ich traue mich kaum, Blickkontakt zu suchen.

»Auch.«

»Er hat dir all das gesagt, was du hören wolltest.«

»Ziemlich genau das, ja.«

»Und dann?«

»Dann sind wir eingeschlafen.«

Sie runzelt die Stirn.

»Miteinander?«

»In einem Bett, aber nicht *so* miteinander.«

»Wo ist dann das Problem …?«

»Es gibt Fotos. Und die …« Dabei will ich gar nicht daran denken. Nicht daran, dass alle aus meiner Klasse sie plötzlich kannten. Wie Gespräche verstummten, wenn ich auftauchte.

»Es ist gar nichts passiert. Am nächsten Morgen war er total nett, hat mich heimgebracht und gesagt, alles würde irgendwie gut werden.« Zu genau erinnere ich mich an die Abschiedsumarmung in seinem Auto. »Zwei Tage später hatten alle die Fotos gesehen. Ich habe ihn angerufen und gefragt, was das soll.«

»Aber dann war er nicht mehr der nette Typ?«

»Nein. Meine Versuche, die Geschichte aus meiner Sicht zu schildern, wollten sie nicht hören. Bald war ich in der ganzen Schule als Schlampe bekannt, die mit dem Freund einer Freundin ins Bett geht.«

»Und alle haben es geglaubt?«

»Die Fotos von mir, halb nackt in seinem Bett, er an mich gekuschelt, seine Hände auf mir, die zerknüllte Kondompackung daneben. Das hat ihnen als Beweis gereicht.«

»Was eine Scheißaktion. Das ist sexuelle Belästigung! Du musst ihn anzeigen, Vio.«

»Es wäre doch nur ein blöder Scherz gewesen. Ich solle es nicht so eng sehen, hat er gemeint.«

»Nein. Einfach nein!« Mones Stimme bebt. »Den muss man anzeigen.«

»Und wer glaub mir?«

»Das werden wir dann schon sehen.« Mone klingt so entschlossen, aber ich zucke nur matt die Schultern.

»Es wurde nicht besser, eher schlimmer, je häufiger ich versucht habe, alles zu erklären. Irgendwann haben mich fast alle ignoriert.«

Mone lehnt ihren Kopf gegen meinen, und gemeinsam schauen wir zu den Sternen, die sich heute mal wieder klar und zahlreich über uns tummeln.

»Also Flucht?«

»Meine Eltern wollten ein bisschen weniger Stress, und meine Noten waren in den Keller gerutscht … dann haben sie irgendwann die Anzeige hier gefunden und dachten, es wäre das Beste für mich.«

»Wie recht sie hatten.« Überrascht sehe ich zu Mone, die nur ruhig in den Himmel sieht. Ich würde ihr so gerne sagen, wie gut es tut, das alles endlich mal erzählt zu haben. Die angestauten Worte endlich rauszulassen, nicht nur immer wieder in meinem Kopf abzuspulen.

»Findest du?«

»Klar. Zumindest bist du das Beste, was mir passieren konnte, Viorika Lupascu.« So lange sehe ich sie wortlos von der Seite an, dass sie irgendwann den Kopf zu mir wendet und ihre Augen meine auch in der Dunkelheit finden. »Bei dir habe ich zum ersten Mal seit einer Ewigkeit das Gefühl, wieder ich sein zu können. Und eine Freundin wie dich, die kann ich ausgesprochen gut gebrauchen.«

Ein Rascheln im Gebüsch lässt uns hochfahren, sofort ist da wieder die Panik, fast will ich den Kopf einziehen – aber es passiert gar nichts.

»Was war das?« Meine Stimme klingt viel zu aufgeregt und Mone zuckt nur die Schultern.

»Eine Katze oder so. Alles gut.«

Eine Info, die mein Herz nicht erreicht, denn das rast noch immer in meiner Brust. Fest davon überzeugt, dass da ein Schatten zu sehen war, schaue ich kurz zur Haustür.

»Willst du heute bei uns übernachten?«

KAPITEL 52

Konstantin

Robins Zimmer ist leer, sein Bett unberührt. Gestern Nacht habe ich darauf gewartet, dass er heimkommt, aber irgendwann zwischen dem Warten auf Vios Antwort und dem Hoffen, Robin käme mit einem wasserdichten Alibi nach Hause, bin ich dann wohl doch eingeschlafen.

Selbst jetzt, um kurz nach neun Uhr morgens, fehlt von Robin nach wie vor jede Spur.

Im Pyjama und mit piependem Ohr mache ich mich auf den Weg nach unten in die Küche, wo meine Eltern sitzen und sich offenbar über die letzte Nacht unterhalten. Vor der Tür bleibe ich stehen und lausche, so wie früher, wenn sie die Länge unseres Hausarrests miteinander verhandelt haben.

»Ich habe einfach ein ungutes Gefühl. Wie soll man sich nach so was noch sicher fühlen?«

»Sie werden wohl kaum tagsüber einen Anschlag dort verüben.«

Ausgerechnet Mama versucht Papa zu überzeugen, das ist ja mal was Neues.

»Natürlich nicht, aber unser Sohn scheint sich da ja auch nachts rumzutreiben.«

»Er ist eben verliebt.«

Es ist mir peinlich, dass Mama das sagt, auch wenn es der Wahrheit entspricht.

»Das hat uns gerade noch gefehlt.«

»Er ist siebzehn. Hast du geglaubt, er bleibt ewig ein Kind?«

»Was spricht denn gegen Isabell? Die ist doch auch ein nettes Mädchen.«

Mein Nacken spannt sich an.

»Er mag Vio eben mehr.«

Darauf sagt Papa nichts, und ich beschließe, nicht länger von diesem Gespräch ausgeschlossen zu bleiben. Doch gerade als ich die Küche betreten will, öffnet sich die Terrassentür hinter mir und Robin taucht auf. Noch immer trägt er die Klamotten vom Vortag, und seinem Gesichtsausdruck nach zu urteilen, hat er eine ebenso miese Nacht erlebt wie ich.

»*Wo* warst du?« Sofort mache ich ein paar Schritte auf ihn zu, schleudere ihm die geflüsterte Frage entgegen, aber er winkt nur müde ab, will wortlos die Treppe nach oben nehmen, doch ich stelle mich ihm in den Weg. Diese verdammte Ahnung, wie und wo er seine Nacht verbracht hat, hält mich in einem wütenden Klammergriff.

»Wo ist das Gewehr?«

»Wo soll es schon sein? Da, wo es hingehört.«

Damit will er mich zur Seite schieben, aber ich wehre ihn ab und versuche mich so breit wie möglich vor ihm aufzubauen.

»Warst du das?«

»War ich *was*?«

Seine Augen sind trüb, irgendwas belastet ihn und mir zieht sich der flaue Magen nur noch weiter zusammen.

»Gestern Nacht wurde auf die Gaststätte beim *Unitas* geschossen.« Während ich das sage, behalte ich ihn genau im Blick, bereit, jede noch so kleine Reaktion in seinem Gesicht zu bemerken, aber er zuckt nur gelangweilt die Schultern.

»Und?« Er muss meine Enttäuschung über seine Antwort bemerkt haben, steht aber weiter nur unberührt von all dem einfach da.

»Vio und ich waren dort.«

Kurz scannt sein Blick mein Gesicht, dann den Rest von mir.

»Aber euch ist nichts passiert, oder?«

»Nein.«

Er wirkt erleichtert, hält sein Pokerface aber aufrecht.

»Hör zu, ich bin hundemüde und habe keinen Bock auf Anschuldigungen um diese Uhrzeit und vor dem ersten Kaffee.«

»Du warst es also nicht?«

»Vio hat dir ja ganz schön den Kopf verdreht, hm? Beschuldigst schon deinen Bruder. Wer kommt als Nächstes? Deine Freunde, die du ein ganzes Leben lang kennst?«

»Nee. Aber vielleicht *deine* Freunde.«

»Du hängst doch jetzt so gerne mit denen ab.«

»Neidisch?«

Kurz zuckt er in meine Richtung, und ich erwarte fast, dass er mir eine knallt, aber dann schüttelt er nur mitleidig den Kopf, was fast noch mehr schmerzt.

»Träum weiter.«

Heftiger als nötig schubst er mich zur Seite, dabei pralle ich gegen die Kommode und greife nach seiner Schulter, will meinen Sturz abfangen und ihn gleichzeitig so nicht davonkommen lassen. Aber Robin ist urplötzlich superwütend, so unglaublich wütend, dass er herumwirbelt und seine Faust mich knapp neben dem rechten Auge trifft.

Blitze und Dunkelheit wechseln sich ab, als ich Halt suchend die komplette Kommode abräume.

Hinter mir wird genau in dem Moment, als ich auf den Boden knalle, die Küchentür aufgerissen und die Gesichter meiner Eltern tauchen über mir auf. Robin, die Hand noch immer zur Faust geballt, steht vor ihnen, komplettiert dieses Bild des absoluten Chaos.

»Was ist denn hier los?«

Das Pochen in meinem Gesicht legt mein Sprachzentrum lahm und so muss Robin eine passende Erklärung abliefern.

»Konny denkt, *ich* hätte gestern geschossen.«

Tue ich das wirklich? Oder habe ich nur panische Angst davor, es könnte so sein? Wie er das am Flüchtlingsheim ja auch war.

»Ja sag mal, wie kommst du denn auf so einen Mist?«

Keine Ahnung. Vielleicht weil er rassistische Sprüche an Baustellen schmiert, mit Jonas dicke ist oder wegen des kurzen Agro-Moments mit Jessy vor den WCs in der Gaststätte?

So, wie er jetzt vor mir steht, schwer atmend und unglaublich weit weg, weiß ich gar nicht, ob ich meinen Bruder überhaupt noch kenne.

Mir ist etwas schwindelig, als ich aufstehe und mich an der Wand abstütze. Robin aber ist in voller Fahrt und deutet auf mich: »Er glaubt, ich hätte das Gewehr aus dem Schützenverein geklaut!«

Schwachsinn. Ich habe es quasi geklaut und er weiß das.

Papa berührt sanft meine Schulter, aber mich durchfährt es wie ein Stromschlag.

»Du kannst doch nicht einfach mit solchen Anschuldigungen um dich werfen, Konny.« Mama stehen Tränen in den Augen, weil sie es hasst, wenn ihre Familienharmonie gestört wird. Früher hat sie beim *Mensch ärgere dich nicht* absichtlich so gespielt, dass sie niemanden rauskicken musste, und hat uns gewinnen lassen. Alles für den Hausfrieden, aber der wird gerade ordentlich erschüttert. »Lass dir so einen Unsinn doch nicht einreden.«

»Niemand redet mir was ein.« Kurz betaste ich die Stelle an meiner Wange, wo mich Robins Schwinger voll erwischt hat. »Ich kann doch wohl sagen, was ich denke.«

Robin schnaubt verächtlich, und ich verstehe nicht, wieso seine Wut sich plötzlich so sehr gegen mich richtet.

»Bis diese Vio hier eingefallen ist, ist dir ziemlich viel am Arsch vorbeigegangen, und jetzt rennst du durch die Gegend und hast zu allem eine Meinung.«

»Vielleicht denke ich jetzt halt auch mal nach.«

Robin funkelt mich wütend an, bleibt aber, wo er ist.

»Dann denk mal etwas genauer nach. Ich war es nämlich nicht.« Und damit stapft er die Treppe hoch und schleudert die Zimmertür lautstark hinter sich zu. Zurück bleiben Mama, Papa und mein schmerzendes Gesicht.

»Konstantin, uns wäre wohler, wenn du dich erst mal ein bisschen fernhältst.«

»Von was denn?«

Papas Hand landet zwischen meinen Schulterblättern, sanft und bestimmt zugleich.

»Von Menschen, die dir nicht guttun.«

Klasse. Wie dämliche Glückskekse hauen sie alle ihre unverbindlichen Weisheiten raus, damit ihnen hinterher keiner vorwerfen kann, sie hätten mir die Entscheidung abgenommen. Woher soll ich denn noch wissen, wer mir guttut und wer nicht, wenn sich mein ödes Leben von jetzt auf nachher in einen beschissenen Actionstreifen verwandelt?

»Ich muss an die frische Luft.« Vergessen die Tatsache, dass ich noch immer meine Schlafklamotten trage und barfuß unterwegs bin. Raus, einfach raus. Da Robin dankenswerterweise die Terrassentür offen gelassen hat, nehme ich den Weg, auf dem er eben reingekommen ist.

Es ist schon viel zu warm, wenn man bedenkt, wie früh es ist. Der Asphalt brennt unter meinen nackten Füßen, und ich kann mir vorstellen, wie sich alle wild das Maul darüber zerreißen werden, dass ich so durchs Dorf geschlendert bin. Konstantin Wagenfeld, Mr Tadellos, der so langweilig und nichtssagend ist, dass es keine besseren Stories über ihn gibt.

»Wow, schicker Look, Konny!« Marco und Holger radeln an mir vorbei, werden langsamer, halten aber nicht an. »Bist du nicht zu alt für Pyjamapartys?«

»Sehr witzig.« Bevor ich fragen kann, ob ich kurz ihr Handy benutzen darf, radeln sie weiter, lassen mich einfach so zurück, und ich warte, bis sie weit genug weg sind, bevor ich ihnen den ausgestreckten Mittelfinger zeige.

»Kollege, alles klar bei dir?« Jonas' Stimme erreicht mich von der anderen Straßenseite, als ich bereits fast am einzigen Kreisverkehr der ganzen Gegend angekommen bin. Er hat eine Bäckertüte in der einen und einen Kaffeebecher in der anderen Hand. Auf noch jemanden, der sich über mich lustig macht, habe ich gerade wenig Bock.

»Scheißtag.«

»Was haben sie denn mit dir gemacht?« Ohne die Straße zu checken, kommt er einfach zu mir rüber, und mir fällt ein, dass ich zu meinem sonderbaren Outfit ja auch noch das Veilchen spazieren trage. Knapp vor mir bleibt er stehen und drückt mir wortlos den Becher in die Hand.

»Wow. War das deine kleine Ausländerfreundin?«

»Ach, halt die Klappe.« Gerade bin ich so sauer, dass es mir vollkommen egal ist, an wem ich diese Wut auslassen kann. Jonas kommt mir gerade recht, aber der hebt nur sofort abwehrend die Hände und macht einen kleinen Schritt zurück.

»Chill mal. Wenn du Dampf ablassen willst, bin ich die falsche Zielscheibe.«

Da bin ich mir gar nicht so sicher und atme zum ersten Mal, seitdem ich von zu Hause verschwunden bin, tief durch. Und dann gleich noch mal, weil es guttut.

»Kannst den Kaffee haben. Siehst so aus, als bräuchtest du ihn dringender als ich.«

Nicht, dass meine Herzrate nicht auch ganz ohne eine Extrazufuhr von Koffein schon am Anschlag wäre. Trotzdem gönne ich mir einen vorsichtigen Schluck und lasse den leicht bitteren Geschmack auf meiner Zunge die anderen Empfindungen übertrumpfen.

»Besser?«

»Bisschen.«

»Und wo willst du hin?« Er deutet auf meine nackten Füße und die gestreifte Pyjamahose.

»Keine Ahnung.« Wir müssen ein Bild für die Götter abgeben.

»Komm schon, frühstücken wir erst mal.« Ohne auf eine Antwort zu warten, marschiert er los und erwartet, dass ich ihm folge. Dabei war Jonas nicht der Mensch, den ich als Ziel im Kopf hatte, als ich geflüchtet bin. »Na komm schon. Ich leih dir auch was aus meinem Kleiderschrank.«

KAPITEL 53

Vio

Papa ist schon zur Gaststätte gefahren, weil der Glaser heute die Scheibe austauschen will und weil er am liebsten sofort weitermachen will, so, als wäre nichts passiert. Ja keine Schwäche zeigen, die anderen nicht wissen lassen, dass wir – zumindest ich – noch immer ziemlich unter Schock stehen.

Mama hat nicht gefragt, warum Mone bei uns übernachtet hat, das konnte sie sich wohl denken. Auch heute Morgen fühlt sich das gestern Erlebte wie einem Film entsprungen an, und ich bin ganz froh, in den Tag danach nicht alleine starten zu müssen.

Konstantin habe ich heute früh direkt geschrieben, dass es mir ganz gut geht, Mone da ist und ich mich freue, wenn wir uns heute sehen. Er klang gestern ja recht gefasst, aber selbst jetzt ist noch immer kein Doppelhaken unter meiner letzten Nachricht an ihn. Vermutlich schläft er noch.

»Mach dir keinen Kopf, es geht ihm gut.« Mone, in ein Nutellabrot beißend, grinst mich schokoverschmiert an und ich lege das Handy zur Seite.

»Gestern war er ziemlich mitgenommen. Blass wie ein Geist.«

»Kein Wunder. Niemand würde Konstantin als Hauptdarsteller in einem Actionfilm besetzen.«

»Wieso nicht?«

»Er ist nicht der Typ dafür. Sie würden Robin nehmen.«

»Ich glaube, Konstantin wäre ein guter Actionheld.«

Mone kaut abwartend, aber ich habe nicht vor, ihr von unseren nächtlichen Dates auf dem See inklusive Einbruch in den Surfklub zu erzählen. Oder davon, wie sicher ich mich in seinen Armen gefühlt habe, als wir zitternd unter dem Tisch gekauert haben.

»Dann hast du diese Jason-Statham-Seite an ihm wohl bisher als Einzige kennengelernt.«

»Es muss ja nicht immer der raue, wortkarge und kaputte Held sein, oder? Die gibt es doch in jedem Blockbuster. Konstantin wäre eben ein moderner Held.«

»Du bist *so was* von verknallt.«

»Oder ich sehe ihn einfach anders, als der Rest es tut.«

Damit gibt sie sich zufrieden und nimmt einen Schluck Kaffee.

»Ich werde mich auf jeden Fall mal umhören. Kann mir einfach nicht vorstellen, dass niemand was bemerkt hat. Die Schüsse waren doch sicher auch noch unten an der Straße zu hören, schließlich hat jemand die Polizei gerufen.«

»Manchmal wollen Menschen nichts mitbekommen.«

»Was meinst du?«

»Ach, ist nur so ein Gedanke.«

»Du glaubst, die Leute sehen und hören absichtlich weg?«

»Könnte doch sein. Wieso sonst hat niemand irgendwas gesehen von dem Schützen?«

»Vielleicht war der Typ einfach clever.«

»Oder jemand Bekanntes.« Mone stützt die Ellenbogen auf, den Blick noch immer auf mich gerichtet, und ich traue mich endlich, meine Bedenken in Worte zu fassen. »Was, wenn es dein Kumpel war oder dein Nachbar oder dein Sohn oder deine Cousine … Würdest du die anzeigen?«

Zumindest denkt Mone einen Moment darüber nach, bevor sie schließlich nickt.

»Ja. Ich denke schon. So was darf man niemandem durchgehen lassen.«

Doch ihre Stimme verrät, dass sie weiß, wieso ich da so meine Zweifel habe. Freunde lügen für Freunde, egal, ob es richtig oder falsch ist.

»Weißt du, was ich mich frage?« *Und zwar nicht erst seit gestern Nacht.*

»Hm?«

»Wir sitzen hier und sagen: *So was darf man niemandem durchgehen lassen,* oder: *Wir müssen etwas unternehmen.*«

Mone nickt zustimmend, bemerkt aber auch meinen traurigen Blick.

»Und die anderen sitzen da und sagen auch: *Wir müssen etwas unternehmen,* nur sie machen es tatsächlich. Einfach so. Wieso haben *die* keine Angst?«

Mone greift über den Tisch nach meiner Hand.

»Weil sie sich im Recht sehen. Die denken ja tatsächlich, dass sie für die richtige Sache einstehen. Das ist doch das Problem. In deren Welt sind *wir* die Bösen. Aber dir wird nichts passieren. Versprochen.«

Ein Versprechen, das auf sehr wackeligen Beinen steht.

Aber weil ich nicht will, dass man mir meine Angst ansieht, nicke ich tapfer.

»Ich helfe meinen Eltern heute im Restaurant, Spuren beseitigen und dafür sorgen, dass die Gäste wieder kommen.«

Mone kann hinter meine schnell zusammengezimmerte Mutfassade schauen, lässt mich aber damit davonkommen.

»Sehr gut. Ich bin die nächsten Abende eh in Ottersfeld. Die Tanke ruft mal wieder.«

»Verstehe.«

»Irgendwie muss ich ja meinen Umzug nach München-Köln-Hamburg finanzieren.«

Mir fallen Isas Worte vom See ein, die Behauptung, dass Mone niemals von hier wegkäme. Es liegt mir auf der Zunge zu fragen, was sie damit gemeint hat, aber Mones sehnsuchtsvoller Blick in eine Zukunft weit weg von hier hält mich davon ab, und ich schalte stattdessen um auf gute Laune.

»Und erst die Wohnung mit Balkon.«

»Korrekt.« Sie strahlt beim Gedanken an diese Version ihres Lebens und das derart ansteckend, dass ich mir plötzlich auch vorstellen kann, sie irgendwann in genau so einer Wohnung zu besuchen. Vollkommen egal, was alle anderen sagen.

»Irgendwann werden wir auf diesen Sommer zurückblicken und über diese Idioten lachen.«

Und so gerne ich *auch dieser* Version Glauben schenken will, mich beschleicht ein ungutes Gefühl, dass ich diese Aktion und diesen Sommer nicht mal aus der Ferne werde belächeln können. Weil sich solche Sachen in ein oder anderer Form bereits zu oft ereignet haben und mir folgen werden, vollkommen egal, in welche Stadt und wie weit weg ich ziehen werde.

»So. Ich muss los, bevor meine Eltern mein Foto auf Milchpackungen drucken lassen.« Sie erhebt sich und deutet eine kleine Verbeugung an. »Falls dir mal wieder nach nächtlicher Begleitung ist, du weißt, wie du mich erreichen kannst.«

»Darauf werde ich zurückkommen.«

Bis zur Tür begleite ich Mone und werfe dann einen unsicheren Blick in die Büsche, die aber heute Morgen nicht mehr halb so gruselig aussehen wie noch gestern Nacht. Das Fahrrad steht unbeeindruckt vom ganzen Drama meines Lebens noch in unserer Einfahrt, und Mone wirft mir eine letzte Kusshand zu, bevor sie sich in den Sattel schwingt und es in Richtung Straße lenkt.

»Hey, Mone.«

Sie bremst noch mal kurz ab und sieht zu mir.

»Ja?«

»Danke für gestern Nacht.«

»Dafür sind Freunde da.« Kurz betätigt sie die Klingel an ihrem Fahrrad und verschwindet um die Ecke.

Obwohl ich sie schon nicht mehr sehen kann, warte ich noch einen Moment im Türrahmen, als würde ich nach Vorzeichen Ausschau halten, die, wie Wolken ein Gewitter, aufziehendes Unglück ankündigen, aber der Ort liegt einfach nur verschlafen vor mir.

Trotzdem bleibt da dieses miese Gefühl, als ob ich beobachtet werde.

KAPITEL 54

Konstantin

Volker reicht mir eines dieser blauen Kühlpacks, die ich sonst immer nach einem missglückten Slide beim Tennis auf einen verdrehten Knöchel lege, aber jetzt halte ich es mir vorsichtig an mein Gesicht.

»Du musst deine Deckung oben halten, wenn so ein Schwinger kommt.« Er lehnt lässig am Tresen des Schützenheims, eine Zigarette in der einen, eine Kaffeetasse in der anderen Hand. Irgendwie sieht er damit schrecklich erwachsen aus, obwohl er nur ein Jahr älter als Robin ist. »Wer war das denn?«

Alleine der Gedanke an Robin pumpt Adrenalin in meine Adern, und ich schüttele nur schnell den Kopf, nicht um Volkers Frage zu beantworten, sondern um vor allem die Erinnerung an den miesen Morgen abzuschütteln. Dabei drücke ich das Kühlpack etwas zu fest an meine Wange und beiße mir auf die Lippe.

»Okay, vergiss es, habe nie gefragt.« Stattdessen nimmt Volker einen Zug an seiner Kippe und deutet dann mit dem glimmenden Ende auf mich. »Aber wenn so was noch mal passiert, sag Bescheid.«

»Und dann?«

»Dann knöpfen wir uns den Typen mal vor.«

Ich muss fast lachen, als ich mir die absurde Szene vorstelle. Ich komme zu Volker und verpetze meinen Bruder, als wäre ich fünf.

»Damit komme ich schon klar.« Wie zum Beweis lege ich das Kühlpack auf den Tresen und sehe mich kurz um. Bei Tag sieht die Hütte gar nicht mehr so einschüchternd aus, auch wenn ich noch immer kein Fan der Kadaver an den Wänden und der Waffenschränke bin. Ob Robin das Gewehr inzwischen wieder abgegeben hat?

»Sag mal …« Doch wie soll ich Volker fragen, ohne zuzugeben, dass ich keine Ahnung habe, ob das Gewehr je zurückgebracht wurde, weil ich mich nicht selber drum gekümmert habe. »… habt ihr das gestern mitgekriegt?«

Volker nickt, noch bevor ich mehr ins Detail gehen kann.

»Klar, so was spricht sich rum. Muss übel gewesen sein.«

»Hm.«

Eigentlich will ich nicht zugeben, dass ich live und viel zu nah dran vor Ort war, als das passiert ist.

»Ist dem Italiener nie passiert.« Ein Gedanke, den ja auch mein Vater schon geäußert hat, allerdings klingt er bei Volker irgendwie anders. Endlich drückt er die Kippe im Aschenbecher aus und ich muss nicht mehr dauernd am Rauch vorbeiatmen.

Jonas kommt, zwei volle Gläser Apfelschorle in der Hand, zu uns und stellt eines davon direkt vor mir ab.

»Steht dir, der Look.«

Augenzwinkernd greift er nach Volkers Zigarettenschachtel und ich werfe kurz einen Blick an mir runter. Ein beiges Poloshirt und kurze Jeans, dazu Flipflops Klamotten, die mir Jonas geliehen hat, bevor wir zum Schützenverein los sind. Gerade, als er sich die Kippe anzünden will, schlägt Volker ihm das Feuerzeug aus der Hand.

»Hör auf mit der Scheiße.«

»Was denn?«

»Wie wollt ihr denn die Meisterschaft gewinnen, wenn sich einer von euch die Lunge vollteert?«

Mir wird klar, dass ich wohl der Zweite in diesem Traum von der Meisterschaft bin. Und das, obwohl ich mich noch nicht einmal bereit erklärt habe zu wechseln. Zu meinem Erstaunen lässt Jonas die Kippe wieder zurück in die Schachtel wandern, und Volker, der ein gutes Stück kleiner als Jonas ist, nickt zufrieden.

»Nimm dir mal ein Beispiel an Konstantin.«

»Dem Typen mit dem blauen Auge?« Jonas grinst frech und klopft mir freundschaftlich auf die Schulter, woraufhin ich eine kurze Grimasse schneide, was aber keine so gute Idee ist, wie mich der Schmerz sofort wissen lässt.

»Finde es auf jeden Fall prima, dass du wieder hergekommen bist.«

»Echt jetzt?« Wieso erwarte ich gleich schallendes Gelächter, weil ich ihnen auf den Leim gegangen bin?

»Robin hat dich immer eher als …« Volker sucht eine schöne Umschreibung, will sich wohl nicht der Worte meines Bruders über mich bedienen, aber Jonas hat damit weniger Probleme.

»Als Lappen beschrieben.«

Dafür kassiert er von Volker einen kurzen Blick wie eine Ohrfeige und verstummt sofort.

»Schon okay. Robin wollte nicht ständig seinen kleinen Bruder dabeihaben.« Damit gebe ich mich cool, erwachsen und so gar nicht wie ein Lappen, obwohl Robins Worte über mich mehr schmerzen als das blöde Veilchen.

»Vielleicht hatte er auch nur Schiss, dass du dich als der coolere Typ entpuppst.«

Dabei ist Robin so ziemlich der coolste Typ überhaupt. Zumindest fand ich das bis heute Morgen. *Oder gestern Nacht?*

»Wisst ihr eigentlich, wer auf die Vereinsgaststätte geschossen hat?« Die Frage brennt mir schon die ganze Zeit auf der Zunge, und wenn ich nicht Verbrennungen dritten Grades riskieren will, muss das jetzt raus.

Volker schüttelt den Kopf.

»Nee. Wieder irgendwelche Einzelaktionen.«

»Einzelaktionen?«

Volker wartet darauf, dass mir selber die Erleuchtung kommt, was er damit meint, aber gerade herrscht tiefe Finsternis in meinem Hirn.

»Na von einem Einzeltäter halt. Die Polizei war natürlich wegen der Waffen hier, haben direkt mal alles gecheckt, und jetzt wissen sie auch, dass ein einzelnes Gewehr entwendet wurde. Dass da irgendwer allein sein Ding gedreht hat.« Volker sieht mir die ganze Zeit in die Augen, während er das sagt, will mich so vermutlich wissen lassen, dass ich ab jetzt besser die Klappe halten sollte. Ich nicke minimal, muss erst mal meine rasenden Gedanken sortieren.

Robin hat es also doch nicht zurückgebracht.

Diese Erkenntnis sorgt für eine bleierne Schwere in meinem Brustkorb. Er hat mich angelogen. Kein Wunder, dass er so sauer geworden ist. Wie in Trance berühre ich vorsichtig die Schramme in meinem Gesicht und lasse den Schmerz zu, hoffe, er lenkt von dem in meiner Herzregion ab.

»Aber das taucht sicher bald wieder auf.«

Natürlich. Für die Jungs sieht es aus, als hätte *ich* es noch nicht zurückgebracht. Schnell nicke ich und nehme endlich einen Schluck Apfelschorle, wobei mir das beschlagene Glas fast aus meinen zittrigen Fingern rutscht.

»Hast du heute schon was vor?« Jonas' Stimme klingt so wie immer. Ich versuche trotzdem rauszuhören, ob sie alle sauer auf mich sind, weil das Gewehr noch immer in meinem Besitz ist, oder ob sie denken, sie hätten mich in der Hand. Haben sie ja auch irgendwie. Denn dass Robin es hat, darf niemand erfahren. *Robin.*

»Nö.«

»Willst du mit raus zum Angeln?«

Will ich das? Oder will ich nach Hause, wo ich Papa erklären muss, dass ich jetzt vermutlich für den *TC Tersus* spielen muss, und Robin mit dem nächsten rechten Haken auf mich wartet.

»Gern.«

Volker klopft mir auf die Schulter.

»Spitze. Ich sag ja, Robin hat wohl falschgelegen, als er dich als Lappen beschrieben hat.«

»Scheint so.« *Robin liegt mit so einigem falsch in seinem Leben.* Und ich habe keine Ahnung, ob ich meinen Bruder überhaupt noch kenne.

KAPITEL 55

Vio

Die Fenster sehen neu aus. Endlich Doppelverglasung, nicht diese dünnen Dinger, die vorher drinnen waren. Seit knapp zwanzig Minuten betrachte ich sie und rufe mir in Erinnerung, wie leicht sie gestern Nacht diese Kugeln durchgelassen haben. Papa und ich haben vorhin, nachdem der Polizist – dessen Namen ich noch immer nicht kenne – sich verabschiedet hat, die Scherben aufgesammelt, und jetzt erinnert nur noch die angeschossene Coca-Cola-Leuchte, die über der Theke hängt, daran, dass hier gestern überhaupt was passiert ist.

Das, und die Kälte in meinem Brustkorb, die ich nicht abschütteln kann.

»Willst du nicht nach Hause, mein Schatz?« Papa tritt an den Tisch neben mich, doch ich schüttele den Kopf.

»Nein, ich helfe noch.«

»Indem du durch das Fenster Löcher in die Luft guckst?«

»Ich halte Ausschau.«

»Nach wem?«

Der Person, die mir heute Morgen gefolgt ist. Oder Konstantin, der sich noch immer nicht bei mir gemeldet hat.

»Nach Gästen.«

»Heute kommt niemand, Vio. Ich habe doch vorne auf die Tafel geschrieben, dass wir erst übermorgen wieder öffnen.«

Nur zwei Männer sind auf dem Tennisplatz, weil sie wohl nicht wissen, was passiert ist und dass der Verein quasi ein Tatort ist. Oder weil es ihnen schlichtweg egal ist.

»Wieso bist du nicht mit deinen Freunden am See?«

»Weil mir nicht danach ist.«

»Aber du kannst dich doch nicht hier verstecken.«

»Tue ich gar nicht.« Ich befolge nur diesen schlauen Spruch, dass man sofort, nachdem man abgeworfen wurde, wieder zurück aufs Pferd steigen muss, weil man sonst jedes Mal Angst vor dem nächsten Sturz hat. Und ich will keine Angst haben.

»Vio, was sollen deine Freunde denn denken, wenn du dich jetzt zurückziehst, hm?«

»Tată, ich glaube, die haben alle Verständnis.«

Kurz kann er sich nicht entscheiden, wie er reagieren soll. Inzwischen nenne ich ihn nicht mehr so oft *Tată*, weil er wollte, dass ich Papa sage, wie es all meine Freunde daheim bei ihren Vätern auch tun. Dabei habe ich ihn bis zur siebten Klasse immer so genannt.

»Vio, ich möchte nicht, dass du hier zur Außenseiterin wirst.«

»Weil ich nicht am See bin?«

Er atmet so schwer aus, als hätte er gerade eine Mathehausaufgabe mit mir wiederholen müssen, die ich einfach nicht verstehen kann oder will.

»Ich verstehe, dass dich das gestern erschreckt hat. Aber das hat nichts mit uns zu tun.«

»Du kannst das noch so oft sagen, aber deswegen wird es nicht zwingend wahr. Und das weißt du.«

»Wenn wir uns nur ruhig verhalten …«

»Ruhig?« Meine Stimme ist gerade das Gegenteil von dem, was er von mir verlangt. »Papa, die haben auf dein Restaurant geschossen!«

»Aber nicht auf uns.«

»Wo lebst du eigentlich?«

»Vio.«

»Sie haben aber *uns* treffen wollen. Vielleicht nicht mit den Schüssen, aber mit der klaren Message dahinter. Sie wollen uns hier nicht haben.«

»Unsinn.« Papa schüttelt stur den Kopf, bleibt dabei so ruhig, dass ich nur noch wütender werde und aufstehen muss.

»Sie wollen uns Angst machen, uns daran erinnern, dass wir nicht hierhergehören.«

»Wenn du dir das einredest, wirst du irgendwann wirklich zur Außenseiterin, weil du niemandem mehr trauen kannst. Deswegen ist es wichtig, ruhig zu bleiben.«

»Da reicht es nicht, nur ein bisschen Ruhe zu bewahren. Dafür müsste ich schon komplett und für immer zu diesem Thema den Mund halten.«

Papas Augen werden traurig, und ich hoffe, er versteht, dass es so nicht weitergehen kann, aber zu meiner Enttäuschung zuckt er nur die Schultern.

»Dann sollten wir das vielleicht tun.«

Sprachlos starre ich ihn an, kann nicht verstehen, wieso mein Vater, groß und breit wie ein Baum, ein Meister am

Grill und so stolz auf seine rumänischen Gerichte, jetzt so einknickt und sich mit dieser Situation arrangieren will.

»Du gibst auf?«

»Das hier ist keine Frage von Aufgeben. Für sie werde ich immer der Ausländer am Grill bleiben, der für sie kocht und sie bedient.« Er zuckt lächelnd die Schultern. »Meine Aussprache, mein Name, meine sprachlichen Fehler. Aber du …« Er deutet mit beiden Händen auf mich, sein Lächeln stolz und liebevoll. »Du nicht. Du bist nur ihre Freundin, mit der sie am See liegen und Erinnerungen sammeln. Und wenn du das hier …«, seine Geste umschließt die Fenster vor uns, wie auch die Leuchte über der Bar und das ganze Restaurant, »zum Thema machst, werden sie in dir nur die Fremde sehen. Es ist deine Entscheidung.«

So sehr ich mir auch wünschte, dass es derart einfach wäre, so weiß ich doch nur zu genau, dass sein Plan nicht aufgehen wird.

»Träum weiter, Tată.« Bevor er meine Wuttränen sehen kann, stürme ich aus dem Lokal und pralle gegen jemanden, mit dem ich hier nicht gerechnet habe und den ich verschwommen kurz für jemand anderen halte.

»Hi.«

Robin. *Nicht Konstantin.*

»Hi.« Schnell will ich mich an ihm vorbeischieben, aber er berührt kurz meine Schulter und legt damit meinen kompletten Fluchtinstinkt lahm.

»Ist mein Bruder bei dir?«

»Nein. Er hat sich den ganzen Tag noch nicht gemeldet.« Eine Tatsache, die mein Denkzentrum zusätzlich belastet.

»Bist du okay?«

Mit der Frage bringt er alles, was ich mir seit gestern Nacht mühevoll als Schutzmauer aufgebaut habe, einfach so zum Einstürzen, obwohl ich noch versuche, genau das zu verhindern. Aber dafür ist es zu spät, ich wirbele zu ihm herum und lasse alles raus.

»Nein. Ich bin nicht *okay.* Ich bin wütend. Und verletzt. Und enttäuscht. Und habe mächtig Angst. Und mein Vater denkt, wenn ich all diese Gefühle einfach runterschlucke, werden die anderen nicht sehen, wie weh sie mir getan haben. Dann wäre ich *eine von ihnen.* Und jedes Mal, wenn ich so tue, als würde es mich nicht stören, dass sie glauben, ich wolle mir hier alles unter den Nagel reißen, oder als träfe es nicht uns, wenn sie durch die Scheiben schießen … Im Moment will ich einfach nur hier wegkommen!«

Robin bemerkt vor mir, dass ich zittere, und kommt auf mich zu, legt die Arme um mich und hält gerade dadurch für den Moment alles zusammen, ohne es wirklich zu wissen.

»Es tut mir so unheimlich leid.« Er flüstert es durch meine Haare an mein Ohr, und ich nicke, weil das wohl die korrekte Reaktion ist.

»Allen tut es leid, aber niemand tut etwas.«

Jetzt schüttelt er den Kopf und berührt sanft mein Kinn.

»Doch. Jemand wird was tun. Versprochen.«

Ich sehe zu ihm hoch, entdecke sein kurzes Lächeln und wie er auf etwas hinter uns deutet.

»Ich wollte dir eigentlich nur das hier vorbeibringen.«

Langsam drehe ich mich aus seiner Umarmung und erkenne Jessys Rad.

»Jessy braucht es nicht mehr, ich hab sie gefragt, und wenn du in Walddorf von A nach B kommen willst, ist ein Geschoss wie dieses unentbehrlich. Ich habe die Kette noch mal geölt, die macht also keine Probleme mehr.«

»Du schenkst mir das Rad deiner Ex?«

»So formuliert klingt es nicht mehr ganz so heldenhaft. Aber vielleicht hilft es ja uns beiden.«

Wieder sehe ich zu ihm, wie er das Fahrrad betrachtet.

»Mir mit dem Loslassen und dir mit dem Wegkommen.«

KAPITEL 56

Konstantin

Das Wichtigste beim Angeln ist Geduld.« Volker sitzt in einem Campingstuhl neben mir, die Rute steckt in einer Halterung, die Angelschnur hängt seit einer gefühlten Ewigkeit im Wasser, allerdings tut sich seit der erwähnten Ewigkeit auch nichts.

Jonas, der im Campingstuhl links neben mir liegt und weggedöst ist, schnarcht leise und unterbricht damit die Ruhe, die hier herrscht. Volker lässt den Blick die ganze Zeit auf der Wasseroberfläche ruhen, immer bereit zu reagieren, sobald ein Fisch anbeißt.

»Irgendwie dachte ich, es geht alles viel flotter. Immerhin ist das doch ein Angelteich.«

»Ja, aber die Viecher sind nicht dumm. Die fragen sich natürlich, wo einige ihrer Kumpels wohl geblieben sind.« Zum ersten Mal, seitdem wir hier angekommen sind, sieht er zu mir, ein Grinsen auf dem Gesicht. »Vielleicht spricht sich das unter den Fischen rum.«

»Ja, wer weiß.«

»Mach dich nicht verrückt. Wir fangen schon was. Bisher habe ich immer Glück gehabt. Regenbogenforellen, Karpfen,

Saiblinge oder Störe. Dann schmeißen wir das heute Abend auf den Grill und alle werden happy sein.«

Eine indirekte Einladung, wie ich annehme, und ich muss an Robin denken. Wie er oft spät nach Hause kam, immer schon irgendwo irgendwas gegessen hatte, mit seinen Jungs noch um die Häuser gezogen war und sein Lächeln uns nie verraten hat, was er wohl gemacht hatte. Manchmal war ich neidisch, weil er trotz der angeblichen Ödness hier offensichtlich immer was erlebt hatte. Jetzt hier zu sitzen, vielleicht sogar auf seinem Platz, das tut auf eine weirde Art gut.

»Du bist doch dabei, oder?«

»Sicher. Klar.«

Irgendwie ist in den letzten Stunden das irre Gedankenkarussell in meinem Kopf langsam zur Ruhe gekommen, und ich bin Jonas inzwischen echt dankbar, dass er mich heute Morgen aufgelesen und sich um mich gekümmert hat. Das war echt nett. So wie es jetzt nett ist, hier neben Volker zu sitzen, aufs Wasser zu starren und ihn über Fische und Grillfeste reden zu hören. Volker strahlt dabei eine Ruhe aus, vor der ich mich neulich nachts im Schießverein noch gefürchtet habe und für die ich ihn jetzt bewundere. Er wäre sicher nicht im Pyjama und ohne Schuhe von zu Hause abgehauen.

Sicher nicht.

»Pennt Jonas etwa?« Kurz sehe ich zu meinem Sitznachbarn, der vollkommen weggetreten scheint, und wir lachen leise. »Der macht immer so früh schlapp und fährt erst abends richtig auf.«

Ja, genau so kenne ich ihn. Immer ein bisschen aufdringlich und zu laut. Das Gegenteil von Volker.

»Sag mal, jetzt, da wir unter uns sind.«

»Hm?«

»Wo ist das Gewehr?«

Fuck. Dieses verdammte Gewehr.

»Ich habe es versteckt. An einem sicheren Ort.«

Das klingt wie ein lahmes Quote aus einem miesen Actionstreifen, der es nie ins Kino, sondern nur zu einem Direktrelease auf Blu-Ray geschafft hat. Volkers Blick bohrt sich in mich, und es ist nur eine Frage der Zeit, bis er die Antwort hinter meiner Fassade findet. Nämlich, dass ich, gelinde gesagt, keine Ahnung habe, wo Robin das Gewehr untergebracht hat.

»Und was geht mit dir und dieser Rumänin?«

Das nenne ich mal einen Themenwechsel, Schleudertrauma inklusive.

»Vio.«

»Läuft da was?«

Sofort ist da wieder dieses Gefühl, wenn ich an unseren Kuss denke. Dieses Kribbeln. Ich hasse es, dass ich bei meiner Flucht von zu Hause mein Handy vergessen habe und ihr nicht schreiben kann, dass es mir gut geht – und ich an sie denke.

»Ich weiß nicht. Vermutlich.«

Volker nickt leise, sondiert die ruhige Wasseroberfläche, und ich warte darauf, dass er noch was zu dem Thema sagt. Denn offenbar haben so einige Leute was dazu zu sagen, egal, ob ich ihre Meinung hören will oder nicht.

»Ist das ein Problem?« Es soll herausfordernd klingen, aber jetzt kommt es rüber, als würde ich auf Volkers Erlaubnis oder so was hoffen. Doch der schüttelt nur den Kopf, lehnt sich in den Campingstuhl zurück und greift nach der Bierdose, die neben ihm steht.

»Nö. Habe ja auch mal eine Polin geknallt. Die meisten von denen sind gut im Bett.«

Ich schweige.

»Weißt ja, lassen sich gerne mal von Deutschen vögeln.«

Er grinst mir verschwörerisch zu, und weil ich ihm nicht sagen will, dass ich noch Jungfrau bin, nicke ich nur dümmlich grinsend.

»Aber fürs Leben sind die nichts. Das ist wie so 'ne Aufwärmübung.«

»Aufwärmübung?«

»Klar. Du sammelst Erfahrungen, und wenn du dann 'ne Deutsche findest, kannst du das einsetzen und sie richtig glücklich machen.«

Er nimmt einen Schluck, und ich starre ihn an, weil ich weiß, dass er es ernst mein.

»Vio ist aber Deutsche.«

Er lacht leise und schüttelt den Kopf.

»Ja, weil ihre Eltern wie so Kakerlaken über die Grenze gekrabbelt sind, damit die Tochter hier geboren wird und einen deutschen Pass bekommt. Dann kannst du sie nicht abschieben. Das macht sie noch lange nicht zu einer *echten* Deutschen.«

Echte Deutsche.

Seine Definition davon würde mich interessieren. Und würde er mich noch immer in diese Kategorie einsortieren, wenn er wüsste, dass mein Großvater aus Böhmen stammt? Wo genau zieht man eigentlich diese Grenze? Und warum?

»Glaub mir, die Kleine tut dir nicht gut.«

Doch, tut sie, sehr sogar.

»Die spielt nur mit deinen Gefühlen und manipuliert dich. Sie macht dir schöne Augen, säuselt irgendwas von wegen, du seist was Besonderes, dann verliebst du dich und fällst voll darauf rein.«

»Auf was?«

»Ich sag's mal so.« Er dreht sich wieder zu mir, aber gerade dreht sich sowieso irgendwie alles, der einzige Fixpunkt sind seine funkelnden Augen. »Mischehen versauen unser Land, unsere Kultur und unseren Glauben.« Alle Punkte zählt er an seinen Fingern ab und ich muss schlucken. »Außerdem denkt Jonas, dass sie 'ne Lesbe ist.«

»Na ja, ich denke nicht, dass …«

Er unterbricht mich, bevor ich meine Argumente vortragen kann, weil offenbar ein Fisch angebissen hat. Sofort springen wir auf, und Volker deutet auf meine Angelrute, durch die ein Ruck geht. Die Spitze beginnt zu zittern.

»Das ist deine!«

Sogar Jonas wird aus seinem Nickerchen gerissen, versteht sofort und richtet sich auf.

»Du musst ihn einholen.«

Zwar war ich mal vor Jahren angeln mit meinem Vater, aber die Erinnerung an die Handgriffe von damals fehlt gerade, was Volker und Jonas sofort verstehen. Jonas packt die Rute, bevor sie aus der Halterung rutschen kann, und hält sie mir entgegen. Volker flankiert mich, und ich umklammere den Griff, während er beginnt, die Angelrolle zu drehen, die Schnur spannt sich, wir haben definitiv einen Fisch gefangen.

»Ein bisschen nachgeben …« Er lässt die Rolle wieder los, Jonas' Hände legen sich um meine, zusammen halten wir den Griff umklammert. »Und jetzt einholen!« Wie in einer perfekten Boyband-Choreografie lehnen wir uns synchron zurück, holen noch mehr Angelschnur ein. »Das muss ein dicker Klopper sein!«

Bei der vielen Kraft, die wir einsetzen müssen, vermute ich fast, dass wir einen ausgewachsenen weißen Hai am Haken haben. Das wäre doch mal eine Schlagzeile. Noch einige Male wiederholen wir die Vor-und-zurück-Bewegung, dann taucht da dieses sich windende Ding aus dem Wasser auf, und wir holen die Schnur so schnell wie möglich ein, jubeln und grölen wie nach dem Erzielen des Champions-League-Siegestors in der letzten Spielminute. Volker wirft einen professionellen Blick auf den Fisch, der noch am Haken zappelt.

»Regenbogenforelle. Nicht schlecht fürs erste Mal!«

Beide klopfen mir anerkennend auf die Schulter, Jonas löst den Fisch und drückt ihn mir in die Hand. So recht weiß ich nicht, wie ich ihn halten soll, aber Volker hat schon das Handy aus der Hosentasche gezogen.

»Stell dich mal so hin, dass der See mit drauf ist.«

Jonas bugsiert mich in die richtige Position und alles läuft mehr oder weniger wie ein Film ab. Das Rauschen in meinen Ohren, das Kribbeln auf der Haut, der nasse glitschige Fisch in meinen Händen und meine Mundwinkel, die den Ohren ein Highfive verpassen wollen, so breit grinse ich.

»Und jetzt sag *Cheese*!« Stolz halte ich den Fisch hoch, strahle direkt in die Kameralinse und höre den Auslöser. »Der wird auf den Grill geschmissen. Was ein geiler Tag!«

Ohne Vorwarnung zieht Volker mich in eine Umarmung, wobei der Fisch zwischen uns an meine Brust gedrückt wird und einen nassen Fleck auf dem geliehenen T-Shirt hinterlässt. Als Volker sich von mir löst, legt er seine Hand an meine Wange, seine Augen ganz groß, offensichtlich mit genauso viel Adrenalin vollgepumpt wie ich.

»Bin richtig stolz auf dich, Konny.«

KAPITEL 57

Vio

Holger, Isabell und die anderen liegen an ihrem Stammplatz am See, als ich zu ihnen stoße. Ohne Badesachen oder Handtuch, aber ich hoffe, dass einer von ihnen weiß, wo Konstantin sich rumtreibt. Zu Hause, das hat Robin mir erzählt, ist er nicht und mein Anruf wurde nach einigen hoffnungslosen Klingelversuchen an seine Mailbox verwiesen.

Sobald Holger mich sieht, schiebt er sich die Sonnenbrille in die Haare und setzt sich auf.

»Hey, Vio. Mit dir hätte ich nicht gerechnet. Alles okay?«

Das ist wohl die neue Standardbegrüßung, wenn ich irgendwo auftauche. Als würde mich mitten im Sonnenschein eine dunkle Wolke begleiten, die ihren Schatten auf mich wirft und stets zu besorgten Nachfragen führt.

»So weit ja.«

»Voll heftig, was da passiert ist. So was geht gar nicht.« Er sagt es voller Nachdruck und ich nicke.

»Hat jemand von euch Konstantin gesehen?«

Kurzes Schweigen, dann nickt Holger langsam.

»Heute Morgen kurz. Ich war aber in Eile, konnten nicht quatschen.«

»Weißt du, wo er hinwollte?«

»Nee. Leider nicht.«

Das alles sieht Konstantin nicht ähnlich, und ich fange ernsthaft an, mir Sorgen zu machen. Die wildesten Worst-Case-Szenarien spielen sich in meinem Kopf ab, obwohl ich genau weiß, dass das alles Quatsch ist.

»Dabei war er barfuß und im Schlafanzug unterwegs.« Holger lacht, und Isabell lässt sich zumindest zu einem kurzen Lächeln hinreißen, auch wenn nichts daran wirklich witzig ist. Erschöpft von all den neuen Infos nehme ich neben ihnen im Sand Platz und lasse den Blick über den See wandern.

»Habt ihr euch gestritten?«

»Nicht, dass ich wüsste.«

Und dennoch gehe ich gedanklich unser letztes Gespräch durch, frage mich, was in der Zwischenzeit vorgefallen sein könnte und wieso er sich nicht mehr bei mir meldet.

»Da war noch was …« Holger malt mit dem Finger im Sand, vermeidet es so, mir ins Gesicht sehen zu müssen, und meine Nackenhaare stellen sich auf.

»Und was?«

»Er schien wohl recht frisch aus einer Schlägerei zu kommen.«

»*Was?*« Isabell ist schneller als ich, und starrt Holger ebenso fassungslos an, wie ich es tue. Nur hat es mir als Zugabe auch noch die Sprache verschlagen.

»Sah zumindest so aus. Er hatte ein blaues Auge.«

»Von wem denn?«

»Keine Ahnung.«

Alles überschlägt sich. In meinem Kopf, in meinem Magen und vor allem in meinem Herzen. All diese Newsflashs ergeben einfach keinen Sinn, ergeben kein Bild, das mir etwas verrät. Ganz im Gegenteil, sie erzeugen nur noch mehr Chaos. Zum Glück ist Isabell noch in der Lage nachzuhaken.

»Und du hast ihn nicht gefragt?«

Holger schüttelt den Kopf

»Nee, wir hatten es ja eilig.«

»Das sieht Konny null ähnlich. So was von null.«

»Ich weiß. Ich dachte halt …«, er deutet vage in meine Richtung, »es hätte irgendwas mit dir zu tun.«

Mit mir.

»Wieso denn das?« Isabell, aka mein Sprachrohr, stützt die Hände in die Hüften und funkelt Holger an, der nur die Schultern zuckt.

»Na ja, seitdem Vio hier ist, benimmt sich Konstantin anders. Irgendwas hat sich halt verändert. Das hast du doch selber gesagt, Isa.«

Ich spüre, wie mein Körper sich plötzlich ganz schwer anfühlt. Vollkommen egal, wie sehr ich mich auch anstrenge, ich bin hier für jeden nur die Neue, die alles durcheinandergebracht hat. Niemand sagt mehr was, und ich würde am liebsten verschwinden. Einfach weg. Von mir aus zurück nach München, wo ich auch nur Chaos verursacht habe.

»Okay. Falls ihr ihn seht, könnt ihr ihm vielleicht ausrichten, dass er sich bei mir melden soll?«

Nicken.

»Ich geh dann mal wieder.«

»Willst du nicht noch ein bisschen bleiben?«

»Habe keine Badesachen dabei.«

Wie auf Autopilot stehe ich auf, winke ihnen zum Abschied zu und gehe den Weg zurück hoch zum Parkplatz, wo Jessys Rad, das jetzt wohl meines ist, steht und treu auf mich wartet. Ohne genau zu wissen, wohin ich eigentlich will, steige ich auf und trete in die Pedale. Zuerst noch recht normal, dann immer fester und schneller, bis der Fahrtwind mir ordentlich ins Gesicht pustet und ich das kleine gelbe Ortsschild mit der Aufschrift *Walddorf* passiere, auf den kleinen Feldweg neben der Landstraße einbiege und alles für den Moment hinter mir lasse.

Das Dorf wird immer kleiner, je schneller ich in die Pedale trete, verwandelt sich hinter mir zum Zentrum meiner Probleme, die ohne Zweifel alle dort noch auf mich warten werden, sobald ich zurückkehre.

Erst als ich die Baustelle erreiche, bemerke ich, bis wohin ich geradelt bin. Noch immer kenne ich mich hier nicht gut genug aus, um ein passendes Versteck vor meinen Sorgen zu finden. Aber jetzt hier zu sein – und das ziemlich außer Atem –, fühlt sich zumindest so an, als wäre ich irgendwo angekommen. Wie auch bei meinem letzten Besuch mit Konstantin stehen die Bauarbeiten still, der provisorisch aufgestellte Zaun ist entweder umgefallen oder wurde mutwillig eingerissen. Vorsichtig steige ich darüber hinweg und bin mir sicher, nicht die Erste zu sein, die das tut.

Der hingesprühte Spruch ist inzwischen hinter einem frischen weißen Anstrich verschwunden, aber als wäre ich mit einem Röntgenblick ausgestattet, habe ich ihn noch immer ganz genau vor Augen.

Niemand ist hier, weil niemand es eilig zu haben scheint, das Gebäude noch in diesem Sommer fertigzustellen. Dabei steht der Rohbau schon, nur Fenster und Türen fehlen und die Innenwände sind noch nicht verputzt.

Durch ein Fenster klettere ich hinein und sehe mich um. Absperrbänder warnen davor, die Treppe zu benutzen, und eigentlich sollte ich gar nicht hier sein. Es riecht nach Farbe, Metall und Urin, nicht gerade einladend.

Vorsichtig gehe ich in den nächsten großen Raum und sehe mich um. Nichts, wirklich nichts deutet darauf hin, dass hier irgendwo für Menschen ein neues Leben beginnen könnte. Von Hoffnung keine Spur. In der Ecke steht ein vergessener Hocker, auf dem ich Platz nehme und mein Handy hervorziehe.

Papa hat versucht mich zu erreichen, aber keine Nachricht auf der Mailbox hinterlassen. Konstantin hat meine Versuche, ihn zu kontaktieren, bis jetzt noch nicht gelesen. Was mir Holger über die Begegnung erzählt hat, sorgt bei mir immer noch für arge Bauchschmerzen. Konstantin mit blauem Auge und im Pyjama. Nichts passt zusammen.

PLING!

Von den rohen Wänden hallt das Geräusch endlos wider, und ich sehe mich ertappt um, obwohl ich weiß, dass außer mir keine Menschenseele hier ist.

Wie läuft es so im Hinterland?

Pascal Lenninger.

Ich weiß nicht, wieso, aber ich tippe auf seine Nummer

und lasse sie wählen, ohne länger darüber nachzudenken. Sofort nimmt er meinen Anruf an.

»Hey, Vio! Wie schön, dass du anrufst, ich …«

»Spar dir das, Pascal.«

»Was meinst du?«

Er ist unterwegs, telefoniert bestimmt über seine Kopfhörer, weil Pascal immer auf dem Weg irgendwohin ist. Weil es immer jemanden gibt, der gerade auf ihn wartet.

»Wieso meldest du dich aus dem Nichts bei mir? Hast du noch nicht genug Mist in meinem Leben angestellt? Gibt es noch mehr Dinge, die du unbedingt kaputt machen willst?«

»Also hör mal, so ein großer Mist war das gar nicht.«

Sein Gesicht ist mir auf absurde Art und Weise derart vertraut – weil ich es so lange aus der Ferne angeschmachtet und ihm dummerweise so nahegekommen bin –, dass ich genau weiß, wie er jetzt grinst. So wie immer, vollkommen egal, wie die anderen sich dabei fühlen.

»Du hast dieses Scheißgerücht über uns in die Welt gesetzt und meine damit komplett auf den Kopf gestellt. Reicht das nicht?«

»Hör mal, das war doch nur ein Scherz.« Er bleibt stehen, zumindest verschwinden die Windgeräusche aus der Leitung.

»Ein Scherz? Du hast rumerzählt, wir hätten miteinander geschlafen!«

»Ja und? Hätten wir auch, wenn du nicht so irre müde gewesen wärst. Und der Kuss hat dich auch nicht gestört, falls ich mich recht erinnere.«

Dieser verdammte Kuss, der nicht geplant gewesen war.

Der alles verkompliziert, mich aber auch daran erinnert hatte, schnell die Reißleine zu ziehen.

»Es ist trotzdem nichts passiert. Und du hast gelogen und mich mit voller Absicht verleumdet.«

»Das war doch nur als Gag gedacht. Wusste ja nicht, dass es so 'ne Welle macht.«

»Und hast du mal daran gedacht, alles aufzuklären?«

Nichts. Nicht mal mehr Windgeräusche. Weil Typen wie Pascal Lenninger nicht über so was nachdenken. Müssen sie nicht. Weil sie für jeden Mist gefeiert werden, während ich für all meine Freunde in München die Schlampe wurde.

»Das ist dir alles egal, oder?«

Er atmet genervt aus und dann nehmen die Windgeräusche wieder zu.

»Hör mal, wenn du anrufst, um mir ein schlechtes Gewissen zu machen, kannst du es knicken. Also, ich treffe gleich die anderen, soll ich ihnen was von dir ausrichten?«

»Ja. Sag ihnen, dass ihr Kumpel ein Lügner und ein Arschloch ist. Und bald Post vom Anwalt bekommt.«

Dann lege ich auf, blockiere seine Nummer und lösche die bisherigen Unterhaltungen.

Zu blöd nur, dass ich die Speicherkarte meines Herzens nicht so einfach löschen oder neu formatieren kann.

KAPITEL 58

Konstantin

Die Grillhütte unweit vom Angelsee ist eigentlich nichts weiter als ein Betonunterstand, der an einer Seite komplett offen ist. Der große Hängegrill in der Mitte ist so verrußt, dass man nicht mehr erahnen kann, wie das Metall mal ausgesehen hat, bevor hier unzählige Grillpartys veranstaltet wurden. Volker, der die gefangenen Fische ausnimmt und würzt, hat mir die Aufsicht des Feuers übertragen, während Jonas noch mal los ist, um Nachschub an Getränken zu besorgen, für den Fall, dass unser Vorrat nicht reicht. Voller Stolz hält der jetzt die *Bacardi*-Flasche hoch, die er neben dem Sixpack Bier an der Tanke ergattert hat. Außerdem hat er noch zwei Jungs angeschleppt, die ich nur flüchtig kenne, weil sie nicht zu der Clique gehören, mit der Robin rumhing.

»Hey, Wagenfeld!« Volker, der, seitdem unsere Gruppe sich vergrößert hat, einen anderen Ton anschlägt, winkt mich mit blutigen Fingern zu sich rüber, und ich werfe noch mal schnell einen Blick auf mein Feuer, das sich langsam, aber sicher in Glut verwandelt, dann folge ich seiner Aufforderung und gehe zu ihm rüber.

»Schon mal 'nen Fisch ausgenommen?«

»Nein.«

»Hat Robin dir das nie beigebracht?«

»Ich weiß nicht mal, ob er das kann.«

Jonas lacht auf und schüttelt den Kopf.

»Und wie er das kann.«

Volker schiebt mir das Brett mit der Forelle rüber.

»Dann wird es Zeit, dass du es lernst.« Mit einer schnellen Handbewegung dreht er das Messer in seiner Hand und reicht es mir mit dem Griff zuerst. »Ist alles nicht so wild. Im ersten Schritt hältst du den Fisch mit dem Bauch nach oben und stichst in einem flachen Winkel das Messer nicht zu tief in das Waidloch ein.«

»Ins was?«

»Hier. Kurz vor der Afterflosse.«

Ich versuche mein Glück, wobei sich das alles gerade wie doppelter Mord anfühlt. Reicht es nicht, dass ich den Fisch gefangen habe?

»Dann führst du das Messer bis zum Ansatz der Kiemendeckel. Der Schnitt sollte nur ganz knapp bis unter die Bauchdecke reichen.«

»So?«

»Ja, nur nicht zu tief. Wenn du die Galle erwischst, schmeckt der Fisch beschissen.« Volker beobachtet jeden meiner Handgriffe ganz genau, steht dicht hinter mir. Es riecht nach Fisch, Blut und Innereien, aber ich will mir nicht anmerken lassen, wie unangenehm die Mischung mir ist.

»Jetzt nur noch die Kehle auf Höhe der Kiemenbögen durchtrennen.«

Sofort halte ich in meiner Bewegung inne, was Volker nicht entgeht.

»Was ist los?«

»Keine Ahnung.«

»Dir ist wohl lieber, wenn du einfach Fischstäbchen auftaust, hm?«

»Irgendwie schon.« Die Eingeweide des Fisches fühlen sich fremd und falsch zwischen meinen Fingern an.

»Willkommen in der Realität, Wagenfeld. Wenn du gutes Essen willst, musst du selber dafür sorgen. Und die Drecksarbeit machen. Weißt du, was für Müll in deinen Fischstäbchen steckt?«

Er nimmt mir das Messer aus der Hand und trennt, ohne auch nur mit der Wimper zu zucken, die Kehle der Forelle durch. »Manche Dinge muss man eben selber in die Hand nehmen, wenn man will, dass es ordentlich gemacht wird. Verstehst du, was ich meine?«

Vermutlich nicke ich, weil Volker zufrieden grinst.

»Weißt du, wie wichtig es ist, einen See mit Fischen rein zu halten?«

Weil ich mich nicht für den großen Angler halte, auch wenn das Rauschgefühl von vorhin noch immer für meine gute Laune sorgt, schweige ich.

»Stell dir vor, jemand wirft einen kranken Fisch aus Osteuropa oder Arabien da rein. Und der mischt sich dann mit unseren gesunden, guten Fischen. Die nächste Generation Fisch, die wir fangen und essen, verdirbt uns dann den Magen. Fischvergiftung. Weißt du, wie scheiße das ist?« Ohne wirklich hinzusehen, nimmt er während seiner Ansprache den Fisch weiter aus, wirft die Innereien in den Eimer neben uns und greift dann nach einer Zahnbürste, die neben den anderen Messern liegt. »Bei Forellen bleiben zwischen den Wirbeln oft noch Rückstände der Nieren hängen. Dafür die Zahnbürste.« Mit fließenden Bewegungen macht er weiter und zeigt dann auf den Fisch vor uns. »Das hier ist ein richtig guter Fisch. Und es ist unsere Aufgabe, dafür zu sorgen, dass wir weiterhin genau solche Fische genießen können. Unsere Teiche müssen rein bleiben.« Er legt mir die Hand auf die Schulter, ohne sie vorher abzuwischen. »Verstehst du das?«

Langsam nicke ich, nicht sicher, was ich von seiner Analogie halten soll, bei der es nicht um Fische geht, so viel ist klar.

»Denke schon.«

»Gut.« Volker wirkt zufrieden, wischt sich die Hände am mitgebrachten Geschirrtuch ab und deutet auf den Fisch. »Jetzt nur noch ausspülen, nach Belieben würzen und rauf auf den Grill.«

Ein kurzer Blick zurück, die Kohle glüht orangefarben und die Wärme vom Grill strahlt bis zu uns.

»Hat jemand an den Edding gedacht?« Auf Volkers Frage antwortet Jonas nickend, setzt sein Bier ab und greift in die Hosentasche, bevor er mir den schwarzen Stift über den Grill hinweg zuwirft. Etwas unvorbereitet fange ich ihn gerade so noch auf, mir war nicht bewusst, dass er für mich bestimmt ist.

»Tob dich aus.« Volker deutet auf die Wände der Grillhütte, und ich erkenne all die blöden Schmierereien, die unsere Dorfjugend angetrunken auf den Beton geschmiert hat. Es ist alles dabei, von Telefonnummern, die man im Falle von akuter Einsamkeit anrufen soll, bis hin zu Liebeserklärungen für Fußballvereine, Mädchen, Jungs und Haustiere. Politische Meinungen tummeln sich ebenso dazwischen wie Wut auf Ex-Partner oder über das Wetter. Unschlüssig stehe ich davor, die Kappe schon mal vom Stift gezogen.

»Jeder verewigt sich hier.« Volker deutet auf einen Spruch rechts zwischen einem Graffitiversuch und einem Rußfleck. »Dein Bruder hielt sich damals für ziemlich witzig.«

Ich trete einen Schritt weiter auf die Wand zu, lese mir Robins Text durch und bemerke, dass das hingeschmierte Datum mich wissen lässt, dass er bereits vor drei Jahren der Meinung war, dass dieses Dorf einer Endstation gleicht.

Wer freiwillig in Walddorf bleibt, verpasst das Leben, die Liebe und die Welt.

Ehrlich gesagt finde ich seine Worte gar nicht so schlecht, verglichen mit dem ganzen anderen Mist, der sonst dort steht. Auch wenn es sich immer ein bisschen so anfühlt, als meine er mit solchen Aussagen irgendwie mich.

Neben seinem Satz ist noch genug Platz für meine Antwort, die ich in wütenden Buchstaben danebenschreibe.

Wer so dringend hier weg will, flüchtet nicht vor seinem Dorf, sondern vor seinem Selbst!

Möglich, dass er das nie lesen wird, aber es fühlt sich plötzlich gut an, ihm zumindest hier die Meinung gesagt zu haben. Ich reiche Jonas den Edding und erhalte im Austausch ein Glas Bacardi Cola, von dem ich schnell einen Schluck nehme, als sich plötzlich Volkers Arm um meine Schulter legt.

»Spüre ich da ein bisschen Brüderrivalität?«

»Ach.«

»War er das hier …« Vorsichtig deutet er auf meine Wange, darauf bedacht, mein Veilchen nicht zu berühren, und ich nicke. Früher oder später macht es ja doch die Runde, wieso sollen sie es also nicht von mir hören?

»Hast du dich wenigstens revanchiert?«

»Noch nicht.«

»Nun, wenn es dir hilft, er wäre mächtig angepisst, wenn er wüsste, dass du jetzt hier bei uns bist.«

»Ja?« Keine Ahnung, wieso ich jetzt grinsen muss.

»Absolut. Du warst ihm immer irgendwie peinlich. Deswegen will er ja auch weg. Wir sind ihm alle peinlich. Sind schließlich nur Dorfdeppen.«

»Wir sind keine Dorfdeppen.«

Volker hebt sein Glas und stößt mit mir an. Sofort ist Jonas auch da und lässt seine Bierflasche ebenfalls gegen mein Glas klirren.

»Sag ich doch, Wagenfeld, wurde Zeit, dass du mal bei den Großen mitspielst.«

KAPITEL 59

Vio

Mone trägt ein grün-weißes Poloshirt, ein froschgrünes Basecap und ein freundliches Lächeln auf den Lippen, als ich vor ihr an der Kasse auftauche und zwei Schokoriegel über den Tresen schiebe.

»Guten Abend.«

Einen ganz kurzen Wimpernschlag lang verrutscht ihr Lächeln, als sie mich erkennt und sich kurz umsieht, als erwarte sie eine ganze Parade all ihrer Freunde, aber ich bin alleine.

»Was machst du hier?«

»Schokolade kaufen.«

»Du bist extra nach Ottersfeld gefahren für ungesundes Zeug?« Routiniert greift sie nach den Riegeln und lässt sie unter der Scanner-Pistole durchlaufen.

»Vielleicht wollte ich dir auch einfach nur Gesellschaft leisten.«

Sie zieht zweifelnd eine Augenbraue hoch.

»Okay, okay, vielleicht habe *ich* ein bisschen Gesellschaft gebraucht.«

»Dann ist ja heute dein Glückstag.« Strahlend sieht sie

mich an. »Die sind im Doppelangebot. Das macht 1,30 € für beide.«

»Wow, ich wusste doch, der Trip lohnt sich.«

»Zahlst du mit Karte oder bar?«

»Ha. Ha.« In meinem Geldbeutel suche ich zwischen den vielen Münzen, die ich so gut wie nie ausgebe, nach dem passenden Betrag und reiche ihn ihr. »Habt ihr eine Kaffeekasse?«

»Nee. Aber du darfst mir gerne einen Schokoriegel ausgeben.«

»Für wen sollte der zweite auch sonst sein? Erdnuss oder Crisps?«

»Erdnuss.«

Während wir die Riegel aus der Verpackung befreien, sehe ich mich in dem kleinen Tankstellenshop um. Irgendwie sehen alle Tankstellenshops auf der ganzen Welt ähnlich aus. Es gibt dort Dinge, die man selten braucht, aber, wenn man in einem drin ist, immer kauft.

»Hier arbeitest du also.«

»Ja. Nicht gerade besonders glamourös, ich weiß.«

»Sagst du zu der Person, die an der Theke Bier zapft.«

Hinter der Kasse sieht Mone gar nicht mehr aus wie Mone. Mehr so, als hätte sich jemand ihren Körper geliehen. Auch wenn sie sich wirklich Mühe gibt, es fehlen ihre Leichtigkeit und die Freude, die sie sonst ausstrahlt, ohne etwas dafür tun zu müssen.

»Du denkst, es ist total albern, oder?«

»Was genau?«

»Dass ich hier diesen Job mache und Geld spare für einen Umzug, der nie stattfinden wird.«

»Wer behauptet das denn?«

Statt weiterhin den Blickkontakt mit mir zu halten, sieht sie durch die Scheibe nach draußen zu den Zapfsäulen, wo kein Auto, kein Roller und auch sonst keine Kunden zu sehen sind.

»Ich weiß es ja selber. Wozu der Scheißaufwand?« Schwer atmet sie aus und nimmt die Kappe ab, lässt ihre blonde Mähne frei und ist wieder viel mehr die Mone, die ich kennengelernt habe. »Meine Eltern haben in Mutterstadt einen Betrieb für Gartenmöbelverkauf und -reparatur.« Eine Info, mit der ich nichts anfangen kann, und so spricht sie weiter. »Es steht für alle fest, dass ich den übernehmen werde. Ich mache dort nach dem Abi die Ausbildung und werde dann *Klausmann Gartenmöbel – ein Traum für jedermann* erfolgreich in die Zukunft führen.«

All das klingt nicht nach ihr, sondern einem Mantra, das sie zu oft gehört und irgendwann übernommen hat. Beim Aufsagen wird ihr sonst so abenteuerlustiger Blick leer und trüb.

»Das hier ist nur Tagträumerei …« Mone deutet auf den Tankstellenshop, der wenig Grund für Tagträume zu bieten scheint, aber wir wissen beide, was sie eigentlich meint.

»Aber wenn du das nicht willst, wieso solltest du es dann tun?«

»Weil ich meine Eltern nicht enttäuschen möchte.«

So leise, wie sie das sagt, muss ich einen Schritt weiter auf den Tresen zumachen, obwohl ich mir sicher bin, sie richtig verstanden zu haben.

»Aber es ist dein Leben.«

»Und es sind *ihre* Pläne. Du weißt doch, wie das ist. Familienbetrieb, dritte Generation, wer soll das sonst übernehmen? Früher habe ich da doch so gerne im Lager gespielt und kenne mich bestens aus. Am Tag der offenen Tür habe ich geholfen, meinem Vater immer über die Schulter geschaut …«

»Aber jetzt willst du doch was anderes.«

»Und du denkst, das ändert was?«

»Wissen deine Eltern überhaupt von München-Köln-Hamburg?«

Sie antwortet nicht, sieht konzentriert auf die Kasse, obwohl kein Kunde da ist.

»Nein.«

»Vielleicht solltest du ihnen mal davon erzählen.«

»Das wollte ich schon hundertmal machen, aber mir gehen immer die Worte aus.« Ob ihr bewusst ist, wie traurig sie dabei klingt?

»Dann versuch es, bis du die richtigen findest.«

»Ist schon gut, Vio. Wirklich. Sei einfach froh, dass deine Eltern nicht erwarten, dass du ihr Restaurant übernimmst und für immer hierbleibst.«

Hinter uns kündigt die kleine elektronische Klingel einen Kunden an, und ich gehe automatisch einige Schritte zur Seite, schlendere durch den schmalen Gang mit der Chipsauswahl und behalte Mone genau im Auge.

Zwar lächelt sie wieder, erledigt ihre Arbeit souverän und lässig, aber in jeder Bewegung ist ein bisschen weniger von Mone zu erkennen.

Erst, als der Mann wieder an seinem Wagen und eingestiegen ist, gehe ich zurück zu ihr.

»Und wieso dann das hier …?«

»Hm?« Sich dumm zu stellen, das steht ihr nicht, und ich hoffe, sie weiß es.

»Wieso arbeitest du dann? Wenn du sowieso hierbleibst.«

Vielleicht gefällt ihr die Frage nicht, vielleicht will sie gar nicht darüber nachdenken, aber vielleicht muss sie das. Sie greift nach der Kappe, bändigt ihre Haare damit und sieht mit einem Lächeln und Tränen in den Augen wieder zu mir.

»Weil ich noch nicht bereit bin, mich zu verabschieden.« Und damit wird das Gesprächsthema – für den Moment – zurück in die Schublade des Schweigens gesteckt. Dafür wird ein anderes gezückt. »Hast du was von Konstantin gehört?«

Ihre Frage trifft ins Schwarze und ich schüttele den Kopf.

»Nein. Du?«

»Nichts, aber das ist auch nichts Besonderes.«

»Niemand hat was gehört. Nur gesehen.«

»Gesehen?«

»Ihn, mit Veilchen und Pyjamahose auf der Flucht.«

»O Mann …«

»Das klingt alles so schräg.«

»Er wird sich bestimmt melden. Mach dir keinen Kopf, in Walddorf ist noch nie jemand verlorengegangen.« Damit sorgt sie bei mir automatisch für Kopfkino der gruseligen Art.

»Wie lange musst du arbeiten?«

»Bis halb zwölf.«

Eigentlich hatte ich vor, auf sie zu warten, aber mir wird mulmig zumute, wenn ich daran denke, in der Dunkelheit über die Felder radeln zu müssen.

»Du kannst ruhig schon fahren. Ich gehe schon nicht verloren.«

»Das will ich auch schwer hoffen. Aber nur, um sicherzugehen …« Ohne groß darüber nachzudenken, lasse ich den Rucksack von meiner Schulter rutschen und öffne den Reißverschluss. »Ich habe da was für dich.«

»Oh, Geschenke?«

»Nur eine Leihgabe.« Ganz unten, versteckt zwischen meinem anderen Kram, erwische ich es und ziehe es heraus. »Tadah.« Zu genau erinnere ich mich daran, mit welchen Worten Konstantin mir den Signalgeber überreicht hat und wie süß ich seine Geste fand. »Für den Fall, dass du verloren gehst. Und dann finde ich dich.«

Etwas unsicher nimmt Mone den Signalgeber an und dreht ihn in ihrer Hand.

»Woher hast du denn so was?«

»Konstantin.«

»Natürlich, von wem auch sonst.« Lächelnd legt sie das Teil neben die Kasse und zwinkert mir zu. »Falls ich verloren gehe, feuer ich einfach ein paar Raketen für dich in den Himmel.«

»Prost Neujahr.«

»Danke.«

»Und falls du Begleitung für die Heimfahrt brauchst …« Kurz tippe ich mir auf die Gesäßtasche, wo mein Handy steckt, und Mone nickt.

»Werde ich anrufen.«

Wir verabschieden uns mit dem Tresen zwischen uns, und ich bin fast schon an der Tür, als sie noch was loswerden will: »Würdest du mir einen Gefallen tun, Vio?«

»Hm?«

»Können wir weiterhin so tun, als würdest du mich irgendwann in München-Köln-Hamburg besuchen kommen?«

»Natürlich. Und wenn es okay ist, glaube ich einfach ein bisschen für dich an die Wohnung mit Balkon.«

Und dann ist da endlich ein echtes Mone-Lächeln, als sie nickt, und ich werde das Gefühl nicht los, dass auch sie noch ein bisschen daran glaubt.

KAPITEL 60

Konstantin

Habe ich zu viel versprochen?«

Wir essen mehr oder weniger mit den Händen, zupfen das von Volker gewürzte Fischfleisch von den Gräten, und ich schüttele den Kopf. Es herrscht eine gefräßige Stille. Wir sitzen um die glühenden Kohlen herum und schlemmen.

»Nie mehr Fischstäbchen.«

Die anderen lachen, und ich falle ein, was aber auch am letzten Bier liegen könnte, zu dem ich nach dem *Bacardi* Cola gewechselt bin. Alles fällt mir gerade leichter, fühlt sich entspannter an. Die Jungs reden über Fußball, Musik und Filme. Jonas glaubt, dass nie ein besserer Film als *Captain America* gedreht wurde, und bald entbrennt eine Diskussion darüber, ob die Handlung nicht hätte anders ablaufen müssen. Ich folge ihrer Unterhaltung stumm und bin einfach nur froh, nicht mehr an das ganze Chaos zu Hause denken zu müssen.

»Was meinst du, Konstantin?«

»Hm?«

»Hätte Red Skull Captain America nicht eigentlich besiegen müssen.«

»Keine Ahnung. Ist Captain America nicht der Held der Geschichte?«

»Im Film schon. Aber wir sind der Meinung, Red Skull ist eigentlich der wahre Held. Aber die trauen sich natürlich nicht, ihn zum Star zu machen. Also ist er der Bösewicht, obwohl er eigentlich voll die ehrenhaften Motive für sein Handeln hat.«

Kauend lehne ich mich etwas nach vorne und stelle fest, dass mein Kopf nur zeitverzögert nachkommt.

»So genau habe ich die Story nicht mehr parat.«

»Die Story ist auch scheiße. Aber alleine Red Skulls Look!«

Volker ist ganz hin und weg und erzählt begeistert davon, wie er im Kino gesessen hat und am liebsten jedes Mal applaudiert hätte, als der rote Schädel auf der Leinwand zu sehen war.

»Wir sind quasi Rotschädel.«

Ich lache etwas zu laut und bemerke die verwirrten Blicke der anderen, weswegen ich schnell noch einen Schluck Bier nehme.

»Das ist mein Ernst, wir sind wie eine coole …«

Volker sucht den passenden Ausdruck, und ich befürchte schon, er nennt uns gleich *Truppe* oder *Gang*.

»Organisation.«

Jonas wirft einen Blick zu mir, wohl um zu checken, ob ich lache, aber ich hebe schnell meine Flasche an die Lippen, ohne zu trinken, und bleibe so ernst es möglich ist.

»Ich mein, schaut uns an! Wir fangen Fisch, wir machen Feuer, wir achten darauf, dass alles rein bleibt. Und wir können uns aufeinander verlassen.« Beim letzten Punkt sieht er mich prüfend an, und ich nicke vorsichtshalber, weil ich nicht wie der einzige Vollidiot rüberkommen will.

»Wir sind Rotschädel.« Jonas springt begeistert auf, schubst dabei die leere Flasche neben seinem Fuß um und reißt beide Arme gen Himmel, als hätte er in der letzten Runde Anthony Joshua k. o. geschlagen.

»Rotschädel!«

Inzwischen lachen auch die anderen wieder, und ich muss zugeben, Teil einer eingeschworenen Gemeinschaft zu sein, fühlt sich neu und merkwürdig gut an.

Als selbst Volker aufspringt, von dem ich das nicht unbedingt erwartet habe, erhebe auch ich mich, halte mein Bier in die Höhe und grinse dümmlich.

»Auf die Rotschädel!«

Und dann tanzen wir ungelenk und angetrunken um den Grill, eine Mischung aus Polonaise und unrhythmischer Sportgymnastik, vor allem mit viel Gelächter.

»Was ist denn hier los?« Die Stimme, die aus der Dunkelheit kommt, ist vertraut. Aber wann genau ist es dunkel geworden? Waren wir nicht noch vor wenigen Minuten am See? Aber ohne Handy und Uhr ist der Tag in einer anderen Geschwindigkeit vergangen.

Robin tritt aus dem Schwarz auf uns zu, und sofort ist der Schmerz an meiner Wange, den ich bisher ganz gut betäubt habe, wieder da. Pochender als noch heute Morgen. Und viel schmerzhafter.

»Sorry. Exklusive Privatparty.« Volker macht unmerklich einen Schritt nach vorne und positioniert sich vor mir wie ein Schutzschild.

»Euer besoffenes Gegröle hört man bis runter zum Parkplatz, nicht gerade exklusiv.«

»Wir sind nicht besoffen.«

Ich bin maximal angetrunken, habe aber alles noch unter Kontrolle. Robin winkt nur ab und deutet dann auf mich.

»Ihr könnt gleich weitersaufen, ich hole nur meinen Bruder ab.«

»Wieso? Hat er etwa ein Taxi bestellt?« Volker gibt sich nicht mal Mühe, die Kühle in seiner Stimme zu verbergen. Robin zeigt sich unbeeindruckt und winkt mich zu sich rüber, als wäre ich ein Hund, den er bestens erzogen hat.

»Ich will noch nicht gehen.«

»Wirst du jetzt aber. Bist schon den ganzen Tag verschwunden. Los, komm.«

»Ich will aber nicht.«

Immerhin klingt der Satz doch nicht ganz so lallend, wie ich befürchtet habe. Robin legt den Kopf schief und macht einen langen Schritt auf uns zu. War mein Bruder schon immer so groß?

»Vio sucht dich auch schon.«

Vio.

Volltreffer, Detonation und Ernüchterung. Ganz automatisch greife ich an die Hosentasche, in der ich für gewöhnlich mein Handy habe. Aber das hier ist nicht meine Hose, mein Handy liegt daheim und mein Kopf gehorcht mir nicht mehr.

»Dann richte der kleinen Schlampe aus, dass Konny keinen Bock mehr auf sie hat.« Mir gefällt nicht, wie Jonas über sie spricht, und ich will mich in seine Richtung drehen, verliere unterwegs aber das Gleichgewicht und nur Volkers beherztes Zugreifen verhindert einen peinlichen Stuntabgang über die Holzbank.

»Das muss er ihr schon selber sagen.« Wie ein Geschoss sehe ich mein Handy auf mich zufliegen, kann aber nicht mehr rechtzeitig reagieren und greife in der Luft an ihm vorbei. Es prallt gegen meine Brust und knallt dann auf den Boden vor mir. Robin sieht meine Freunde der Reihe nach an, seine Augen so dunkel, wie ich es noch nie gesehen habe. »Und ihr Jungs, hört auf, meinen Bruder mit eurem Müll vollzuquatschen.«

»Das ist kein Müll. Du hast doch selber was an die Baustelle geschmiert.« Nur das leise Knacken des Grills ist noch zu hören. »Und wieso hast du den Container angezündet? Hattest du Lust auf ein Feuerwerk?«

Mein Blick schnellt zu meinem Bruder, der auf der anderen Seite des Grills steht und sich nicht bewegt.

»Kommst wohl nicht drüber weg, dass deine Ex sich jetzt von einem Kanaken knallen lässt.«

Robin macht einen Schritt auf uns zu, Jonas zuckt einen kurzen Moment zurück, Volker hingegen bleibt absolut ungerührt stehen. Dafür kann ich jetzt Robins Enttäuschung in seinem Blick erkennen.

»Konny, wir gehen.« Er streckt den Arm nach mir aus, aber Volker schlägt ihn weg, bevor Robin mich erreichen kann.

»Du hast ihm gar nichts mehr zu sagen!«

»Was soll der Scheiß?«

»Du hast ihn die ganze Zeit nur kleingehalten, wolltest ihn nie dabeihaben, und jetzt bist du eifersüchtig, weil er mit uns rumhängt.«

»Wenn du meinst. Ändert nichts daran, dass er jetzt mit mir nach Hause geht.« Die Stimmung kippt immer mehr, das kann ich nicht nur spüren, sondern fast schmecken.

Robin sieht mich abwartend an, will noch immer, dass ich mit ihm gehe, aber mir brennt eine Frage auf der schweren Zunge, die ich jetzt mit viel Mühe ausspreche: »Wieso hast du das Gewehr nicht zurückgebracht?«

Und plötzlich herrscht eine Stille, die so tief ist wie die Dunkelheit um uns herum. Ganz so, als hätte die Welt den Atem angehalten, sodass rein gar nichts mehr zu hören ist. Nur noch mein Herzschlag.

»Ich *habe* es zurückgebracht, verdammt noch mal.« Robin sieht mir dabei direkt ins Gesicht, blendet alles und alle um uns herum aus, aber seine Worte kommen nicht bei mir an.

Volker beugt sich etwas vor und fragt Jonas: »Hat er es dir gegeben?«

»Nein. Dir?«

»Nein.«

Robin schnaubt verächtlich und sagt: »Ich habe das Scheißgewehr zurückgebracht, habe den Schlüssel genommen, den ihr unter dem dritten Gartenzwerg versteckt haltet, und hinterher alles wieder ordentlich abgeschlossen.«

»Wieso ist das Gewehr dann nicht an seinem Platz?«

Robin breitet die Arme aus wie ein Vogel seine Flügel und zuckt übertrieben demonstrativ die Schultern.

»Vielleicht, weil es einer von euch Idioten benutzt hat, um auf die Vereinsgaststätte vom *Unitas* zu ballern?«

»Du meinst, da, wo deine Ex-Freundin jobbt, die dich für einen Kanaken eingetauscht hat?«

Sofort spannt sich Robins Kiefer an, er lässt die Arme sinken.

»Lass Jessy aus dem Spiel.«

»Muss riiichtig wehtun zu wissen, dass dieser Malek besser ist als du, oder? Hat 'ne Ausbildung, verdient sein eigenes Geld und vögelt nebenbei auch noch deine Jessy. Und du hockst in diesem Kaff, schmierst Graffiti an Baustellen und zündest Klamotten an. Läuft bei dir, Wagenfeld.«

»Er hat 'ne Ausbildungsstelle.« Mein kläglicher Einwurf, dass Robin zumindest an der Job-Front aufholt, wird ignoriert.

»Und aus lauter Frust ballerst du auf das Restaurant.«

»Ist das die Story, die du dir zusammengebastelt hast, Volker?«

»Sag du es mir.«

»Glaub, was du willst. Konny, wir gehen.«

Jonas legt den Arm um mich.

»Konny bleibt hier. Wir bringen ihn nachher heil heim.«

Bevor ich etwas sagen kann, legt auch Volker einen Arm um meinen Nacken.

»Wir lassen ihn sicher nicht mit seinem gewalttätigen Bruder abziehen.«

»Konny, ein letztes Mal, komm mit.« Er deutet mit dem Zeigefinger neben sich, als wäre ich ein Hund und das mein Kommando, bei Fuß zu kommen. Vorsichtig schüttele ich den Kopf, bedacht darauf, für nicht noch mehr Umdrehungen in meinem Hirn zu sorgen.

»Du hast mir gar nichts zu sagen.« *Wow.* Das wollte ich schon lange mal loswerden, nur klang es in meiner Vorstellung nie so gelallt.

Robin atmet schwer aus und fährt sich kurz übers Gesicht.

»Checkst du nicht, dass die dich nur ausnutzen, um mir ans Bein zu pissen? Von wegen Vereinswechsel, Buddytour zur Grillhütte. Den gleichen Scheiß haben sie bei mir damals auch abgezogen. Weil ich aussteige, krallt ihr euch meinen kleinen Bruder? Ist das die neue Masche, oder wie?«

Es reicht, dass alle anderen entweder für oder über mich sprechen, und so räuspere ich mich und versuche einen besseren Stand zu finden, bevor ich mich an Robin wende.

»Vielleicht geht es einmal eben *nicht* um dich!«

Robins Blick verliert an Härte, kurz wirkt er sogar verletzt, aber dann winkt er nur ab.

»Mach doch, was du willst. Ich habe dich gewarnt.«

Gewarnt. Davor, mich mit seinen Freunden zu treffen, mit ihnen endlich mal was zu erleben und endlich mal irgendwo dazuzugehören. Er, der bald weggeht und sich dann nicht mal mehr umdrehen wird, hat leicht reden. Aber ich bleibe hier, und endlich fühle ich mich dabei nicht mehr so schrecklich allein.

Als Robins Schritte verhallt sind, hebt Jonas wieder eine Bierflasche in die Luft.

»Auf uns Rotschädel!«

Wie aufs Stichwort übergebe ich mich auf die glühenden Kohlen vom Grill und setze ein peinliches Ausrufezeichen hinter diesen Abend.

KAPITEL 61

Vio

Komm zum See

Das war alles. Keine Begrüßung, keine Info, wieso er sich erst jetzt so sauspät gemeldet hat, kein gar nichts. Und trotzdem bin ich seiner Aufforderung gefolgt, habe das Rad irgendwo ins Gebüsch gelegt und bin über den Zaun geklettert.

Aber von Konstantin fehlt jede Spur.

Kein Surfbrett, kein vertrautes Gefühl. Was gestern noch von Romantik erfüllt war, ist heute ein stiller See. Der Schuppen, in dem wir uns bisher immer das Brett geholt haben, ist verschlossen, und so langsam beschleicht mich ein unangenehmes Gefühl.

»Hi.« Keine Ahnung, wo er hergekommen ist oder wieso ich ihn nicht bemerkt habe, aber als ich herumwirbele, steht er da, als wäre er schon immer hier gewesen.

»Du hast mich erschreckt.«

Sein schiefes Lächeln wirkt nicht süß, so wie sonst, sondern als hätte man es versehentlich aus den Angeln gehoben.

»Sorry.« Konstantins Bewegungen sind unkoordiniert, als passe sein ganzer Körper nicht recht zusammen. Er will auf mich zukommen, läuft aber eine ordentliche Banane und gerät dann aus dem Tritt, verliert das Gleichgewicht und fällt einfach nach hinten um.

»Ach du …« Ich laufe die letzten Meter auf ihn zu und gehe neben ihm in die Hocke, als er sich gerade wieder aufsetzt und an den Hinterkopf greift.

»Ooops.« Er ist betrunken. Das kann ich hören und riechen. Als er mich ansieht, hellen sich seine trüben Augen kurz auf. »Fuck, bist du schön.«

Sosehr ich mich sonst über ein solches Kompliment gefreut hätte, jetzt schüttele ich nur den Kopf und reiche ihm die Hand.

»Und welche von uns beiden meinst du?«

Er nimmt meine Hand an, verhakt sofort unsere Finger und drückt sie kurz.

»Na, beide.«

Mit der anderen Hand berührt er meine Wange, und es fühlt sich so fremd, so gar nicht nach Konstantin an.

»Sag mal, ist alles okay bei dir?« Eine überflüssige Frage, weil ich sehen kann, dass es ihm ganz und gar nicht gut geht. Das von Holger erwähnte Veilchen färbt sich langsam bläulich und die glasigen Augen sehen fast durch mich hindurch. »Was ist denn passiert?«

Er zuckt die Schultern, sein Grinsen wird breiter.

»Ich hatte den besten Abend meines Lebens. Ich kann jetzt Fische fangen!« Ganz ohne meine Hilfe setzt er sich anständig hin und rutscht in einen Schneidersitz. »Und ausnehmen. Wusstest du, dass du auf keinen Fall die Galle erwischen darfst?«

»Ja. Das wusste ich.«

»Klar. Dein Vater ist ja Koch.« Er tippt sich viel zu ausholend an die Stirn.

Ich greife vorsichtig nach seinem Kinn, drehe sein Gesicht etwas mehr in meine Richtung, damit ich mir die Wunde genauer ansehen kann.

»Wo hast du das blaue Auge her?«

Einen Moment scheint er über meine Frage nachdenken zu müssen, dann fällt es ihm wieder ein und er nickt ernst.

»Von Robin.«

»Robin?«

»Ja.«

»Bist du dir da ganz sicher?«

Denn irgendwie glaube ich, er bringt gerade ordentlich was durcheinander.

»Ja. Robin ist ein arrogantes Arschloch, wusstest du das?«

»Ist mir neu.«

Wieder nickt er.

»Dann verrate ich dir jetzt mal was über den feinen Herrn Wagenfeld, ja?«

Ich bin mir nicht sicher, ob ich die Geschichte hören will.

»Er hält sich für was Besseres. Er ist der bessere Tennisspieler, der bessere Surfer, der bessere Wagenfeld und du …« Er bohrt seinen Zeigefinger in mein Schlüsselbein. »Du bist nicht gut genug für mich, weil du Ausländerin bist.«

»Ist das so?«

»Sagt Robin, nicht ich. Und deswegen hat er das Heim angesprüht und den Container abgefackelt.« Konstantins ohnehin schon glasige Augen füllen sich mit Tränen, als er plötzlich einen hysterischen Lachanfall bekommt. Nur langsam beruhigt er sich wieder und nimmt dann meine Hände in seine.

»Weißt du, was der Knaller ist?«

»Was denn?«

»Er hat auch auf das Restaurant geschossen.«

Alleine die Erwähnung führt dazu, dass ich kurz den Kopf einziehe, als erwartete ich wieder das Geräusch, als die Fensterscheibe zu Bruch ging, aber diesmal passiert nichts. – Nichts um uns rum, nur in mir geht was zu Bruch.

»Bist du sicher?«

»Das Gewehr. Er hat es nie zurückgebracht.«

»Welches Gewehr denn?«

»Das wir mit Jonas geklaut haben.«

Keine Ahnung, ob diese Informationen mehr Sinn ergeben würden, wenn er nüchtern und es nicht derart spät wäre. So aber kann ich ihn nur anstarren und hoffen, dass er gleich loslacht. Das genaue Gegenteil passiert, und er beginnt zu weinen. Sofort schlinge ich die Arme um ihn und halte ihn fest.

»Er hat es versprochen. Er hat versprochen, es zurückzubringen. Aber hat es nie getan.« Ungeschickt wischt er sich über die Augen. »Wieso? Wieso macht er so was?«

Eine sehr gute Frage, aber nicht die einzige, die mich bedrückt.

»Keine Ahnung, aber wieso klaust du mit Jonas ein Gewehr?«

»Weil die Polizei kam und wir wegmussten.« Er beugt sich zu mir und ich weiche ein bisschen zurück. »Du bist so irre hübsch, Vio. Und so klug.«

»Mhm. Und du bist so betrunken.«

Er hält den Zeigefinger und Daumen ein paar Millimeter auseinander und nuschelt: »Nur ein winziges bisschen.«

»Ein bisschen sehr. Komm, bringen wir dich erst mal heim.« Ich greife ihm unter den Arm und helfe ihm auf die Beine. Besonders geschickt stellen wir uns beide nicht an, aber immerhin steht er schließlich.

»Ich will nicht nach Hause. Da ist Robin. Und Robin ist …« Zum Glück fällt ihm das passende Wort nicht ein. Stattdessen tippt er sich an das Veilchen, was keine so gute Idee ist. Obwohl sein Blick aus dem Gleichgewicht geraten ist, sieht er mich so ernst an, wie er im Moment kann. »Weißt du, was ich glaube?«

»Was denn?«

Er holt Luft, schließt die Augen und dreht den Kopf in Richtung See.

»Robin wollte nie, dass ich meinen Platz finde.«

»Das ist doch Unsinn.«

»Er wollte nie, dass ich irgendwo dazugehöre. Weil er weiß, dass ich besser bin als er.«

»Mag sein, darüber sprechen wir morgen in aller Ruhe. Nach dem Kaffee.« Gemeinsam setzen wir einen Fuß vor den anderen, und ich lenke ihn in Richtung Tor, für das er hoffentlich den Schlüssel dabeihat, weil ich keine Ahnung habe, wie ich ihn in diesem Zustand über den Zaun bringen sollte. Doch dort angekommen, zuckt er nur die Schultern.

»Vorhin verloren.«

»Großartig.«

»Vielleicht übernachten wir einfach hier.« Konstantin lässt

mich los und deutet auf den See, kommt aber ins Schwanken und lehnt sich gegen das Tor. Mit einem Mal wirkt er müde und erschlagen. »Ich glaube, ich habe mich in dich verliebt, Vio.«

Das letzte Mal, dass ein Junge mir betrunken ähnliche Komplimente gemacht hat, endete das alles in einer Katastrophe epischen Ausmaßes.

»Auch darüber sprechen wir gerne morgen nach dem Kaffee noch mal.«

»Es ist so schade, dass du keine Deutsche bist.« Er atmet resigniert aus und greift nach meiner Hand, um mich an sich zu ziehen. Sein Gesicht ist meinem ganz nah, seine Worte brennen sich langsam in mein Bewusstsein. »Wir dürfen nicht den Teich verunreinigen.«

»*Was?*«

Wenn man in einem Restaurant groß geworden ist, weiß man irgendwann, dass man bei den letzten betrunkenen Gästen nie nachfragt, immer nickt und sie sicher in ein Taxi setzt, aber gerade ist mir das alles scheißegal.

»Wir müssen den Teich und unsere Kultur reinhalten, sagen sie.«

Seine Arme liegen viel zu eng um mich, erschweren mir das Atmen. Ehrlich gesagt macht es mir seine Nähe schwer, überhaupt zu denken.

»Was redest du denn da?«

»Mischehen sind gefährlich für unsere Fische. Glaubst du das?«

»Konstantin ...«

»Die müssen es ja nicht wissen ...«

Mit Mühe schiebe ich ihn von mir und sehe ihm in die Augen. Er lächelt so zufrieden, dass mir fast schlecht wird.

»Du und ich, Vio, wir sind unser kleines Geheimnis.«

Das habe ich alles schon mal gehört.

Er beugt sich zu mir, will mich küssen, aber ich stoße ihn von mir. So heftig, dass diesmal ich das Gleichgewicht verliere und nach hinten falle. Konstantin bricht in schallendes Gelächter aus, und ich kann nicht fassen, was hier gerade passiert.

»Was redest du da für einen Schwachsinn?«

Er zuckt die Schultern, als hätte er selbst keine Ahnung, was er gerade gesagt hat.

»Ist das dein Ernst?« Mit wackeligen Knien stehe ich wieder auf und starre ihn aus sicherer Entfernung an, aber er schüttelt unsicher den Kopf.

»Ist doch egal. Hier sind wir. Du und ich.«

Das kann nicht mal in seinem betrunkenen Hirn Sinn ergeben.

»Werd nüchtern, Konstantin.«

Kopfschüttelnd lasse ich ihn stehen, gehe so schnell ich kann davon, halte keine Sekunde inne, nicht als er meinen Namen ruft oder als ich beim Überklettern des Zaunes hängen bleibe und mir die Hose aufreiße, auf der anderen Seite stolpernd diese Version von Konstantin hinter mir lasse.

KAPITEL 62

Konstantin

Gestern war kein guter Tag.

Ich kann mich kaum noch erinnern, wie lange ich in meinem abgedunkelten Zimmer gelegen und gehofft habe, dass alles einfach nur vorbeigeht. Und Vio antwortet nicht auf meine Nachrichten. Auf dem Boden vor meinem Bett liegend – hier ist es einfach kühler –, scrolle ich noch mal durch all meine Kontaktversuche, und finde jede abgeschickte und von Vio auch gelesene Nachricht irgendwie bescheuert. Zeit für einen neuen Versuch, diesmal mache ich es besser.

> Hi, Vio, tut mir echt leid, falls ich was Dummes gesagt habe. Wie du sicher bemerkt hast, war ich ziemlich betrunken. Falls ich dir irgendwie zu nahe getreten bin, möchte ich mich entschuldigen. Grisu

Die Verwendung des mir von ihr verliehenen Spitznamens soll die Chance erhöhen, dass sie meine Entschuldigung annimmt. Ich mag es echt, wenn sie mich Grisu nennt. Ich mag es auch, wenn sie mich anlächelt. Aber ich mag es echt nicht, wenn sie mich ignoriert, weil ich mich wie ein Idiot aufgeführt haben muss.

> Hi, Vio, ich noch mal. Es tut mir wirklich leid, falls ich dich verletzt habe. Können wir reden? K.

Ein kurzer Blick auf ihr Instagram-Profil lässt mich wissen, dass ich nichts weiß. Noch immer zähle ich nicht zu ihren Followern dort und mein Gefühl sagt mir, dass sich daran auch nichts ändern wird.

> Hi, ich bin ein Idiot. Kann ich mich face to face bei dir entschuldigen? Bitte!

Das Dumme an solchen Filmrissen ist ja immer, dass man zwar ahnt, man hat Mist gebaut – nein, man weiß es sogar irgendwie –, aber was man nicht weiß, ist, ob man nur ins Fettnäpfchen getreten ist, bis zu den Knie eingesunken ist oder direkt eine Ganzkörperarschbombe hingelegt hat.

Vios Art, mich zu ignorieren, lässt mich wissen, dass ich sicherlich bis mindestens zum Hals drinstecke.

> Servus Wagenfeld, wie sieht's aus, kommst du heute Abend wieder raus aus dem Hausknast? LiGrü ;) Jonas

Peinlich genug, dass Jonas und Co. wohl wissen, was abgelaufen ist.

Meine Erinnerung endet kurz nachdem Robin von der

Grillhütte verschwunden ist und ich das erste Mal an dem Abend gekotzt habe. Dann habe ich Vio getroffen und irgendwas ist wohl völlig schiefgelaufen. Das Nächste, woran ich mich wieder erinnern kann, ist, wie mich am nächsten Tag der Hausmeister beim Surfklub gefunden hat. Die Standpauke meiner Eltern hingegen könnte ich exakt wiedergeben, so laut und nachdrücklich war die.

Weiß noch nicht. Meine Eltern
sind ziemlich angekäst.

Hausarrest?

So was in der Art.

Die wissen schon, dass du
siebzehn bist, oder?

Joa …

Keine Ahnung, wieso es mir so peinlich ist, dass meine Eltern mich tatsächlich zu Hausarrest verdonnert haben.

Sag einfach, du musst heute
Abend eine Schicht beim
Pizza Panda fahren. Bring
den Roller mit. Treffen uns
bei der Grillhütte.

Ich weiß echt nicht.
Hab auch nicht so
richtig Bock.

Es wäre aber wichtig.
Siehe Foto …

Ein Klopfen an der Tür schreckt mich auf und beendet die Unterhaltung, sodass ich das Foto zwar noch empfange, es aber nicht checken kann, weil mein Vater den Kopf ins Zimmer streckt.

»Störe ich?« Papa gibt sich Mühe, freundlich zu klingen, aber die vielen Falten auf seiner Stirn verraten deutlich, dass er noch immer nicht gut auf mich zu sprechen ist. Ich rolle mich auf die Seite und stehe auf.

»Nee.«

»Gut. Wir müssen nämlich reden.«

Damit schließt er die Tür hinter sich und ich nehme auf der Bettkante Platz. Doch Papa denkt nicht daran, das Vater-Sohn-Gespräch neben mir sitzend zu führen. Er schlendert in mein Zimmer und zieht sich meinen Bürostuhl ran.

»Du hast ziemlich Mist gebaut.«

Das ist mir inzwischen klar, sonst hätte sich Vio schon bei mir gemeldet.

»Und du weißt genau, dass Mama und ich euch immer sehr viel Freiheiten gelassen haben.«

»Ja, sicher.«

Papa spricht einfach weiter, ignoriert meinen Einwurf.

»Und von Robin sind wir so manche Ausrutscher ja auch mal gewöhnt.« Das enttäuschte Kopfschütteln brennt sich in meine Erinnerung. »Aber von dir? Mensch, Konstantin. Das ist dein letzter Sommer.«

Also, so kann man das nicht sagen. Aber die Ernsthaftigkeit in Papas Stimme lässt mich stumm dasitzen.

»Du hast doch nie so was gemacht. Saufen bis zum Umfallen? Prügelei mit deinem Bruder? Einbrechen im Surfklub?«

Letzteres mache ich schon eine ganze Weile, halte es aber im Moment nicht für erwähnenswert.

»Und dann diese ganzen wilden Vorwürfe, was soll das denn?« Dauerkopfschütteln bei Papa, Magenkrämpfe bei mir. Und zur Abwechslung haben sie mal nichts mit dem Restalkohol zu tun. »So kennen wir dich nicht.«

»Ich weiß. Tut mir auch wirklich leid …«

»Du warst doch immer eher der ruhige Typ. Unauffällig. Und wir wissen wirklich nicht so recht, was auf einmal passiert ist.« Papa lehnt sich nach vorne, stützt die Ellenbogen auf den Knien ab und sieht mir so direkt in die Augen, als würde er meine Gedanken lesen wollen. »Aber wir haben da so eine Vermutung.«

Keine Ahnung, ob er Volker überhaupt kennt. Oder weiß, wie der so drauf ist, aber Jonas schienen meine Eltern doch immer gemocht zu haben. Zumindest war das mein Eindruck.

»Vio hat dir ganz schön den Kopf verdreht.«

»Vio?«

Er nickt, lächelt sogar ein bisschen.

»Ich kann schon verstehen, dass da ein paar Hormone überkochen.«

»Ähm …«

»Aber weißt du, seitdem sie hier ist, scheinst du ein bisschen den Fokus verloren zu haben.«

Welchen Fokus denn genau? Ich hatte ja nie einen.

»Sie ist ja wirklich eine Nette, keine Frage, aber sie zieht Ärger auch magisch an.« Er fährt sich rasch übers Gesicht, hat wohl im Gespräch mit Mama den kürzeren Strohhalm gezogen und muss mir jetzt die Botschaft überbringen. »Uns wäre wohler, wenn du sie erst mal nicht mehr siehst.« Sein Blick landet wieder auf mir, aber jetzt ist auch klar, dass er meine Gedanken ganz sicher nicht lesen kann.

»Aber Vio hat doch gar nichts getan.« *Ich war es doch, der Mist gebaut hat.*

»Das mag schon sein. Aber sie ist auch nicht ganz unschuldig an all dem.« Er deutet auf mich, das Zimmer, mein Handy und alles andere in meinem Leben. »Du bist nicht so, Konstantin.«

»Wie *so*?«

Papa lächelt jetzt wirklich und echt, sein Blick verändert sich, wird irgendwie liebevoller, und ich spüre, wie ich vor ihm jünger und jünger werde, bis ich wieder dieser kleine Knirps bin, den er an der Hand hielt und dem er die große Welt erklärte.

»Du bist ein vernünftiger junger Mann, und mir wäre sehr daran gelegen, dass das auch so bleibt.«

Das ergibt alles keinen Sinn. Trotzdem spüre ich, dass ich nicke und Papa mit dieser Reaktion sichtlich zufrieden scheint.

»Dann hätten wir das also geklärt.« Er steht auf, zaudert kurz und geht dann doch zur Tür, wo ich ihn aufhalte.

»Die von *Pizza Panda* fragen, ob ich heute Abend einspringen kann. Da ist wohl viel zu tun.« *Wow.* Diese Superpower ist neu, und irgendwie ist es unheimlich, wie leicht mir das Lügen über die Lippen geht. Ich kann Papa sogar ins Gesicht sehen, während er abwägt, ob sich meine Strafe in Anbetracht der neuen Infos und meiner deutlich gezeigten Einsicht vielleicht minimieren lässt.

»Okay.«

»Kann ich Robins Roller nehmen?«

»Das musst du ihn schon selber fragen.«

Toll. Das werde ich dann wohl tun müssen. Und weil Papa auf der Türschwelle wartet, erhebe ich mich von meinem Bett und folge ihm in den Flur, wo er nach links in Richtung Treppe abbiegt, während ich nur eine Tür weiter müsste.

Kurz und viel zu schüchtern klopfe ich an seine Zimmertür und warte. Er wird mich wohl kaum freundlich hereinbitten und so schiebe ich sie einen Spalt weit auf.

»Kann ich kurz reinkommen?«

Keine Antwort, also schiebe ich die Tür weiter auf, aber von Robin fehlt jede Spur. Er hockt weder vor dem Rechner noch vor der Playstation. Sein Bett ist nicht gemacht und das Fenster ist gekippt. Obwohl er nicht da ist, gehe ich rein und lasse die Tür hinter mir offen. Nichts hier deutet auf seinen baldigen Auszug hin. Die Tennistrophäen, die er in seiner kurzen aktiven Laufbahn abgesahnt hat, stehen verstaubt und unbeachtet im Regal, dienen hier und da als Buchstützen.

Juniorenmeister, Turniersieger, bester Spieler seiner Altersklasse … Es ist sonnenklar, dass Robin mehr Talent hat als ich. Er hat sich nie anstrengen müssen, hat Trainingsstunden ausfallen lassen, kam zu spät oder eben gar nicht, und trotzdem hat er dann alle Gegner vom Platz gefegt. Und als es ihm zu blöd wurde, hat er den Schläger kommentarlos in die Ecke gestellt, und auf einmal sollte ich in seine Fußstapfen treten. Plötzlich war Papa sich sicher, aus mir einen noch besseren Spieler machen zu können. So, wie ich ein noch besserer Feuerwehrmann als Robin werden wollte. Nur muss ich mich für all das anstrengen, ihm fällt alles leicht.

Mein Blick findet den Rollerschlüssel, der auf dem Schreibtisch liegt und den er heute wohl nicht braucht.

Für gewöhnlich frage ich ihn, aber er ist nicht hier und antwortet nicht auf meine Nachrichten. Meine Hand schwebt unentschlossen über dem Schlüssel, weil mein schlechtes Gewissen sich sofort meldet. Es ist Robins Roller und ich kann ihn nicht einfach so nehmen. Reicht es nicht, dass ich Papa angelogen habe?

Ich ziehe das Handy aus der Hosentasche, um stattdessen Jonas zu schreiben, dass ich heute Abend nicht mit am Start sein werde, weil ich keine Lust auf noch mehr Chaos in meinem Leben habe. Für die Jungs ist das vielleicht total cool, aber mir schwirrt nur noch der Schädel. Außerdem will ich erst die Sache mit Vio klären.

Und dann sehe ich das Foto.

Es zeigt Vio und Mone.

Mit zwei Fingern ziehe ich es etwas auf, vergrößere es und halte es zusätzlich etwas näher. Sie sitzen im Dunkeln auf den Treppen vor Vios Haus, das Bild ist ein bisschen unscharf, aber es sieht ganz so aus, als würden sie sich küssen. Mone hält Vios Gesicht in ihren Händen, ihre Stirn berührt Vios. Jonas' Untertitel lässt keinen Zweifel.

> Deine kleine Freundin ist ein Freak,
> habe es dir ja gesagt.

KAPITEL 63

Vio

Vielleicht war er auf Drogen?« Mone, die heute wieder an der Tanke arbeiten muss, hat auf dem Weg nach Ottersfeld einen kleinen Umweg in Kauf genommen und sitzt jetzt neben mir am See. Allerdings haben wir uns diesmal für das andere Ufer entschieden, weit weg von den anderen Badegästen und dem feinen Sandstrand.

»Vielleicht. Du kennst ihn schließlich besser als ich.«

»Schon. Aber Konstantin ist nicht gerade das, was ich einen mitteilungsbedürftigen Typen nennen würde, wie dir bestimmt schon aufgefallen sein dürfte.«

»Nein, Reden zählt sicher nicht zu seinen Hobbys.«

Wir schauen zur schwimmenden Insel, von der aus ein paar Tage zuvor die Welt noch gar nicht so düster ausgesehen hat.

»Glaubst du wirklich, dass Robin auf das Restaurant geschossen hat?« Ein Gedanke, der mir nicht mehr aus dem Kopf gehen will.

»Immerhin hängt er doch mit Jonas ab.«

Robin wirkt immer so nett und freundlich, so gar nicht wie Jonas, der mir vom ersten Treffen an eine Gänsehaut beschert hat. So wie jetzt, wenn ich nur an ihn denke.

»Wieso schließen wir Jonas als Täter eigentlich aus?«

»Weil es die offensichtliche Lösung wäre und uns die ganzen True-Crime-Podcasts lehren, dass es nie die offensichtliche Lösung ist?«, mutmaßt Mone.

»Wir sind echt eine Fehlbesetzung als Sherlock und Watson.«

»Und um auf deine Frage zu antworten, ich weiß nicht, ob es Robin war. Aber so chaotisch, wie gerade alles bei ihm abläuft, würde es mich nicht wundern. Und Jessys Auftauchen hat ihn sicherlich zusätzlich aus der Bahn geworfen.«

»Und Jessy arbeitet bei uns …«

»Was sagt denn die Polizei?«, erkundigt Mone sich.

»Ach die. Wir sollen uns keine Sorgen machen, *blabla*, und ab und an fährt mal ein Polizeiauto vorbei und schaut nach dem Rechten. Viel Hoffnung darauf, den Täter zu finden, machen sie uns aber nicht.«

»Na super.«

Mone wirft einen Blick auf ihre Uhr, und ich weiß, dass sie sich schon viel zu lange meine wirren Gedanken anhören muss.

»Tut mir echt leid, aber ich sollte langsam los …«

»Kein Problem. Will ja nicht, dass du wegen mir noch Ärger kriegst.«

Sie verdreht gespielt die Augen.

»Du meinst, ich könnte meinen Traumjob verlieren, weil ich lieber mit dir hier sitze? Das wäre allerdings eine große Tragödie.« Sie lacht leise, aber wir wissen beide, wie wichtig ihr dieser Job ist. Wenn auch nur als leise Hoffnung auf ein anderes Irgendwann.

»Der Umzug will finanziert werden.«

Mone nickt, das Kinn auf dem Knie abgestützt, den Blick in Richtung See gerichtet.

»Ja. Der Umzug.«

»Bist du geistig schon beim Einrichten?« Damit verpasse ich ihr einen spielerischen Schubs gegen die Schulter, und Mone lächelt auch sofort wieder, wenn auch nicht ganz so fröhlich, wie ich es von ihr gewohnt bin.

»Wäre schön.«

»Bitte noch nicht für immer vom großen Traum verabschieden.«

Wieder nickt sie, das Lächeln will wachsen, aber es erreicht ihre Augen einfach nicht.

»Niemals nicht.« Sie schließt bei der Vorstellung einen Moment die Augen, hält die Nase in die leichte Sommerbrise, und ich wette, sie stellt sich ihre kleine Traumwohnung vor. Sieht uns beide darin werkeln und überall Farbe verteilen, nur nicht auf der Wand.

»Wehe, du kommst wegen mir zu spät zu Arbeit.«

»Jaja, danke für die Ermahnung, Mom.« Sie atmet noch mal schwer aus, öffnet die Augen und steht dann abrupt auf. Lächelnd klopft sie sich den Sand von den Shorts und richtet das Polohemd mit dem Logo der Tankstelle. »Wie sehe ich aus?«

»Wie die Mitarbeiterin des Monats bei der Tankstelle Ihres Vertrauens.«

»Okay. Damit kann ich arbeiten.« Sie nickt in Richtung Gebüsch, wo unsere Räder stehen, doch ich schüttele nur den Kopf.

»Ich bleibe noch ein bisschen.«

»Gut. Wenn was sein sollte, ruf mich an.«

»Dito.«

Sie salutiert und hebt ihr Rad auf, bevor sie noch mal zu mir sieht.

»Nur für den Fall, dass ich es wirklich nicht bis nach München-Köln-Hamburg schaffe ... besuchst du mich dann trotzdem? Also hier?«

»Wer sagt denn, dass ich nicht auch hierbleibe?«

»Ernsthaft?«

»Wieso nicht? Walddorf braucht ein bisschen frischen Wind.« *Und ich Ruhe.*

»Hauptsache, du verschwindest nicht, bevor ich dich nach Feierabend anrufe!«

Komisch, ich bin gefühlt gerade erst hier angekommen und schon dreht sich so viel um Abschiede, Umzüge und die Frage, wo wir in ein paar Jahren sein werden. Dabei habe ich noch nicht mal alle Kartons ausgepackt.

»Ich ruf dich an, wenn ich auf dem Heimweg bin.«

Und dann radelt sie davon, während ich hier sitze und nicht so recht weiß, wohin. Mit mir, mit den Gedanken und allem anderen.

Auf der gegenüberliegenden Seeseite erkenne ich die bunten Schirme der Badegäste, die schon ewig hier wohnen, und irgendwo dort liegen sicher auch Holger und Isabell, aber mir ist nicht nach ihrer Gesellschaft, in der ich mir gerade etwas komisch vorkäme.

Kurz sehe ich auf mein Handy, aber Konstantin scheint aufgegeben zu haben. Das gibt mir die Chance, meine Gefühle zu sortieren, bevor ich auf eine seiner Nachrichten antworte. Natürlich war er betrunken, und vielleicht hat er das alles tatsächlich gar nicht so gemeint.

Und was, wenn doch …?

Ein Rascheln im Gebüsch neben mir sorgt sofort wieder für einen erhöhten Puls. Ich will schon zur Flucht ansetzen, als ich die beiden jungen Männer erkenne, die mir im Vorbeigehen freundlich zunicken und dann ihr Strandlager etwas weiter links aufbauen. Es sind die Saisonarbeiter, die sich einmal mehr über ihren Alltag unterhalten und nicht ahnen, dass ausgerechnet hier jemand sitzt, der sie versteht.

Außer mit meinen Eltern spreche ich kein Rumänisch. Und selbst mit ihnen nur zu Hause, selten im Restaurant, und nie beim Einkaufen oder so. Papa meint, das wäre schrecklich unhöflich, weil sich die anderen dann ausgeschlossen vorkämen. Sie könnten ja denken, wir würden über sie sprechen oder lästern. Deswegen muss ich mir in unseren Urlauben in Rumänien immer wieder meinen deutschen Akzent unter die Nase reiben lassen. Wie soll ich den auch ablegen, wenn ich die Sprache immer seltener spreche?

Kurz entschlossen stehe ich auf und gehe zu den beiden Männern, die es sich gerade auf ihren Strandtüchern bequem gemacht haben.

»Bună ziua, nu vreau să vă deranjez …«

Ihre Augen werden größer, ebenso ihr Lächeln, als sie die Überraschung über meine Frage, ob ich störe, verdaut haben. Dann fragen sie sofort, wieso ich ihre Sprache spreche und ob ich mich zu ihnen setzen mag.

Komisch, ich habe mich nie besonders rumänisch gefühlt, aber gerade ist es sehr befreiend, sich auf dieser Seite des Sees mal nicht wie eine Fremde vorzukommen.

KAPITEL 64

Konstantin

Da bist du ja!« Volker umarmt mich, sobald ich vom Roller gestiegen bin und den Helm abgelegt habe. »Dachte schon, deine Eltern sperren dich für immer weg.«

Der Versuch, es cool wegzulächeln, klappt nur so halb, weil ich trotz der mutigen 55 km/h, die Robins Roller hergibt, das schlechte Gewissen nicht im Fahrtwind hinter mir lassen konnte.

»Gab mächtig Ärger, hm?«

»Na ja, begeistert waren sie nicht gerade.« *Untertreibung des Jahrhunderts.* Jonas, der an seinem Roller lehnt, verdreht nur kurz die Augen.

»So typisch, oder? Zieht Robin so 'ne Nummer ab, ist alles easy. Kommst du mal zufrieden nach Hause, wird 'ne Kiste draus gemacht.«

Nur bin ich halt nicht direkt nach Hause, sondern habe einen Umweg mitten ins Desaster eingeschlagen.

»Bei Robin waren sie auch nie wirklich begeistert.«

Jonas nickt wenig überzeugt.

»Jaja, aber ich kann mich auch nicht daran erinnern, dass sie ihm je *Hausarrest* aufgebrummt haben.«

Hausarrest klingt ein bisschen so, als wäre ich ein Kleinkind. Und das nervt mich gerade tierisch.

»Was macht der Brummschädel?« Volker legt mir die Hand an die Wange und sieht mich mitfühlend an.

»Geht schon wieder. Aber so viel trinke ich ganz sicher nicht noch mal.«

»Nee, wäre auch besser. Ich pass da schon auf dich auf. Wir wollen ja schließlich noch die Meisterschaft holen.«

»Ach, Stichwort Meisterschaft.« Jonas stößt sich vom Roller ab und kommt breit grinsend auf mich zu. »Habe mit Henning gesprochen. Du kriegst den Spind neben meinem.«

»Henning?«

»Ja. Zeugwart beim *Tersus*. Mit dem Coach ist auch alles klar, ab jetzt bist du offiziell und herzlich beim *TC Tersus* willkommen.«

»Ach.« Das hatte ich total vergessen.

»Ist doch in deinem Sinne, oder?« Volkers dichte Augenbrauen werden quasi zu einer.

»Also, ich denke, ich wechsele doch nicht zu euch.«

Mit dieser Scheißidee hat nämlich alles irgendwie angefangen. Und Robins Worte hallen als vage Erinnerung in meinem Kopf wider, auch wenn vieles sonst im Dunkeln liegt. Dass ich mit dieser Äußerung nicht gerade auf pure Begeisterung bei den Jungs stoßen würde, war mir klar.

»Wie, jetzt doch nicht?«

»Ich spiele kein Doppel und ich mag den *Unitas*.« Vor allem aber mag ich Vio und möchte eigentlich nicht auf unsere Treffen dort – oder egal wo – verzichten. Volker nickt in Zeitlupe, nachdem er einen Blick mit Jonas gewechselt hat.

»Verstehe.« Das klingt enttäuscht und etwas kühl. So gar nicht, als ob er irgendwas verstanden hätte. »Es ging uns ja nicht nur um das Doppel. Wir hätten dich halt sehr gerne bei uns. Also öfter. Dann kann man in Ruhe quatschen und so.«

»Das können wir ja trotzdem.«

Volker nickt nur stumm und wechselt wieder diesen Blick mit Jonas, der ebenso enttäuscht von meiner Entscheidung scheint. Dann sagt erst mal niemand mehr was, aber alle schauen, als sollte *ich* was sagen. Nur habe ich gar nichts mehr zu sagen, und so ist es einmal mehr Volker, der das Wort ergreift.

»Ganz schöner Scheiß mit deiner Vio, hm?«

Keine Ahnung, woher sie wissen, dass wir Stress haben, aber ich will nicht nachfragen, entscheide mich lieber, den Ball diesbezüglich flach zu halten

»Ich habe noch nicht mit ihr gesprochen.«

»Klar, weil sie dir aus dem Weg geht. Würde ich an ihrer Stelle auch.«

Zumindest ignoriert sie meine Nachrichten und die Anrufe landen alle direkt auf ihrer Mailbox.

»Sie ist sauer auf mich.«

»*Sie?* Junge, *du* hast allen Grund, nichts mehr mit ihr zu tun haben zu wollen!« Jonas tippt sich auf die Hosentasche, wo sein Handy steckt, und verzieht dabei das Gesicht. »Wieso macht sie mitten in der Nacht mit Mone rum, wenn sie doch angeblich auf dich steht?«

»Das Foto ist ziemlich unscharf, das kann alles bedeuten. Die beiden sind eben befreundet.«

»Ich habe es doch mit eigenen Augen gesehen, Meister! Das sah nicht nach *Freundschaft* aus.«

»*Du* hast das Foto gemacht?«

Stolz nickt er, als sei ihm ein echter Paparazzo-Coup gelungen.

»Ich war grad auf dem Heimweg, da sehe ich die beiden rummachen und denk mir, das wird meinen Kumpel bestimmt interessieren.«

Sie haben echt keine Ahnung, und ich winke nur ab, was Volker offensichtlich irritiert.

»Wie bist du denn drauf? Ist dir das egal, oder was?«

»Ich würde einfach gerne mit Vio sprechen, bevor ich irgendwelchen Gerüchten glaube. Das ist alles.«

Er pustet den Rauch in die andere Richtung und wedelt mit der brennenden Kippe vor meinem Gesicht rum.

»Sie steckt erst dir, dann Mone die Zunge in den Hals. Vielleicht macht man das in Zigeunerhausen so, aber sicher nicht hier.«

»Hört endlich auf, so über sie zu reden.«

»Hey, wir erfinden das ja nicht! *Sie* hat sich ausgesucht, auf Frauen zu stehen.«

Ich räuspere mich, lehne mich ebenfalls an Robins Roller und sage: »Ich glaube ja nicht, dass man es sich aussucht. Es ist einfach so.«

Ungläubige Blicke.

»Wie soll es denn sonst laufen?«

»Keine Ahnung, aber wir suchen uns ja sonst auch nicht aus, was wir gut finden. Ist halt einfach so.«

»Also glaubst du auch, Jungs können einfach so von Geburt

an auf Jungs stehen?« Jonas scheint arge Probleme zu haben, sich bei der Frage das Lachen zu verkneifen, und ich nicke.

»Ja, wieso denn nicht?«

»Blödsinn.«

Volker nimmt einen weiteren Zug von seiner Zigarette, die ihm wohl plötzlich ebenso wenig schmeckt wie das Thema unserer Unterhaltung, und baut sich ganz dicht vor mir auf. Zu nah für mein Gefühl, aber ich weiche nicht zurück.

»Hör auf, so einen Müll zu verbreiten, Wagenfeld, da wird mir ja schlecht.«

Wir liefern uns ein Starrduell, doch ich weigere mich, wegzuschauen, bis Jonas uns dabei unterbricht und nörgelt: »Wollen wir den ganzen Abend über so 'nen Mist quatschen oder gibt es auch noch interessantere Themen?«

Entschlossen schnippt Volker den Zigarettenstummel irgendwo ins Gras vor uns und beendet die Diskussion endgültig, indem er sagt: »Aufgepasst, ich hab da was für euch. Quasi ein kleines Geschenk.«

Sein verschwörerisches Lächeln löst ein Kribbeln in meinem Bauch aus, und ich sehe zu Jonas, der ebenso aufgeregt scheint.

»Wir haben uns darüber unterhalten. Ihr wisst schon, Stichwort Rotschädel.«

Da klingelt was, auch wenn ich nicht mehr ganz zusammenkriege, wieso wir uns ausgerechnet so nennen wollten.

»Und da dachte ich, wir brauchen ja so was wie … keine Ahnung … ein Markenzeichen.«

Er greift in den Rucksack, der an seinem Roller lehnt, und fischt rote Wollmützen hervor, die mir alleine beim Gedanken, sie in dieser Hitze tragen zu müssen, Schweißperlen auf die Stirn zaubern.

»Ta-dah.«

Er wirft Jonas und mir jeweils eine davon zu und der dicke Stoff fühlt sich an diesem warmen Tag zwischen meinen Fingern gerade echt fremd an. Wann habe ich zuletzt eine Winterklamotte angefasst?

»Bisschen warm, oder?« Wenigstens teilt Jonas meine Zweifel, aber Volker sieht da kein Problem.

»Wir tragen sie ja nur zu besonderen Anlässen.«

Als müsse er uns erst noch demonstrieren, wie man Mützen aufsetzt, zieht er sich seine über. Und erst da verstehe ich, dass es nicht etwa ein verfrühtes Weihnachtsgeschenk, sondern was ganz anderes ist.

Volker rollt den Mützenrand nach unten übers Gesicht, sodass nur noch Mund und Augen durch drei dort eingelassene Löcher zu sehen sind.

Es sind Sturmhauben, wie man sie öfter bei Motorradfahrern sieht.

»Geiler Scheiß!«

Sofort macht Jonas es ihm nach und schon sehen mich zwei gesichtslose Rotschädel an. Meine Sturmhaube halte ich etwas unsicher zwischen den Fingern und weiß nicht so recht, was ich von dem Geschenk halten soll.

»Los, probiere sie mal auf, Wagenfeld.«

»Oder machst du dir Sorgen um deine Frisur?«

»Nee …« Noch immer drehe ich den dicken Stoff zwischen meinen Fingern, noch immer ist mir unnatürlich heiß.

»Wir sind jetzt eine Organisation, also mach schon.«

Volkers Augen wirken durch das Rot, das sie jetzt umrandet, noch krasser, und obwohl ich genau weiß, wer unter den Masken steckt, jagen die beiden Jungs mir gerade einen Schauer über den Rücken.

Schnell ziehe ich die Mütze über meinen Kopf, halte die Luft an, als müsse ich unter der Badeinsel auf unserem See durchtauchen, und atme erst wieder ein, als die Löcher über meinen Augen und dem Mund perfekt sitzen.

»Geil! Sieht richtig geil aus!« Volker kommt auf mich zu und zupft sie noch ein bisschen zurecht, dabei fixieren seine Augen meine. »Das ist jetzt unser Geheimnis, Konny. Ich kann mich doch auf dich verlassen, oder?«

»Sicher.« Mein Mund ist staubtrocken und mein Nacken kribbelt. Alles kribbelt. Die Wolle kratzt und juckt auf meinem Gesicht, aber ich wage nicht, etwas zu sagen.

»Cool.«

Volker legt den Arm um mich und Jonas hält uns in einer komischen Würgeumarmung und grinst diabolisch.

»Was meint ihr, wollen wir die *Rotschädel* heute Nacht mal in Aktion treten lassen?«

KAPITEL 65

Vio

Hi, Vio.« Holger zieht sich auf die schwimmende Insel, und ich helfe Isabell, die ihn ebenfalls begleitet, das letzte Stück zu uns nach oben.

»Na ihr zwei.«

Schon eine ganze Weile habe ich sie am Strand beobachtet, sie wirkten unschlüssig, ob sie wirklich zu uns auf die Insel kommen sollen, haben sich dann aber offensichtlich einen Ruck gegeben, und ich nutze die Gelegenheit, da sie nicht so recht wissen, was sie sagen oder tun sollen.

»Das sind Marius und Sergiu. Ihr habt sie hier sicher schon mal gesehen.«

Alle winken sich zu, und ich warte einen Moment ab, wie sich das entwickeln wird. Bevor es unangenehm werden kann, kläre ich alle auf.

»Sie sprechen auch ein bisschen Deutsch.«

Holger wirkt erleichtert, als er sich an den Rand setzt und die Beine zurück ins Wasser baumeln lässt. Isabell ist da nicht ganz so mutig und sieht erst mal zu mir.

»Ist zwischen dir und Konstantin wieder alles in Ordnung?«

Konstantin.

Egal, was ich mache, meine Gedanken entkommen ihm einfach nicht, auch wenn ich mit aller Kraft versuche, mich mit allem Möglichen abzulenken.

»Wir haben noch nicht gesprochen.«

»Ja, das ist seine Spezialität.« Damit nimmt sie neben mir Platz, während Holger bereits in eine Mit-Hand-und-Fuß-Unterhaltung mit den Jungs versunken ist. »Konstantin schweigt sich noch um Kopf und Kragen.« Sie sieht von mir zurück zum anderen Ufer. »Weißt du, ich mag ihn wirklich, aber manchmal wünschte ich mir, er würde einfach sagen, was er denkt, statt uns auf eine Art schräge Kreuzworträtsel-Schnitzeljagd seiner Gedanken zu schicken.«

Da kann ich nur nickend zustimmen.

»Ich verstehe so gut, was du meinst.«

»Ich glaube, er mag dich, Vio.«

Das Schlimme ist, dass ich das trotz der letzten Tage auch denke, aber mich nicht traue, es wirklich zu glauben.

»Stimmt das mit München?« Isabell senkt die Stimme etwas, damit die Jungs, die inzwischen beschlossen haben, ein bisschen Wasserball zu spielen, es nicht mitkriegen.

»Kommt ganz darauf an, was du meinst.«

»Na ja, es klang so, als hättest du jemandem den Freund ausgespannt?«

Wie oft ich genau das schon gehört habe, nur mit deutlich mehr Vorwurf in der Stimme. Und dann wollte trotzdem keiner meine Antwort auf die Frage hören, weil sie sich ja schon eine Geschichte gebastelt hatten, in der ich die Hauptrolle der bösen Bitch spiele. Ich sehe Isabell genau in die Augen.

»Nein.« Das klang deutlich entschlossener als all die Male davor. »Jemand hat mir meine beste Freundin ausgespannt.«

»Was?«

»Spielt keine Rolle mehr. Es ist unsere Angelegenheit. Niemand außer mir und ihm war dabei. Aber wenn du die Wahrheit hören willst: Das habe ich nicht getan.«

»Okay.«

»Es bilden sich sowie ständig Leute Meinungen über mich, ohne mich zu kennen. Wenn du also ein Superspreader der Geschichte sein willst, dann erzähle sie bitte richtig. Ich habe nicht mit ihm geschlafen. Wir haben uns geküsst, das war mein Fehler. Aber mehr ist nicht gelaufen.«

Isa hört mir konzentriert zu, stellt keine Nachfragen, hört einfach zu. So wie damals auf der Treppe bei Mones Party, nur viel nüchterner.

»Hätte mich auch gewundert.« Sie grinst unsicher, wie ich es bei ihr noch nie gesehen habe.

»Ach?«

»Ich war irgendwie sauer, weil dich alle sofort mochten, und die Sache mit Konstantin … und dann war ich …«

»Verletzt.«

»Ja. Aber nicht durch dich. Durch ihn.«

»Verstehe.«

Wir alle bilden uns zu schnell eine Meinung über unser Gegenüber, basierend auf so albernen Dingen wie dem Haarschnitt, Make-up oder dem Fehlen davon, Klamotten oder eben den Geschichten, die wir von anderen hören. Selbst, wenn wir so tun, als wäre uns das alles egal.

»Es tut mir leid.« Sie lehnt sich ein bisschen zu mir, unsere

Schultern berühren sich fast. »Können wir noch mal neu anfangen?«

»Von mir aus sehr gerne.«

Daraufhin reicht sie mir die Hand.

»Hi. Ich bin Isabell, aber meine Freunde nennen mich Isa.«

Ich nehme ihre Hand an.

»Hi. Ich heiße Vio, Kurzform von Viorika.«

»Das ist ein wunderschöner Name. Wollte ich übrigens schon beim ersten Mal sagen.«

»Danke.«

»Willkommen in Walddorf. Lass dich von den paar Vollpfosten nicht täuschen, es ist eigentlich echt toll hier bei uns.«

»Wollt ihr bei uns mitspielen?« Holger, der sich mit dem Wasserball in der Hand wieder auf die Plattform gezogen hat, deutet auf Sergiu und Marius, aber Isa und ich schütteln synchron den Kopf.

»Wir lernen uns gerade besser kennen.«

»Wo ihr euch doch neulich noch die Augen auskratzen wolltet.«

Obwohl wir alle wissen, dass es nur ein Scherz ist, können wir die Wahrheit im Kern nicht leugnen, und so lachen wir verlegen, weil Holger es auf den Punkt bringt.

Lässig wirft er den Ball zu jenen Jungs, die sie alle vor Kurzem noch als zu laut empfunden haben, und macht sich für einen Absprung bereit, als er noch mal mit dem Finger auf mich zeigt.

»Was heißt denn *gewonnen* auf Rumänisch? Nur für den Fall, dass ich die Jungs jetzt abziehe.«

»Am câstigat.«

»Spitze!« Dann springt er ab, landet im Wasser und spritzt uns dabei nass. Isa sieht ihm zu, wie er wuchtig den Ball zurückspielt, und ihr Blick wird immer verträumter.

»Dich hat es ja ganz schön erwischt.«

»Ach, Holger ist ein Chaot, aber zumindest spricht er.« Und wir wissen beide, wer das nicht tut. »Dann müssen wir jetzt nur noch die Sache mit dir und Konstantin klären.«

Wenn das nur so einfach wäre.

KAPITEL 66

Konstantin

In Deutschland wird der Molotowcocktail in der Waffenliste als verbotene Waffe aufgeführt. Somit sind gemäß *§ 52 Abs. 1 Nr. 1* der Erwerb, der Besitz, das Überlassen, das Führen, das Verbringen, das Mitnehmen, das Herstellen, das Instandsetzen sowie der Handel damit verboten.«

Nichts davon irritiert sie, viel mehr lachen sie über mich und schütteln amüsiert den Kopf. Dabei zittert meine Stimme, als ich weiterlesen.

»Ebenso ist es nicht erlaubt, zum Herstellen von Molotowcocktails anzuleiten oder aufzufordern.«

Volker, der die Sturmhaube bis zur Stirn hochgeschoben hat, winkt ab, schneidet weiter die Stofffetzen zurecht und reicht sie Jonas, der sie in die bereits fertig gefüllten Flaschen stopft.

»Wir leiten ja niemanden an. Wir wissen schon, wie es geht.«

Und genau das erschreckt mich. Die Sicherheit, mit der Volker alles vorbereitet hat, die Ernsthaftigkeit beim Vorbereiten und der Mangel an Skrupeln, angesichts dessen, was ich ihnen gerade vorlese.

»Das Werfen von Molotowcocktails auf Personen, zum

Beispiel auf Polizisten, wird in der Rechtsprechung häufig als versuchtes Tötungsdelikt bewertet und mit einer Freiheitsstrafe von bis zu fünf Jahren geahndet.«

»Na, zum Glück werfen wir es nicht auf Polizisten.«

»Oder Menschen.«

Nein, ihr Ziel ist ein anderes, und mir zittern noch immer die Knie, wenn ich daran denke, dass ich mitmachen soll.

»Ihr wisst schon, dass ich bei der Feuerwehr bin.«

»Klar. Du bist unser Brandschutzexperte. Deswegen haben wir dich ja dabei.« Volker nimmt die nächste Flasche Lampenöl und deutet damit auf mich. »Mach dir nicht ins Hemd. Um die Uhrzeit ist niemand mehr auf der Baustelle.«

Jonas nickt, wischt sich die Hände an der Hose ab und sieht zu mir.

»Mein Vater sagt, das Heim wird eh nie fertiggebaut. Das Ding wird für immer so rumstehen. Das ruiniert voll das Ortsbild.« Tatsächlich klingt das nicht wie etwas, das Jonas von sich aus so formulieren würde. Ganz offensichtlich hat er seinem Vater zu oft, zu genau zugehört und spult jetzt dessen Gequatsche noch mal für uns ab. »Mit den Steuergeldern könnte man zum Beispiel den hiesigen Kindergarten endlich mal renovieren.«

»Ja, oder das Pflegeheim.«

»Seit wann interessieren euch soziale Einrichtungen?«

»Seitdem sie unsere Steuergelder für die kuscheligen Zimmer dieser Ausländer verschleudern. Ist immer noch unser Land, oder?« Volker steht auf und reicht mir die Schere und den letzten großen Fetzen des ehemaligen Bettbezuges. »Mach dich mal nützlich, Herr Brandschutzbeauftragter.«

»Ehrlich, Jungs, wir können nicht einfach …«

Volkers Ohrfeige, die mich unerwartet genau auf meinem Veilchen trifft, setzt meine Wange quasi in Flammen und riecht sogar nach Petroleum.

»Hab ich dich nach deiner Meinung gefragt, Wagenfeld?«

Mir schießen Tränen in die Augen, die nicht nur von dem Schmerz herrühren, sondern der Scham.

»Dein Bruder hat nicht so viel rumgequatscht.«

Robin. Robin, der jetzt nicht hier ist. Der mich gewarnt hat. Ob er von dieser Aktion weiß?

»Der hat nur seinen feinen Spruch an die Baustelle geschmiert und gedacht, dadurch ändert sich was. Feigling.«

Ich stehe noch immer stramm und bewegungslos vor Volker.

»Bist du der *bessere* Wagenfeld?« Unsicher, ob er darauf wirklich eine Antwort hören will, warte ich ab und er spricht weiter. »Dein Bruder dachte, ein paar Container abfackeln würde reichen, damit die Leute aufwachen. Der feine Herr hat nicht verstanden, dass es nicht bei solchen Einzelaktionen bleiben kann. Wir müssen gemeinsam, gezielt und dauerhaft aktiv werden, wenn sich was ändern soll.«

Jonas, der artig weiter seiner Arbeit mit den Lappen nachgeht, meldet sich erst jetzt wieder zu Wort.

»Rotschädel United.«

»Ganz richtig. Die Jungs aus Ottersfeld sind dabei, und wir kriegen auch noch einige aus Harthofen, da bin ich dran.« Als er mir die Flasche in die Hand drückt, zucke ich kurz zusammen, erwarte die nächste Ohrfeige, aber Volkers Wut ist schon wieder verflogen, das sanfte Lächeln dafür zurück.

»Aber wir drei, wir sind der Kern. Die Denker, die Macher. Ohne uns läuft gar nichts.«

Etwas zu fest halte ich die Flasche in meiner Hand, die sich ölig und fremd zwischen meinen Fingern anfühlt. Der Gestank tötet fast alle Gedanken in meinem Kopf.

»Das wird was Großes, Konny. Wir halten unseren Teich rein. Und andere werden unserem Beispiel folgen.«

Seine Worte berühren etwas in meinem Inneren, aber die üblen Dämpfe vernebeln die vielen Fragen und Zweifel in meinem Kopf. So nah, wie Volker vor mir steht, befürchte ich fast, er kann sie trotzdem sehen.

»Mach dir keine Sorgen, alles wir glattlaufen.«

»Ich will aber nicht dabei sein ...«

Ganz sicher habe ich das eben laut ausgesprochen, aber Volker ignoriert meinen Einwand und fährt unberührt fort.

»Ich habe alles geplant. Wir drei haben ein Alibi, niemand wird uns sehen oder erkennen.« Mit einer ruckartigen Handbewegung zieht er die Sturmhaube über das Gesicht. »Und bevor sie wissen, was los ist, sitzen wir bei mir daheim auf dem Sofa und stoßen auf unseren Erfolg an.«

»Ich mache nicht mit.«

Sogar Jonas unterbricht seine Aktion und sieht zu mir, aber es geht nicht. Es geht einfach nicht.

»Du bist ein Rotschädel.«

»Nein.«

Volkers Kiefer spannt sich an, Jonas steht auf und ich bereue, mich auf ein weiteres Treffen mit ihnen eingelassen zu haben. Jonas kommt zu uns, das euphorische Leuchten in seinen Augen droht jede Sekunde durchzubrennen.

»Du kannst jetzt keinen Rückzieher machen, Konny.«

»Ich kann das nicht …«

Damit drücke ich Volker die Flasche wieder in die Hand. Es gibt einen Unterschied zwischen *gemeinsam Angeln* und *gemeinsam was abfackeln*. Vor allem aber gibt es einen Unterschied zwischen unseren Ansichten.

»Willst du jetzt für Vio den Helden spielen?«

»Es ist einfach nicht richtig.«

Jonas will schon auf mich losgehen, als Volker ihn zurückhält. Gerade von ihm habe ich mir eigentlich keine Unterstützung erwartet.

»Verstehe. Du willst aussteigen.«

»Ich war doch nie wirklich dabei.«

Volker nickt wieder, so, als hätte er verstanden.

»Das ist natürlich bitter.«

Nicht so wirklich. Ich haue ab, zurück nach Hause, gebe Robin den Roller zurück, versuche die Sache mit Vio irgendwie wieder hinzubiegen und lebe mein Leben weiter.

»Also, vor allem für Robin.«

»Robin?«

Volkers vorgetäuscht trauriges Lächeln trifft mich mitten ins Atemzentrum, das sofort mal einen Gang hochschaltet.

»Wenn ich der Polizei erst erzähle, was er da am Flüchtlingsheim abgezogen hat. Und bei dem Containerbrand. Ob sein Betrieb wohl entspannt damit umgeht, wenn ein Rassist bei ihnen 'ne Ausbildung anfangen will?«

Jonas hat Volkers Plan ebenso durchschaut wie ich und verschränkt grinsend die Arme.

»Tschüss Ausbildung, hallo Verlängerung in Walddorf.«

»Ihr wart auch dabei. Bei der Sprühaktion.«

Volker sieht ahnungslos zu Jonas, der nur die Schultern zuckt.

»Also, ich war bei Volker. FIFA zocken.«

Robin. *Fuck*.

»Das wäre schon sehr tragisch für deinen feinen Bruder. Aber das ist deine Entscheidung.«

Meine Hand ballt sich zur Faust.

»Also, bist du heute Abend dabei?«

Volker hält mir die stinkende Flasche wieder hin.

KAPITEL 67

Vio

»Habe gerade Feierabend gemacht.« Auf meinem Bett liegend, halte ich mir das Handy ans Ohr und höre noch, wie Mone sich von ihrem Kollegen verabschiedet und dann zu ihrem Rad läuft. Es ist kurz nach halb elf und noch immer viel zu heiß. »Was habe ich in der Zwischenzeit verpasst?«

Mone hat aufs Headset gewechselt, dadurch höre ich sie deutlicher und die Hintergrundgeräusche sind fast verschwunden.

»Nichts. Und ehrlich gesagt ist das okay so.«

»Sag bloß, die Langeweile hier in dem Kaff hat in dir einen neuen Fan gefunden.«

Mones Lächeln lässt ihre Stimme ganz nah klingen, und ich ändere meine Position auf dem Bett so, dass ich aus dem Fenster nach draußen schauen kann.

»Vielleicht ein bisschen.«

»Kann es dir nicht verübeln, 'ne Pause vom Trubel ist auch mal ganz nett.« Mone scheint eine geübte Telefon-Radlerin zu sein, denn sie kommt zu keinem Zeitpunkt außer Atem, erzählt mir fröhlich von ihrer Schicht und lenkt mich dadurch bestens ab. »Sag mal, wie lange bist du noch wach?«

»Wieso? Willst du einen Umweg fahren?«

»Dachte, vielleicht hole ich uns noch zwei Döner oder so. Mitternachtshappen?«

»Klar. Bin dabei.«

»Döner mit allem bei dir?«

»Das klingt perfekt.«

Tatsächlich hebt die Vorstellung, mit Mone noch ein bisschen Zeit zu verbringen, meine Stimmung und ich setze mich auf.

»Ich stelle die Getränke kalt.«

»Warte mal, Vio …« Sie bremst wohl ab, ihre Atmung wird plötzlich trotzdem hörbar schneller. »Ach du Scheiße.«

»Was denn?«

»Da ist jemand auf der Baustelle.«

Sofort stehe ich auf, ignoriere das Schwindelgefühl und drücke mir das Handy noch fester ans Ohr.

»Wo bist du denn?«

»Auf der Landstraße … da sind Leute.«

Ein ganz mieses Gefühl breitet sich in meinem Zimmer aus, droht mich komplett zu vereinnahmen. In meiner Panik flüchte ich auf den Balkon, wo mich eine heiße Wand aus Sommerluft fast umhaut.

»Mone …«

»Da brennt was! Ich kann es sehen!«

Und wenn sie das kann, ist es ziemlich wahrscheinlich, dass die auch *sie* sehen können. Mein Puls beschleunigt sich und ich greife nach dem Geländer vor mir.

»Mach, dass du da wegkommst.«

»Warte, vielleicht kann ich näher ran.«

»Nein! Vielleicht sind das die Typen vom Restaurant.«

»Ja, deswegen ja.«

»Mone!«

»O fuck…« Irgendwas passiert, aber ich kann die Geräusche nicht einordnen und hasse es, nicht dort zu sein. »Die haben mich gesehen.«

»Verschwinde!«

Ihre Atmung passt sich meinem Puls an, und ich renne durch mein Zimmer und nach unten, aber meine Eltern sind noch im Restaurant, alles für die Wiedereröffnung vorbereiten.

Wieso, verdammt, stellt eigentlich in diesem Haus niemand das Telefon zurück auf die Ladestation?

»Die haben ein Auto!« Auto gegen Fahrrad ist noch nie gut ausgegangen. »Fuck, Vio!«

Die Panik, die mich durch das Handy erreicht, kommt mir so bekannt vor, dass ich für eine Sekunde die Suche nach dem Festnetztelefon vergesse und Luft holen muss.

»Ich rufe die Polizei.«

»Nein! Nicht auflegen, bitte!«

Alle Werbeprospekte, die ungefragt in unserem Briefkasten landen und von meiner Mutter auf dem Esstisch ausgebreitet wurden, fege ich wütend auf den Boden, hoffe, endlich dieses beschissene Telefon zu finden, während Mone mir schwer ins Ohr atmet und ich deutlich das Hupen eines Autos höre.

»Fuck!«

»Fahr von der Straße!«

Nicht, dass mein Tipp besonders nützlich ist, aber mehr fällt mir nicht ein, während ich hektisch das Wohnzimmer auf den Kopf stelle.

»Scheiße, Vio.«

Stimmen sind zu hören, Gegröle mischt sich unter das Gehupe, und ich kann Mones Angst deutlich spüren. Da entdecke ich das kleine grüne Licht des Telefons zwischen den Sofakissen und greife sofort danach.

Mit Mone an einem Ohr, wählen meine zittrigen Finger die 110, wo es nur zwei Mal klingelt.

»Polizeinotruf, bitte legen Sie nicht auf.«

Das ist alles? Ich lande bei einem Band, während meine Freundin von irgendwelchen Idioten verfolgt wird?

»Mone?«

»Fuck ey.«

Zwei Worte und ich weiß, dass sie weint.

»Polizeizentrale Speyer, wie kann ich Ihnen helfen?«

Die souveräne Frauenstimme am anderen Ende erschreckt mich fast zu Tode, obwohl sie mich beruhigen sollte.

»Ja, hallo, Hilfe, meine Freundin wird auf der Landstraße zwischen Ottersfeld und Walddorf von einem Auto verfolgt.«

»Wo genau?«

»Mone, wo genau bist du …?«

Doch es kommt keine Antwort.

»Mone?«

Ich brülle ihren Namen in mein Handy, horche angestrengt und höre doch nichts.

Nichts.

KAPITEL 68

Konstantin

Mein Herz will aus meiner Brust ausbrechen, wird nur vom Anschnallgurt an seinem Platz gehalten.

Unsere Stoßstange berührt fast ihr Hinterrad, und Volker, der hinterm Steuer sitzt, hupt ununterbrochen. Jonas hängt mit dem Oberkörper komplett aus dem offenen Fenster und brüllt Beleidigungen in die Nacht.

Nur ich sitze wie gelähmt auf dem Beifahrersitz, schwitze unter der beschissenen roten Sturmhaube und starre auf das Mädchen vor uns, die um ihr Leben radelt.

»Die hat uns gesehen, das Miststück!«

»Ja, aber nicht erkannt.« Volkers Blick passt nicht zu seiner coolen Antwort, das alles scheint ihm Spaß zu machen, es geht ihm gar nicht darum, irgendwas zu vertuschen. »Leg dich nicht mit den Rotschädeln an!«

Wieder hupt er, wieder zucke ich zusammen und sehe nach vorne. Keine Ahnung, ob die anderen sie bereits erkannt haben, aber ich weiß genau, wen wir jagen. Jahrelang habe ich mein Fahrrad auf dem Schulparkplatz neben ihrem abgestellt und mindestens genauso oft habe ich ihr die Kette wieder aufgezogen, wenn sie unterwegs runtergesprungen war.

Und jetzt sitze ich hier in dem Auto von Volkers Cousin und bin zu feige, um etwas zu sagen.

»Ey, fuck, die fährt ins Feld!« Jonas zieht sich zurück ins Wageninnere und schlägt mit der Faust gegen meinen Sitz, was nur dazu führt, dass ich noch nervöser werde. »Fahr hinterher!«

»Bist du bescheuert? Damit ruiniere ich Richards Auto.«

Für einen kurzen Moment hoffe ich, dass der Spuk damit vorbei und Mone sicher ist, aber Volker fährt den Wagen bei der nächsten Möglichkeit auf den Feldweg und stellt den Motor ab. Bevor ich verstehe, was als Nächstes passiert, öffnet er die Tür und sieht von Jonas zu mir.

»Mit dem Rad kommt sie da drinnen nicht weit. Wir können sie einkesseln.«

»Warte …« Ich greife nach seinem Arm, greife aber ins Leere, weil er schon ausgestiegen ist, gefolgt von Jonas.

»Komm schon, wir haben nicht ewig Zeit. Die Schlampe ist schnell!«

Wie in Zeitlupe löse ich den Gurt und öffne die Autotür. Vor uns in der Nacht liegt dunkel und undurchdringlich ein Maisfeld.

»Teilen wir uns auf, dann kriegen wir sie.«

Mein Körper gehorcht, mein Kopf nicht, denn obwohl ich wie aufgefordert losrenne, weiß ich nicht, wohin. Oder wieso. Mir ist heiß, mir ist schlecht, der schwarze Kapuzenpulli passt ebenso wenig zu diesen Temperaturen wie meine rote Sturmhaube oder ich in dieses Szenario. Mir schlagen die Maispflanzen ins Gesicht, als ich sie hastig zur Seite zu schieben versuche, um einen Weg durch dieses Feld zu finden. Jonas und Volker kann ich hören, wie sie sich gegenseitig etwas zurufen, dabei lachen und den Ernst der Lage nicht erkennen.

Das hier ist kein dummer Streich, den man später lachend abtut. *Wir jagen Mone.* Die Mone, mit der ich seit einer Ewigkeit befreundet bin. Das Atmen fällt mir schwer, es ist staubig und beklemmend, obwohl hier viel Platz ist, wenn auch nicht für mich. Stolpernd bewege ich mich vorwärts, schlage um mich und weiß doch nicht, wohin ich überhaupt laufen soll.

»Wo zum Teufel steckt sie?«

»Keine Ahnung, wir finden sie schon noch.«

Das Adrenalin pumpt so heftig durch meine Adern, dass ich es im ganzen Körper spüren kann. Meine Bronchien weiten sich, die Herzfrequenz sprengt jede Skala, und ich glaube sogar, jedes leiseste Geräusch hören zu können. Selbst meine Augen finden in der Dunkelheit kleinste Details. Blöd nur, dass von überallher Geräusche kommen und ich mich ständig um die eigene Achse drehe, während ich versuche, nicht selber die Orientierung zu verlieren.

In der Ferne höre ich die Polizeisirenen, mit denen ich bereits gerechnet habe.

»Scheiße, die Bullen!«

»Wo steckt sie denn?«

Dann ist auf einmal etwas ganz deutlich zu hören, ein kurzes Zischen, dann ein leiser Knall, ein Silvestergeräusch. Funken über unseren Köpfen am Himmel, ein roter Blitz, der über das Maisfeld segelt und meine Atmung einen Moment lahmlegt. Anders als bei einer Feuerwerksrakete, explodiert es am Himmel nicht in tausend kleine Funken, sondern bleibt ein leuchtend roter Punkt, dessen Flugkurve ich verfolge.

Der Signalgeber, den ich Vio geschenkt habe. Falls sie verloren geht. Dabei ist hier gerade jemand ganz anderer verloren gegangen.

»Da vorne ist sie irgendwo!«

Schon wird der Himmel wieder rot erleuchtet, diesmal liegt die Abschussstelle woanders und ganz nah bei mir. So leise wie möglich schiebe ich die Pflanzen vor mir zur Seite.

Da steht sie.

Mit dem Rücken zu mir, ihre Atmung ist deutlich zu hören, ihr Körper zittert, sie hantiert mit dem Signalgeber und ich stehe unbemerkt direkt hinter ihr.

Mones Schultern beben, ihr Weinen klingt wie das unterdrückte Schluchzen eines Kindes. Die nächste Rakete wird abgefeuert, wieder feuerrot. Damit wissen jetzt nicht nur die Jungs, wo sie ist, sondern auch die Polizei, die sich nähert.

Ich mache einen Schritt nach vorn, trete auf einen Zweig, und Mone dreht sich ruckartig zu mir um, Angst in ihren verweinten Augen, nichts als pure Angst. Es ist diese Angst, die ihr den Schrei im Halse stecken bleiben lässt und bei deren Anblick mir schlecht wird.

Sofort lege ich den Zeigefinger an die Lippen und spüre dabei den kratzigen Wollstoff. *Was tust du hier eigentlich, Wagenfeld?* Mit einem Ruck ziehe ich mir die Maske vom Kopf, sehe die panische Reaktion im Gesicht meiner Freundin und nehme ihr vorsichtig den Signalgeber aus der Hand. All das lässt sie stockstarr geschehen und ich packe sie am Arm.

»Komm!« Obwohl ich flüstere, hallt meine Aufforderung so laut in meinem Kopf wider, dass mir klar wird, wie viel Angst Mone und mich verbindet.

Langsam, dann immer schneller huschen wir in Richtung Wald davon, bis wir schließlich rennen. Dabei lasse ich mir von den Pflanzen die Ohrfeigen verpassen, die ich verdient habe. Wir erreichen völlig außer Atem den Waldrand. Hinter uns wird das Flackerblau der Polizeiautos heller, werden die Sirenen lauter. Mone und ich lassen das Maisfeld, Volker und Jonas hinter uns – und ich die Rotschädel.

Noch immer Hand in Hand hetzen wir durch den Wald, der im Dunkeln so fremd und undurchdringlich aussieht. Wo ist Norden? Wo Süden? Und wo unser Dorf, in dem ich mich selbst mit geschlossenen Augen nicht verlaufen würde. Äste knacken hinter uns, Schritte folgen uns, und ich werde schneller, ziehe Mone hinter mir her, ohne mich umzudrehen, bis wir einen Baumstamm erreichen, der vor einer Ewigkeit umgestürzt sein muss. Hektisch ziehe ich sie zu mir in seinen Schatten, wo wir uns ducken, dicht an dicht, unsere Atmung viel zu schnell, unsere Herzen zu laut.

Es riecht nach Moos und frischer Erde, ein vertrauter Geruch meiner Kindheit. Eine Zeit, als ich mit Robin im Wald hinter dem See Verstecken gespielt habe und er mir die obligatorischen Großer-Bruder-Schauergeschichten erzählt hat, die alle so echt klangen.

Jetzt bin ich Teil einer solchen Geschichte geworden. Schnell schließe ich die Augen, atme so tief ich kann ein und versuche, wieder klar zu denken.

Mone klammert sich an mich. Obwohl sie weiß, was ich getan habe, sucht sie jetzt bei mir Schutz, und ich halte sie, horche in das Chaos der Nacht und bete inständig, dass die Jungs uns hier nicht finden.

Stille, die nur ein Wald bieten kann, breitet sich wie eine Decke über uns und den Baumstamm aus.

Bis das Handy in meiner Hosentasche vibriert und mein Herzschlag aussetzt.

KAPITEL 69

Vio

Ihr verbeultes Fahrrad steht in der Auffahrt vor dem Haus, die Fenster sind erleuchtet, und nach einem kurzen Gespräch mit ihren Eltern bekomme ich das Okay, sie zu sehen, obwohl es so spät ist.

Die Mone, die jetzt auf dem Sofa sitzt, hat nicht besonders viel mit der gemeinsam, die sich heute am See von mir verabschiedet hat. Ihre Haare sind nass, sie hat geduscht und trägt ein weiß-blau gestreiftes Oversize-Shirt, dazu kurze Hosen mit Snoopys drauf. Sie schaut blass aus und ihre Augen sind gerötet. Es bricht mir das Herz, sie so zu sehen, obwohl sie mir ein warmes Lächeln schenkt, als ich das Wohnzimmer betrete.

»Hi.«

»Es tut mir so leid.«

»Ist doch nicht deine Schuld.« Sie klopft auf den Platz neben sich auf der Couch, und ich folge ihrer Einladung, nehme sie in den Arm. Sie riecht nach Kokos und Strand, was so gar nicht zu dieser Nacht passt. »Danke.« Sie flüstert es an mein Ohr.

»Wofür denn?«

»Für den Signalgeber. Und dafür, dass du hier bist.«

Langsam lässt sie mich los, und ich streiche ihr eine Haarsträhne aus dem Gesicht, damit ich sie in aller Ruhe betrachten kann. Mone war sofort so nett zu mir, hat mich aufgenommen, als ich schon dachte, dass es Freundschaft für mich gar nicht mehr geben würde, und hat viele Dinge, die mir vor dem Umzug Angst gemacht haben, einfach so wegradiert.

Ein Teil von mir fühlt sich schuldig, obwohl ich rational betrachtet natürlich weiß, dass ich nichts mit all dem zu tun habe. Und trotzdem ist da dieses blöde Gefühl, das einfach nicht weggehen will. Als wäre ich eben doch der Auslöser für all das Chaos.

»Wie geht es dir jetzt?«

»Jetzt gerade? Schwer zu sagen, die Sanitäter haben mir was zur Beruhigung gegeben. Ich fühle mich so entspannt, dass ich dir glatt ein Tattoo stechen könnte.« Wie zum Beweis streckt sie die Hand aus, die nicht mal im Ansatz zittert. »Aber ich glaube nicht, dass es mir wirklich gut geht.«

Was die Tränen, die sich in ihren Augen sammeln, beweisen.

»Ich hatte wirklich Angst, Vio. Sie waren zu dritt und ich …« Sie bricht ab, spielt nervös mit dem Bund ihres Schlafshirts und ich fühle mich so hilflos. »Sie hätten mich fast gehabt. Einer von ihnen …«

Kurz schüttelt sie den Kopf und ich lege meine Hand auf ihre.

»Du musst mir das nicht erzählen, wenn du nicht willst.«

Sie nickt, fast etwas erleichtert, und lehnt den Kopf gegen das Sofakissen.

»Noch nie hatte ich so große Angst.«

»Das glaube ich.«

Zu präsent sind bei mir die Erinnerung an die Nacht im Restaurant. Noch immer fahre ich bei lauten Geräuschen zusammen und das wird wohl auch eine Weile so bleiben. Wie muss es da Mone gehen, nach so einer Flucht durch das Feld und den Wald.

»Mama sagt, ich soll mit einem Psychologen reden. Du weißt schon, um das zu verarbeiten.«

»Klingt gut.«

»Ich weiß nicht.«

»Wenn du willst, komme ich mit.«

»Würdest du?«

»Klar. Vielleicht sollte ich mich da auch mal vorstellen.«

Sie lacht leise, und es freut mich, dass ich sie für einen kurzen Moment ablenken konnte. Aber Mones Augen verraten mir nicht nur, dass sie irgendein Beruhigungsmittel bekommen hat, sondern auch, wie müde sie ist.

»Du solltest versuchen, etwas zu schlafen. Wir können morgen quatschen.«

Sie greift nach meiner Hand, bevor ich aufstehen kann.

»Vio, warte …«

»Ja?«

Wie ein Fisch öffnet sie immer wieder den Mund, bleibt dabei aber stumm, sieht mich an, ihre Augen füllen sich mit Tränen.

»Ich bin einfach nur froh, dass du da bist.«

Jetzt bin ich es, die mit den Tränen kämpft.

»Als du plötzlich nicht mehr am Telefon warst, Mone, da

ging das Kopfkino los. Was, wenn sie dich erwischt haben? Was, wenn sie dich einfach über den Haufen gefahren haben? Und ich sitze daheim und bin so weit weg …«

»Du warst doch die ganze Zeit dabei. Und ohne deinen Signalgeber …« Sie schließt schnell die Augen, will vermutlich so die frischen Erinnerungen aufhalten. »Ich habe so gehofft, dass die Polizei diese Raketen sieht. Oder sonst jemand.« Sie lacht kurz leise. »Fast habe ich gehofft, *du* könntest es sehen. Aber es ist zum Glück alles gut gegangen.«

Langsam nicke ich und sehe noch mal zu ihr, als müsste ich erneut sichergehen, dass es ihr wirklich gut geht.

»Und Mama sagt, dank dir ist die Feuerwehr sofort zur Baustelle und konnte Schlimmeres verhindern.«

Der Versuch, mich zur Heldin dieser Nacht zu machen, passt nicht so recht und ich schüttele den Kopf.

»Du hast das alles beobachtet, ich habe nur wiederholt, was du gesagt hast.«

»Hauptsache, das Feuer konnte gelöscht werden, bevor wirklich irgendwas passiert ist.«

Dabei wissen wir beide, dass auch ohne das Feuer genug passiert ist.

»Also, sehen wir uns morgen?«

»Klar. Ich werde aber wohl erst mal nicht so viel unternehmen.«

»Kein Problem.«

Gerade als ich aufstehen will, hält sie mich erneut zurück.

»Falls ich nicht schlafen kann, darf ich dich dann anrufen?« Ihr Lächeln ist etwas verloren und doch hoffnungsvoll.

»Jederzeit.«

KAPITEL 70

Konstantin

Robins Roller parke ich direkt am Zaun. Den Helm und meinen schweißnassen Kapuzenpulli stopfe ich zusammen mit der roten Sturmhaube ins Helmfach und klettere dann auf die andere Seite.

Mone ist sicher daheim. Mone ist in Sicherheit.

Die komplette Fahrt über habe ich mir das immer und immer wieder vorgesagt, als könnte ich sonst vergessen, dass ich sie unverletzt daheim abgesetzt habe.

Mone ist in Sicherheit.

Der See liegt ruhig vor mir, um diese Uhrzeit ist man hier immer für sich. Langsam gehe ich auf die glatte Wasseroberfläche zu und setze mich so dicht ans Ufer, dass meine Schuhe nass werden.

Die Gedanken brüllen sich in meinem Kopf an. Vorwürfe, Rechtfertigungen, enttäuschte Buh-Rufe und wilde Drohungen. In der Stille hier kann ich sie deutlicher hören als vorhin auf dem Roller, als wir panisch geflüchtet sind. Die anderen sind schon längst weg, basteln sich ihr Alibi zusammen und werden mich verraten – und Robin. Falls sie es nicht schon längst getan haben.

Das alles war von Anfang bis Ende eine beschissene Idee. Alles daran. Das wusste ich schon vorher, alles in mir wusste es. Aber ich Vollidiot habe selbstverständlich mitgemacht, weil es leichter ist, mitzulaufen, als stehen zu bleiben und seinen eigenen Weg einzuschlagen.

Natürlich sollte ich als Erster den Molotowcocktail werfen, weil sie sehen wollten, ob ich es auch wirklich tue. Ob sie sich auf mich verlassen können, nachdem ich Zweifel und Angst geäußert habe.

Viel weiter und vor allem präziser hätte ich werfen können, aber so ist meine Flasche irgendwo schräg vorne links aufgeschlagen und hat einen Stapel Paletten blitzartig in Brand gesetzt. Noch immer höre ich Volkers Jubel, als die Flammen sich immer höher gefressen und unterwegs alles erfasst haben. Das hat ihn richtig angestachelt und mir noch mehr Angst gemacht.

Jonas wollte gerade mit seiner Flasche ausholen, als Mone aufgetaucht ist und die ganze Aktion torpediert hat.

Mone.

Alles vor mir verschwimmt bei dem Gedanken an sie, nur ihr Gesicht, die Angst in ihren Augen, das bleibt unverändert scharf. Schnell schüttele ich den Kopf, zuerst nur leicht, dann immer heftiger, aber ihre Augen wollen einfach nicht verschwinden. Mit zu Fäusten geballten Händen schlage ich mir gegen die Schläfe, immer fester.

Ja, ich war sauer auf Robin. Ja, ich wollte irgendwo dazugehören.

Aber doch nicht so!

»Hey«, ertönt es hinter mir.

Ich reiße vor Schreck die Arme hoch, will mich ergeben, doch stattdessen muss ich mich vornüberkrümmen und übergeben. Neben meinem Mittagessen kotze ich auch noch eine große Portion Angst und Scham mit aus, irgendwann nur noch Galle, am Ende hänge ich auf allen vieren weinend am Ufer meines liebsten Ortes.

»Was ist passiert?« Sie geht neben mir in die Hocke, ihre Hand berührt meine Schulter, ihre Wärme brennt sich durch den Stoff des T-Shirts und schließlich in meine Haut.

Nicht umdrehen. Nicht umdrehen.

»Hast du wieder getrunken?« Ihre Stimme klingt mitfühlend, und ich schüttele den Kopf, wische mir erschöpft über den Mund und sie hält mir ein Kaugummi vors Gesicht.

Mit zittrigen Fingern greife ich danach und streife dabei ihre Haut. Keine Ahnung, wieso ich so überrascht bin, dass sie hier ist. Wo ich es doch war, der ihren Anruf vorhin im Wald zuerst weggedrückt und dann erwidert hat. Sie gefragt habe, ob sie mich hier treffen könnte. Weil ich ihr was sagen müsse.

Einatmen, ausatmen, einatmen, ausatmen. Die einfachsten Dinge kosten gerade am meisten Kraft.

»Du wolltest mit mir reden, ist alles okay?« Vio greift nach meiner Hand, berührt mich einfach so und weiß gar nicht, wie weh mir das tut.

»Komm, setzen wir uns da rüber.«

Mit wackeligen Knien stehe ich auf, gehe mit ihr weiter weg vom See und damit von meiner Fluchtmöglichkeit. Wir setzen uns in den Sand, und um unter ihrem prüfenden Blick nicht gänzlich zusammenzuklappen, packe ich das Kaugummi aus und schiebe es mir in den Mund.

»Die Baustelle hat gebrannt.« Sie sagt das so, als wisse sie es aus sicherer Quelle, und ich nicke.

»Ich weiß.«

»Ach klar, Grisu, der Feuerwehrdrache. Warst du auch dort?«

»Ja.«

Nicht als Grisu. Als Rotschädel.

»Weißt du auch, dass Mone überfallen wurde?«

Mone. Immer wieder diese Augen.

»Ist auf dem Heimweg von Ottersfeld passiert. Drei Typen haben sie durch ein Maisfeld gejagt. Ich war eben bei ihr.«

»Wie geht es ihr?«

»Nicht so gut.«

Das kann ich nicht. Ich kann das einfach nicht. Langsam drehe ich meinen Kopf in Vios Richtung.

»Ich … ich …« *Sie weiß es schon.* Sie muss es wissen. Sie kennt mich zu gut, zumindest besser als die Menschen, mit denen ich mein bisheriges Leben verbracht habe.

»Du machst mir Angst, Konstantin. Was ist denn nur los?«

»Du hast Mone den Signalgeber geschenkt.«

Das ist keine Frage. Das ist eine Information, die ich ihr gebe und ich weiß, dass sie sie versteht. Doch es dauert einen Moment, bis Vio alle Puzzleteile zusammensetzt. Ihre Körperhaltung verändert sich, ihr Nacken spannt sich an, sie atmet lautstark ein, hebt den Kopf und dreht sich zu mir.

»Woher weißt du das?«

»Weil ich dort war.«

Ein ganz einfacher Satz, der sich aber derart in meiner Kehle verknotet, dass ich ihn nur mit Mühe über die Lippen presse, während ich Vio dabei ansehe. Die schallende Ohrfeige sehe ich kommen, weil sich für mich alles wie in Zeitlupe abspielt, aber ich zucke nicht zurück, fange mir auch noch die zweite ein, die schmerzlich genau ins Schwarze trifft – oder eben das Blau meines Veilchens.

»*Wieso?*« Ihre Wut lässt das Wort beben, so sehr, dass man es bestimmt auf einem Seismographen messen könnte, und ich wünschte, mein Kopf würde eine vernünftige Erklärung parat haben.

»Es tut mir leid.« Wieder erwarte ich eine Ohrfeige, aber an ihrer Stelle trifft mich nur Vios Enttäuschung.

»Sie ist deine Freundin, Konstantin!«

»Ich weiß. Ich wollte …«

»*Was* wolltest du, Konstantin? Ein Asylantenheim abfackeln, um zu beweisen, wie tough du bist?«

»Was? Nein!«

Sie steht auf, so hastig, dass sie ins Stolpern gerät und ich schnell ihre Hand nehme, um einen Sturz zu verhindern, aber sie schlägt meinen Arm weg, fällt aufs Knie und wütet weiter.

»Wie kannst du bei so was mitmachen? Wie? Nachdem sie auf *uns* geschossen haben?«

Die Erinnerung ist noch hellwach in meinem Kopf.

»Ich wollte nur dazugehören.«

»Zu denen?«

»Irgendwohin!«

Kopfschüttelnd rappelt sie sich auf, achtet darauf, mir auszuweichen, den Abstand zwischen uns zu wahren, und ich stehe nur langsam auf, versuche, ihr nicht zu nahe zu treten.

»Ich wollte nicht …«

»Du bist so ein Idiot!« Ihre Stimme wankt und mit ihr mein Herz. »Du hast alles kaputt gemacht, weißt du das?!«

»Ich weiß.«

»Alles!« Sie brüllt es mir unter Tränen entgegen, und ihr warmer Atem trifft mein Gesicht, lähmt jeden weiteren Versuch, sie zu beruhigen.

»Du hast doch schon längst dazugehört! Zu mir, verdammt noch mal!« Sie tippt sich gegen die Brust, ungefähr auf Herzhöhe und schüttelt den Kopf. »Selbst nach dem ganzen Müll, den du mir besoffen vorgequatscht hast, wusste ich die ganze Zeit, dass du es nicht so meinst!«

»Tue ich auch nicht, es ist kompliziert …«

»Spar dir das alles, Konstantin. Spar es dir!« Ohne mich weiter anzuhören, wirbelt sie herum und geht in Richtung Zaun. Als sie schon fast oben ist, gehorcht mein Körper mir wieder und ich renne ihr hinterher.

»Vio, warte! Es war ein Scheißfehler! Ich will euch alle doch nicht verlieren!«

Aber sie landet bereits auf der anderen Seite, sieht mich durch die Maschen im Zaun an.

»Wenn es dir wirklich so leid tut, dann bring das alles wieder in Ordnung.«

Was so einfach klingt, fühlt sich für mich an wie die Aufforderung, eine Wanderung nach Mordor zu unternehmen. Ich presse meine Stirn gegen den Zaun, so fest, dass es wehtut.

»Das tue ich, Vio!!«

Aber Vio ist schon längst weg.

KAPITEL 71

Vio

Das Handy klingelt, noch bevor ich mein Zuhause erreicht habe, und ich ziehe es aus der Gesäßtasche, ohne vom Rad zu steigen. Gerade ist der Fahrtwind lebensnotwendig, weil er mich zum Atmen zwingt.

»Ja?«

»Störe ich?« Mones Stimme erreicht mich in meiner kleinen Verzweiflungsblase und bringt sie augenblicklich zum Platzen.

»Gar nicht.«

»Bist du noch unterwegs?«

»Ja. Konnte auch nicht schlafen.«

Nicht nach den Infos, die ich seit unserem Abschied erhalten habe.

»Dann sind wir schon zwei. Wo steckst du?«

Ich sehe auf das Feld vor mir, in dem man noch deutlich die Spuren der wilden Verfolgungsjagd erkennen kann. Überall bilden umgeknickte Maispflanzen eine Art Labyrinth und ich lasse mein Fahrrad am Wegesrand zurück.

»Ich gehe nur noch etwas spazieren.«

Langsam geht schon die Sonne auf, taucht dabei den ehemals dunklen Himmel in ein zaghaftes Violett, das schon bald zu einem zarten Hellblau wird und uns im neuen Tag begrüßt.

»Aber du passt auf dich auf, ja?«

»Na klar. Du bist doch bei mir.« Mit jedem Schritt gehe ich weiter ins Maisfeld, berühre mit der Hand die rauen Pflanzen, die schon längst hätten geerntet werden müssen. Es ist merkwürdig staubig hier und viel zu ruhig. Je weiter ich gehe, desto mehr verstummt die Welt um mich herum. Nur Mone ist noch da.

»Kann ich dich was fragen?«

»Klar.«

Ich will ihr nicht wehtun, sie nicht schon wieder daran erinnern, und doch spreche ich es aus.

»Es war Konny, oder?«

Möglich, dass sogar die Welt gerade stillsteht und wir uns in einer Zeitschleife befinden, in der alles außerhalb unwichtig und nichtig geworden ist.

»Ja.«

Wieso hatte ich auf eine andere Antwort gehofft, wo ich die Wahrheit doch schon kenne?

»Er ist mit mir abgehauen und dann durch den Wald.«

»*Mit* dir?«

»Ja. Er hat mich heimgebracht.«

»Ich dachte, er war einer der Jungs …?«

»War er auch. Aber als er mich gefunden hat … da war er plötzlich wieder Konny. Ich kann es nicht erklären. Aber ohne ihn, ich weiß nicht, was sonst passiert wäre.«

Im Herzen des Feldes bleibe ich stehen, sehe mich um und

kann Mones Angst von vorhin fast greifbar spüren. Wie verloren sie sich gefühlt haben muss. Wie unverständlich das alles ist.

»Aber ich bin mir ziemlich sicher, Jonas' Stimme erkannt zu haben.«

»Jonas?«

»Ja. Sie haben sich immer was zugerufen.«

»Du denkst, es war Jonas?«

»Er war auf jeden Fall dabei.« Ob es in Maisfeldern so ruhig ist wie im Auge eines Hurrikans? Denn außer meinem Herzschlag höre ich hier nichts mehr.

»Hast du das der Polizei gesagt?«

»Nein.«

Sie klingt müde. Dieses Gespräch hat sicher nicht das beste Thema für diesen Tag oder diese Uhrzeit. Mein Kopf dröhnt, meine Augen schmerzen, und ich halte kurz das Handy von mir, damit sie mich nicht hören kann.

»Vio? Bist du noch dran.«

»Ja. Sorry. Mieser Empfang hier.«

Über die zertrampelten Pflanzen gehe ich zurück zu meinem Fahrrad und sehe der Sonne dabei zu, wie sie sich Stück für Stück den Himmel erobert.

»Es ist schon so spät.« Dabei klingt sie, als wäre ihr jetzt erst aufgefallen, wie viel Uhr wir haben.

»Oder schon so früh.«

Mone lacht leise und es mogelt sich ein deutliches Gähnen dazwischen.

»Willst du es nicht doch noch mal mit einer Portion Schlaf probieren?«, frage ich.

»Wäre vermutlich eine gute Idee.«

»Melde dich, wenn du ausgeschlafen hast.«

»Mache ich.«

Kurz warte ich, bis sie aufgelegt hat, dann erst lasse ich das Handy sinken und werfe einen letzten Blick auf das zertrampelte Maisfeld, das ein ganz gutes Sinnbild meines Herzens abgibt.

KAPITEL 72

Konstantin

Noch immer etwas wackelig und mit einem bitteren Nachgeschmack im Mund, fahre ich durch die leeren Straßen meines Heimatdorfes und werde nervöser, je näher ich meinem Zuhause komme. Schon eine Straße vorher mache ich den Motor des Rollers aus und schiebe ihn den Rest des Weges, bevor ich ihn in unserer Auffahrt neben Papas Auto abstelle. Genau dort, wo Robin auch immer parkt.

Nur in der Küche brennt Licht, und ich weiß, dass es keinen Sinn hat, dem folgenden Gespräch aus dem Weg gehen zu wollen. Ohne Umwege betrete ich die Küche und finde dort Robin am Tisch sitzend, vor sich eine Tasse Tee.

»Hi.«

»Hallo.«

Ich bleibe sicherheitshalber im Türrahmen stehen.

»So früh schon wach?« Obwohl ich sehen kann, dass er nicht seine Schlafklamotten trägt, versuche ich es erst mal mit harmlosem Small Talk.

»Immer noch.« Ein Nicken in Richtung Tür.

»Mama und Papa glauben, du bist mit Vio unterwegs.« Sein Blick findet wieder mich, strafend. »Nachdem du bei

Pizza Panda ausgeholfen hast, die dich aber früher haben gehen lassen.«

Robin ist ein Meister darin, unseren Eltern perfekte Alibis für nächtliche Eskapaden aufzutischen. Dabei denkt er sich winzige Details aus, die er auch nach einigen Bieren noch problemlos abspulen kann. Ein Talent, das offenbar antrainiert und keine genetische Veranlagung ist, denn ich kann beim Lügen niemandem in die Augen sehen.

»Oh. Danke.«

Abwartend mustert er mich, bemerkt bestimmt nicht nur, wie durcheinander ich bin, sondern auch alles andere. Angst sieht man einem Menschen immer an, habe ich mal irgendwo gelesen, und wenn das stimmt, dann strahle ich das gerade ab wie ein voll erleuchteter Christbaum.

»Wo ist mein Roller?«

»Den habe ich mir geliehen.«

»Geklaut.« Seine Stimme klingt ruhig, nicht besonders wütend, und ich verlasse meine Position an der Tür, komme langsam auf ihn zu.

»Ja.«

»Und hast du ihn unbeschadet zurückgebracht?«

»Er steht draußen.« Damit lege ich den Schlüssel vor ihm auf den Tisch und ziehe den Stuhl zurück, um ihm gegenüber Platz zu nehmen. Er fragt nicht, wieso ich den Roller genommen habe oder wo ich bis eben war, er sieht mich nur an und wartet ab. Ob er weiß, was heute Nacht alles passiert ist?

»Ich hab Mist gebaut.« Selbst das lässt er unkommentiert, und die Stille der Küche drückt auf meine Ohren, als wenn ich durch einen Tunnel fahren würde. »Richtig Mist gebaut.«

In aller Ruhe nimmt er einen Schluck aus der Tasse, ohne dass seine wachen Augen mich loslassen, und ich spüre die Nervosität zurück in meinen Knochen. Robin sitzt mir gegenüber, ruhig und doch aufgebracht. Kurz versuche ich ihn mir auch nächsten Sommer noch in Walddorf vorzustellen, aber jedes Mal löst er sich bei dieser Vorstellung in Luft auf.

»Ich glaube, Volker und Jonas werden mich verpfeifen und …«

Abrupt schiebt er den Stuhl zurück, was mich sofort verstummen lässt, und steht auf.

»Du wolltest nicht auf mich hören, weil du gedacht hast, ich will dich nicht dabeihaben oder gönne dir irgendwelchen Spaß nicht. Dabei wollte ich immer nur auf dich aufpassen, du Vollidiot.« Mit der Tasse in der Hand geht er zum Geschirrspüler und ich drehe mich auf meinem Stuhl mit. »Was denkst du wohl, warum ich hier rauswill, hm?« Mit dem Rücken zu mir räumt er die Tasse ein und stützt sich dann auf die Arbeitsplatte. »Weil es hier nichts anderes gibt als Typen wie Jonas und Volker, die keinen Millimeter über den Tellerrand schauen.«

»Du hast den Container angezündet.«

»Hab ich. Weil ich blöd war. Und sauer und …« Ohne den Satz zu beenden, wendet er sich zu mir. »Wenn du bestimmte Parolen oft genug hörst, besonders von Leuten, denen du vertraust, glaubst du irgendwann, dass sie wahr sein könnten. Du hinterfragst sie gar nicht mehr groß, weil es sonst ja auch keiner tut. Und dann ist da auch noch diese Wut.«

»Auf wen denn?«

»Auf die Welt. Weil du das Gefühl hast, alle kommen weiter

als du, und das so viel schneller, während du Stück für Stück alles verlierst, was dich irgendwie klar hat denken lassen.«

Er muss ihren Namen nicht sagen, ich weiß auch so, über wen er spricht.

»Und weil du keine echten Gegner hast, nimmt du irgendwen, der dir gerade gelegen kommt. Malek nimmt mir Jessy weg, ein Mitbewerber mit Migrationshintergrund den Job, Papa findet den Bau des Heims doch nicht mehr so gut, und die Jungs schimpfen auch nur noch darüber …«

Das klingt so simpel, als wäre es ganz einfach, darauf reinzufallen, und ich will widersprechen, dabei habe ich doch selber gerade den gleichen Fehler gemacht.

»Dann bist du nicht mehr alleine, hast 'ne Clique und denkst gar nicht mehr für dich selbst, sondern überlässt das den anderen. An den richtigen Stellen nicken, die Wut zulassen … aber das muss ich dir wohl nicht sagen.«

Müde schüttele ich den Kopf.

»*Dir* sollte das nicht auch passieren. Weißt du, ich habe mich geirrt. Man kann nicht beides sein. Man muss sich entscheiden, auf welcher Seite man stehen will.«

»Das habe ich inzwischen gecheckt.«

»Und *du* hast keinen Grund, wütend zu sein.«

»Habe ich nicht?« Überrascht über das plötzliche Volumen meiner Stimme, zieht Robin eine Augenbraue hoch, was ich als Aufforderung verstehe. »Du hast ja keine Ahnung, wie wütend ich manchmal bin.«

»Auf wen denn?« Er stellt mir die gleiche Frage im Gegenzug, und endlich kann ich mal all die Gedanken raushauen, die ich sonst nur auf dem nächtlichen See zulassen.

»Auf dieses Dorf, auf meine Freunde, auf dich … auf mich!«

Robin sagt nichts, verschränkt nur die Arme vor der Brust.

»Alle sehen in mir eine billige Kopie von dir. Du bist der *echte* Wagenfeld, ich die ewige Nummer zwei. Beim Tennis bin ich nicht so gut wie du, bei meinen Freunden nicht so beliebt, wie du es bei deinen bist, und es ist *so* anstrengend, dir nachzueifern.«

»Dann lass es. Ich wollte dir weder im Weg rumstehen noch ein mieses Vorbild sein, Konny. Du solltest nur nicht mit den Jungs rumhängen.«

»Und was ist mit dir?«

»Ich bin bald weg. Dann war es das. Aber du willst ja unbedingt hierbleiben. Und wenn ich weg bin, wer passt dann auf dich auf?« Damit stößt er sich von der Arbeitsfläche ab und kommt auf mich zu.

»Du musst irgendwann anfangen, selber zu denken.«

»Das tue ich doch!«

»Und was *willst* du?«

Ich will Vio nicht verlieren, ich will Robin nicht verlieren, und enttäuschen will ich meine Freunde auch nicht, und ganz sicher will ich nicht zu Volker und Co. gehören.

»Ich will es wieder hinbiegen.«

Obwohl meine Beine noch etwas wackelig sind, stehe ich auf und sehe meinen Bruder an.

»Würdest du mich wo hinfahren?«

Robin zögert einen kurzen Moment, atmet dann tief ein und greift nach dem Rollerschlüssel, der zwischen uns auf dem Tisch liegt.

»Wo soll's denn hingehen?«

KAPITEL 73

Vio

Das *Geöffnet*-Schild thront stolz neben der Tür zu unserem Restaurant und entlockt mir ein zartes Lächeln. Als ich näher komme, entdecke ich Jessy im Biergarten. Meistens war es meine Aufgabe, die Tische und Stühle in die richtige Position zu rücken und alles vorzubereiten. Ehrlich gesagt hätte ich nicht gedacht, dass Jessy nach dem, was hier vorgefallen ist, überhaupt noch mal zurückkommen würde. Sie trägt schon ihre Schürze, was ich für recht optimistisch halte, denn noch ist es zu früh, um überhaupt mit Gästen zu rechnen.

»Hey.«

»Wir haben noch nicht geöff... Ach Vio. Hi.« Den letzten Tisch schubst sie schnell mit der Hüfte in Position und dreht sich dann zu mir. »Dein Vater ist hinten in der Küche, alles vorbereiten.«

»Dachte ich mir. Er war gestern schon ganz nervös. Nimmst du ihm sein Restaurant, dreht er wirklich durch.« Es soll witzig klingen, aber auch wenn die neuen Fenster etwas anderes signalisieren, ist hier nicht wieder alles in bester Ordnung. Die Spuren so eines Tages kann man vielleicht übertünchen, aber nicht die in unser aller Erinnerung.

»Er hat mir erzählt, dass du hier warst, als es passiert ist.« Jessy kommt langsam näher, zieht sicherheitshalber noch mal die Schleife an ihrer Schürze fest, bevor sie mich ansieht. »Mir tut das so leid.«

»Mir auch. Sie wissen noch immer nicht, wer es war.«

Auch wenn Robins Name in meinem Kopf herumspukt. Jessy ist hübsch, ihre Augen sind geheimnisvoll und sie hat eine offene Art. Ich kann durchaus verstehen, warum Robin noch immer an ihr hängt, auch wenn es wohl Zeit für ihn wird, sie loszulassen.

»Die Sache mit Robin neulich …« Jetzt wünschte ich mir, eine Schürze zu tragen, deren Schleife ich festziehen könnte, aber so bin ich gezwungen, ihr direkt in die Augen zu sehen.

»Robin und ich haben das geklärt. Er wird keinen Ärger mehr hier machen.«

»Ach?«

»Ja, wir haben neulich Nacht lange gequatscht.«

»Wann?« Mein Zeitgefühl hat mich verlassen. *Ist es noch Freitag oder bereits eine neue Woche? Ist der Sommer schon vorbei?*

»An dem Abend, als ihr alle hier essen wart.«

»Als geschossen wurde.« Niemand traut sich das deutlich auszusprechen, alle suchen andere Beschreibungen für den Tag. Aber für mich ist und bleibt es der Tag, an dem jemand auf unser Restaurant geschossen hat.

Jessy nickt langsam.

»Er hat gefragt, ob wir reden können, und ich glaube, es war an der Zeit. Weißt du, damals habe ich ihm nie wirklich gesagt, warum es nicht mehr funktioniert hat mit uns. Das war sicher nicht ganz fair, aber Gefühle sind nie so einfach zu erklären.«

Wem sagst du das. Meine Gefühle spielen gerade Rummelplatz in meinem Inneren. Inklusive Looping-Achterbahn und Kettenkarussell.

»Es hat irgendwie gutgetan. Wir haben bis zum Morgen zusammengesessen, und jetzt haben wir wirklich damit abgeschlossen.«

»Robin war die ganze Nacht bei dir?«

Sie nickt etwas schüchtern.

»Ja, aber nicht so. Wir haben nur geredet.«

Robin war also nicht dabei. Irgendwo löst sich eine Lawine der Erleichterung von meinem Herzen und stürzt unaufhaltsam Richtung Tal.

»Das ist gut. Also wirklich gut. Dass ihr jetzt gesprochen habt.«

»Ja. Na ja. Wir gehen uns trotzdem erst mal aus dem Weg. Sieht ganz so aus, als hätte ich euch direkt einen Gast vergrault.«

»Jessy, glaub mir, das ist alles nicht deine Schuld.« Am liebsten würde ich sie umarmen, aber dafür kennen wir uns nicht gut genug. Und ich will auch nicht sagen, dass Robin bis eben ganz oben auf meiner Verdächtigenliste stand. Also nicke ich nur und deute nach innen, was sie versteht und sich wieder um den Biergarten kümmert.

Papa wischt den Tresen, aber als er mich bemerkt, deutet er stolz auf die neue Werbeleuchte über der Bar.

»Kam heute schon an. Was sagst du?«

»Sieht gut aus.«

Nirgendwo sonst ist mein Vater so glücklich wie in seinem eigenen Restaurant, aber so schön es ist, das zu sehen, lastet da doch neuerdings diese Frage auf meine Seele.

»Papa …?«

»Hm?«

Umständlich ziehe ich einen Barhocker zu mir und nehme darauf Platz. Papa versteht meine Aufforderung und tut es mir gleich, legt den Lappen zur Seite, und jetzt habe ich seine volle Aufmerksamkeit.

»Bist du sauer, weil ich nicht in deine Fußstapfen treten will?«

Mit dieser Frage hat er offenbar nicht gerechnet, denn irritiert schüttelt er den Kopf.

»Nein, wieso sollte ich?«

»Na ja, du wirst kaum ewig hinter dem Grill stehen, und dann ist niemand da, der deinen Traum weiterlebt.«

»Es ist ja auch *mein* Traum. Wieso solltest du ihn dann für mich träumen?«

»Weil es … Keine Ahnung.«

Ich muss an Mone denken, an ihre Wohnung mit Balkon in München-Köln-Hamburg, die ich im Geiste weiter für sie housesitte.

»Hätte ich mich gefreut, wenn du mit der gleichen Begeisterung der Gastronomie verfallen wärst? Sicher. Aber du musst das finden, was *dich* glücklich macht.«

»Okay. Danke!«

Papa mustert mich eindringlich und ich kann die Sorge quasi sein Gesicht erobern sehen. Als hätten die letzten Tage nicht bereits genug neue Falten auf seine Stirn gezaubert.

»Vio, ich will, dass du weißt, dass du mit allen Problemen zu uns kommen kannst.«

»Ich weiß.« Aber wie soll ich ihm – oder sonst jemandem – sagen, dass der Junge, in den ich mich verknallt habe, mit den Jungs rumzieht, die uns hier nicht haben wollen? Und wie um alles in der Welt soll ich erklären, dass mein dummes Herz noch immer schneller schlägt, wenn ich an Konstantin denke?

»Wir haben übrigens Anzeige erstattet. Gegen unbekannt.«

Die Info schleudert Konstantin für einen kurzen Moment aus meinen Gedanken.

»Ich dachte, das wolltet ihr nicht.«

Papa nickt nachdenklich und zuckt dann die Schultern, sein Lächeln kehrt zurück.

»Jemand Schlaues hat mal gesagt, dass man nicht immer nur stumm alles ertragen kann. Und es wird Zeit, das in die Tat umzusetzen.«

Mein Herz trommelt wie von Sinnen, Mones Worte, meine Gefühle, Pascals Nachrichten, alles überschlägt sich und ich hole tief Luft.

»Tată, ich möchte auch gerne eine Anzeige erstatten. Gegen Pascal.«

Ganz langsam nickt er, der Name war in unserem Haushalt bisher tabu. Ich wollte ihn nicht hören, nicht aussprechen, nichts davon. Das Leuchten, das ich im Gesicht meines Vaters erkenne, passt genau zu dem in meinem Herzen.

»Dann machen wir das. Zusammen.«

Vom Barhocker rutschend, schlinge ich meine Arme um ihn und halte ihn fest umarmt.

»Es tut mir leid.«

Er küsst meine Wange und löst sich aus der Umarmung.

»Dir muss rein gar nichts leidtun, Vio.«

Das hat er immer und immer wieder gesagt, aber jetzt endlich glaube ich es auch.

KAPITEL 74

Konstantin

Jonas' Rückhand ist nicht kraftvoll genug, und er verzieht den Ball komplett, dabei schießt die Ballwurfmaschine so zielsicher, dass es schon eine Kunst ist, ihn trotzdem ins Aus zu befördern.

»So gewinnst du niemals auch nur eine Meisterschaft«, rufe ich von der anderen Seite des Zauns.

Die Plätze beim *Tersus* wirken deutlich gepflegter als bei *Unitas*, sogar das Netz strahlt wie neu, und die Bänke müssen vor Kurzem erst gestrichen worden sein.

»Ach nee. Schau, was die Katze reingeschleppt hat. Mit dir habe ich nicht mehr gerechnet.«

Mit dem weißen Schweißband an seinem Handgelenk wischt er sich kurz über die Stirn und sieht wieder zur Maschine, ignoriert mich. Wenn man ihn so sieht, würde man nicht darauf kommen, dass er gestern erst in Volkers Garage Molotowcocktails gebastelt hat.

»Weil du gedacht hast, die Polizei hat mich einkassiert?«

Meine Frage stelle ich gerade, als er sich an einer Vorhand probiert, sodass er den Ball verpasst, ihn nur mit dem Rahmen touchiert und so steil gen Himmel jagt.

»Keine Ahnung, was du meinst.«

Es sind nicht viele Leute hier, aber genug, um im Notfall als Publikum herzuhalten.

»Soll ich die Erinnerung an gestern Nacht etwas auffrischen?«

»Halt einfach die Klappe, Wagenfeld.« Er greift nach der Fernbedienung in der Hosentasche seiner dunklen Shorts und schaltet die Maschine auf der anderen Seite des Spielfelds aus, kommt auf die Bank am Zaun zu und schnappt sich seine Trinkflasche. Er sieht ziemlich überfahren aus und funkelt mich durch die Maschen des Zauns wütend an. »Wenn Volker mitkriegt, dass ich mit dir quatsche …«

»Was dann?«

»Du gehörst nicht mehr dazu.«

»Ich habe nie dazugehört.«

»Mir war klar, dass du nicht reinpasst. Zu schwach. Habe ich von Anfang an gesagt. Aber Volker meinte, er könnte Robin durch dich dazu kriegen, wieder bei uns einzusteigen. Mit dir hätten wir leichtes Spiel.«

Nickend lehne ich meine Stirn an den Zaun, so fest, dass Abdrücke auf meiner Haut zurückbleiben werden. Natürlich haben sie mich nur benutzt, es überrascht mich nicht mal mehr.

»Das klang aber neulich noch ganz anders.«

»Lass gut sein, Wagenfeld. Du hast es gestern doch bewiesen. Totalausfall.« Grinsend wirft er mir noch einen Blick zu. »Wer so schwul mit 'ner Zigeunerin tanzt, der kann gar nicht der bessere Wagenfeld sein.«

»Scheint so, ja.«

Meinen Plan, ihm alles von meinem kleinen Ausflug mit Robin nach Speyer zu erzählen, werfe ich über den Haufen. Vielleicht ist es besser, er erfährt das von seinen Eltern. *Oder Volker.*

Ohne noch etwas zu sagen, stoße ich mich ab und will bloß weg hier. Und von ihm.

Obwohl ich natürlich wusste, dass sie nicht meine Freunde sind, haben sie mir die letzten Tage so erfolgreich genau das vorgegaukelt, dass ich fast darauf reingefallen wäre. Der ganze Aufwand nur, um …

Moment.

Meine Schritte werden langsamer, bis ich zum Stehen komme und mich umdrehe.

»*Was* hast du da eben gesagt?«

Jonas, der wieder nach seinem Schläger gegriffen hat, schüttelt beide Arme aus, bereit, sein Training wiederaufzunehmen, in der Hoffnung, irgendwann besser zu werden.

»Hm?«

»Was hast du gerade gesagt?«

»Du hast mich schon verstanden, Konny.«

Durch das offene Tor komme ich auf seinen Court und bleibe erst knapp vor ihm stehen.

»Ich habe nie erzählt, dass Vio und ich mal miteinander getanzt haben.«

Die Erkenntnis, sich gerade verraten zu haben, zuckt durch seinen Blick, bevor er hektisch blinzelt.

»Was …?«

»Du warst es.«

»Keine Ahnung, was du meinst.«

Doch Jonas' Coolness ist gerade im Kurzurlaub, jede Farbe verlässt fluchtartig sein Gesicht, und meinem Blick kann er auch nicht standhalten, sucht irgendwo hinter mir eine Ausrede für seinen Ausrutscher.

»*Du* hast auf das Restaurant geschossen!«

»Alter …«

Wuchtig schubse ich ihn gegen die Brust und er stolpert einige Schritte rückwärts.

»Spinn nicht rum.«

»Da hast du uns tanzen sehen. Vio und mich!« Wieder schubse ich ihn, wieder wehrt er sich nicht, hält nur den Schläger wie einen Schutzschild vor sich. »Die ganze Zeit hast du mich angelogen.«

»Wenn ich geschossen hätte, wäre mehr als nur die Leuchte kaputtgegangen.« Sein Versuch zu grinsen verrutscht, als ich ihm den Schläger aus der Hand haue.

»Und von der Leuchte habe ich auch nichts erzählt.«

»Ja und? So was spricht sich halt rum.«

»Du bist so ein verdammtes Arschloch, Jonas. Wovor hast du eigentlich solche Riesenangst, dass du so einen Scheiß machst, hm?« *Und wieso habe ich gerade keine mehr*? Plötzlich verstehe ich, wieso Robin von ihnen wegwill.

»Du kennst Volker nicht. Wenn der was von dir will, dann lieferst du lieber, okay?«

Sein zischendes Flüstern verrät mir genug über ihn, über seine Angst vor Volker und den Wunsch dazuzugehören. *Wir sind uns gar nicht so unähnlich,* durchzuckt mich kurz eine unerfreuliche Erkenntnis.

»Du bist so ein Mitläufer, Jonas.«

Das entlockt ihm ein kurzes Lachen und für den Bruchteil einer Sekunde kehrt seine Überheblichkeit zurück.

»Na, das sagt ja gerade der Richtige. Ein bisschen Angeln hier, ein bisschen Bromance da, und schon glaubst du ernsthaft, einer von uns zu sein?«

Ohne darauf zu antworten, drehe ich mich um und marschiere davon.

»Und was jetzt? Rennst du zu Robin, damit er das für dich regelt?«

Als ich schon fast draußen bin, höre ich seine Schritte hinter mir.

»Du bist so eine Witzfigur, Wagenfeld. So wie dein Bruder.«

»Halt den Mund.«

»Ach, Konny. Deine Zigeunerin wickelt dich um den Finger, wir erlauben uns den Spaß unseres Lebens mit dir und du …? Du bist ja so ein Opfer.«

Mein Schwinger trifft ihn voll am Kinn. Zwar versucht er noch, meinem Schlag auszuweichen, aber der Treffer schickt ihn zu Boden. Überrascht starrt er mich an, als er zu mir hochsieht.

»Du versteckst dich hinter Volker, seiner Meinung und einer roten Maske, Jonas. Das ist so armselig.« Als ich einen Schritt auf ihn zumache, rutscht er etwas weiter in Richtung Zaun. »Wir waren bei der Polizei. Die wissen, was gelaufen ist.«

»Wir …?«

»Wir. Robin und ich haben ihnen alles erzählt. Von der Sprayaktion, dem Containerbrand, dem Anschlag und allem dazwischen.«

Noch immer sehe ich Robin, wie er alles erzählt über seine Wut, die Enttäuschung, die Panik. Und die Dummheit. Wie Volker ihn immer mehr von seinen alten Freunden isoliert hat, wie er den Verein wechseln sollte, wie sie Jessys Trennung für sich und ihren Scheiß benutzt haben. Und wie sie es bei mir ebenfalls versuchen wollten.

Jonas dämmert es langsam, dass seine und Volkers Lügen mir gegenüber keinen Sinn mehr haben, will es aber noch nicht wahrhaben.

»Du bluffst doch! Robin würde niemals seinen Ausbildungsplatz riskieren.«

»Hat er aber. Und Mone hat eure Stimmen gestern Nacht erkannt und damit meine Aussage bestätigt. Ich denke …«

Besonders übertrieben werfe ich einen Blick auf meine Uhr.

»… gerade dürfte die Polizei bei deinen Eltern auftauchen und sie über die außerschulischen Aktivitäten ihres feinen Sohnemanns aufklären.«

»Du Scheißwichser …«

Panik überfällt ihn, er will aufstehen, rutscht aber weg und prallt wieder gegen den Zaun. Ich nutze die Chance und meinen Mut.

»Und noch was. Halt dich ab jetzt von Vio und Mone fern.«

Er will lachen, aber es bleibt ihm im Hals stecken.

»Ich werde dafür sorgen, dass jeder weiß, was für rassistische Arschlöcher ihr seid. Im Tennisklub, beim Schützenverein, am See. Überall.«

Endlich kommt er wieder auf die Beine und funkelt mich wütend an.

»Willst du mir jetzt drohen, Wagenfeld? Mir scheißegal, wo du was rumerzählst. Ich stehe dazu.«

Sein kalkweißes Gesicht behauptet das Gegenteil.

»Wenn das so ist, wieso tragt ihr dann Strickmützen und versteckt euch darunter?«

Er will antworten, aber bleibt doch stumm, starrt mich an, weil er versteht, dass all seine Drohungen nicht mehr greifen. Ich habe mich entschieden.

»Ach, und übrigens. Robin und ich spielen die nächste Saison Doppel zusammen.«

Damit lasse ich ihn stehen, gehe immer weiter und werde unbewusst schneller.

Aber es fühlt sich endlich nicht mehr so an, als würde ich davonrennen.

KAPITEL 75

Vio

2 Wochen später

»Glaubst du, es wird jemals fertig?« Wir radeln nebeneinander die Landstraße entlang und Mone lässt ihren Blick über das inzwischen komplett kahle Maisfeld bis zur Baustelle wandern. Es war ihr Wunsch, dass wir zusammen diese Route für unseren Ausflug wählen. Immerhin werden wir hier bald täglich in Richtung Schule vorbeiradeln müssen und sie will sich die Angst vor dem Ort vorher abtrainieren.

»Keine Ahnung. Sieht aber so aus, als würden sie bald die Arbeit wieder aufnehmen.«

Sie wird langsamer, bleibt aber nicht stehen, und ich bremse so dicht neben ihr, dass unsere Lenker sich fast berühren.

»Alles gut?«

»Tagsüber ist es echt kein Problem. Da sieht es so anders aus, wie etwas, das ich zu gut kenne, als dass es mir Angst machen könnte.«

Allerdings hat sie deswegen den Job an der Tanke aufgegeben, weil sie im Dunkeln die Strecke nicht mehr fahren kann. Das kann ich verstehen und finde es trotzdem schade.

Dieser Job war irgendwie immer noch die Nabelschnur zu ihrem großen Traum. Damit hat sich das mit München-Köln-Hamburg wohl erledigt. Zumindest spricht sie nicht mehr darüber, und ich lasse momentan sie die Themen für unsere Gespräche bestimmen.

Jetzt tritt Mone wieder in die Pedale und ich hefte mich an ihre Fersen beziehungsweise ihr Hinterrad. Auf der nächsten Etappe gibt sie Vollgas, und ich habe Mühe mitzuhalten, bis sie die Füße von den Pedalen nimmt und die Beine von sich grätscht.

»Nächste Woche ist mein erster Termin bei Dr. Stuber. Gesprächstherapie.« Sie verzieht kurz das Gesicht, und ich rolle neben sie, sehe auf die leere Straße vor uns.

»Ich weiß, steht im Kalender.«

»Hab ziemlich Schiss.«

»Wieso?«

»Will nicht als Freak abgestempelt werden.«

»Keine Sorge, Mone, den Stempel haben wir auch so schon. *Freaks United.*« Dank der niedrigen Geschwindigkeit kann ich ihr die Hand zum Highfive hinhalten und sie schlägt ein.

»Und was ist mit dir und … du weißt schon.«

Konstantin, noch so ein Thema.

Den Namen haben wir erst mal aus unseren Gesprächen verbannt, und manchmal würde ich gerne ohne diesen fiesen Mix aus Wut und Enttäuschung an ihn denken, aber noch gelingt es mir nicht.

»Er schreibt ab und an.«

Aber das hat sich Mone sicher schon gedacht.

»Und antwortest du?«

»Manchmal.«

Stur sehe ich auf den Asphalt vor unseren Rädern und halte den Lenker viel zu fest umklammert. Mone kommt auf meine linke Seite und ich kann ihren Blick spüren.

»Er hat sich bei mir entschuldigt. Hunderttausendmal.«

»Gut für ihn.«

Bei mir könnte man locker noch ein paar Nullen an seine Entschuldigungsversuche dranhängen. Jedes Mal, wenn wir uns zufällig am Tennisklub oder am See über den Weg laufen, wiederholt er seine Entschuldigung und ich nicke jedes Mal nur.

»Er meint es ernst.«

Inzwischen weiß jeder, was in der Nacht passiert ist. Konstantin und Robin haben sich der Polizei gestellt und alles erzählt. Nächsten Monat müssen sie sich vor Gericht verantworten. So wie auch Jonas, der zusätzlich wegen der Schüsse auf unser Restaurant angeklagt ist, weil man das Gewehr und die passende Munition bei ihm zu Hause gefunden hat. Irgendwann ist er eingeknickt und hat die Wahrheit erzählt, wie er diesem Volker imponieren wollte. Als er Konstantin und mich an dem Abend im Restaurant gesehen hat, wollte er uns nur einen Schrecken einjagen. Dass ihm das gelungen ist und ich noch immer nachts aus dem Schlaf hochfahre, wenn sich der Albtraum zu real anfühlt, das weiß er nicht. Volker wird wohl nicht nach Jugendstrafrecht verurteilt, weil er schon älter ist und eben mehr als nur eine Tat begangen hat.

Bei Robin könnte es eng werden, ihm halten sie zugute, dass er sich freiwillig wegen der Spray-Aktion und dem Containerbrand gestellt hat.

Wenn Konstantin Glück hat, kommt er mit Sozialstunden und der Enttäuschung seiner Eltern davon. Alleine bei dem Gedanken an all das verwandelt sich mein Magen in einen Teigklumpen, der mir zäh und massig im Bauch liegt.

In Filmen und Büchern lernen wir, dass es eindeutige Bösewichte auf der einen und schillernde Helden auf der anderen Seite gibt. Nur ist diese Vorstellung ungefähr so weit weg von der Realität wie Walddorf von Tokio. Die Grenzen verschwimmen, Leute wechseln die Seiten und tun die dümmsten Dinge aus den falschen Gründen. Einige wechseln sogar wieder zurück.

Es fällt mir schwer, Konstantin irgendwo klar einzuordnen oder zu vergessen, was er getan hat. Ein bisschen ist er noch immer der Junge, der mir seinen liebsten Platz gezeigt hat, und gleichzeitig muss ich nur Mone ansehen und weiß wieder, was er getan hat.

Wir erreichen die Tankstelle in Ottersfeld und stellen die Räder neben den Kompressor, mit dem man Reifen aufpumpen kann.

»Brauchst du was aus dem Shop?«

»Man braucht nie was aus dem Tankstellenshop.«

Mone, die bereits ihren Geldbeutel zückt, sieht mich herausfordernd an.

»Nicht mal Schokoriegel?«

»Schokoriegel sind eine Ausnahme.«

Sie schiebt grinsend die Tür auf, und die elektronische Klingel ertönt, lässt den Mitarbeiter hinter der Theke wissen, dass wir seinen langweiligen Alltag für den Moment unterbrechen – und dann bleibe ich wie angewurzelt stehen.

In einem grün-weißen Poloshirt und der farblich passenden Kappe steht uns Konstantin an der Kasse gegenüber.

»Hi.«

Mone ist ebenso überrascht, wie ich es bin, und sagt nur mechanisch: »Hallo.« Ohne Umschweife wählt Mone dann die Riegel, einmal Erdnuss, einmal Crisps, und legt sie vor Konstantin auf den Tresen. »Was machst du denn hier?«

»Ich habe bei *Pizza Panda* aufgehört. Robin musste den Roller abgeben, und mit dem Rad ausfahren ist blöd.« Er will die Riegel scannen, aber nichts passiert, auch als er es einige Male wiederholt.

Mone nimmt sie ihm aus der Hand und sagt: »Du musst sie so halten, der Scanner spinnt manchmal.«

»Danke für den Tipp.«

»Profi halt. Habe den Job ja schon fast ein ganzes Jahr gemacht.« Das sagt sie mit einer ordentlichen Portion Stolz, aber dann ist da auch diese Traurigkeit, als sie mir den Riegel reicht. »Ist jetzt auch egal.«

Konstantin legt das Geld in die Kasse und sieht dann wieder zu uns.

»Nein, es ist überhaupt nicht egal. Schließlich hast du das ja gemacht, um für deinen Traum zu sparen.«

»*Was?*«

»Du sparst doch für München, oder?«

München-Köln-Hamburg.

»Ja.« Weil sie sich noch immer nicht davon verabschiedet hat, weil es noch immer ein Traum ist, der sie lächeln lässt.

»Gut. Ich sammle hier nämlich weiter dafür.«

»Ich versteh nicht.«

»Da du ja nach dem …« Er weiß nicht, wie er das formulieren soll und setzt neu an: »Also, weil du wegen uns den Job nicht mehr machen kannst, tue ich das jetzt und steuere was zum Umzug bei.«

»Wie bitte?«

»Na, damit du nicht darauf verzichten musst.«

»Aber ich ziehe doch sowieso nicht weg.«

Konstantin zuckt die Schultern, glaubt ebenso wenig an die Dauerhaftigkeit dieser Entscheidung, wie ich es tue.

»Dann für den Fall, dass du es doch irgendwann tust.«

»Du machst das hier für meinen *potenziellen* Umzug?«

»Eine Entschuldigung allein reicht nicht, also wollte ich irgendwas machen.« Er sieht so hilflos aus, wie er da hinter der Kasse steht, als würde er weit weg vom Ufer mit dem Surfbrett auf dem See treiben. So ganz ohne Signalgeber.

»Danke. Das …« Mone sieht zu mir, aber ich bin ebenso sprachlos wie sie, und genau diesen Umstand nutzt sie nun aus, nimmt mir die Entscheidung ab und sagt: »Ich warte dann mal draußen.«

»*Was?* Wieso? Wir sind hier doch fertig.«

Aber sie schüttelt entschlossen den Kopf.

»Nein, Vio. *Ich* bin hier fertig. *Du* hast noch einiges zu klären.« Ein Nicken in Richtung Konstantin und dann lässt sie mich an der Kasse des Tankstellenshops stehen, die Klingel ertönt und die Tür fällt wieder ins Schloss.

Im Hintergrund läuft ein Radio und spielt einen uralten Sommerhit, der jedes Jahr wieder aus der Schublade gezogen wird und die komplett falsche musikalische Untermalung für dieses Gespräch ist.

Hey, Macarena …

»Ich bin ziemlich sauer.« Es ist das Erste, was mir einfällt.

»Hab ich gemerkt.«

»Und ich verstehe es nicht.«

»Okay.«

»Es wäre so viel leichter, wenn ich dich nicht mehr mögen würde, Konstantin.«

Darauf sagt er nichts, sieht mich einfach nur an.

»In einer Woche fängt die Schule an und wir werden uns da ständig über den Weg laufen und vermutlich haben wir auch noch gemeinsame Kurse und …« All das spielt sich seit zwei Wochen in Dauerschleife in meinem Kopf ab, und ich weiß nicht, wie ich darauf reagieren soll. Mit Vorfreude? Angst? Panik? Herzklopfen? Konstantins Blick ist da nicht gerade hilfreich. »… und ich weiß immer noch nicht, wo die verdammten Feuerlöscher in der Schule stehen.«

Es ist das Absurdeste, was ich sagen oder denken kann, aber es kommt mir als Erstes in den Sinn. Zu genau erinnere ich mich noch an unser Gespräch auf dem See und hoffe, Konstantin irgendwann wieder ansehen zu können und einfach nur den Jungen zu erkennen, der auf einem Surfbrett mein Herz berührt hat.

»Die Feuerlöscher kann ich dir gerne zeigen, wenn du willst.«

»Okay.«

Das ist ein Anfang, wackelig und seltsam, aber es ist ein Anfang.

Kurz sehe ich zu Mone, die draußen am Rad lehnt und in die Ferne blickt.

»Dann sehen wir uns in der Schule?«

»Ja.«

»Okay. Bis dann.«

Der Shop ist zu eng geworden und die Luft wird knapp, also eile ich zur Tür, ehe der Schokoriegel in meiner Hand schmilzt. Doch bevor ich nach draußen flüchten kann, drehe ich mich noch mal zu ihm um und sage: »Die anderen kommen morgen Abend zum Essen ins Restaurant.«

Konstantin. Unfertig und verloren, so wie wir alle manchmal. Auf der Suche nach dem Platz, an den er nicht nur hingehört, sondern auch er selbst sein kann, ist er oft falsch abgebogen, aber vielleicht braucht er ja einen Signalgeber, ein Zeichen, um wieder in die Spur zu finden.

»Willst du auch kommen?«

NACHWORT

»Wir können dich nicht aufs Gymnasium schicken, weil wir dann einem Muttersprachler den Platz wegnehmen würden.«

Ein Satz, den Vio und ich beide in der Grundschule zu hören bekamen – und der mich jahrelang immer wieder begleitet hat. Die Tatsache, dass ich ebenfalls eine Muttersprachlerin bin, hat offenbar keine Rolle gespielt. Ebenso wenig wie meine Noten, auf die es doch angeblich ankam. Man reduzierte mich auf meinen Nachnamen oder die Herkunft meiner Eltern. Und das immer und immer wieder, ob in der Schulzeit oder während meiner beruflichen Laufbahn.

Einige der Dinge, die Vio im Verlauf der Geschichte passieren, habe ich aus meiner eigenen Jugend entliehen, während andere auf den Erfahrungen meiner Sensitivity-Leser*innen beruhen. Natürlich ist dazwischen reichlich Platz für Fiktion geblieben, schließlich ist das hier ein Roman, dennoch kamen beim Schreiben von Vios und Konstantins Geschichte an vielen Stellen die Gefühle von früher wieder hoch. Meine Eltern hatten nicht nur ein rumänisches Restaurant in München, meine Mutter übernahm irgendwann auch die Gaststätte eines Tennisklubs, und fremdenfeindliche Kommentare durften wir uns alle anhören, gerne gefolgt von dem Nachsatz: Ist doch nur ein Scherz.

In zahlreichen Gesprächen mit meinen Sensitivity-Leser*-

innen haben wir uns über unsere Erfahrungen, über Vorurteile und Klischees ausgetauscht, sodass vieles davon seinen Weg in diese Geschichte gefunden hat. Walddorf und seine Bewohner sind aus diesen gesammelten Erlebnissen entstanden, sowohl aus den positiven als auch den negativen.

Auch die Gespräche mit zwei Aussteigern der rechten Szene haben mir beim Schreiben geholfen, obwohl mir dabei nie ganz wohl war. Die Tatsache, dass es fast überall einen Jonas oder Volker gibt, macht diesen Roman für mich so real.

Zu genau erinnere ich mich an eine Szene aus meiner Jugend. 1992, ich war 12 und habe mit meiner Familie die Livebilder der Ausschreitungen in Rostock-Lichtenhagen im Fernsehen verfolgt. Es war das erste Mal, dass ich begriff, wie offen Ausländerfeindlichkeit ausgelebt wird. Zielscheibe damals waren Vietnamesen sowie Sinti und Roma aus Rumänien, die mit dem Z-Wort betitelt wurden. Wie oft habe auch ich, als Tochter rumänischer Einwanderer, dieses Wort zu hören bekommen.

Wenige Tage nach den Ausschreitungen waren wir mit der Schulklasse auf einem Wandertag und warteten am Bahnhof auf unseren Anschlusszug. Zwei Skinheads mit Springerstiefeln und deutlich ausländerfeindlichen Aufnähern an ihren Bomberjacken kamen auf unsere Gruppe zu. Sie hatten sich einen Mitschüler, der für sie offensichtlich nach einem Anhänger der »linken Szene« aussah, herausgepickt und beleidigten ihn offen und aggressiv. Mich ergriff die pure Panik, so sicher war ich mir, dass sie sich als Nächstes mich und eine Freundin raussuchen würden. Und so rannten wir blind vor Angst über die Schienen davon, ohne nach dem einfahrenden Zug Ausschau zu halten.

Wir waren eine Gruppe von zwanzig Schüler*innen, ein Lehrer war anwesend und dennoch setzte mein gesunder Menschenverstand aus, weil die Angst, sie könnten mich meinen, zu groß war.

Immerhin wurde mir immer wieder mit spitzen Bemerkungen in Erinnerung gerufen, dass ich fremd war. Einer der Gründe, warum ich den Nachnamen meines Stiefvaters für die Dauer meiner Schulzeit annahm, war, dass er für die anderen »deutscher« klang und ich mir einbildete, für die anderen damit weniger fremd zu sein.

Vios Geschichte mag nicht die meine sein, aber das macht sie nicht weniger echt.

Daher gilt mein größter Dank meinen großartigen Sensitivity-Leser*innen, die ihre Wut, Enttäuschung, Hoffnungen und vor allem ihre Erfahrungen mit mir (und jetzt auch euch) geteilt haben: Elena, Serkan, Claudi, M., Hilal, Winarto, Esther & Davide. Danke für eure schonungslose Gefühlsehrlichkeit.

Danke an Henrik S. und Jens K., auch wenn ich noch immer vieles nicht verstehe, danke für eure Berichte, Erklärungsversuche und Erinnerungen. Ein Teil von mir schüttelt noch immer den Kopf.

Danke an meine Lektorin Martina Patzer, die mich diese Geschichte hat schreiben lassen, und dem gesamten cbj Verlag für die Unterstützung bei diesem Projekt, und all denen davor.

Danke an Mams & Maita, die mich zweisprachig erzogen und mir gezeigt haben, das es nichts gibt, was uns Lupascus aufhalten kann.

Danke an Paps, für die Leihgabe des Namens damals und heute. Und für alles andere dazwischen. Danke an Aurel, der während meiner Jugend stets mein Wertekompass war.

Und Danke an Marc. Für alles. Immer.

Foto: © Notker Mahr

AUTORIN

Adriana Popescu, in München geboren, arbeitete als Drehbuchautorin fürs Fernsehen, schrieb für verschiedene Zeitschriften und studierte Literaturwissenschaften, bevor sie sich ausschließlich dem Schreiben von Romanen widmete. Mittlerweile harrt eine große Fangemeinde ihren nächsten Veröffentlichungen entgegen, die in mehreren großen Publikumsverlagen erscheinen.

Von Adriana Popescu sind bei cbj erschienen:

Ein Sommer und vier Tage (40337)
Paris, du und ich (40366)
Paris, Clara und ich (21593)
Mein Sommer auf dem Mond (31198)
Schöne Grüße vom Mond (22178)
Morgen irgendwo am Meer (31272)
Ein Lächeln sieht man auch im Dunkeln (31337)

Adriana Popescu

Ein Lächeln sieht man auch im Dunkeln

464 Seiten, ISBN 978-3-570-31337-4

Irgendwas hat dieser Neue, Samuel, an sich, das Marie von Anfang an fasziniert. Und Samuel geht es genauso. Wie Magnete bewegen sie sich aufeinander zu, stoßen einander aber auch immer mal wieder ab, wenn sie sich von der falschen Seite nähern. Und mitten in diesem Spannungsfeld bewegt sich Theo, Maries jüngerer Bruder, der seit einem schrecklichen Ereignis vor über einem Jahr immer noch mit seinen Ängsten ringt – und in der Schule mit seinem Mobber Andi. Marie, Samuel, Theo – ihr Aufeinandertreffen bedeutet für alle drei einen Neubeginn, aber auch, sich den Geschehnissen ihrer Vergangenheit zu stellen, denn Samuel trägt ein Geheimnis mit in diese neue Freundschaft …

Adriana Popescu

Morgen irgendwo am Meer

480 Seiten, ISBN 978-3-570-31272-8

Was Romy, Konrad, Nele und Julian auf ihrem gemeinsamen Weg nach Lissabon erwartet, scheint der perfekte Sommerroadtrip nach dem Abitur zu sein. Doch dass jeder von ihnen weit mehr als nur leichte Sommerklamotten im Gepäck hat, wird dem eher durch Zufall zusammengewürfelten Quartett erst im Lauf der Reise klar. Denn in Wahrheit geht es bei diesem Roadtrip um nichts weniger als die Suche nach sich selbst, dem eigenen Leben, der großen Liebe und wahrer Freundschaft.